莫晨欢 著

地球上线

The Earth is Online

2

天津出版传媒集团

天津人民出版社

唐陌拿着手枪，独自走下高速公路，
来到旁边的农田里，试着举起了手枪。

夕阳垂落，天边飘来一朵黑色的浓云，挡住了大半落日。
快要下雨了，这次不想提前停车都不行，傅闻夺将车停在路边。

叮咚！完成支线任务一：抵达那座玻璃花房。

叮咚！触发支线任务二：找到爱说谎的月亮花。

地球上线

DI QIU

SHANG XIAN

第1章
现实副本

唐陌早就对傅闻夺的身份有所猜测，但当亲耳听到时，还是忍不住偷偷看了身旁的男人几眼。傅闻夺敏锐地捕捉到唐陌的视线。

偷看被人发现，唐陌面不改色地点了点头。傅闻夺顿了片刻，看着他的目光更意味深长了一些。

洛风城继续说道："既然都认识了，那我就解释一下'黑塔选拔'到底是什么。不过在此之前，傅少校，我先确认一下，你的偷渡客身份是……"

傅闻夺声音平静："11月16日，我在边境执行了一个秘密任务。"

唐陌和洛风城第一时间便明白了他的意思。

所有靠杀人来淘汰玩家、进入游戏的人，都是黑塔定义的偷渡客。但杀人的理由有很多种，有的是真的杀人犯罪，有的是出于其他原因，唐陌早就思考过为什么傅闻夺会是偷渡客。尤其他们在匹诺曹副本里见过面后，唐陌心中的疑问就更大了。

傅闻夺在匹诺曹副本里的表现，并不像一个凶恶的杀人犯。如果他成为偷渡客的原因是完成秘密任务，那就解释得通了。同时也很好地说明了为什么在匹诺曹副本里唐陌总觉得这个人和其他玩家不一样，他有一种坚毅如石的军人气度，深沉藏锋。

"虽然早就听说过傅少校的名字，但毕竟是第一次见面，有些事还是得提前问上一句。"洛风城得到答案后，并没有因为自己怀疑傅闻夺的行为而感到羞愧，坦诚道，"11月下旬，我从第一层的黑塔游戏里离开后，遇上了阿塔克组织。通过一些方式我得到了他们的认可，以预备役的身份正式加入他们的队伍。然后我发现了聂飞。唐陌，你和聂飞见过，应该对他有些印象。"

唐陌回忆了一下："我离开马里奥副本的时候确实和他见过一面，他虽然年轻，但是挺沉稳。"

"聂飞的异能是飞行，准确地说，他的异能不是普通的飞行。他可以借助某种介质，凌空行走。"洛风城拿出一张白纸，用水笔在上面画了一些东西，"空气我们无法看见，聂飞的异能也不可以让他走在空气上。但除了空气这种虚无缥缈的气体，其他很多东西他都可以借力行走。"

洛风城在白纸上画了许多密密麻麻的小点，在旁边写上两个字——沙子。

"比如在战斗时，如果将一些沙子撒到空气中，聂飞就可以借助这些沙子凌空行走。"他在纸上画了一个大概的模型，"细小的沙子在他的脚下就成了坚实的地面。而且踩在非实质的地面上，他动用异能，速度最高能达到每秒百米，且异能不受限制。"

傅闻夺问道："只能在沙子这种东西上行走？"

洛风城摇头："沙子只是一个比方。除此以外，聂飞的异能，最让我感到惊奇的是它在不断变化的。我刚遇见他的时候，他只能在一些比较大的物体上行走，比如石块、木板。但当他被偷渡客组织杀死时，他已经可以在沙子上行走了。这意味着什么？或许再过一段时间，他可以不借助沙子，在更小的物质上行走，甚至能直接在任何地方随意走动。这就是空间位移。"

唐陌立刻想到小胖子的异能："赵子昂的异能也类似于空间移动，但他只能移动其他东西，不能移动自己。我刚遇见他的时候，他能移动的是一些比较小的东西，现在已经可以很快速地移动一些大的东西了。"

"他的进步速度没聂飞快。"洛风城道，"赵子昂没有经历过心跳加快这种变化。"

唐陌闭上了嘴，继续听下去。

"11月17日晚，S市有三家医院收到四个病人，每个病人都没有明显的病理特征，只是心跳持续加快，情绪暴躁。其中，心跳最慢的一个病人心率达到119，心跳最快的一个病人心率是136。"洛风城说，"当时这种情况并没有被人发现，大家只是以为出现了什么还没查明的病情。S市B组的一个实验员……"顿了顿，洛风城道，"是个刚博士毕业的小姑娘，她发现了这个情况，并上报给了研究所。"

洛风城将事情大概复述了一遍："我得知情况后，立刻将四个病人都接到研究所，三组一起调查他们身上发生的异变。同时，我把这个情况汇报给了首都。"

傅闻夺颔首："我就是在首都研究所的资料库里看到过这个信息，才决定来S市查看情况。"他停顿了一会儿，道，"首都研究所没有人存活。"

洛风城："果然是这样……"

三人都沉默了片刻，洛风城看向唐陌："你计算过自己的最高心率吗？"

唐陌："大概169，我没细数。"

傅闻夺："171。"

两人的数字十分接近，洛风城看了他们一眼，将桌上的文件夹合上。他郑重地看着眼前的两位玩家，一个是正式玩家，一个是偷渡客。许久后，他笑道："那接下来，所有的想法就都是我的猜测了。"

半个小时后，唐陌先离开了洛风城的办公室。傅闻夺千里迢迢地从首都赶来S市查找资料，自然还有一些事要向洛风城询问。他们俩都是国家机密人员，唐陌没兴趣偷听这种谈话，一个人走出了办公室，靠着墙壁思索起来。

黑塔选拔，是洛风城给这种现象起的一个代名词。

黑塔选拔的对象十分随机，他们的共同表现是，在那三天内，心跳会持续加快，无法用药物缓解，且情绪暴躁、心理焦虑，严重者甚至会产生犯罪的欲望。洛风城研究的那四个病人里，心率达到136的病人就是因为在饭馆里伤人，才被送到了医院。然而他并没能杀死那个人。

三天后，这四个病人，无一例外，全部消失了。

获得黑塔选拔的人类并不一定会进入游戏，他们很多没能熬过那三天。但只要熬过那三天，他们的异能都会比较强大。傅闻夺是全世界第一个通关黑塔一层的玩家，唐陌是全世界第一个通关困难模式的攻塔游戏的玩家。

至于聂飞，他曾经是阿塔克组织最强大的异能者（比杰克斯强）。如果没有那个意外，他或许也能顺利通关黑塔一层。

洛风城面对这种完全随机的选择，给出了两个猜测："第一，这个异变是黑塔给予的，黑塔让一部分人类产生不一样的特质，这种选拔在接下来的过程中会影响玩家的异能强弱。然而很多被选拔的人类根本没有进入游戏，黑塔并没有完全给予这些玩家特权，那为什么要给他们这种特变？所以这种可能性只有四成。"

黑暗的停车场里，唐陌轻声念出了洛风城的第二种猜测。

"和黑塔无关，只是和个人有关吗……"

这种异变被命名为"黑塔选拔"，并不意味着一定是黑塔给予的。就像异能，地球上线前全世界没有真正的异能者（这点傅闻夺和洛风城刚才都向唐陌确认了），异能者的出现肯定和黑塔有关。但每个人的异能都不同，强弱也不同，这份异能到底是黑塔给予的，还是玩家本身拥有、被黑塔激发出来的，谁也不知道。

很有可能，黑塔就像催化剂，催化出人类本就拥有的、潜藏的异能。

正式玩家和偷渡客获得的黑塔催化效果更强，所以他们更容易产生异能。预备役的存在感弱一些，黑塔给予的催化效果就小一些，所以他们很难获得异能。

这种猜测具有一定的合理性。

所以黑塔选拔或许和异能一样，和黑塔没有必然关系，而是那些获得选拔的玩家本身就具备被选拔的资格。

唐陌靠着墙壁站着，身旁的房门被"吱呀"一声打开。

他转头看去，傅闻夺走出房间，也看向他。

两人对视片刻，傅闻夺笑道："想了解更多的信息？"刚才在房间里，傅闻夺之所以留下，就是想从洛风城口中得到更多关于黑塔的研究资料，洛风城也同样想得到更多外界信息。

唐陌没有否认。他看着眼前这个高大英俊的男人，脑海里莫名浮现了那个略显中二的代号。

枭龙啊……

仿佛察觉到了唐陌的想法，傅闻夺将房门关上，两人一起走进黑暗。

傅闻夺道："'枭龙'不是我的代号，是整个部队的代号。A国每一支秘密部队都没有正式的编号，只有代号。西南军区特种A队，代号'枭龙'。"

傅闻夺这么一解释，唐陌咳嗽一声："傅少校，我确实想知道一些其他地方的信息。你从首都赶过来，一路上途经三省两市，应该见过更多东西，知道更多外部的消息。"

"我从首都过来的时候，一路匆忙，大约只花了四天。停留时间太短，知道的消息并不全面，但确实比你们多很多。"顿了顿，傅闻夺声音低沉，"叫我傅闻夺就好。"

唐陌没喊这个名字，直接道："换取信息的代价是什么？"

唐陌知道，刚才傅闻夺肯定已经从洛风城那儿得到了不少信息。他所知道的东西，洛风城基本上都知道，那傅闻夺也几乎全知道。他这里已经没有太多能让傅闻夺心动的消息了，但他迫切想知道外界的消息，尤其是首都的消息。因为唐陌最后一个好友就在首都。

唐陌已经做好了打算，可以把自己知道的地底人王国和怪物世界的信息告诉傅闻夺。只听黑暗里传来一道低缓的笑声，唐陌转头看去。由于光线太过暗淡，他并不能看清对方的面容，只能看出一个大概的轮廓。

傅闻夺道："不用，直接告诉你就可以了。"

唐陌脚步一顿："傅先生？"

傅闻夺："就像你在匹诺曹副本里说的那样，咱们也算认识很久了，唐陌，不用这么生疏。"

唐陌沉默片刻："为什么，傅闻夺？"

为什么不用付出任何东西，就能得到宝贵的信息？他自认和这个男人的关系还没好到让对方无私奉献的地步。

傅闻夺声音平静，却有种意味深长的感觉："我来S市前，去了趟E市。在那里，杀了三个偷渡客。"

唐陌突然明白了他想说什么。

"洛风城说，这个组织的七个人来过S市，杀了很多人。而在E市，他们杀的人更多。我刚抵达E市的时候，那里几乎成了一座空城。不是没有玩家，是所有人都躲了起来，即使白天，街上也看不到任何人。"

唐陌道："你杀了那个组织最后的三个人？"

"是。"

良久，唐陌："谢谢，那是我的家乡。"

傅闻夺笑了："不用说谢谢，都是一样的。有些事情看似重要，其实和其他东西比起来，并没有想象中那么珍贵。你想知道什么，如果我知道且没触碰到我的底线，或许我可以稍微说一些出来。毕竟，你是陌陌的另一个拥有者。"

唐陌再不犹豫，直接开口："首都怎么样了？"

地球上线前的A国首都，是A国的政治中心。

首都怎么样了？傅闻夺停住了脚步，黑暗中，唐陌察觉到这个人似乎在看自己。

"和S市差不多。不会更好，只会更糟糕。"

地下停车场光线昏暗，两人走上楼梯，来到室外。

已经入夜，天空漆黑。没有城市灯光的照射，S市的夜晚十分寂静，天边难得出现了几颗星星。两人走出商场后，傅闻夺一边走，一边道："首都的情况不比S市好，或者说十分相似。全A国所有地区此刻应该都处于无序状态，所以无论城市规模大小，情况大抵相同。"

唐陌理解地点点头。

黑塔游戏开始得太过突然，尽管它提前三天发出公告，要求全人类淘汰玩家，进入游戏，但谁也不知道这句话到底是什么意思。在那三天时间里，已经完成黑塔游戏的正式玩家无法说出有关黑塔游戏的任何消息（李彬证实），无法提醒其他人。这就注定了三天后进入游戏的玩家，都是随机的。

所以地球上线后，全世界的政府体系基本瘫痪了。

黑塔筛选玩家的方式和玩家的身份没有任何关系。傅闻夺、洛风城这种国家机密人员活了下来，唐陌这种普通的小市民也活了下来，还有许多杀人犯，比如唐陌曾经碰到的那个叫钱三坤的小偷，也活了下来，进入游戏。

一场毫无规律的游戏筛选，彻底击溃了人类维持了上千年的社会秩序。但人终究是群居动物，唐陌说道："首都也有像S市这样的异能者组织吗？"

S市不只有阿塔克一个异能者组织，还有一些其他组织。只是阿塔克的实力比较强悍，在S市颇有名气。

傅闻夺淡淡道："除了很多零散的小组织，还有一个很大的组织。"

唐陌从他的语气里察觉出了一丝异样："这个组织……"

"是个偷渡客组织。"

唐陌脚步顿住。

"首都最大的异能者组织叫作天选，由30多个偷渡客组成。每个人都实力很强，其中有一个偷渡客已经通关了黑塔一层。"

唐陌惊讶道："你怎么知道他通关黑塔一层的？"

傅闻夺道："离开首都前我和他交过手。他实力很强，这种实力肯定早就被黑塔发觉并强制攻塔。"顿了顿，他继续道，"你应该也是这样被迫攻塔的。"

"是。"

傅闻夺抬头看着宁静广阔的夜空，语气淡定："所以他也一样。他肯定被迫攻塔过，成功出来了，这说明有九成可能性，他已经通关了第一层，或许比你还早。每个区除了第一个通关黑塔的玩家，其他玩家再通关并不会进行全球播报，也不会有人知道。当然，你是个例外。"

"我是个例外？！"唐陌正在琢磨傅闻夺的话。突然听到对方提到自己，还说了这么一句莫名其妙的话，他停在原地，错愕地转头看向傅闻夺。

傅闻夺将视线从星空中收回，看向一脸惊愕的唐陌。唐陌很少会露出这么鲜明的表情，大多数时候会隐藏情绪，或者伪装情绪。可这次真的出乎他的预料，他双眼微微睁大，一缕头发从额前坠下，落在挺立的鼻间，看上去竟然有几分天真。

傅闻夺明白了唐陌震惊的原因。他想了想，在告知真相和继续隐瞒中，还是选择了前者："据我推测，黑塔上线至今已经快两个月了，之前通关第一层的玩家至少有20人。这次圣诞福利副本很多玩家被迫去攻塔，虽然大多数玩家还没达到攻关第一层水平，但人数太庞大，通关的人数也会很可观。保守估计，全世界至少60人现在已经通关了黑塔第一层。但他们无论是否通关，都没有向任何人公告。只有你……"

傅闻夺斟酌了一下用词："你通关的是黑塔第一层的困难模式。所以在你通关的那一刻，黑塔在我的脑海里进行了通报——A国2区玩家陌陌通关黑塔一层（困难模式）。没有全世界公告，也没有全A国公告，据我猜测，应该只是把这件事通报给了所有已经通关黑塔一层的玩家。"

唐陌："……"

一个月前，唐陌被黑塔坑了两次。

第一次是被通知要进行攻塔游戏。唐陌累死累活、殚精竭虑地攒异能、攒道具，好不容易才过了这一关，保住性命。第二次是九死一生地完成游戏后，再被黑塔告知"你通关的是困难模式哦"，当时唐陌直接冲去黑塔下方，踹了黑塔下的石碑好几脚发泄情绪。

现在又被告知：黑塔赠送坑人一条龙服务，免费帮你在全世界高端玩家中打响知名度。

唐陌现在无比庆幸自己用了改名异能，被打响知名度的是陌陌，不是唐陌。能在唐陌之前通关黑塔一层的玩家，都是目前全球玩家中的佼佼者。唐陌性格谨慎，并不想提前暴露自己的实力，成为众矢之的。

唐陌神色快速变换，最后轻轻舒了一口气，恢复平静。他暗自决定：下次去西新的时候，找机会再去那块石碑底下踹两脚。

接下来，傅闻夺又简单地向唐陌透露了一些外界信息。

总而言之，目前全A国虽然都处于无政府状态，没有任何社会秩序，但大多数城市并没有出现混乱。E市出现的那个偷渡客组织是个特例，傅闻夺从首都南下，一路到S市，途经三省两市，只有E市出现了疯狂的偷渡客组织，肆意屠杀。

E市的偷渡客组织也纯属意外，毕竟，根据唐陌和洛风城的推测，他们之所以疯狂杀人，是因为有夺取心脏能变强的特殊异能。否则若无必要，任何偷渡客组织都不会盲目地杀人。因为杀人会遭到绝大多数玩家的反抗，得不偿失。

所以傅闻夺说，首都的偷渡客组织虽然十分庞大，但他们并没有真的对普通玩家动手，大家还算相安无事。

听到这个消息，唐陌松了口气。无论他的大学死党有没有顺利进入游戏，至少在地球上线后，他在首都不用担心被其他玩家随意杀死。

唐陌又在心底思索自己什么时候找机会去首都一趟。

正在这时，一道欢呼雀跃的声音从远处响了起来："唐哥，唐哥！"

唐陌转头一看，只见一个金发碧眼的年轻女人从商场的方向跑了过来，动作极快，没几秒就跑到了他的跟前。唐陌认识她，她叫莉兹，是阿塔克组织的成员，之前和唐陌在医务室里见过。

看到她来找自己，唐陌第一个想到的是："洛风城有事找我？"

莉兹摇摇头，笑道："不是，是你的朋友回来了。"

唐陌疑惑地皱起眉头，没明白对方的意思。

小胖子他们这么快就从集结副本里出来了？

突然，他想到了一件事："陈姗姗和那个小姑娘回来了？"

莉兹道："没，就一个小姑娘回来了，是陈姗姗。她是自己走回组织的，现在正在医疗室里休息。我刚刚帮她包扎了一下伤口，她受伤了。唐陌，她回到组织后就说要见你，她有事情要说，洛博士已经过去了。我记得她有两个同学，一个是那个可爱的小胖子，他和杰克斯下午去了西新还没回来。还有一个同学今天和我们组织的成员去通关S8副本了吧？我去找找那个小朋友吧。"

唐陌道："好，谢谢你，我这就回去。"

莉兹笑道："不用，那个小女孩能安全回来，我也很高兴。"说着，她很快走进工厂区的深处，寻找刘晨。

唐陌看向傅闻夺："我一个朋友刚从游戏里回来。"

傅闻夺明白他的意思："我也一起回去好了。"停顿了一下，他淡定道，"不是回阿塔克。夜晚不好行动，我在商场里找个地方落脚。"

两人一起走回商场。

有些话在商场附近不好说，唐陌和傅闻夺早已走到工厂区的边缘。道路上空空旷旷，两边的白色厂房整齐划一。入夜后，除了白天就进入副本、暂时无法出来的玩家，其他人早已回到商场，准备度过这个悄无声息的夜晚。

唐陌双手插在口袋里，目视前方，没有说话。

他不知道该说什么。

他和傅闻夺认识不过一个半月，如果不算上用陌陌联系的时间，他们才认识半天。地球上线前，两人的身份截然不同，如果不是黑塔突然出现，唐陌可能这辈子都不会遇上傅闻夺。

两人都十分默契地没有开口，渐渐地，树叶掩映间，已经快要看到商场的影子。

傅闻夺低沉的声音响起："你刚才说，你是E市人？"

唐陌微愣："嗯，我是E市人。之前因为一些事来S市，本来打算回E市看看那些偷渡客情况怎么样，但既然你已经处理了他们，我也不急着回去了。"

"不回E市，留在S市吗？"

唐陌想了许久："或许去首都吧。"

傅闻夺："首都？"

这种事说出来也没什么大不了的，唐陌坦然道："我有个好朋友，大学毕业后就没见过了。他在首都工作。"

傅闻夺没有再说，但唐陌这句话已经解释了为什么他之前最想知道的是关于首都的消息。

两人继续往前走，穿过这座工厂，再越过一条马路，就是商场。

正在这时，一阵"丁零当啷"的声音从远处传了过来。漆黑寂静的夜里，这声音刺耳无比，仿佛有谁拖着沉重的锁链，"砰砰砰"地在地上行走，尖锐的声音在房子之间快速回荡。唐陌在听到这声音后，突然觉得哪里不对。下一秒，他立刻想起那个名字——铁鞋匠！

　　然而就在唐陌反应过来的那一刻，一个高大魁梧的身影出现在了厂房的拐角。

　　这是一个身高两米的肌肉壮汉，穿着一身油腻的灰色短衫、一双又破又旧的皮靴。他左手拿着一条粗粗的铁链，右手拿着一根沾满血迹和铁锈的钉子。在他的脸上，一道扭曲的刀疤横跨鼻梁，从左眼划到右嘴角。

　　铁鞋匠堵在道路的尽头。他的身后是商场，面前是唐陌和傅闻夺。

　　铁鞋匠不怀好意的目光在两人身上扫视了一圈，"嘿嘿"一笑："瞧一瞧，我发现了什么？"

　　唐陌大脑快速运转，想起昨天那个预备役说过的话。

　　"我不知道强子干了什么，我就在旁边，那个铁鞋匠就对我'嘿嘿'笑，没拖我走。"

　　遇到铁鞋匠，不一定会被他拖走。

　　两个人之中，触发支线任务、被他拖走的人，不一定是我。

　　一切只发生在眨眼间，唐陌迅速扭头，看向身旁的傅闻夺。傅闻夺的目光紧紧锁在铁鞋匠身上，面色平静。发现唐陌在看自己，傅闻夺转头看他。

　　唐陌快速道："抱歉。"

　　傅闻夺："？"

　　下一刻，唐陌毫不犹豫地转身就跑。

　　傅闻夺："……"

　　森林里遇到老虎的段子很多人都听过。两个猎人一起遇到老虎，怎样才能活下去？人是不可能跑过老虎的，所以猎人要跑赢的从来不是老虎，而是自己的同伴。

　　唐陌不知道到底是谁触发了支线任务，然而不管怎么说，他现在转身就跑肯定是最好的选项。如果同伴是陈姗姗，哪怕是洛风城、杰克斯，唐陌都会犹豫一下，可能不会这么选择。但现在站在他身边的是傅闻夺，他和这个人似乎还没熟悉到那个地步，实力甚至不如傅闻夺。

　　唐陌转身逃跑的同时，在心底默默地给傅闻夺刷了一波好感。

　　铁鞋匠的反应也很快，唐陌刚刚转身跑出一米，他就挥舞起那根生锈的铁链，用力地甩到前方，捆住了唐陌的右腕。唐陌右手被束缚，不得已地转头再看向铁鞋匠。

只见这个巨人般的大汉龇开牙齿，露出一口全是黄垢的污牙。

"嘿嘿嘿，欢迎来到铁鞋匠的游戏世界。"

唐陌的脸色慢慢沉了下去，他明白了，这次是他触发了游戏。刚才他表面上保持平静，其实一直想偷偷挣开这条铁链。然而这条看似普通的铁链一直牢牢锁住他的胳膊，以唐陌现在的肌肉力量，竟然无法挣脱。

黑塔颁布的游戏，最好还是不要轻易反抗。哪怕在游戏中遇到绝境时使用国王的金币弃权，也不要在一开始就强硬反抗。

傅闻夺在旁边看着这一切，铁鞋匠没有理会他，只锁住唐陌。傅闻夺的目光在铁鞋匠和唐陌的身上来回扫了一眼，又看了看那条捆住唐陌的铁链。他勾起唇角，明白了事情经过。他看向唐陌，笑道："抱歉。"

唐陌："……"一模一样的话，刚才是唐陌决定卖傅闻夺、自己逃命时说的，现在傅闻夺原封不动地还给了他。唐陌已经确定要参与游戏，他看着傅闻夺淡定微笑的模样，觉得真是天意弄人。

然而没让唐陌无奈多久，只听铁鞋匠低哑地笑了一声，扭头看向傅闻夺："也欢迎你进入铁鞋匠的游戏世界。"话音落下，铁鞋匠一跺脚，一根锁链从捆住唐陌的锁链上莫名延伸出去，以肉眼不可企及的速度捆住了傅闻夺的手腕。

傅闻夺："……"

唐陌："……"

傅闻夺在第一时间就做出反应，躲避逃开。但这锁链仿佛长了眼睛，一直追着他。傅闻夺被捆住手腕后，迅速地抬起右手。五指消失，一把漆黑的金属利器出现在他的右臂上，他毫不犹豫地挥之砍下。一道坚硬清脆的金属碰撞声后，锁链没有被斩断，傅闻夺的脸色有些难看。

铁鞋匠看到他的动作，哈哈大笑起来。

熟悉的童声在两人的耳边响起——

叮咚！触发支线任务"偶遇那个铁鞋匠"，正式进入现实副本"那个可爱的铁鞋匠"。请玩家跟随可爱的铁鞋匠，进入铁鞋匠的手工作坊小屋。

提示：铁鞋匠的爱心锁链为因果律武器，被捆住后除铁鞋匠外，任何人无法解开。

黑塔都提示到这份儿上了，唐陌和傅闻夺也不可能再做无谓的尝试。

月光下，铁鞋匠哼着小曲，拽着锁链，拉着两个男人直直地往工厂区的深处走去。

这根锁链原本只是一根长条，现在它从中间分了叉，一端捆着唐陌，另一端捆着傅闻夺。唐陌和傅闻夺再次并肩走到了一起。他们不会像之前的那个预备役，拼命挣扎想逃离这个已经开始的游戏，导致自己被铁鞋匠拖在地上走。

两人快速地跟着铁鞋匠的脚步，除了他们手腕上被捆着的铁链，谁也看不出来他们现在受制于人。

铁鞋匠的歌声比匹诺曹的还要难听。许久后，在这噪声一般的歌声里，唐陌低声道："也算是扯平了？"

傅闻夺嗓音低沉："算吗？"

唐陌："算吧。"

"那就算吧。"

这次真的是被捆在一根绳（铁链）上的蚂蚱了。唐陌不希望刚才的那个意外造成两人之间的隔阂，虽然他确实……喀，想卖队友，但事情发展到这种地步，最重要的是齐心协力，打赢眼前这场游戏。

铁鞋匠拽着两个人走到了一家工厂门口。唐陌仔细观察厂房周边的事物，傅闻夺的目光倒是一直锁在铁鞋匠身上，将他身上的每个工具（包括钉子、铁链）都审视了好几遍。

来到这间厂房前，铁鞋匠用力地拽了一下铁链。

奇怪的是，唐陌和傅闻夺明明被他连接在同一条铁链上，当铁鞋匠拽了以后，只有捆着唐陌的那条铁链向前移动。唐陌往前走了半步，铁鞋匠磨着牙齿，"嘿嘿"笑道："你到了，你进去。"说着，他一脚踹开大门，暗淡的月光照进黑漆漆的厂房，只照亮两米左右的距离。

唐陌皱起眉头，抬头看了铁鞋匠一眼，再看向傅闻夺。

两人的目光在空中交会，齐齐点头。

铁鞋匠看唐陌迟迟没进去，正欲借题发挥，唐陌却大步走进了厂房。在他走进厂房的那一瞬间，一直捆在他手腕上的铁链忽然坠落。铁链好像拥有生命，"嗖嗖嗖"地蹿回铁鞋匠的手中。

大门在唐陌的身后"轰隆"一声关上，唐陌趴在门边听了一会儿，只听到铁鞋匠哼曲的声音越来越远。

铁鞋匠应该是带着傅闻夺去另一个地方了。

这次的副本，不是两个人组队吗？唐陌暗自想。

铁鞋匠和傅闻夺已经走远了，唐陌不可能坐以待毙。他转过身，观察四周的环境。

这是一家食品加工厂。还没走进工厂，唐陌就闻到空气中传来的甜香味，那是饼干的味道。地球上线一个半月，这家工厂没有再开工，但堆放在工厂里的原材料还没完全腐坏，散发出食物的味道。当然，不可能再拿来吃了。

厂房里一片漆黑，月光透过高处的窗户照射进来，只能照亮一个角落。

唐陌试着推了推大门。他没有推开，接着从口袋里拿出一块石头。

由于出来得太过匆忙，唐陌把自己的背包藏在了商务车的隐蔽位置，没有随身携带。没有手电筒，他想起自己之前用马里奥的帽子撞出来的这块石头。虽然这石头的光芒只能照亮周围一两米的地方，但聊胜于无。

唐陌将石头擦了三遍，又试着用力地踩了一脚。当他在这块石头上敲了两下后，一行行小字渐渐显示出来——

道具：一块神奇的石头。

拥有者：唐陌。

品质：普通。

等级：一级。

攻击力：一般。

功能：砸人可能还有点疼，能发光，或许还有某种奇特的作用。

限制：无。

备注：一块石头也可以有梦想——我想成为夜明珠！

唐陌的目光在"某种奇特的作用"上停留了一会儿，接着他举起这块石头当照明物，开始探索自己所在的这间厂房。

宽阔寂静的厂房里，唐陌的脚步声在墙壁间回荡，无比清晰。唐陌一边用石头照亮周围的环境，一边时刻集中注意力，观察周边的动静。一旦出现意外，他会以最快的速度取出大火柴，迎击敌人。

这间厂房似乎是食品加工厂的手工作业区。唐陌走了十几米，发现这里摆放了一排排长长的不锈钢桌子。在这些桌子上，零乱地放了一些食品包装盒以及早已包装好的食物。地球上线快两个月，这家工厂已经做好的食品大多被玩家洗劫一空，只有一些掉进包装盒堆里的食物没被发现。

唐陌拿起一盒小面包，继续往前走。

工作区是这间厂房的一部分，再往里走，是办公区。

唐陌小心翼翼地向前探视，手里紧握发光的石头。他走到第一间办公室门前停住脚步，试着扭动了一下门把手。

可以扭开。

唐陌倒退半步，戒备地盯着前方，伸出腿，一脚踹开了这扇门。

"砰！"大门被踹开，灰尘随着这阵风飞舞起来。

屋里没有任何动静。唐陌拿着石头走进屋内，四处搜索。这是一间普通的办公室，里面的东西似乎被其他玩家提前搜刮过，被全部翻乱。不知道那些玩家是因为这个现实副本游戏而进入这家工厂的，还是早就进入过。

唐陌检查了一遍，没发现特别的东西，继续往里走。

一连搜了三个办公室，唐陌都没有发现异常。当他走到最里面一间办公室的门前时，一道极其微弱的"咔嚓"声从门内响了起来。

唐陌瞳孔一缩，盯着眼前的房间。他不敢大意，直接取出巨型火柴，在听了一会儿动静后，一脚踹开这扇门，同时身体往一旁闪开，靠着墙壁挡住身形，防止门内的东西突发袭击。

"啊……谁？谁在那儿？"一道沙哑、惊恐的男声响了起来，唐陌眉头皱起。那道声音还在继续："是谁？是谁来了？"他好像忽然想到了什么，语气变得十分激动，"是新的玩家吗？是新的玩家来了吗？！"

房间里的男声又重复了几遍。

唐陌思索片刻，一只手紧紧握住大火柴，转身走进了这间办公室。

地面上一片狼藉，数不清的零食包装袋混乱地堆在地上，上面沾着一些早已发黑的血迹。一个瘦小的年轻男人像只干瘪的黑蝙蝠，躲在办公室的桌子后，偷偷地看着唐陌。他的嘴上还沾了一些饼干屑，似乎刚刚的"咔嚓"声就是他吃饼干发出来的。

在他的身上，遍布着触目惊心的乌黑色伤口，从手臂到大腿，露出一个个黑漆漆的洞口，看上去像是被什么东西捅穿形成的。

这些洞口上的血液早已凝固，变得发紫，玩家获得提高的身体素质让他不至于因为这些伤口而死去。只见他几乎瘫痪一样倒在地上，那条伤口最多的右腿此刻已经肌肉萎缩，应该很久没运动过了。

唐陌没有放松警惕，冷冷道："你是谁？"

年轻男人害怕地看着他："我……我叫邢峰，你是新来的玩家吗？我很早就进来了，这是铁鞋匠的现实副本，对不对？我在1号就进来了。你知道今天是几号吗？已经过去几天了？你……你别怕，我没恶意，我真的没恶意，我只是很久没看过新的同伴了。"

唐陌立即道："新的同伴？"

邢峰害怕地吞了口口水，点头道："对……对。在你之前，来过两个同伴，他们都死了。他们是被那边的人害死的。我被铁鞋匠弄伤了腿，根本没办法再行动去找线索。如果你不来，我恐怕也快死了。"

"那边的是什么人？"唐陌问道。

邢峰的脸上闪过恐惧的神色，他还没开口，只听一道铃声在办公室里响起。同时，耀眼的光芒照亮了办公室桌子后面的书架。

唐陌一惊："那是什么？！"

只见死寂般的办公室里，房间中央的桌子上的电脑突然开机，屏幕上，一个视频通话邀请发送过来。地球上线后所有通信设备都无法使用，电力资源也全部瘫痪。这台电脑怎么会启动？

邢峰畏惧地手脚并用往后退，紧紧贴着墙面，伸出手，恐惧地指着那台电脑："来了，来……来了。就是那边的人，那边的人来电话了！"

唐陌抿紧嘴唇，沉思片刻，走上前。他先看了看电脑主机，发现并没有被启动，只有显示器被开启了，而且有人发来了视频通话邀请。

唐陌面无表情地看着电脑屏幕，按下确定键。

下一秒，傅闻夺俊朗的脸庞出现在了电脑屏幕上。

唐陌诧异道："傅闻夺？"傅闻夺也有一丝惊讶。

正在这时，清脆的童声在房间里响起——

叮咚！触发支线任务二：找到铁鞋匠失踪的鞋油。

　　房间非常幽暗，只有这台电脑闪烁着荧荧的光芒。唐陌弯下腰盯着电脑屏幕，下意识地将手按在鼠标上想拖动，但当他按下"确定"键后，屏幕上的鼠标就消失了，只剩下傅闻夺的脸占据了整个画面。

　　唐陌道："你往后站一些。"

　　傅闻夺退了三步，露出他身后的环境。

　　唐陌仔细观察了一下他周边的事物，傅闻夺那边亮了一盏灯，他身处一个封闭的小房间。房间里杂乱地堆放着一些纸箱和泡沫，似乎是某个小小的仓库。他此刻正抬起头，看着上方。

　　唐陌问道："你现在在看什么？"

　　傅闻夺没有多问，立即回答："一个很小的显示器，大约手掌大小，悬挂在房间天花板的角落。"不用唐陌继续问，他直接说道，"在和你分开后，我被铁鞋匠带到了一个很小的屋子。我和你在同一个工厂，这是厂区后方的杂货间。铁鞋匠把我放进来就走了。我刚才试了一下，无法推开门窗，黑塔提示这些门窗不可开启。还有，唐陌……"

　　男人停止说话。

　　唐陌低下头，看着画面中傅闻夺镇定沉着的脸。

　　傅闻夺道："你可以使用异能吗？现在。"

　　唐陌心中一惊，他拥有的异能很多，目前最适合在傅闻夺和邢峰面前使用的，是"我比主角差个灵田"异能。这是个一次性异能，两个月前唐陌用这个异能将巨型火柴封进了身体里。在进入这间办公室前，唐陌听到邢峰发出的声音，为防意外，将大火柴取了出来当作武器。

　　刚才突然和傅闻夺视频通话，唐陌直接将大火柴放在了电脑旁。

　　此刻他缓慢地转过头，看向那根刚刚被自己放在桌子上的巨型火柴。唐陌的目光在空荡荡的桌子上停留许久，再低头看向自己的左手手腕，一个鲜艳的红色火柴文身映入眼帘。他按住文身，使用异能。

　　半分钟后，唐陌抬头看向傅闻夺："我不可以使用异能了。在进入这个房间的时候，我的异能正处于使用状态，但就在刚刚，在我没有注意的一瞬间，无法再使用了。"

傅闻夺："我也一样。在进入这个房间后，我试着破开门窗或者墙壁，但无法使用异能。同时，唐陌，道具也无法使用了。"

唐陌从口袋里拿出马里奥的红宝石，直接扣向头顶。

"咔嗒——"一道清脆的碰撞声后，红宝石落在唐陌的头上，顺着他的头发往下滚了滚，落在唐陌早已准备好接东西的掌心。

"我也不可以使用道具。"

两人看着屏幕中的对方，久久没有开口。

下一刻，唐陌和傅闻夺异口同声地问道："你的任务是什么？"

两人一起愣住，刚才唐陌听到房间里响起黑塔的支线任务提示声，但没有听到傅闻夺那边传来声音，黑塔提示的声音不可以通过视频传播。目前两人突然被迫进行视频通话，必须先确定对方的目的。如果是同样的任务，那自然是同心协力。如果任务不同甚至相反，那接下来的游戏无论是对于唐陌还是傅闻夺，最大的敌人都是彼此。

唐陌沉思片刻，说道："黑塔要我找出铁鞋匠的一个工具。"

傅闻夺笑了："很巧，我也是。"

唐陌："那个东西一般呈液体状，但膏体状也有。"

傅闻夺："很多时候用锡软管包装，用瓶子包装的也有。"

看着屏幕另一边警惕防备的对方，唐陌忽然觉得有点意思，这种互相试探的感觉竟然比游戏带来的紧迫感更让他觉得有趣。他道："我们一起把那样东西写下来吧，傅闻夺。我这里是一个办公室，我有纸笔。你背后有很多纸箱子，你在纸箱子上写字。我们同时把答案亮出来。"

"好。"

唐陌从办公桌的抽屉里取出了纸和笔，傅闻夺搬了一个纸箱，将箱子的一面撕下来。唐陌在纸上轻轻地写下了两个字，傅闻夺也用锋利的小刀在纸箱上刻画着。十秒钟后，两人同时停住动作，看向屏幕。

唐陌："我倒数，一起把字露出来。"

傅闻夺："好。"

唐陌的手指捏紧纸张边缘，他倒数着："三、二、一……"

"唰——"屏幕的两端，唐陌和傅闻夺同时把自己刚刚写下的两个字呈现给了对方——鞋油。

唐陌暗自松了口气，表面上却十分平静："看样子我们这次是要合作了。"

傅闻夺将纸箱放了下去："你那边的情况如何？"

唐陌开始介绍自己这边的情况："我进入的地方比你进入的要大很多，是工厂的主要工作区。一进门是食品加工区，地球上线前，应该有很多工人在那里进行食品包装的检查，堆放了不少食品包装袋，还有一些零散的、没被找到的食物。我拿了一盒面包过来，万一游戏时间太长，可以当作食物。"他顿了顿，继续说，"现在我所处的位置是食品加工区后面的办公室……"

唐陌将自己见到的东西大致说了一遍后，傅闻夺道："好。这次我们的任务是一致的，但铁鞋匠还没有出现，鞋油具体在哪儿也无从得知。但是你刚才说，你那里有一个已经参与过游戏的玩家？"

傅闻夺的房间里只有他一个人，唐陌的办公室里却有邢峰。

他点点头，看向邢峰："邢先生，你已经在这场游戏里待了一段时间，你能告诉我具体的游戏规则吗？"

邢峰缩在墙角，惊恐地看着唐陌。当他发现唐陌和傅闻夺相谈甚欢（在他的眼中就是这样）后，看向唐陌的眼神也变得非常害怕。听到唐陌问他问题，他紧张地吞了口口水："就是找、找鞋油。铁鞋匠说，鞋油就在我们或者他们那边，肯定就在这两个地方。只有找到鞋油，铁鞋匠才会放过我们，如果找不到，他就会……就会……啊！你很快就知道了。你很快就知道了……"

唐陌看着邢峰畏惧的神情，微微眯起眼睛。他怀疑的目光在邢峰的身上徘徊着，但并没有再和邢峰说话，反而装着什么都没发现的样子，继续问傅闻夺："你那里具体怎么样？有危险吗？"

听到这话，傅闻夺的视线稍稍往屏幕下方看了一眼，接着他又抬起头："没什么特别的，只是有三具尸体。"

唐陌皱眉："你那里有三具尸体，我这里严格来说，曾经也有三个玩家，只是有两个玩家已经死了，所以这场游戏两边的人员数量是一致的。"说到这儿，唐陌发现傅闻夺又垂眸看了一眼视频下方的位置，警觉道，"怎么了？"

傅闻夺淡淡道："那三具尸体的样子很独特。"

唐陌："怎么说？"

傅闻夺沉默片刻，抬头道："被抽干血，变成了干尸。"他用最简单的语言描绘出了自己眼前的一幕。唐陌也没想太多，轻轻点头。而他一点都不知道，此时此刻，傅闻夺正站在杂货间的墙角，抬头看着那小小的屏幕。

因为屏幕太小，想看清唐陌那边的东西，他必须站得很近。

冰冷刺目的白光照亮了整个房间，傅闻夺面不改色地站在墙边，就在他的眼前十厘米处，一具面容惊悚的干尸正对着他的脸。干尸干枯发黑的脸庞上，有一对因临死的恐惧而凸起的巨大眼球。在这两只眼球凸起来前，很多人都无法想象，人类的眼球是这么圆、这么大。黑色的眼珠只占据了中间的一小部分，更多的是惨白的眼白。

三具干尸被人用铁钉钉在墙上，呈耶稣受难的十字架姿势。

距离近到傅闻夺都能闻到三具尸体上腐烂发臭的气味，但他依旧面无表情地对唐陌说："现在没有多余的线索，我们只能等那个铁鞋匠出现。"

唐陌颔首："好，那……"

"砰！"一道刺耳的响声忽然在耳边炸开，唐陌的心脏顿时漏跳一拍。他看见眼前的电脑突然暗了下去，傅闻夺的身影消失不见。

与此同时，墙边的邢峰死死抱住了脑袋，害怕地直往角落钻。他用沙哑恐惧的声音，哭喊着说："它要来了，它就要来了，快把门关上……我杀不了它，我不可能杀了它……"

唐陌深吸一口气，转头看向邢峰，快速道："他是谁？铁鞋匠？"

邢峰直摇头，声音断断续续："不……是它，不是铁鞋匠。那匹狼！它要来了。"突然，他仿佛想起了什么，激动地抬起头看向唐陌，"你是正式玩家，你说你用不出异能，一定是正式玩家。你肯定很厉害。杀了它，必须杀了它！不杀了它，我们今晚都得死，一定会死的！"

正在这时，清脆的童声在唐陌的耳边响起——

叮咚！各位玩家请注意，各位玩家请注意，三分钟后，铁鞋匠最讨厌的鞋油狼即将出现。杀死鞋油狼，可获得鞋油一滴。请玩家踊跃参与，杀死鞋油狼。

地底人王国十大未解之谜之第九个，勤劳可爱的铁鞋匠为什么总是穷得叮当响？铁鞋匠百思不得其解。直到有一天，他发现了那些总是爱偷吃鞋油的可恶鞋油狼！杀死鞋油狼，人人有责！

黑塔提示音戛然而止。漆黑的工厂里，唐陌的手渐渐握紧。

突然，他听到一道沉闷的声音从门外传了过来，仿佛有什么东西正在撞开隔壁办公室的门。它用尽全力撞击着，将那扇门撞得"砰砰"响。它一遍遍锲而不舍地撞着。大约撞了十次，唐陌只听到一阵猛烈的物体破碎声，有一个东西狠狠撞碎了房门，砸在走廊的墙壁上。

凶狠的嘶吼声在门外响起，仿佛野兽的怒吼。

唐陌神色不变，走到办公室的角落，拿起放在架子上的青花瓷瓶。

工厂另一边的杂货间里，傅闻夺看到屏幕骤然变暗，面色一变，戒备地扫视着房间里的其他东西。

一秒钟后，挂在房间上方角落的屏幕突然又亮了起来。傅闻夺警惕地抬头看去，只见在那巴掌大的屏幕上闪烁着老式电视机独有的雪花。这雪花图案闪烁了整整三分钟，一阵欢快、熟悉的音乐声响起，配合着音乐声，屏幕上的雪花变成了五颜六色的光晕。

在这一毛钱特效的绚丽光晕中，一个小小的黑点在屏幕正中央出现。这个黑点越变越大，越来越清晰，最后一座黑漆漆的迷你小塔定格在屏幕上，周围的特效光晕绕着这座塔不断闪烁。

音乐声渐渐停住，一个卡通小人儿从屏幕的一端跳了出来。她身穿蓝色连衣裙，头戴水晶王冠，躲在黑塔后方，悄悄地看向四周。似乎发现周围没有坏人，她清脆地笑了一声，从黑塔后蹦了出来，手拿话筒大声说道——

地底人王国的十大未解之谜是什么？

到底是谁拐走了狼外婆的女儿？

你心中黑塔一层的死歌之王是匹诺曹还是铁鞋匠？

噔噔噔噔，一切尽在《开心问答》！各位观众，大家好，我是你们最喜欢的王国卫视金牌主持人王小甜。今天，又是愉快的问答时间。你的梦想是什么？你想得到什么？来《开心问答》，这些你都可以拥有。接下来——

请听题！

狼和猫一样，具有强大的夜视能力。

唐陌蹑手蹑脚地走到门旁，右手紧紧握着花瓶的瓶颈，身体半贴着办公室的门，仔细听着外面的动静。一阵阵沉闷的咕噜声从门外传来，仿佛有只野兽正咬紧牙关，蓄力爆发。

墙角处，邢峰吓得瑟瑟发抖，极力把自己塞进角落，降低存在感。

唐陌在听门外那匹狼的动静，门外的狼也虎视眈眈地盯着这扇门，双方僵持。就在这电光石火的一瞬间，唐陌用左手将发光的石头用力抛到了门头的窗户上。他抛物的角度选得极好，石头恰好卡在门框和窗户的缝隙间稳住。

石头卡着门框发出清脆的"咔嗒"声，打破僵局，鞋油狼尖啸一声，冲向房门。唐陌同时打开大门，鞋油狼直直冲他奔来，他根本看不清这匹狼的动作，直接一脚踹上去，将这匹又长又瘦的狼踹到了走廊的墙壁上。

鞋油狼愤怒地咆哮着，后腿用力一蹬，再次冲向唐陌。

唐陌侧身避开它的突袭，走进走廊，发光的石头洒下淡淡的光辉，将走廊照亮了一小片区域。唐陌不知道鞋油狼是不是和地球上的狼一样拥有可怕的夜视能力，但无论如何，他不可能在无光的情况下和这匹狼对战。所以一开始，他就先发制人，给自己制造了光源。

鞋油狼的速度很快，它身形瘦长，四肢发力，蹬在走廊的墙壁上，不断地从各个方向冲向唐陌。唐陌用花瓶砸破了它的头，留下一道破裂的血口。鞋油狼更加暴躁，力气不算大，但速度实在太快，一脚蹬在墙上，飞跃到空中，利爪抓向唐陌。

唐陌一个鲤鱼打挺，然后从地上滚了过去，两者交换位置。

黑色的狼发出恼怒的吼声，唐陌轻轻喘着气，右手握紧碎裂的花瓶瓶颈。

一人一狼在狭窄的走廊中两相对望。

下一刻，鞋油狼突然发起攻击，唐陌握着破裂成一半的花瓶也冲了上去。两道黑色的影子在半空相遇，唐陌举起花瓶，用碎裂的那部分刺向鞋油狼的眼睛。这匹狼竟然早有防备，侧过头，张开嘴，露出尖锐的牙齿，一口咬在了花瓶上。

"咔嚓"一声，本就碎了的花瓶在空中变成四五块碎片。

就在这一刻，鞋油狼挥起右爪抓向唐陌的眼睛，唐陌也早有准备，侧头避开。同时，他借着鞋油狼咬碎花瓶的契机，动作极快地伸手从空中抓住一块溅出来的碎片。唐陌冷厉的目光扫过鞋油狼的脖子，接着他奔跑向前，右手用力一划。

锋利的瓷片划破狼的脖子，从它的咽喉一直划到它的后颈，划出一道巨大的豁口。

唐陌踉跄着往前冲了几步，抬起手，擦了擦自己右脸颊流下的血。他即使早有计划，鞋油狼一爪子下去，也不可能完全避开，脸上被划出一道细长的伤口。在他的身后，鞋油狼的身体整个摔了出去，摔在走廊的地上，滑到远处。

唐陌快步走到它跟前。

鞋油狼的脖子几乎被唐陌割成了两半，只剩下一点皮肉还连接在身体上。浓稠的血液从它的身体里流淌出来，它不断发出哼声，幽绿的眼睛直勾勾地盯着唐陌。唐陌面无表情地看着它，弯下腰，补了一下，将碎瓷片刺入鞋油狼的头颅里。

鞋油狼彻底断了气。

一束绿色的光芒从鞋油狼的身上闪过，光芒消散，鞋油狼的尸体和刚才流下的血全部消失，一滴珍珠似的黑色液体出现在了鞋油狼尸体的位置。

唐陌将鞋油捡了起来。

这滴鞋油质感很奇怪，类似于水银，可以直接抓取。黑塔说杀死鞋油狼可以获得一滴鞋油，唐陌现在得到的真的只有一滴鞋油。哪怕他尝试着将这滴鞋油分成两滴，在他停止分开这个举动后，鞋油又会聚拢到一起，成为一滴鞋油。

邢峰看到唐陌回来，激动得身体颤抖："你……你这么轻松就打败了鞋油狼？我们或许有救了，真的有救了！"

唐陌脸上的伤口已经止住血了，但还没完全愈合，他冷冷地问道："鞋油狼到底是怎么回事？那两个人是怎么死的？你身上的伤口是谁弄的？"

一连三个问题，让邢峰哑口无言。

唐陌拉开办公室的椅子坐下，邢峰和他靠得很近。邢峰颤抖着用双手撑起身体，艰难地往前挪动。他想离唐陌远点，但唐陌直接一脚踹在墙上，"砰"的一声巨响，腿挡在邢峰的面前。

这个浑身是伤的老玩家害怕得倒退一步。

唐陌抬起脚，又重重地踹在墙上，令整个办公室都抖了一下。他勾起唇角，冷笑道："回答我，三个问题。"

邢峰害怕地看着他，终于开了口："鞋油狼就是……就是你刚才杀死的那个东西。它每隔三个小时会出现一次，第一次出现一匹，第二次出现两匹，然后是三匹。杀死鞋油狼就可以得到一滴鞋油。如果杀……杀不死鞋油狼，再过五分钟，它就会自己消失。"

唐陌："自己消失？"那这样只要躲过五分钟，不就可以避开和鞋油狼正面相对？

邢峰害怕地点头："是……是。但是，鞋油狼出现十分钟后，铁鞋匠……铁鞋匠就会出现。他会问你，问你有没有……"

"砰——"一道沉闷的响声打断了邢峰的话。听到这道声音，邢峰的脸上露出恐惧的神情，他惊恐地看向门口的方向。唐陌听到一阵砸地似的"砰砰"声从走廊的一端传来，紧接着的是锁链拖地的"哗啦"声。

那个东西越走越近，已经快走到这间办公室的门口。

唐陌握紧了自己刚才放在口袋里的碎瓷片，站起身。

他已经意识到这个人是谁。

三秒钟后，一个巨人似的强壮男人出现在门口。他将右手的锁链套在胳膊上，左手拿着那根长长的铁钉。他不怀好意的目光先看向地上的邢峰，邢峰吓得往后一缩，躲在唐陌的身后。接着，他再看向站在那里的唐陌。

铁鞋匠低低地笑了一声，用钉子狠狠砸了一下桌子，嚷道："我的鞋油呢？你们这群渣滓，找到我的鞋油了没？"

洪亮而不耐烦的声音在办公室里回荡。

食品加工厂的另一边，傅闻夺站在狭小的杂物间里，抬头看着墙角挂着的小电视。

屏幕上，身穿蓝色小裙子的王小甜不知从哪儿变出了一把旋转椅，她坐在旋转椅上，露出灿烂的笑容："今天是《开心问答》的特别篇，我们只邀请了一位挑战者。我来看看……哇哦！这位挑战者非常有名，他的名字你们都知道。"

傅闻夺眯起眼睛。从屏幕上他只能看到王小甜的身影，但是在她说出这句话后，就像每一个电视节目组都会制作的效果一样，小电视机里响起一阵欢呼声。

王小甜卖了个关子："那么……他是谁呢？"

傅闻夺冷漠地看着电视屏幕，只见电视画面一转，一个五分钱特效的宣传片出现在了屏幕上。

首先，突然出现了一行黑色的大字。

"他——是全世界第一个开启黑塔一层的玩家。"

接下来，这行字仿佛被人擦去，又换了一行字。

"他——是全世界第一个通关黑塔一层的玩家。"

第二行黑色的字消失后，下一行字久久没有出现。傅闻夺等了很久，电视屏幕里传来一道吞咽口水的声音。这是王小甜的声音。如果唐陌在场，恐怕听不出来这个充满贪婪和欲望的声音会是刚才那个可爱的卡通人物发出来的，但傅闻夺经过特殊训练，听出来了，王小甜在努力地咽口水。

接着，五个字出现在了屏幕上。后三个字是浓烈的血红色，一滴滴血液甚至从这三个字上滴淌下来，落到电视屏幕下方看不见的位置。

"他是——偷渡客！"

画面一转，王小甜的卡通圆脸出现在画面上。她的嘴边全是口水，发现镜头对着自己，她立即抬起袖子把口水擦干净，甜甜一笑："那么，就有请地底人王国所有公民痴迷已久、三次蝉联《怪物周刊》'我最想吃的人类'第一名的选手——傅闻夺！"

傅闻夺站在杂货间里，盯着电视屏幕，只见一个穿着黑色衣服的卡通小人从屏幕的一端蹦了出来。他走到王小甜对面的椅子上坐下，低着头，没有吭声。他的头上显现出了三个字——傅闻夺。

王小甜："我们的傅选手有点沉默，不和喜欢你的观众说些什么吗？"

卡通傅闻夺依旧没有开口。

王小甜的目光从迷你傅闻夺身上挪开，转过头，若有若无地看了外面一眼。她那一眼似乎是在看摄像头，但她的目光诡异地正好和电视外的真傅闻夺相接。她再次擦了擦口水，奇怪地笑了一下："既然傅选手不想说话，那我们就开始吧。让我们来看看第一题……哦，这是个非常简单的常识题。"

小女孩俏皮的声音在杂货间里回荡。

"傅选手应该很容易就回答出这道题吧。那么，请听题！第一题，黑塔一层的世界里，最喜欢捉弄偷渡客的是谁？

"A. 匹诺曹　B. 灰姑娘……咦，我怎么会在这个选项里？我王小甜从来不捉弄偷渡客呀。"王小甜故作惊讶，非常做作地捂住嘴，"哎呀，一不小心给傅选手排除了一个错误答案呢。那咱们继续。C. 马丁先生　D. 猩猩大伯。傅选手，你会选哪个呢？哪个才是正确选项呢？

"我们的傅选手有20秒的考虑时间，这可是一道送分题哦。傅选手到底能不能答对呢？"

与此同时，傅闻夺的面前出现了一行蓝色的小字。

蓝色的文字悬浮在半空，是刚才王小甜在小电视里说的第一题的内容。在这行字的下方还有四个选项。电视机里的迷你傅闻夺的头上冒出了一个大大的问号，电视机外的傅闻夺看着这个题目，再抬头看看王小甜那夸张、做作的表情。

他面无表情地按下了B选项。

王小甜："欸？！怎么会是我？傅选手，这可是一道送分题呀。你真的真的不要再改一改答案了？"

电视机里的假傅闻夺当然不可能回答她，王小甜一连说了好几遍，最后无奈地道："好嘛，恭喜答对！导演，我要抗议，我什么时候最喜欢捉弄偷渡客了？我明明就是偶尔、偶尔那么捉弄一小下下，就一小下下嘛！"

王小甜又说了几句废话，傅闻夺当然没有和她搭话，观众的起哄声倒是不少。见傅闻夺没反应，她十分无聊地开始了第二题。

"第二题，在怪物世界里，哪个怪物吃的偷渡客最多？

"A．史莱克　B．绿巨人　C．狼外婆　D．大鼹鼠。

"哇，导演你是不是给傅选手开后门呀？这是作弊！这题目也太简单了吧！我要代替咱们的观众，抗议！抗议！"

台下非常配合地响起一阵嘘声。

傅闻夺看着这道题，却慢慢沉了脸色。

傅闻夺曾经在怪物世界偷渡的时候从广告牌上看到过史莱克的名字，这是怪物世界的大明星，按理说答案不会是它。绿巨人他没见到过，狼外婆和大鼹鼠他也是从没见过。

这道作弊题，他真的不知道答案。

唐陌将自己刚刚从鞋油狼身上得到的黑色鞋油递给了铁鞋匠。

铁鞋匠看到这滴鞋油，脸上露出一种很无趣的表情，似乎很不乐意看到唐陌找到鞋油。他接过鞋油，鞋油在他宽厚的手掌里来回滚动。他掂量了一会儿，哼了一声："没想到，还真让你找到了一滴鞋油。但是，这只是一滴鞋油，一滴！我的鞋油呢？"

唐陌转头看向角落的邢峰。

邢峰一直没说清楚这个副本的所有内容，看唐陌冷冷地盯着他，赶紧道："铁鞋匠要的鞋油是……是可以重复使用的。杀死一匹鞋油狼只能得到一滴鞋油，用完就没了。铁鞋匠这次走了以后，三个小时后还会来，他还要更多的鞋油。"

"没错！"铁鞋匠挥舞锁链在墙上狠狠砸了一下，砸出一道裂痕。他凶狠地瞪着唐陌："你这个人类还说是我铁鞋匠最好的朋友，要来帮我找鞋油，结果就用这种劣质鞋油来敷衍我。这种鞋油只能修复一双鞋子，我铁鞋匠是地底人王国最好的修鞋匠，每天要修无数双鞋子，这一滴鞋油哪里够？"

唐陌的目光在那条几乎将墙壁劈碎的裂痕上扫过，看向铁鞋匠："你的鞋油是什么样的？"

询问铁鞋匠"鞋油在哪里"这种问题显然毫无意义，铁鞋匠要是知道鞋油在哪里，他肯定能找到，不需要开启这个现实副本。当然不排除他故意捉弄玩家，想借机吃了玩家。

邢峰说过，鞋油就在副本里，不是在唐陌这儿就是在傅闻夺那儿。那么只需要知道鞋油到底是什么样的，就可以找到真正的鞋油。

铁鞋匠不满道："你连鞋油是什么样的都不知道，就敢说帮我找鞋油？你这个人类，这不就是鞋油吗！"铁鞋匠将掌心里的黑色鞋油给唐陌看，"你快点找到我的鞋油！三个小时后我再来这里找你，要是你没有找到我的鞋油……"

铁鞋匠的嘴边露出一个阴险的笑容，他吞咽了一口口水，拿着唐陌刚刚给他的那滴鞋油，离开了办公室，没一会儿他粗重的脚步声就消失在走廊里。唐陌立即走出去看，铁鞋匠凭空消失，工厂的大门依旧没有打开。

唐陌仔细检查了一下其他办公室，并没有变化。

这次当唐陌回到办公室时，他踮起脚将卡在门框里的石头取出来，抬头看向墙角的邢峰。

这个骨瘦如柴的玩家身体一抖，不用唐陌说，赶忙道："我说我说，我什么都说！这就是场找鞋油的游戏，每过三个小时铁鞋匠就会出现，询问你有没有找到鞋油。如果没找到真正的鞋油，可以暂时用鞋油狼变成的劣质鞋油代替。但鞋油狼每三个小时都会多出现一匹，铁鞋匠每次要的鞋油也会多一滴。所以三个小时后，会有两匹鞋油狼出现在门口，然后铁鞋匠也会要两滴鞋油。"

唐陌思索半晌："鞋油不够怎么办？"

找不到真正的鞋油没关系，可以用劣质鞋油代替。但如果没能杀死足够数量的鞋油狼（鞋油狼五分钟就会消失），会怎么样？

邢峰仿佛想起了什么恐怖的事情，本就突兀的眼睛瞪得更大了。

唐陌又问了一遍："会怎么样？"

邢峰颤抖着抱住自己浑身是洞的身体："鞋油的数量不够，那就用你的血，当鞋油。"

唐陌目光一凛。

一个小时后，电脑屏幕再次亮起，唐陌赶紧按下通话键。

傅闻夺的脸出现在屏幕上，唐陌看到他的模样，瞬间愣住。

傅闻夺仿佛刚刚从水里出来一样，水珠将他的头发打湿，一缕缕地落在额前，衣服也湿答答地黏在身上。一滴水从傅闻夺的下巴落下，砸到地上。他伸出手将额头前被水打湿的头发全部拢向后面，露出一双坚韧漆黑的眼睛。

唐陌和鞋油狼战斗时受了一点小伤，但他身体素质好，脸颊上的伤口已经愈合了大半，只有一道浅浅的印子。反观傅闻夺，他虽然没受什么伤，但唐陌第一次见到这个人如此……凄惨的样子。也不能说凄惨，只是唐陌没想到这个男人也会这么狼狈。

"唐陌？"

被对方察觉到自己惊讶打量的视线，唐陌咳嗽一声，转开话题。他没浪费时间，直接说出自己刚才的遭遇："所以我现在已经度过了第一个'三小时'。再过两个小时，我将要面对两匹鞋油狼，必须在五分钟之内杀了它们，而且不能使用异能和道具，两匹鞋油狼我还能应付，但更多的就不好说了。"唐陌继续道，"你刚才碰到了什么？"

"《开心问答》。"

唐陌："什么？"

傅闻夺语气平静："一个类似于益智问答的游戏，主持人询问我一些奇怪的问题。不知道一共有多少题，也不知道答对了会有什么奖励，但是答错了会接受惩罚。刚才我第二道题答错了，惩罚是被洪水冲刷一个小时。"

唐陌这才明白为什么这个男人会是这般模样，但他更想知道的是，傅闻夺的游戏内容和找鞋油有什么关联。他的游戏至少还和鞋油有联系，但傅闻夺参与的这个问答游戏是什么？和任务有无关系呢？

傅闻夺抬头看他："确实和游戏内容有关。一共有三个问题。"

唐陌认真地听着。

"第一道题询问我，黑塔一层的世界里谁最爱捉弄偷渡客，我猜对了。第二道问题，怪物世界里谁吃的偷渡客最多。我曾经在你口中听说过狼外婆这个名字，我就选了它，但正确答案是大鼹鼠。"

唐陌一惊："大鼹鼠？"

傅闻夺心头一动："你曾经见过这个怪物？"

唐陌点头："我就是从它那儿得到陌陌的。"

傅闻夺："主持人解释说，它之所以吃的偷渡客最多，是因为它在怪物世界里级别比较低，现在很多玩家都没有通关黑塔一层，还没资格见到另外三个怪物。其他三个答案中的怪物也非常想吃偷渡客，但大鼹鼠见到的偷渡客最多。光是上周它就吃了163个偷渡客。"

这样的问题即使交给唐陌，他也很难回答正确："那第三个问题呢？"

"第三个问题，"一缕沾了水的头发从头顶滑落下来，挡在了傅闻夺的额前，他一字一句道，"以下哪样东西，所有玩家都见过？A. 灰姑娘的水晶鞋 B. 圣诞老人的雪橇车 C. 国王的金币 D……"傅闻夺凝视着唐陌，"铁鞋匠的鞋油。"

唐陌冷静地分析道："答案是D。"

"是。"

这个答案必须是D，也只能是D。

唐陌和傅闻夺都没见过水晶鞋，不可能成立。他们两个人见过雪橇车，但哪怕是平安夜当晚，也不一定所有玩家都会见到圣诞老人和他的雪橇车。至于国王的金币，是匹诺曹用来欺骗唐陌的，不代表其他平安夜副本也是同样的欺骗手段。

答案只能是铁鞋匠的鞋油。

必须是鞋油，因为傅闻夺参与的游戏必须和鞋油有关。

唐陌道："这个问答游戏是在给你提供寻找鞋油的线索。那么有七成可能鞋油在我这里。你提供线索，我寻找鞋油。而这第一个线索就是——所有玩家都见过铁鞋匠的鞋油。"

这句话说完，连唐陌都觉得有些不可思议。

哪怕是黑塔，说不定都有玩家由于憎恶等原因，不愿意去见它，躲在深山老林避世。为什么黑塔敢说所有玩家都见过铁鞋匠的鞋油？

"铁鞋匠的鞋油肯定是一件地球上也有的东西，否则不可能所有玩家都见过，"唐陌分析道，"我会在这两个小时内尽力地搜一搜这个食品加工厂，看看能不能找到符合要求的东西。"

傅闻夺颔首："我这里的问答游戏进入了广告时间，两个小时后才会开启第四个问题。"

唐陌定定地看着屏幕里的傅闻夺，许久后，他道："傅先生，现在我把我知道的所有关于黑塔世界的信息告诉你。"

傅闻夺勾起唇角。因为头发上全是水，他的头发不受控制地又往下落。他再次伸出手将这些落下的头发拢回去，颔首："好。"

有些话不用点明，唐陌知道，他该把自己知道的信息说出来了。

这是场双方合作游戏，傅闻夺要是失败了，他的生死不提，唐陌就无法得到关于鞋油的信息。所以唐陌必须说出自己知道的所有消息，不只是为了傅闻夺，更是为了自己。

十五分钟后，两人通话结束。

唐陌走进食品加工厂，寻找那个"所有玩家都见过"的东西。

这家食品加工厂的厂房占地约2000平方米，唐陌拿着发光的石头仔细地察看厂房的每一个角落。他速度很快，从厂房的最东面开始排查。最东面的墙壁上靠着的是员工的杂物柜。他将每一个柜子都打开翻查一遍，再接着往下找。

所有玩家都见过的东西，这个范围还是太广了。

除去眼盲的人什么都见不到，其他人类都见过的东西有水、阳光、空气（虽然看不见，但它真实存在）……阳光和空气不太现实，唐陌从一个员工的柜子里找到了一瓶喝到一半的矿泉水。他看了片刻，将这瓶水塞进自己刚刚随手拿的一个塑料袋里。

唐陌又找了一会儿，看到厂房的窗台上放着几盆多肉盆栽。

月光下，这几盆多肉早已枯萎发黄。唐陌挖出了一些泥土放进自己的塑料袋，继续寻找。

两个小时倒计时结束时，唐陌已经检查了厂房的三分之一。突然，他听到一道沉闷的撞门声从另一间办公室的门后传来。

鞋油狼出现了。唐陌快速地将手里的塑料袋放进一个抽屉里藏好，从口袋里掏出自己刚刚在员工柜里发现的一把小水果刀。他的身上全是饼干和糖果的碎屑，这是他之前故意沾到身上的，防止鞋油狼和真实的狼一样嗅觉灵敏，一下就察觉到他的所在。

唐陌握着水果刀，一步步地走向办公区。

来的两匹鞋油狼十分聪明，它们配合默契，依次撞击着办公室的门，撞得整个墙壁都在随之颤动。

"砰砰砰"的声音在空旷寂静的厂房里回荡，听着无比刺耳。

唐陌蹑手蹑脚地走到办公区的边缘，抵墙而站，听着门内的动静。撞了有四五回，在一道剧烈的破碎声后，狼尖锐的啸声破门而出。两匹狼的鼻子里喷着浓臭的热气，四只爪子扒着地面，一双幽绿的眼睛在黑夜中四处探索，寻找人类的踪影。

唐陌将整个身体藏在墙后，两匹穷凶极恶的狼就在距离他三米远的地方。

这两匹狼很有耐心地寻找着，忽然，最里侧的办公室里，邢峰不小心碰到了什么东西，那东西掉落在地上，发出一道清脆的声音。

两匹狼咆哮一声，四只爪子蹬地，冲向办公室。

在同一时刻，唐陌以最快的速度从两匹狼的身后冲了出来。两匹狼听到他的声音，赶忙回头想再攻击他，但它们的身体飞跃到空中，根本无法转换方向，唐陌便挥舞着锋利的水果刀，划向后面一匹狼的脖子。

这匹狼在紧要关头伸出爪子，挡住了唐陌的这一刀。

"砰——"后狼摔倒在地，血液流了一地。它一只爪子被唐陌割断，狼狈地想站起来。前狼见状，朝唐陌发出怒吼，冲向唐陌。唐陌挥刀而下，避开狼锋利的爪子。

鞋油狼的前肢贴近地面，狼眼直勾勾地盯着唐陌。它突然暴起，唐陌侧身避开。谁料另一匹断了腿的狼竟然从后方冲上来，趁机咬住了唐陌的手臂。唐陌一脚将这匹狼踹开，鞋油狼从他的手臂上撕下一块血肉，落在远处。

鲜血顺着唐陌的手臂"哗哗"地流淌。

鞋油狼将这块肉吃干净后才继续看向唐陌。

两匹狼一起冲上来，从两个方向同时袭击唐陌。唐陌此时早已顾不上手臂的疼痛，不断挥舞着小小的水果刀，挡住两匹狼锋利的爪子。双方缠斗片刻，打了数个来回，其实时间才过去一分钟。

一匹狼终究早已失去一条腿、受了伤，唐陌借它双腿无法保持平衡的机会，一刀从它的腹部扎进去，刺穿了心脏。同时他侧过头避开另一匹狼的身后偷袭，伸出手死死卡住了这匹狼的脖子。

鞋油狼奋力挣扎着，唐陌用尽力气，"咔嚓"一声拧断了最后一匹狼的脖子。

两匹狼的尸体落到地上，化成两滴黑色鞋油。唐陌的右臂流血已经止住，被咬去的皮肉却无法恢复，他的左腿上也被咬去一块血肉。他捡起掉落在地上的水果刀，稍稍平复了一下呼吸，走进办公室。

办公室里，邢峰早已吓得面色惨白，蜷缩在桌子底下。见到唐陌回来，他手脚并用地爬了出来。看到唐陌手里的两滴鞋油，他难以置信地道："你居然真的……真的一个人杀了两匹鞋油狼？"

唐陌看向他。

邢峰缩回脖子："你别……别误会，我只是惊讶，你居然真的能把两匹鞋油狼都杀了，还没受什么伤。之前我曾经和一个玩家一起攻击鞋油狼，杀了一匹就已经让我们感到吃力。两匹鞋油狼我们根本无法对付，五分钟内只杀了一匹，还被那两匹狼咬断了手。"

和失去手相比，唐陌只是被咬去两块肉、多了一些抓痕，确实算不得什么伤。

唐陌道："是另一个玩家断了手？"

邢峰点点头。

唐陌摸着口袋里的水果刀，淡淡地看着邢峰："那两个人是怎么死的？"

邢峰脸色变换了一阵，道："他们是被铁鞋匠吸干鲜血死掉的。每进入一个新玩家，铁鞋匠要求的鞋油数量就会从头计数，鞋油狼的数量也会从一匹开始重新增加。但哪怕是这样，我们也实在打不过鞋油狼，又……又找不到真正的鞋油，所以我们最多撑过第二次，第三次我们就无法给铁鞋匠三滴鞋油。"

说到这儿，邢峰害怕地颤抖起来："不能给出足够数量的鞋油，铁鞋匠就会说……拿你们的鲜血来代替吧。接着，他会用那根钉子，那根铁钉，刺穿我们的身体。你看看我身上的这些洞，"邢峰露出身上那些黑漆漆的洞口，"都是他，都是他打穿的！他的铁钉会吸我们的血，一滴鞋油大约等于我们身体里十分之一的血，也就是400cc。只差一滴鞋油我们还能承受，但到后来，我们根本打不过那么多鞋油狼，连一滴鞋油都得不到，铁鞋匠就会吸干我们身体里的血，所有血……如果我们这里连续两次无法提供足量的劣质鞋油，铁鞋匠也会去那边，把那边玩家的血也吸干……"

唐陌想起傅闻夺所说的三具干尸。

想来他们也是一样，被铁鞋匠用铁钉吸干了血。

然而……唐陌："为什么你还活着？"

邢峰呼吸一滞。

按照邢峰的说法，他是第一个进入这个副本的，按理说也是第一个被铁鞋匠吸血的玩家，身体情况应该最糟糕。那为什么在他之后，其他两个玩家全部死了，只有他还活着？

邢峰不肯回答。

唐陌拔出小刀，"啪嗒"一声，一掌将小刀拍进了厚厚的实木桌板里。

邢峰被这声音吓了一跳，唐陌垂眸看他，神情冷漠。

邢峰张开嘴，过了半天，恐惧道："我……我说，我全部都说。因为……因为我私底下藏了鞋油。人体每次失去400cc的血是没有问题的，我以前是个医生，我知道。而且现在我们所有人的身体素质都提高了，三个小时内虽然无法把这400cc的血全部恢复过来，但是能恢复很多，对行动没有影响。所以我第一次就没把鞋油给铁鞋匠，用400cc的血代替了。之后我每次都会多存下一点鞋油。还有……还有其他玩家进来，我们是一起打鞋油狼的。因为我第一个进入游戏，黑塔又没提示，我就告诉他们，杀死两匹鞋油狼才可以获得一滴鞋油，他们没有人怀疑……"

唐陌冰冷的目光让邢峰闭上了嘴。

邢峰觉得无地自容，把身体隐在角落，不想让唐陌注意到自己。

片刻后，唐陌道："你身上还剩下多少鞋油？"

邢峰头皮一麻，低声道："没、没了……我早就没鞋油了。"

唐陌没再追究这件事，坐在椅子上，随口道："你说得很有道理，400cc的血确实不会对人造成太大的影响，甚至作为玩家，失去800cc的血应该也不会有大碍。"

邢峰茫然地抬起头，看着唐陌，不明白他为什么要说这个。

"所以从现在开始，我也存下一点鞋油好了。"

邢峰错愕地睁大眼。

唐陌双手抱臂，神色平静："这一次我就存下一滴鞋油，让铁鞋匠抽400cc的血。"

邢峰完全不理解："以你的实力，没必要抽血。"

"谁说要抽我的血了？"唐陌微微侧首，笑着看他，"抽你的。"

邢峰双目瞪大，汗毛耸立。

五分钟后，唐陌将两滴鞋油交给了铁鞋匠。

铁鞋匠愤怒地嘀咕道："那些鞋油狼真是废物！"说完，他再看向唐陌和邢峰："你们这些没用的人类都给我听好了，快点找到我的鞋油！下次我要三滴劣质鞋油，你们拿不出来，就用你们的血来代替！"

铁鞋匠拖着重重的锁链，"砰砰砰"地离开了工厂。

铁鞋匠走以后，唐陌又从口袋里掏出两滴黑色鞋油，这是邢峰刚才交给他的。为了保住自己的命，为了请求唐陌让自己多活一会儿，邢峰把藏着的两滴鞋油交给了唐陌。

这个老玩家阴到了极致。他把这两滴鞋油藏在办公桌上的咖啡杯里，杯子里全是棕黑色的咖啡，任唐陌也想不到这里面竟然藏了两滴鞋油。但哪怕如此，谁也不知道，这是不是他藏的所有鞋油。或许在小冰箱的可乐里、盆栽的泥土里，还有更多的鞋油被他藏了起来。

而且这个玩家不仅心思阴毒，对自己也更狠。他每次把鞋油都用在了刀刃上。他身上的洞确实是被铁鞋匠用铁钉捅出来的，他每次只会给一定数量的鞋油，只要铁鞋匠抽走的血液不至于要他的命，就不会再多给一滴鞋油。

唐陌留着邢峰还有用（至少是个备用血库），否则这样心肠狠毒的人，他不会放在身边。现在放在身边，他也会时刻警惕对方。

铁鞋匠走了后，唐陌等了几分钟，等到了傅闻夺的视频通话。

这一次傅闻夺倒还可以，没有像上次那样狼狈。

两人不浪费时间，简单地交换了一些信息。唐陌道："你这次得到了什么线索？"

傅闻夺："为什么铁鞋匠会穷困潦倒？"

唐陌皱眉："因为鞋油狼爱偷吃鞋油。这个黑塔已经提示过了。"

"是，"傅闻夺道，"但这是我的第六道题，它问的是'地底人王国的十大未解之谜第九——铁鞋匠为什么这么贫穷？'"

唐陌想了想："这句话肯定是线索。鞋油狼爱吃鞋油。黑塔已经提醒过一次，你那边又用它当作线索提醒了一次。两次加起来，应该是防止我们忽视这个线索。"

傅闻夺道："你找到了什么？"

唐陌将塑料袋取了出来："水和泥土。刚才铁鞋匠来的时候我把这些东西都拿给他看了。他没有反应，这些不是鞋油。"

两人一起陷入沉思。

许久后，唐陌道："是血？"

全世界人类都看过的东西：从出生的那一刻，每个孩子都会看见血。那是源自母亲的血。

鞋油狼爱吃的东西：刚才那匹断了腿的鞋油狼在咬去唐陌一块肉后，迫不及待地吃了那块肉。

"血？"傅闻夺重复了一遍。

唐陌又自己否定了这个答案："如果是血，铁鞋匠早已得到了玩家的血，不会说还没找到鞋油。"

傅闻夺："你亲眼看到铁鞋匠得到玩家的血了？"

唐陌一怔。他缓慢地转头看向墙角的邢峰，后者往角落缩了缩。

唐陌再次看向傅闻夺，笑道："你说得对。下一次，我要亲眼看看铁鞋匠抽人血。"

视频通话挂断后，杂货间里，傅闻夺紧绷的身体往后倒跌一步，伸手扶着墙，稳住身形。

在唐陌看不到的地方，他的右腿脚踝上被划出一道十厘米长的豁口。这伤口太深，割断了他的脚筋。由于傅闻夺无法使用异能，这个伤口愈合的速度十分缓慢。傅闻夺抬手揉了揉太阳穴，过了半个小时，脚筋愈合，伤口也慢慢合拢。

小电视上，王小甜从屏幕的一端蹦了出来。

"广告时间结束。大家好，我是你们最爱的小甜甜主持人王小甜！现在又到了《开心问答》时刻。哇，很不错哦，傅选手虽然答错了第五题，但他还是从'一个小时的烈风刀割'中坚持了下来。难道说，傅选手将成为地底人王国有史以来第一个通关《开心问答》的选手？"

一阵观众的欢呼声后，王小甜甜一笑："那么不多说，咱们——

"请听题！"

三个小时后，唐陌气喘吁吁地打开视频通话。他先道："血不是鞋油。三匹狼的实力比两匹狼强大很多，同时应付四匹狼恐怕就是我的极限了。傅闻夺，你得到了什么线索？必须早点找到鞋油。"

傅闻夺沉默地看着他。唐陌皱眉："怎么了？"

片刻后，傅闻夺："这一次没有线索。"

唐陌愣住，很快反应过来，冷静道："什么意思？"

"第九题，铁鞋匠的鞋油具有以下哪种特质？A．稀有　B．融合　C．脏臭　D．坚硬。"傅闻夺顿了顿，"我选择C，错了。不是脏臭，应该也不是稀有。唐陌，鞋油要么融合，要么坚硬。这就是第三个线索。"

唐陌握紧了拳头。

视频再一次挂断，另一边的情况唐陌无法得知。他一只手撑着桌子，好不容易稳住身形，没让自己倒下。刺目的血染红了他的衣服，一道长约15厘米的伤口横亘在他的腹部，触目惊心。

刚刚在面对三匹鞋油狼时，唐陌的腹部被一匹狼划破，鲜血汩汩流下，至今还没完全愈合。由于唐陌无法使用道具，便没法用蚯蚓的眼泪治愈伤口。

三匹狼已经给他出了这样大的难题，如果四匹狼、五匹狼……

唐陌沉下脸色，目光坚定地看着前方。

而傅闻夺这边，很快又开始了第四轮的答题。答题失败的惩罚从第一轮开始的洪水冲刷到烈风刀割，越来越苛刻。第十题竟然和国王的金币有关，傅闻夺通过选择"弃权一次黑塔游戏的机会"，顺利解决了这道题。

接下来是第十一题。

"哇，这又是一道送分题。快说，导演，你和傅选手到底是不是有什么不可告人的交易？这种题目你都出……好嘛好嘛，我要这个月的工资，我不说啦。"王小甜俏皮地嘻嘻一笑，伸出手，做出她的招牌动作："那么……请听题！圣诞老人最喜欢什么样的孩子？

"A．善良　B．虚伪　C．狡诈　D．诚实。

"傅选手肯定能答对这道题，真是没有意思呀。要不然我们下一题来点有难度的？嘻嘻嘻，我就说说。可爱的王小甜从不掺和题目内容，我是个尽忠职守的好主持人。"

傅闻夺的目光在善良和诚实中摇摆，最后他选择了D。

王小甜笑嘻嘻地看着他："傅选手，你真的不要换一下吗？这个答案很微妙哦。"

傅闻夺没有理她。

半分钟后，王小甜双手托着脸庞，头一歪："回答……

"错误！圣诞老人什么时候最喜欢诚实的人类了？圣诞老人自己就很不诚实呀，哈哈哈。"

傅闻夺拧紧眉头。

王小甜高兴得跳了起来："让我来看看第十一题的惩罚内容。哇，第十一题的惩罚是要傅选手挑战狼外婆，在狼外婆的手中存活30分钟！狼外婆最喜欢吃人类了，无论是地底人还是人类玩家，都是她的最爱。我真是迫不及待地想看这场挑战了！"

观众的欢呼声几乎要将这个小电视撑爆。

一个穿着粉色淑女裙、打着小阳伞的高大生物从屏幕的一端走了出来。她迈着婀娜的小碎步，一点点地走到王小甜身边。王小甜胆怯地往后缩了一步，但很快给自己打气："我是谁？我可是小甜甜主持人王小甜。既然特殊嘉宾狼外婆已经来了，那么……"

小阳伞抬了起来，狼外婆那双幽绿的眼睛直直地盯着屏幕，她舔了舔锋利的牙齿，不怀好意地笑了起来。仿佛只要王小甜一句话，她就会冲出电视，吃了那个让怪物世界所有怪物都垂涎三尺的偷渡客。

然而王小甜突然道："咦？火鸡小姐赞助节目组100颗火鸡蛋，要求跳过这一关惩罚，让傅选手挑战第十三题，还有这种操作吗？"王小甜抬起头，"啊，导演说老板说的话就是真理。哎呀，那我们就得先跳过这一关，直接进到第十三题了。狼外婆真是辛苦你了，让你白跑一趟。"

狼外婆顿时黑了脸，但镜头一给到她，她又变成那副弱不禁风的模样。她捂着大嘴，发出一阵银铃般的笑声："没什么，反正第十四题的惩罚也和我有关呢，呵呵呵呵……"

狼外婆走下舞台，王小甜道："虽然火鸡小姐要求直接跳到第十三题，让她实行惩罚，和傅选手大战三个小时，她想把傅选手亲手撕成碎片。但黑塔规定的题目还是得问的。傅选手，请听第十二题——

"铁鞋匠的鞋油到底是从哪里得来的？

"A. 铁线虫　B. 人类　C. 铁鞋匠　D. 鞋油狼。

"好简单的问题，傅选手该不会又答错……啊！好快！傅选手已经作答了，他选B.人类！恭喜傅选手，你真是太给面子了，这么快作答，回答正确。火鸡小姐请您稍等片刻，广告之后，就是您手撕傅选手的时候啦！所以接下来，咱们进入广告……"

傅闻夺的手早已攥紧了军用匕首，时刻准备攻击狼外婆。

大火鸡的插手令他猝不及防，但他的手仍然紧紧握在匕首上，防止狼外婆出现。

傅闻夺从唐陌的口中得知了狼外婆的实力。这是一只恐怖的副本怪物，比大火鸡、匹诺曹恐怖许多，很可能是圣诞老人那个级别的。没有异能，不能使用道具，傅闻夺面对她胜率极低，或许连30分钟都撑不过去。

幸好，大火鸡插手了。

当电视屏幕再次亮起来的时候，傅闻夺的脸色依旧十分阴沉，他还在思索刚才自己遇到的那几个问题和王小甜说的几句话。这一次傅闻夺还没说话，一道沙哑的声音从电视的另一端传了过来："傅闻夺。"

这么低哑的声音令傅闻夺微微一愣，傅闻夺抬起头，只见电视屏幕里，唐陌咬紧牙齿，脸色苍白，双颊却微红。在唐陌的额头上，一道深深的伤口凝结成了血污，鲜血浸湿了他的头发。但是他的眼睛无比明亮，正在认真地凝视着傅闻夺，眼神中没有一丝怀疑，只有沉甸甸的认可与坚信。

傅闻夺心中一动。

半晌后，傅闻夺低声道："你哪里受伤了？"

"不碍事。"唐陌没回答，"鞋油狼很会相互合作，它们配合起来，实力大增。这次我只杀了三匹狼，还有一匹狼没有杀死，让它消失了。如果再来一匹狼，我恐怕连两匹狼都杀不死，我可能只能再撑过一次了。所以傅闻夺……"唐陌抬起头，"你找到线索了吗？"

铁鞋匠将沉重的锁链随意地挂在肩上，哼着难听的小曲，气势汹汹地走进办公室。当走进办公室的时候，透过石头微弱的光芒，他看到那个新来的人类玩家正坐在电脑前的椅子上，淡定地看他。

至于那个在副本里待了三天多的老玩家……

铁鞋匠轻蔑地扫了邢峰一眼，用力地将铁链甩在地上，砸裂地板。

"我的鞋油呢？！你们这两个不守信用的人类，我已经给了你们多少次机会？多少次？你们一次次地拿劣质鞋油来敷衍我。我可告诉你们，铁鞋匠不会让任何人欺骗，这次你们如果不拿出真正的鞋油，就准备好四滴劣质鞋油，否则……"铁鞋匠丑陋的脸上露出兴奋难耐的笑容，"用你们的血来代替！"

铁鞋匠的声音如同雷霆，震得房间微微颤动。

唐陌将鞋油取了出来，放到桌子上。

他神色平静地看着铁鞋匠："只有这么多了。"

邢峰努力伸长脖子，当看到桌子上只有一滴鞋油的时候，难以置信地盯着唐陌，脱口而出："你刚才明明杀了三匹鞋油狼，上一局你留了一滴，再加上我给你的两滴，你怎么会只有一滴鞋油？"

唐陌瞥了他一眼："我说我只有一滴，那就是一滴，不行吗？"

邢峰急得手脚并用地往桌子的方向爬来："刚才你已经只给了他两滴鞋油，让他抽了我一次血。这是第二次了。连续两次用血来代替鞋油，铁鞋匠就会去那边的屋子，抽干那个玩家的血！你和那个玩家不是朋友吗？你要眼睁睁地看着他被抽干血而死？"

唐陌："你是在担心他的安全，还是你自己？"

邢峰突然僵住。

唐陌笑了："你刚才已经被抽了400cc的血，一次性再抽1200cc的血肯定会死。"

邢峰脸色变换许久，声音低哑："你以为我还藏着鞋油？没有了，真的没有了，我所有的鞋油都给你了。我真的没有多余的鞋油了。这次我补不上数，你如果真要我死那我也没办法。你连你的朋友都杀，肯定不是正式玩家，而是偷渡客！"

唐陌没有理会他，直接转头看向铁鞋匠："抽血吧。"

邢峰："你……！"

刚才唐陌和邢峰说话时，铁鞋匠一直在旁边饶有兴致地看着。他最喜欢欣赏这种人类自相残杀的画面了，这是最美味的盛宴。同样的盛宴他曾经品尝过三次，然而每一次他都会觉得甜美可口，极致的快感刺激着他粗糙的味蕾，让他觉得离开地底人王国来这里一趟，真是不虚此行。

铁鞋匠"嘿嘿"一笑，拿起铁钉，迫不及待地走到邢峰身边。他举起长长的铁钉正准备落下，唐陌的声音响起："等一下。"

铁鞋匠被打断，不满道："干什么？你难道又找到鞋油了？"

唐陌："鞋油真的只在这里？"

铁鞋匠一时间没明白他的意思："我让你找，那就肯定在这里，难道我诚实可爱的铁鞋匠还会故意把你们骗到这里，骗到一个没有鞋油的地方，让你们去找根本不存在的鞋油？！"

唐陌突然问道："这个房间里，一共死了几个人？"

这句话落下，蜷缩在墙角的邢峰突然身体一僵。铁鞋匠举着铁钉的手慢慢停住，意味深长地看着唐陌，就这样看了许久，阴险地笑了起来："三个人。你是第五个进入这个房间的人类。"

话音刚落，一把锋利的小刀向着唐陌的后腰快速捅了过来。这人速度极快，哪里有半分受伤瘸腿的模样，那条看上去肌肉萎缩的右腿此刻正用力蹬着墙面，将一把刀狠狠地捅向唐陌的腰部。

仿佛不是第一次看到这种情景，铁鞋匠在一旁发出看好戏的笑声。然而当这把刀捅过去的时候，并没有听到刀进肉里的声音，铁鞋匠惊讶地"咦"了一声，邢峰错愕地抬起头，看向面前这个年轻人。

光线昏暗的房间里，唐陌用两根手指夹住了这把锋利的刀。刀尖距离他的后腰只有一厘米的距离，但任凭邢峰怎么用力，这把刀都牢牢地被唐陌夹在指间，动弹不得。

邢峰怒吼："你不是受了重伤，连站都不能站，只能坐着吗？"

唐陌淡淡道："不能站是骗你的，受伤比较重是真的。但我受再重的伤，对付你还是绰绰有余的。"

邢峰斯文年轻的脸上在一瞬间闪过各种复杂的表情，但是他突然眸光一闪，嘴角微微勾了起来，露出一个诡计得逞的狠毒笑容。唐陌察觉到一丝不对，耳边传来一阵微弱的风声。在黑暗的房间里他看不清随着这风声而来的是什么东西，凭借强大的听力辨别出这声音的方向，头往后方避开。

一根尖细的钢针从唐陌的眼前快速飞过，"嗖"的一声，射入桌子后面的书架里。

这只是第一根。

看到唐陌避开这根针时，邢峰露出一丝惊讶，但是并没有担忧。他赶紧走到一旁，三根针同时从三个方向射了过来。这些针是从电脑桌的下方射出来的，唐陌正好坐在椅子上，见状立即踹开椅子，左右避让，避开这三根针。

下一刻，第四根针从书架的中间射了出来。

为了避开前面三根针，唐陌已经被封锁了活动空间，无法再躲开这根针。尖细的针头上染着浓烈的青黑色，唐陌目光一缩，快速反应，右手向后，将桌子上的电脑显示屏扯了起来。唐陌挥舞电脑显示屏，在这么昏暗的环境中，竟然找到了那根针，将这根针打飞出去，发出"叮当"一声。

"啊！"一道痛苦的哼声响起。

唐陌惊讶地转头看去。

铁鞋匠看清楚情况后，捧腹大笑："哈哈哈哈……用同样的方法杀了前两个玩家，这次终于是你自己死在上面了？哈哈哈哈……真是太好笑了。被自己布置的陷阱杀死，地底人王国一年都找不出一个这么好笑的笑话。"

被唐陌打飞的针直直地射入邢峰的手臂。这只是一个很小的伤口，怎么也不可能致命。但这根针进去后，邢峰的手臂以肉眼可见的速度变成了乌黑色。他痛苦地倒在地上，捂着手臂哀号起来。

唐陌赶忙走上去。

铁鞋匠以为他要救邢峰，邢峰看到唐陌来，也以为他要不计前嫌帮自己。谁料唐陌走过去后，直接抓住邢峰还没变黑的另一只手，取出小刀，用力地割破了邢峰的手腕。

鲜红色的血从邢峰的手腕上流淌下来。

邢峰的半张脸都变成了乌黑色。看着唐陌冷漠淡然的表情，他艰难地从被毒药毒哑到一半的喉咙里，抠出了几个字："你……你不是……"

唐陌放了大约400cc的血，抬头看他："针上有毒？"

邢峰不懂他的意思，费尽全力地点了点头。

唐陌："我又没解药。"

邢峰睁大了眼睛，死死地盯着他。

唐陌："所以，救不了你。"

黑色的毒爬遍邢峰全身，染上了他的另一只胳膊。唐陌在他的手臂颜色完全变黑之前松开了他的手，用塑料袋接了小半袋的鲜血。全是邢峰的血。

邢峰全身乌黑，他瞪直了眼睛，直勾勾地盯着唐陌，但已经死了。

从中针到毒发身亡，整个过程只有30秒。

在邢峰的呼吸停止后，他的皮肤上开始出现一道道裂口，好像旱灾龟裂的大地一样，密密麻麻的裂口布满了他的身体。唐陌在一旁看着这奇异的情景，铁鞋匠倒是很感兴趣地大笑一声，走上前，一脚踩在了邢峰的脸上。

邢峰的身体似乎变成了开裂的陶器，铁鞋匠这一脚下去，他的身体变成碎土，"哗啦啦"地落了满地。铁鞋匠就像每一个贪玩的小孩一样，乐滋滋地在地上乱蹦起来，将这一地的碎土踩成渣渣，最后和地板融为一体，变成一团黑色粉末。

唐陌目光复杂地看着这黑色的地板："是异能吗？"

这么恐怖的毒素，唐陌前所未闻。

地球上线后，玩家的身体素质比之前有了质的飞跃，但面对这种毒，邢峰居然连一句话都没有说出来，就变成了粉末。

支线任务"找到铁鞋匠的鞋油"开启后，唐陌就无法使用异能和道具了，邢峰肯定也是如此。但假如邢峰提前用异能制作了一批毒针，那游戏开始后，他确实无法再使用异能，已经做好的毒针却不会失效，仍旧可以使用。

这个毒可能是他的异能。

铁鞋匠道："异能？这哪里是异能，哈哈哈哈……这是黑塔二层的那条大蜈蚣尾巴上的黑毒！也不知道这小子从哪里搞来那条大蜈蚣的黑毒，中毒后踩起来可有意思了，就跟踩沙子一样。"

铁鞋匠一脸"就算你想一起踩着玩我也不会给你踩"的表情，唐陌却沉默起来。

他还不至于踩一个人类的尸体玩乐，而且邢峰已经被踩成粉末了，他想踩也踩不了。

到这个时候，唐陌终于知道，为什么死在这间厂房的几个玩家没一个留下尸体。他们的尸体都被邢峰用这个黑毒处理了。

只要有尸体，后来者一眼就能发现对方是怎么死的。

他们不是被铁鞋匠抽干鲜血而死，而是被自己的同伴杀死的。得知尸体的死因，新来的玩家就不会相信邢峰的话。而唐陌哪怕一直不信任邢峰，处处怀疑、防备他，也没想到邢峰早就在房间里布置好了陷阱，前面的三个玩家至少有两个是死在他的手上。

这个房间没有光源，唐陌只有发光的石头。邢峰的陷阱藏得很隐秘，四根针在书桌底下，一根针在书架后，每根针的方向都指向书桌前的椅子。按照正常的行为推测，玩家和鞋油狼搏斗后，要么受伤，要么会很疲累。这个时候，他们大多会选择坐在椅子上休息。

因为要通过视频和电脑那一端的人通话，所以必须在电脑前，最好的休息位置就是椅子。

邢峰身上的伤是真的，伤重到无法行动却是假的。他在新玩家进入游戏的那一刻就开始演戏，假装自己处于弱势。如果新来的玩家无法通关，他就会杀死新的玩家，让自己活下去。而为什么一定要杀死新的玩家，只留下他一个人……

唐陌抬起头，看向铁鞋匠。

铁鞋匠看够了好戏，将铁链甩到肩上，满足地说道："好了，现在这里只剩下你一个人了。虽然你不能给足四滴鞋油，但你的游戏暂时结束了。嘿嘿嘿，鞋油不够，现在我该去找那个杂货间里的人类了。抽干他的血，做成地底人王国最美丽的标本！"

铁鞋匠拿着大铁钉，跃跃欲试地往办公室的门口走。

唐陌道："当这里只剩下一个玩家时，游戏就会终止，你不会再强求他给你鞋油？"

铁鞋匠停下脚步，转头看向唐陌。他看着唐陌的眼神里全是嘲笑和讥讽，仿佛透过唐陌，看到了一个新的邢峰。铁鞋匠嘴上也是这么说的："现在你可以学习刚才那个人类，哪怕你找不到我的鞋油，只要你能活到最后，就不会死。让我想想，啊，电脑坏了，你该在哪儿布置陷阱呢？在天花板上布置陷阱怎么样？"铁鞋匠非常积极地给唐陌出谋划策，"谁都不可能爬那么高去观察天花板上的东西，在那里做陷阱肯定能杀了你的新同伴。"

唐陌的心渐渐冷了下来。

这才是这场游戏最难的地方，不是找鞋油，不是参与什么稀奇古怪的《开心问答》，而是拥有一个时时刻刻想杀了你活命的同伴。你千方百计地想找到鞋油通关，他却知道，只要杀了你，他就可以活下去。

哪怕无法通关，你死了，他就能活。

如此一来，找到鞋油的可能性更是无限接近于零。

铁鞋匠还在故意挖苦唐陌，给他出主意杀了新同伴，然而一道冰冷的声音响起。

"谁说我没找到鞋油？"

铁鞋匠声音顿住，上下扫了唐陌一眼，无所谓道："好吧好吧，原来你还是想救那个人类的。你现在哪怕给了我四滴鞋油，我暂时不去抽干那个人类的血，但只要下次你拿不出五滴鞋油……嘿嘿嘿，我也一样会去抽干了那个人类的血。"

唐陌没有说话。他直接拔出水果刀，抬起自己的左手。他决绝地划开自己的手臂，鲜血顺着他的手臂流淌下来，流入刚才他盛邢峰的血的塑料袋。

铁鞋匠的脸色瞬间沉了下来，笑容消失。

鲜红色的血液从唐陌的伤口里汩汩流出，没一会儿就快将小塑料袋装满。这点血对唐陌来说根本不是问题，甚至刚才和四匹鞋油狼打斗时受的伤，都比这个严重十倍。

他目不转睛地盯着小小的塑料袋，看着自己的血一点点地和邢峰的血融合到一起。

两个人的血混合在一起，根本看不出是谁的。唐陌死死地盯着塑料袋里的血，当他的血流到一定数量（和邢峰的血一样达到400cc）时，一阵刺眼的白光在塑料袋里亮了起来。这光刺得唐陌难以睁眼，但他没有避开视线，仍然紧紧地盯着这个塑料袋。

十秒钟后，唐陌看清楚袋子里的东西。他闭上眼睛，扬起唇角，松了口气，露出一个淡淡的笑容："你现在……还要去抽干他的血吗？"

工厂另一边，杂货间里。

傅闻夺看着眼前的四个选项，神色平静。

王小甜捧着可爱的卡通脸，摇晃脑袋："傅选手，你快选呀。火鸡小姐已经做完热身运动了，她可等不及要手撕你了。只剩下十秒钟了，你倒是快选呀，别浪费火鸡小姐宝贵的时间。"

傅闻夺面前悬浮的题目框上，显示着这样一行字——

第十三题，火鸡小姐的表妹叫什么？
A. 火小鸡　B. 火二鸡　C. 火鸡表妹　D. 火鸡鸡。

傅闻夺的目光在四个选项上流连。王小甜已经催得不耐烦了，傅闻夺在最后一秒，按下选项。

王小甜高兴地笑道："C.火鸡表妹，恭喜回答错误！请傅选手接受惩罚'挑战火鸡小姐，在火鸡小姐的手上存活三个小时'。那么现在，火鸡小姐你就可以前往现实副本……欸，火鸡小姐你走得这么急，这么快就去了？！"

傅闻夺一手按在匕首上，下一秒，一只巨型火鸡出现在了他的面前。

"咕咕咕咕，傅闻夺！我要把你撕成碎片，咕！！！"

身高两米的大火鸡扑闪着两只大翅膀，用和她的身型完全不匹配的灵巧动作，冲到了傅闻夺面前。傅闻夺快速避开，大火鸡却双脚一蹬，比他速度更快。仇恨和怒火将大火鸡的理智吞噬，她的眼前只有这个该死的偷渡客，该死的抢走她的火鸡蛋、让她无法要回来的偷渡客！

"咕，撕成碎片！！！"

火鸡一个翅膀扇下来，傅闻夺向后奔跑，一脚踩在墙上，凌空飞起躲开这一击。同时他手腕一动，军用匕首在他的手指之间画出一个漂亮的刀花，刀刃向前，直刺大火鸡的咽喉。

"铮——"一道清脆的金属碰撞声，大火鸡毫发无损，傅闻夺倒退两步，一只手撑地稳住身形。

巨型火鸡嘲讽地笑道："就这种武器，也能伤到我？愚蠢的人类，咕咕！"

说话间，大火鸡又冲了上来。她根本不需要有任何多余的动作，傅闻夺的刀伤害不了她一根鸡毛，只能不断避让。很快，在一次碰撞中，大火鸡的鸡爪在傅闻夺的脸颊上划出一道血口。巨型火鸡阴险地笑了一声，乘胜追击，想置傅闻夺于死地。

傅闻夺双臂挡在身前，挡住了大火鸡的这一击，整个人却被这强大的力道撞到了墙上。傅闻夺单膝跪在地上，匕首在刚刚与大火鸡贴身搏斗的时候被震飞到远处。他一只手撑在地上，抬起头看向那把匕首。

大火鸡一脚将匕首踢到自己身后，阴笑着说："你什么都没有，下次只能用手来抵挡我的爪子。傅闻夺，这就是你偷走我的火鸡蛋的报应，咕！！！"话音落下，大火鸡又要冲上来。

正在此时，响亮的童声在房间里响起——

叮咚！完成支线任务二：找到铁鞋匠的鞋油。

大火鸡的动作愣在半空中，傅闻夺微微抬起头，脸上露出一丝诧异。下一秒，他勾起唇角，站了起来。傅闻夺活动了一下手腕，又扭了扭脖子。他感受着身体里那渐渐恢复的力量，缓慢地抬起头，看向面前的巨型火鸡。

大火鸡浑身的鸡毛都竖了起来："咕……咕咕？"

小电视里，王小甜惊道："啊，本期的《开心问答》特别篇这就结束了？这也太快了吧？火鸡小姐请你快点结束你和傅选手的私人恩怨哦，十分钟后这个现实副本就要关闭了，节目组会请铁鞋匠先生把你一起带回来的，抓紧时间哟。"

巨型火鸡飞扑到电视屏幕前："咕咕，救命，咕……！！！"

两个月前傅闻夺就差点杀了这只火鸡，现在两个月时间过去了。傅闻夺微笑着看着这只刚才还耀武扬威的火鸡，右手一甩，下半截手臂瞬间变成一把漆黑的尖锐利器。他声音低沉地说道："你叫火鸡小姐，为什么你的表妹不叫火鸡表妹？陌陌是不可能还给你了，不过你还有十分钟的时间……报仇雪恨。"

"咕咕咕咕！！！"

十分钟后，唐陌站在食品加工厂的空地上，看到傅闻夺从远处走来。

傅闻夺身上一丝伤口都没有，反倒唐陌自己浑身是伤。不过这些伤看着严重，其实只是皮外伤，唐陌连蚯蚓的眼泪都不需要使用。他现在恢复了异能，身体的自愈能力恢复正常，只需要半个小时，这些伤口就会自行愈合。除了一些被鞋油狼咬掉血肉的伤口，需要两三天时间才能恢复如初。

傅闻夺看着唐陌身上的伤口，微微皱眉，目光停留在他的左臂上。

唐陌笑道："这个是刚才我自己割的。铁鞋匠的鞋油是人血，所以我必须出点血，才能赢得这场游戏。"

傅闻夺："你之前不是试过一次，答案不是人血？"

唐陌解释道："我那次是让铁鞋匠抽了另一个玩家的血，那个玩家已经死了，他的血确实不是鞋油。"唐陌没说邢峰是怎么死的，被谁杀的，傅闻夺却从他冷淡的话语中察觉出了一点真相，没有多问。

唐陌继续说："四个线索：第一，每个人类都见过铁鞋匠的鞋油；第二，鞋油狼爱吃鞋油；第三，鞋油具有融合或者坚硬的特质；第四，鞋油是从人类身上得到的。"唐陌看着傅闻夺，微笑道，"每个人类在出生的那一刻都见过母亲的血，血是人类身上的。鞋油狼爱吃我的血肉，准确来说是血。在和四匹鞋油狼搏斗前我特意放了一些血在地上，它们果然迫不及待地拥上去舔血。而最后，鞋油是融合的。"

一个人的血不行，傅闻夺说道："要两个人类的血融合在一起才行？"

"或许是这样。"唐陌道，"或许，真正的鞋油应该是玩家的血。400cc的人类鲜血相当于一滴劣质鞋油，有可能两个玩家的血，也就是两滴劣质鞋油融合在一起，就成了真正的鞋油，我刚才就是这么做的。在那个玩家死之前，我接了他一些血，再加上我的血，做成了真正的鞋油。"

傅闻夺："另一个可能，真正的鞋油是玩家的血？"

唐陌："鞋油是融合的，一个玩家的血无法制作成鞋油。但也有可能，在我那个房间里，只拿走我的血或者只拿走另一个玩家的血，这样拿走的都不是'玩家的血'。"

傅闻夺明白了。他并没有参与唐陌的游戏，但是在这短短几句话中，懂得了唐陌的意思。

唐陌道："任何一个人的血，都只是'一部分玩家的血'。真正的鞋油是玩家的血，少一个人的血都不行。这就是第二种可能。"

邢峰恐怕到死都没想到，唐陌并没有想过要他的命，他根本没必要杀唐陌。

唐陌不认识邢峰杀死的那两个玩家，不会正义感爆棚，一定要为两个陌生人惩恶扬善、杀了邢峰报仇。地球上线后，全世界还有几个人的手上是干净的？连唐陌自己都杀过不止一个人。

唐陌一开始就打算尝试一下将自己和邢峰的血融合在一起，看看能不能制作成鞋油。他询问铁鞋匠鞋油是不是只在那个厂房里，就是想知道，傅闻夺的血他无法得到，缺少傅闻夺的血，他能不能制作鞋油。

铁鞋匠给了他肯定的答案，所以他便决定冒险尝试。

如果这次不对，他还有一次机会。他会将四滴鞋油交给铁鞋匠，保住傅闻夺一条命。他和傅闻夺会迎来最后一次机会。不到关键时刻，他不会用国王的金币逃命——一来这个道具太过珍贵；二来他一旦走了，傅闻夺那边几乎是必输的结局。

唐陌早就猜测，死在这个厂房里的玩家不是如同邢峰所说的那样，只有两个人。

傅闻夺那边有一个玩家，唐陌这里却有两个人。

会不会这个副本的基本要求就是，一边最低人数两人，一边最低人数一人。那按照这种说法，当傅闻夺那边有三具尸体的时候，邢峰这里怎么也不可能是两具尸体。

只要失败，邢峰这里的玩家会死，傅闻夺那里的玩家也会被抽干血变成干尸。一个人换一个人，加上邢峰，厂房永远比杂货间多出一个玩家。

或许在一开始，邢峰并不知道"只剩下一个玩家就可以活命"的规则。他很幸运，他和另一个玩家是第一批进入副本的。那个玩家死在了他前面，铁鞋匠告诉他："你可以不死，只要你杀了同伴，一个人活下去。"从此以后，他便开始杀人。

邢峰已死，他的想法、他做的那些事被埋藏在时间里，再无人知道真相。

唐陌没再多想，打量了一下傅闻夺。他很少有这么轻松的时候，刚刚经历了一场惊险万分的游戏，心情愉悦。

只有真正同生共死过，才能成为朋友。

匹诺曹那次不算。

唐陌有了开玩笑的心情："你那里似乎比我轻松很多。"他指的是傅闻夺身上没有伤口。

傅闻夺发觉唐陌稍稍放下了一点防备，若有所思地看着眼前的年轻人，道："有伤，不比你轻。不过我的异能和这方面有关，异能恢复后，伤口会很快复原。"

唐陌心思一动。

能够在短短十分钟内复原这么严重的伤？

唐陌不动声色地打量着眼前的高大男人，开始暗自琢磨这个人的异能到底是什么，顺便盘算一下……有没有可能得到这个人的异能。

铁鞋匠拖着重重的锁链，无精打采地从厂房门口走了过来。他左手拿着铁钉，铁钉的尖头悬浮着一滴小小的黑色鞋油。它神奇地凭空悬浮在那儿，随着铁鞋匠缓慢的步伐，一点点地前进。

铁鞋匠走到唐陌和傅闻夺跟前，随便看了他们一眼："好了，作为一个勤劳可爱的铁鞋匠，既然你们帮我找到了鞋油，我当然也要给你们奖励。就让我为你们修一修鞋子，当作报酬吧。"

叮咚！触发主线任务：观看可爱的铁鞋匠修鞋。

唐陌："……"

傅闻夺："……"

总觉得哪里不大对劲？

当一只脚露在空气中，铁鞋匠拿着他的鞋开始"砰砰砰"地砸钉子时，唐陌终于发现了是哪里不对劲。

……他为什么要干这种只有小孩子才干的、一只脚踩在另一只脚上的蠢事啊！

傅闻夺是第二个修鞋的，铁鞋匠似乎是看唐陌不爽，记上了他的仇，决定先修唐陌的鞋。

唐陌真是不自在极了。幸好他没有脚气，脚也不臭，要不然被傅闻夺闻到奇怪的味道，那简直比输了游戏还要命。然而偏偏铁鞋匠似乎是故意的，拿到唐陌的鞋后，非常做作地捏住了鼻子，嫌弃道："臭死了！"

傅闻夺低笑了一声。

唐陌彻底黑了脸。他的脚真的一点都不臭！

铁鞋匠"砰砰砰"地砸了很久，唐陌感觉傅闻夺的目光在自己那只裸露在外的脚上停留了一会儿。他穿了袜子，可总觉得怪怪的，只能撇开视线，准确地执行"观看可爱的铁鞋匠修鞋"的主线任务。

十分钟后，铁鞋匠修完了唐陌的两只鞋，轮到傅闻夺。

铁鞋匠捧起傅闻夺的一只靴子，同样赶忙捏紧鼻子："哎哟喂，臭死了臭死了！"

这次轮到傅闻夺："……"

唐陌忍不住笑出了声。

两人的目光在空中相接。傅闻夺目光深沉，唐陌淡定地憋笑。

"好了，你们两个人类的臭鞋子都修好了。我铁鞋匠修鞋的手艺在地底人王国可是家喻户晓的，我敢说第二，没人敢说第一。这次我给你们修鞋，你们就一辈子记着吧。"

铁鞋匠看上去是用钉子不停地砸鞋，可唐陌和傅闻夺的鞋和先前看上去没有任何变化。这时，黑塔清亮的提示声响起——

叮咚！完成主线任务：观看可爱的铁鞋匠修鞋。通关现实副本"那个可爱的铁鞋匠"，获得奖励"神奇的鞋子"。

道具：神奇的鞋子。

拥有者：唐陌、傅闻夺。

品质：精良。

等级：二级。

攻击力：无。

功能：穿着这双神奇的鞋子，可以忽视重力，随意在任何平面行走，例如天花板、水面等。

限制：每天仅可使用一次，持续时间为一个小时。

备注：快来人啊！牛顿的棺材板压不住了啊！

第2章

红桃王后

唐陌和傅闻夺各自穿好鞋子，离开了这个食品加工厂。他们走的时候，铁鞋匠甩着大铁链，大摇大摆地走进傅闻夺之前出来的杂货间。唐陌好奇地看了一眼，目光停留在铁鞋匠背后的锁链上。

　　黑塔曾经说过，这条锁链具有因果律效果，被捆住后无法主动解开。

　　这条锁链的作用比神奇的鞋子还要大。

　　眼看铁鞋匠越走越远，唐陌转过头，低声道："抢得到吗？"

　　傅闻夺没有回头去看铁鞋匠的锁链，但是他明白唐陌的意思："或许不行。"

　　唐陌露出一个失望的表情，继续向前走。

　　傅闻夺见他这模样，微微勾起唇角，没有说话。

　　那条锁链确实是个宝贝，但以傅闻夺曾经和铁鞋匠交手的经验来说，哪怕他和唐陌联手，恐怕都不是铁鞋匠的对手。铁鞋匠比匹诺曹要厉害一个层次，虽然没达到圣诞老人和狼外婆的级别，却也差不了多少。

　　两人很快穿过工厂区，回到商场，在商场门口分别。

　　天色漆黑，傅闻夺打算在商场里找个地方随便过一夜。唐陌看到他的身影消失在商场的安全楼梯里，自己往下走，来到了停车场二层。

　　当他抵达二层的医务室时，还没进门，就听到莉兹和洛风城的声音。

　　洛风城问："真的通知到了？"

　　莉兹语气焦急，道："真的。我刚离开商场没多久就碰见了唐陌和另一个黑衣男人，也就是博士你口中的傅先生。听到我说这个小女孩回来后，唐陌很高兴地说他立刻回来，我就再去通知这个小男孩了。可是现在我们都回来了，唐陌没回来。博士，他不会是出事了吧？是遇到偷渡客，还是进入副本了？"

洛风城正欲开口，一阵敲门声响了起来。众人看向发声处。

只见大门被推开，唐陌站在门口，微笑道："是进入副本了。"

见到自己通知的人回来了，莉兹这才松了口气。她有点自责："早知道我当时就跟你们一起走了，否则唐你也不会进副本。这附近的副本入口我都清楚。"

唐陌走进屋子："我进的是现实副本。"顿了顿，他看向洛风城："就是那个铁鞋匠的副本。我和傅闻夺一起进去的，现在通关出来了。"

接下来，唐陌把自己在铁鞋匠副本里见到的东西简单地复述了一遍。他忽略了自己获得的奖励，重点说的是副本里禁止使用异能和道具的事。这是个很重要的消息，洛风城听后道："谢谢，这很关键，以后我们得做好游戏里无法使用异能、道具的准备。"

唐陌道："不用。"

洛风城上下看了唐陌几眼，许久后，笑道："好，那就不用谢了。"

洛风城敏锐地察觉出来唐陌似乎有什么地方变了，这个变化或许不大，但是终究改变了一点。换作以前，唐陌也会将这个消息告诉阿塔克组织，毕竟地球上线后他认识的人几乎都消失了，能算作朋友的，都在阿塔克组织里。但他或许不会说得这么快，这么毫不犹豫。

莉兹和另一个阿塔克成员很快离开。刘晨和陈姗姗说了几句话后，抹了抹眼角的泪，也离开了医务室。唐陌看着刘晨擦眼泪的动作，隐隐察觉到哪里不对，但他没问，目送这个竹竿似的男孩离开。

一时间，宽敞的医务室里只剩下唐陌、洛风城和陈姗姗。

从铁鞋匠的现实副本里出来，唐陌总算再次见到了这个小女孩。

唐陌一直想让这个小女孩成为自己的队友。他从没忘记，自己得到了那么多异能，只有陈姗姗的异能让异能书说出"你走了狗屎运"的评价。他走到病床前，看到小姑娘瘦瘦瘪瘪地躺在床上，靠着枕头，额头上、胳膊上全是伤，眼睛却亮得出奇，认真地看着唐陌和洛风城。

洛风城道："姗姗带来了一些很有趣的消息。唐陌，我想对你来说也是非常重要的消息。"

唐陌看向小姑娘。

陈姗姗点点头，没有废话，直接道："我和菲菲进入的是同一个平安夜福利副本。我们那个副本一共有十个人，具体游戏不多说，和唐哥、洛老师你们一样，也是分组对抗游戏，但是我们一共分了五组。我和菲菲不是一组，游戏进行到第三局时……"陈姗姗的声音顿住，满是伤口的脸上没太多表情，声音也没什么变化，唐陌却觉得她似乎有点伤心。

"菲菲死在一个女玩家的手上。"

唐陌神色一顿，眼前闪过一个小女孩灿烂而又羞赧的笑容。他没有说话，也不知道该说什么，只是静静地看着病床上的小姑娘。

陈姗姗停顿了一会儿，继续说道："第五局时，我和我的同伴被淘汰了，一起被迫进入攻塔游戏。我是在地底人王国的监狱里进行的攻塔游戏，我现在不想浪费时间去说具体游戏规则，但是在这场游戏中我发现了两个重点。"

唐陌道："什么？"

"第一，同一个攻塔游戏里的玩家，可能并不是在攻略同一层塔。"

唐陌立刻明白了陈姗姗的意思，惊道："你是说，你在攻略黑塔一层，但是和你一起攻塔的玩家里，有攻略黑塔二层的？！"这消息实在太过惊人，唐陌忍不住看向洛风城。

洛风城朝他点点头，神色凝重："姗姗的意思就是这个。她参与的那场攻塔游戏一共有八个玩家，一进入游戏，他们就成为地底人王国的囚犯。包括姗姗在内的七个人的任务是，在囚犯放风的时候杀死监狱里一个存在感很低的囚犯，还有另一个人的任务，似乎和她们不同。"

陈姗姗道："当我们八个人一起被传送到这场游戏时，她一看到我们其他七人，脸上露出了很震惊的表情。她反应很快，立刻假装什么都没察觉，和我们一起讨论怎么完成任务。从那以后，我就开始注意她。"

每个玩家刚被传送进攻塔游戏时，肯定都是紧张忐忑的。陈姗姗能够在第一时间冷静下来，同时想到去观察队友，这已然十分难得。而且她还发现了不同寻常的东西。

"被迫进入攻塔游戏感到震惊是很正常的事，之后又故意装作冷静也合情理。但是老师曾经和我说，这种能快速隐藏自己的人，哪怕不是心里有鬼，也肯定是聪明人。在一个多玩家的游戏里，你最需要提防的不是对手，也不是规则，而是队伍里的聪明人。聪明人往往喜欢坚持主张，一旦自作聪明，就会害了全队。如果这个聪明人有其他意图，那更可怕，比猪队友还要可怕，甚至需要先下手为强。"陈姗姗神色冷静地做了个抹脖子的手势。

"……"唐陌的目光在陈姗姗和洛风城的身上扫过。

你洛风城就教人家小姑娘这个？！

陈姗姗认真地说："起初我也以为她是有什么其他问题，但是后来我发现，她的一些举动很奇怪。游戏进展过程中，我渐渐察觉到她的任务可能和我们其他七个人不一样。"顿了顿，她补充道，"这只是我的推测，三分靠推断，七分靠直觉。当然，我也不知道她的任务到底是什么，因为在我们七个人完成自己的主线任务前，有天晚上她就被地底人王国的守卫杀了。守卫把她惨不忍睹的尸体拖到我们面前，警告我们，这就是越狱的下场。"

唐陌下意识道："她的任务是越狱？"

"或许是这个，我也无法确定。"陈姗姗说，"那个监狱到处充满危机，我们七个人最后有两个人成功通关黑塔一层。我们杀掉那个陌生囚犯的一瞬间，就被传送回了地球。所以如果她的任务是越狱，相比较而言，我们七个人的任务就太简单了。在此基础上推测，我们七个人是在攻关黑塔一层，越狱的任务恐怕是在攻关黑塔二层。"

洛风城道："那个女玩家到底是不是已经通关了黑塔一层，姗姗也不敢肯定。但她确实是八个玩家里最强大的，无论是智力、判断力、决策力，还是异能，都非常强大。唐陌，同一个攻塔游戏可以有不同层次的玩家只是姗姗的推测，你可以随便听听。"

唐陌想了许久，道："我相信这个推测。"

洛风城笑了："我也相信。"

小女孩躺在病床上，听到自己的老师和非常尊敬的大哥哥都肯定了自己的判断，也稍稍笑了一下，将失去朋友的痛苦藏在心底。

唐陌："还有一个重点呢？"

陈姗姗打起精神，继续道："还有一个就是板上钉钉的事情了。在我离开攻塔游戏时，黑塔问了我一个问题。它询问我是否决定继续攻塔，我选择了否。接着它说，三个月内，玩家可到各区黑塔处主动选择攻塔；三个月后玩家若没有进行攻塔，则直接进入攻塔游戏。"

"可以主动选择攻塔？！"这件事比上一件事令唐陌更觉震惊。

陈姗姗点头："是。按照黑塔这句话的意思，应该就是在任何时间内，玩家都可以主动进行攻塔。否则如果玩家只能被动攻塔，那攻塔时间、机会都不受自己控制，肯定会经常发生三个月没有攻塔，被迫进入攻塔游戏的情况。"

洛风城接着说："它说让玩家到各区黑塔处选择攻塔，所以唐陌，"洛风城看向唐陌，"我想等杰克斯、小胖子、唐巧从西新回来后，我们就可以知道，玩家到底可不可以主动攻塔。"

陈姗姗回来，一共带来了两个重要的消息。

第一，同一场攻塔游戏里，可能有攻略不同层数的玩家。

第二，玩家可以主动开启攻塔游戏。

唐陌比较在意的是"主动开启攻塔游戏"这个消息。

对于任何玩家来说，谁都不愿意进入危险的攻塔游戏。哪怕是简单模式的攻塔游戏，也是九死一生。在三个月时间到来前，应该很少有玩家会选择主动进入攻塔游戏。那黑塔为什么会给予玩家这个选项？

除非主动进入攻塔游戏，比被迫进入有好处。

这个好处……

唐陌突然想到了关键，转头看向洛风城，洛风城也正看着他。

见到唐陌恍然大悟的表情，洛风城道："这么快就明白了？在你回来之前我和姗姗讨论过，正常玩家是不愿意主动进入攻塔游戏的，除非主动进入会有优势。存在两种可能，一是主动进入攻塔游戏，可以选择游戏内容、游戏难度，等等。这个可能性极低，黑塔在游戏方面从来没给玩家任何选择的余地。而另一种可能就是……"

唐陌冷静道："主动进入攻塔游戏，可以自己选择队友。"

在医务室里多停留了一会儿，唐陌打算回去养养伤，同时仔细思考今天知道的这两条重要信息。他走的时候洛风城道："你受伤了，需要让莉兹帮你处理一下吗？"

唐陌摇头："小伤，不用麻烦了。"

洛风城没勉强。

就在唐陌快要出门时，小姑娘的声音响起："对了，还有一个不知道算不算好消息的消息。"

唐陌和洛风城都转头看过去。

病床上，这个一向沉稳的女孩眨了眨眼睛，因为喜悦，难得露出这么符合年龄的表情。

"唐哥，老师……我成为正式玩家了。"

唐陌和洛风城都怔在原地。

很久以前唐陌第一次和洛风城见面时，在那场游戏里，游戏Boss大鼹鼠告诉过他们："预备役也可以变成正式玩家，只要完成一场黑塔游戏就可以了。"这件事早就被唐陌抛在脑后。

地球上线两个月，他没见过一个预备役成为正式玩家。或许大鼹鼠随口说了个谎，预备役根本无法转正成正式玩家。然而现在陈姗姗告诉他们："我成为正式玩家了。"

成为正式玩家需要完成的游戏原来不是"黑塔游戏"，而是"黑塔的攻塔游戏"。

明白了真相，唐陌真是哭笑不得。

正式玩家全部拥有异能，洛风城最关心的是陈姗姗获得了什么异能。这点陈姗姗也纳闷，她并没有感觉自己获得异能，一不能移动物体，二不能力大如牛。成为正式玩家后，她和预备役时期没有任何差别。

唐陌暗示道："或许你的异能是潜移默化型的。比如增强自愈能力、增强脑力？"

洛风城和陈姗姗陷入思考中。

唐陌离开了医务室，快速地找到自己常待的那辆商务车。进入车厢后，他从空气中取出异能书，迫不及待地翻到第五页。在手电筒昏暗的灯光下，一行行黑色的小字映入眼帘。唐陌的目光停留在第二行——

拥有者：陈姗姗（预备役）。

唐陌目不转睛地盯着这行字，在他的注视下，这行字渐渐变成了——

拥有者：陈姗姗（正式玩家）。

真的会改变！

唐陌又仔细看了看这一页上的其他文字。除了这行"拥有者"信息，陈姗姗的异能并没有任何变化。通关了黑塔一层，相比两个月前，陈姗姗的异能等级肯定有所提高。唐陌在和她的接触中也有感觉到，她的思维更加敏捷，分析能力有所提升，对信息的整合力更强大。

然而在唐陌的异能书上，陈姗姗的异能还是三级，没有改变。

"可能是她的异能等级确实没有变，也可能是我收集了她的异能后，收集到的异能和她本人不再有任何关系。即使她异能增强，我收集的异能也不会有任何变化。"

唐陌想了想，觉得第二种推测可能性更大。

如果唐陌收集异能后，异能还能够随着拥有者的成长而成长，那这本异能书也未免太"金手指"了，简直像个BUG。唐陌并不贪心，思索许久后，轻轻合上异能书。但就在把这本书合上时，书页翻转间，他惊讶地"咦"了一声。

唐陌再次打开书，翻到最后一页——

异能：看我纯洁的大眼睛。

拥有者：邢峰（正式玩家）。

类型：特殊型。

功能：拥有一张人畜无害的脸，使自身看起来很无害，说出来的话、做出来的事容易得到别人的认可。玩家的气质随着异能拥有的时间的增加而改变，不使用异能，也是一张人畜无害的脸。

等级：二级。

限制：使用异能时需双目注视对方，两者连续对视至少五秒钟。

备注：Hello，看我卡姿兰大眼睛，bling，bling。

唐陌版使用说明：每天仅可使用一次，使用时需要与对方连续对视至少十秒钟。玩家气质的改变需要双倍时间。我知道唐陌想对别人抛媚眼好久了，现在终于有了个正大光明的理由。

唐陌"砰"的一声将书合上。他看着这本贱兮兮的异能书，终于明白自己在铁鞋匠的现实副本里，为什么面对邢峰时，耐心总是会多上一点。

唐陌进入副本后，邢峰基本上就没对他说过一句真话。虽然唐陌并不知道之前有两个玩家全是被邢峰杀死的，可是按照唐陌正常的性格，经历过匹诺曹副本后，对猪队友的容忍度已经跌到了谷底。

邢峰几次都没说清楚游戏规则，唐陌早该拿把刀抵在他的脖子上，逼他："要么死，要么说。"但唐陌一直没这么做。

"原来是因为这个异能……"

发动异能"看我纯洁的大眼睛"，可博取别人的信任，让自己看上去人畜无害。不使用异能，也可以使自己变得更容易让人相信。因为这是一个潜移默化的异能。

如果说陈姗姗的异能是不断地提升她的智力，让她变得越来越聪明。那邢峰的异能就是不断地改变他的气质，让他越来越人畜无害。即使不使用异能，他也比其他人看上去更可信。或许他就是凭借这个取信之前的玩家，借机杀害了他们。

邢峰是正式玩家，傅闻夺那样的却是偷渡客。从某种角度来说，也算是天（黑塔）意弄人。

想了想，唐陌又打开书，翻到异能那一页。他的手指在"气质改变"那行字上轻轻摩挲。

"这异能还是个强制性异能，不能选择放弃吗？"唐陌嘀咕着。

虽然不知道"气质改变"是什么意思，会不会影响到外貌，但唐陌一想到很久以后别人看到自己，都会觉得"啊，真是一个人畜无害的人啊"，就浑身一寒。比起扮猪吃虎，装×打脸，他更喜欢直截了当地凭实力说话。

当然，如果这个异能能使人变得更加低调，也不失为一件好事，唐陌还是比较满意的。

休息一晚后，唐陌来到医务室。洛风城神色凝重地告诉他："陈姗姗无法增强体质。"

唐陌错愕地转头看去。

病床上，浑身是伤的小姑娘手里攥着一颗亮晶晶的小星星。

唐陌看到这颗星星才想起来，半个月前的平安夜副本，陈姗姗和乔菲菲是凭借圣诞树枝进入游戏的。但他们在平安夜副本里失败了，现在还能使用圣诞树枝来增强体质吗？

仿佛察觉了唐陌的想法，洛风城道："本来我也以为不可以使用圣诞树枝了，可是昨天晚上，姗姗的那根树枝变成了白光星星，飞到她面前，和我们之前遇到的一样。这颗星星洒下光辉，想增强她的体质，给予她圣诞礼物，但是失败了。星星还是星星，陈姗姗的身体素质没有得到加强。"

唐陌想起昨天晚上翻看异能书时，看到的那句话——

异能：超智思维。

……

限制：判断准确度上限为50%，体质提升空间为0。

拥有了超强的智力，却舍弃了一切的武力。

唐陌沉默片刻，看着病床上的小女孩。他走过去，轻声道："有得必有失。既然已经无法弥补缺点，那就扬长避短。"

听了他这句话，洛风城和陈姗姗都露出一瞬间的惊讶。两人若有所思地看着唐陌，并没有说什么。

洛风城和唐陌很快离开医务室。

洛风城道："等杰克斯他们回来后，我让人通知你。"

唐陌："好。"

这一等就等了整整两天。

1月6日中午，杰克斯、赵子昂、唐巧等四人行色匆匆地回到了商场，洛风城派杰克斯将唐陌找了过来。

唐陌进入办公室，只看到赵子昂和杰克斯两人。

洛风城道："唐巧和另一个成员受了伤，现在正在由莉兹治疗。这次请你来一是为了完成约定，让小胖子把这次集结副本里发生的事情告诉你；二是……唐陌，和陈姗姗说的一样，现在玩家可以自行选择进入攻塔游戏了。"

唐陌微怔。

接下来，赵子昂把四个人在这次香蕉酒馆的集结副本里发生的事，全部告诉了唐陌。和唐陌之前猜测的一样，不同的玩家会遇到不同难度的副本任务。小胖子四人的实力在全S市中绝对属于上流，他们的任务是给香蕉酒馆制作美酒，帮忙完成这一年的香蕉酒节庆典。

香蕉酒节是地底人王国一年一度的盛会，香蕉酒馆在地底人王国家喻户晓。许多来自乡下的地底人以及从怪物王国偷渡过去的怪物，都会去香蕉酒馆品尝他们最美味、最负盛名的香蕉酒。

香蕉酒馆每年都会举办一次香蕉酒节。大多数玩家的任务是混进香蕉酒节，成为宾客。一些和阿塔克组织一样比较强大的玩家队伍，有的是要为香蕉酒馆酿酒，有的则是要破坏香蕉酒节。

最后，杰克斯四人费尽心思，终于酿造出了真正的香蕉酒。

"香蕉酒的主材料是人血。怪物们喜欢吃玩家，地底人也喜欢吃玩家，所以他们真正爱喝的，就是人血。"赵子昂说起这个的时候，脸色苍白，还没从残酷的游戏里缓过神，"那些地底人把各种残肢断手都扔进酒桶里，酿出酒。人的四肢像极了弯曲的香蕉……这就是香蕉酒的来历。"

说完集结副本的事，杰克斯说道："离开西新的时候我们听说了一个传闻，玩家可以自行选择进入黑塔。唐巧说这件事很重要，决定去看看真实情况。我们今天凌晨就离开了集结副本，一直守在黑塔旁。结果早上6点的时候，我们看到三个玩家一起走到黑塔下，没一会儿他们就消失了。他们应该就是进入黑塔，进行攻塔游戏了。"

杰克斯所说的消息不仅是"玩家可以主动进入黑塔"，更重要的是……

"他们是三个人一起进去的？"唐陌问道。

杰克斯不明白唐陌为什么要重新问一遍，挠了挠脑袋，点点头。

洛风城看向唐陌："我打算明天和杰克斯一起去西新，打探打探情况。黑塔位于西新，西新的玩家应该知道更多消息。"

他在邀请唐陌，唐陌也确实有兴趣，想过去看看，然而正准备说话，清脆响亮的童声在他的脑海里响起——

叮咚！A国2区正式玩家唐陌已达到黑塔二层水平，五天后，准备攻塔！

唐陌的表情僵在脸上。

杰克斯和小胖子没发现他的异常，还傻乎乎地看着他，等他回应。洛风城看着唐陌的表情，慢慢眯起眼睛，不动声色地观察着，半晌后，问道："怎么了？"

那幸灾乐祸的童声在唐陌的脑海里连续播报了三次，和两个月前一模一样。黑塔欢快地告知唐陌：你要去攻塔了。然而这一次的时间限制不再是十天后，而是五天后。

声音停止后，唐陌转过头，看着洛风城三人。

洛风城的眼神中有一丝关心和打量，杰克斯和小胖子就纯粹只有关心了。

唐陌叹了口气，无奈地笑道："你们先去吧，我过几天再去。刚才黑塔通知我，该攻塔了。"

五天的攻塔准备期，唐陌一共做了三件事。

第一件事，准备一些武器。经历过上次怪物山谷的狼外婆事件后，唐陌对黑塔里的怪物水平有了一个更深刻的认知。以他目前的实力，恐怕还不是狼外婆的对手，但是他需要准备更多的武器。比如像邢峰一样，准备一些淬毒的暗器，以备不时之需。

第二件事，他需要提升自己的实力。

这个实力不是收集更多异能、提高自己的身体水平。好的异能难以收集，唐陌至今也没能收集到小胖子的异能。至于身体水平的提高，那更急不了。他现在真正需要做的，是提升自己的格斗水平。

和鞋油狼大战后，唐陌清晰地认识到，自己的硬实力还不够强。他拥有强大的身体素质，但这种身体素质对他来说就好像小孩拿着大刀随便挥舞，没有章法。唐陌曾经和傅闻夺在地下停车场交手，他知道，傅闻夺有意让着自己，否则以傅闻夺的格斗水平，自己绝不可能是傅闻夺的对手。

阿塔克组织里只有唐巧受过拳击训练，但她此刻受了伤，不好教导唐陌。而且她也只是业余水平，在身体素质比唐陌差一大截的情况下，能教给他的东西并不多。

唐陌想到了傅闻夺。

看着自己脚上这双鞋，唐陌想了一会儿，决定去找傅闻夺。

他并没有找到那个人。

傅闻夺好像失踪了。那天晚上分别后，唐陌就再没有见过他。洛风城说和傅闻夺达成约定，小胖子四人离开集结副本后，也会把集结副本的信息告诉傅闻夺。但阿塔克组织的成员没能在商场里找到他。

傅闻夺可能是离开商场了，也有可能……

"他也进入攻塔游戏了？"

唐陌想到这个可能性，拿出火鸡蛋，轻轻敲了三下。白色的火鸡蛋闪烁着淡淡的光辉，唐陌轻声道："傅闻……"声音戛然而止。

金属激烈碰撞的声音从火鸡蛋的另一端传了过来，"砰砰砰"的声音响起，好像是什么重物被用力地摔在了地上，没过一会儿，又是剧烈的撞击声。

在这急促的搏斗声中，傅闻夺惊讶的声音传来："唐陌？"他说得很快，但语气并不焦急。

唐陌思索片刻，道："你在进行攻塔游戏？"

傅闻夺："是。"

"好，那不打扰你了。有需要直接存档。"

"好。"

简短的通话结束。

唐陌寻找傅闻夺其实一共有两个目的：第一个目的是想请对方教自己一些格斗技巧，提升自己的实力；第二个目的和他所做的第三个攻塔准备有关：他想邀请傅闻夺，一起进行攻塔游戏。

唐陌经过了深思熟虑，才做出这个决定。

匹诺曹副本和铁鞋匠副本都证明，他和傅闻夺一起进行游戏时，这场游戏的难度会增加。后者表现得还不明显，前者已经得到了证实。而且在游戏中，两人的存档器只能使用一次。

但唐陌还是做出了这个决定，因为一个足够优秀的队友，比游戏难度更重要。

唐陌不得不承认，他和傅闻夺配合十分默契，且合作的时候能够无条件地信任彼此，达到利益的最大化。这种默契很难得。唐陌被黑塔通知准备进行攻塔游戏，他推测，以傅闻夺的实力，恐怕也收到了黑塔的通知。

没想到傅闻夺先行一步，进入了游戏。

不过这样也好，不和他一起，至少游戏应该会简单点吧。唐陌暗自想。

第二天晚上，唐陌从洛风城那里得知了主动进攻塔游戏的方式。

洛风城："现在玩家确实可以主动开启攻塔游戏。当玩家走到黑塔下时，在脑海里选择进入攻塔游戏，黑塔就会响起提示，确定是否进入游戏、是否组队进入游戏。"顿了顿，他看向唐陌，"你打算什么时候开始攻塔？有队友吗？"

唐陌："明天，没有队友。"

洛风城："目前阿塔克组织的成员实力还不够，贸然去攻塔有点冒险。我打算在2月的时候，让他们准备得再充分点，再一起去攻塔。"洛风城是在告诉唐陌，阿塔克组织这次无法帮他。

"好。"唐陌并没有打算邀请阿塔克组织的成员和自己去攻塔。他要攻略的是黑塔二层，阿塔克组织的成员只能攻略黑塔一层。谁也不知道他们一起组队攻塔的时候，会遇到什么样的任务。或许因为唐陌的存在，会给对方增加游戏难度，反而害了对方。

洛风城定定地看着唐陌，忽然笑了："活下去。"

这句话在唐陌第一次被迫参与黑塔一层的攻塔游戏时，有个人也同样对他说过。现在又听到这句话，他的脑海里不禁浮现出那个人的脸。

不知道傅闻夺现在怎么样了。

唐陌笑道："好，我会活下去的。"

第二天傍晚，唐陌来到西新。站在外滩之上，他远远地望着那座漆黑的巨塔。夕阳西下，东新江上闪烁着粼粼的波光。唐陌虽然看上去着一身便装，事实上腿上绑了四把小刀，身上还带了两把匕首和一支枪。

他站在黑塔前，抬头仰望这座黑色巨塔，准备攻塔。

正在这时，清亮的童声在全世界响了起来——

叮咚！A国2区偷渡客傅闻夺成功通关黑塔二层！

唐陌微微一愣。

良久，他笑了一声，低声自语："他连存档器都没用上就通关了，我应该也没问题吧。"

然而黑塔刚刚播报完，仅仅过了三秒钟，又是一道声音响起——

叮咚！西洲1区正式玩家莉娜·乔普霍斯成功通关黑塔二层！

唐陌此时已经在心里选择了"确定进入攻塔游戏"，听到这道声音，唐陌还没来得及惊讶，耳边就响起黑塔熟悉的声音——

叮咚！黑塔第二层（普通模式）正式开启，多人游戏开始载入……

沙盒生成……

数据加载完毕……

队友信息正在载入……

欢迎来到红桃王后的宝石城堡！

一束耀眼的白光从唐陌的眼前一闪而过，当他再睁开眼时，发现自己出现在了一条黑漆漆的走廊里。

这是一条中世纪欧式风格的长廊，走廊的一侧是高大的巨型彩色玻璃，透过这厚厚的玻璃，能看到一轮爱心形状的红色月亮高悬在天空。走廊的另一侧悬挂着一些文艺复兴时期的名家画作，荷尔拜因的《圣母前的迈尔像》、拉斐尔的《美丽的女园丁》，很多失传的、被珍藏于博物馆的传世画作，都挂在这条走廊的墙壁上。

唐陌在睁开眼的第一时刻就握紧了腰间别着的粉色小阳伞，提防被突袭，但四周风平浪静。他转头看了看，目光在两个人身上停住。

一个白领打扮的年轻女性靠着墙壁，晕晕乎乎地揉着眼睛，仿佛没反应过来。

除她以外，唐陌再看向另一边。

走廊的一侧，距离唐陌三米远的地方，一个娃娃脸青年靠着彩色玻璃，笑嘻嘻地看着唐陌。红色月光透过窗户照射下来，在这人的脸上映出斑驳陆离的色彩。他就这么直勾勾地盯着唐陌，发现唐陌在看他，他唇边的笑容更加灿烂。

慢慢地，他歪了歪头，右手举起，比成手枪形状，指着唐陌。

唐陌眯起眼睛，这个娃娃脸青年仍旧笑嘻嘻地看着他，青年的身体仿佛融入了这瘆人的红色月光，笑容诡谲。

那个女白领终于明白过来，扭头看到了唐陌和这娃娃脸青年，目光在他们的头顶停留片刻。女白领深呼吸一下，冷静下来，道："你们应该也听到黑塔那句'队友信息正在载入'了吧？所以确认一下……现在，你们就是我的队友？"

唐陌看了看女白领的头顶，再看看娃娃脸青年的头顶，收回视线，没有说话，但也没有否认。

女白领见唐陌默认了，又看向娃娃脸青年。

这个高高瘦瘦的年轻人从刚才开始，就一直倚着窗户。他站得歪歪扭扭的，笑嘻嘻地盯着唐陌和女白领。他这副吊儿郎当的模样令女白领皱起眉头，道："现在我们三个人头上都是这个符号，不出意外，应该是队友。认识一下吗？"

唐陌看向女白领。

女白领主动道："我姓王。"说完，她看向唐陌。

地球上线后，唐陌经历的每一个多人游戏，在一开始队友们都会介绍自己，互相认识一下。多人游戏一般都需要合作，这是一种拉近关系的方式。起初那些玩家还会认真地介绍自己的名字、身份，没有太多戒备。随着时间推移，唐陌遇见的玩家越来越多疑，再也不会泄露太多信息。没想到这个女玩家已经开始不说名字，直接说个姓，就算自我介绍了。

这就是达到攻塔水平的玩家。

唐陌想了想，本想说自己姓莫。但是他想起傅闻夺说过：之前通关黑塔一层的玩家都知道，有一个叫作"陌陌"的人，通关了困难模式的攻塔游戏。

唐陌顿了片刻，道："我姓赵。"他随便找了小胖子的姓冒充一下。

女白领点点头，再看向娃娃脸青年。

空荡荡的走廊上，三个人站得并不近，以等边三角形的位置站着。唐陌站在走廊中央，女白领的后背紧贴着墙壁上的油画，这娃娃脸青年靠着彩色玻璃窗。见唐陌二人都看向自己，他的目光微微抬起，往上瞥了一眼，笑道："布鲁斯。"

女白领惊讶道："你是外国人？"

现在留在A国的外国玩家很多，阿塔克组织里就有两个（杰克斯和莉兹）。很多外国人在游戏开始时身处A国，事发突然，他们短时间内无法回国，自然只能在A国进行自己的游戏。

只是这个娃娃脸青年看上去一点都不像外国人，普通话也很纯正。

娃娃脸青年看着女白领，仍然古怪地笑着，没有回答她的问题。唐陌循着他刚才的视线看去，只见在这堵挂满了名家油画的墙壁上方，有一座工艺精湛的立体浮雕，一只小小的黑色蝙蝠张开瘦瘦的双翼，悬挂在墙壁的顶头，精细的花纹，还原出来，活灵活现。

这蝙蝠像只有人类巴掌大小，静静地矗立在那儿。唐陌看着它时，莫名觉得一股寒意从脚底板直蹿上心头。"嗖！"黑色蝙蝠的小眼睛似乎突然动了一下，转向唐陌。唐陌立即看了回去，却发现好像是自己的错觉，这仍然是一尊没有生命的小石雕。

观察了一会儿，唐陌收回视线，看向娃娃脸青年，淡淡道："布鲁斯·韦恩？"

娃娃脸青年故作惊讶："你认识我？"他拙劣的演技比铁鞋匠还要差劲，就差直接在脸上贴上四个字——"我在演戏"。

女白领听到这个熟悉的名字还没反应过来，目光在唐陌和娃娃脸青年的身上徘徊："你们认识？"三人小队，如果另外两个队友互相认识，这对于她来说就更需要提防。因为这两人随时可能联手坑了自己。

唐陌看着这娃娃脸青年做作的表情，冷道："Batman?"

娃娃脸青年嘻嘻一笑："你还知道我的外号啊。"

哪怕大家可能都没说出真实姓名，但直接用蝙蝠侠的名字来捉弄人，实在太明目张胆、太猖狂了一些。

女白领这才反应过来，对这种被戏耍的事情，显然也十分不悦。她冷冷地注视着这个娃娃脸青年："虽然大家没必要做朋友，但现在毕竟是队友。"她指向每个人的头顶，只见在三人的头顶上方三厘米的位置，悬浮着一个小小的绿色图案。

这是一个双手张开、求抱抱的小人图形，地球上线前是非常常见的表达友好的emoji表情，唐陌也曾经用过很多次。三个人的头顶上方都有这个符号，再加上进入游戏前黑塔提示"队友信息正在载入"，十有八九，他们三个人就是队友了。

女白领放下手，继续道："既然大家都没有互相认识的意愿，就直接进行游戏吧。"

唐陌不否定这个建议，那个叫"布鲁斯"的娃娃脸青年也只是在旁边嬉皮笑脸地看着，从不给意见。

或许是"看我纯洁的大眼睛"异能起了作用，女白领看了唐陌一眼，没觉得他有什么突出的地方。三个人都不想浪费时间，女白领直接发号施令："目前没有得到黑塔的任务提示，但我们不能坐以待毙。先离开这条走廊吧。目前有三种方式可以出去。"

她指向左侧："那边有扇门，"再指向右侧，"那边也有扇门。"

最后，她看向娃娃脸青年的身后："还有就是打破窗户出去。当然，如果可以破墙而出也不是不可以，不过我建议大家现在先一起去看看那两扇门是否可以打开再做选择。怎么样？"

无论从哪个角度思考，从门离开这条走廊，都是最正确的解题思路。打破窗户出去和砸破墙出去，或许会造成一些不好的结果。唐陌点头道："嗯，那我们就一起先去看看那两扇门。"

在危险的攻塔游戏里，没有一个玩家想单独行动。单独行动是恐怖片的死亡标志，或许玩家刚刚走到门旁边，就会碰到一个恐怖的怪物，将其吞吃入腹。

女白领看向娃娃脸青年。

"我不反对啊。"娃娃脸青年道。

女白领微微点头，一边向左侧走去，一边说："那我们就先看左边的这扇……"

"砰——"一阵强烈的撞击声忽然在狭小的走廊里响起，震得整个走廊颤抖起来。女白领吓了一跳，话都没说完，睁大了眼睛转头看去，唐陌也错愕地看向那娃娃脸青年。这次连他也毫无防备，被娃娃脸青年突如其来的动作吓到。

只见瘆人的红色月光下，娃娃脸青年收回那只砸向窗户的拳头。他脸上还带着一丝让人厌恶的笑容，煞有介事地说道："嗯，看来窗户是打不破了。咱们可以去看门了。"

女白领盯着他，半天说不出话来。

唐陌慢慢抿住嘴唇，看向娃娃脸青年的目光复杂了几分。

很快，女白领怒道："从窗户出去是最坏的选择！我们是要先去看看能不能从大门出去，最后再来试窗户这条路。万一弄坏东西，造成糟糕的结果，你自己负责吗？"

娃娃脸青年理所当然地说："有造成什么结果吗？"

女白领："你……"

唐陌道："你用尽全力地去砸这扇窗户了？"

娃娃脸青年正笑嘻嘻地看着女白领动怒的模样，似乎觉得她很有趣。听到唐陌的话，他转头看过去，只见唐陌面无表情地看着他，并没有因为他的自作主张而表现出生气。他盯着唐陌看了半天，抬步走向左侧那扇门。

"用尽全力了。"

娃娃脸青年走在最前面，女白领气不过，但又不得不完成游戏，只能跟上去。唐陌走在三人的最后。他从后方看着那娃娃脸青年的后脑勺，这人走路的姿势也很轻浮，看上去似乎很不靠谱，但是从他刚才一拳砸上窗户、造成整条走廊都为之颤动的结果来说……

是个很厉害的人。唐陌在心底做出判断，同时将这个娃娃脸青年划分到极度危险的区域。

洛风城说过，不怕困难的游戏、强悍的对手，甚至连猪队友都不是最可怕的，最可怕的是聪明强大的队友。队友的能力越强大，所能造成的破坏就越恐怖。

不过唐陌又想：这是攻塔游戏，输了就会死。应该不会有人拿它当儿戏吧？

无论如何，他会时刻盯紧这个娃娃脸青年。

走到窗户边上时，唐陌悄悄伸出手，按上了彩色玻璃。他走路的速度没有变慢，手指同时用力地按在玻璃上。这玻璃比他想象得还要坚硬，硬度极高，而且韧性也极强。能够将这块玻璃砸出刚才那番动静，这个娃娃脸青年的武力不可小觑。

三人没有再说话。

走到最左侧的门旁，娃娃脸青年直接拉住了门把手。

这种危险的事情有人愿意去干当然是最好的，唐陌和女白领在旁边默默地盯着。娃娃脸青年按了一下，门被死死锁住，无法打开。

女白领："我们去看看另外一扇门。"

三人再一起走向右侧的那扇门。这一次娃娃脸青年按下门把手时，空气里传来一道清脆的锁钥契合声。他惊讶地"咦"了一声，唐陌怎么听都觉得他好像一点都不惊讶，声音里反而带着一丝雀跃和欣喜。

他好像对打开这扇门后会发生的事感到很期待。

娃娃脸青年转过头，征求意见："开门出去？"

女白领道："等一下。为了防止意外，我们打开门的时候离这扇门远一点。"

三人一致同意了这个建议。

走到距离门一米的位置停下后，娃娃脸青年笑道："我最喜欢做这种事了。"话音刚落，他一脚抬起，"砰"的一声就踹在了门上。红色的木门被他一脚踹开，一条更长、更华丽的走廊出现在三人的眼前。

女白领走上前仔细观察了一下："没事，可以过来。"

唐陌和娃娃脸青年一起走过去，穿过这扇门，和女白领一起来到了第二条更加宽阔的走廊。

唐陌声音平静，看似随口说了一句："你最喜欢做什么事？踹门？"

"当然是踹门了，不然你以为……是踹什么？"娃娃脸青年笑道。

唐陌没有吭声。

三人刚刚离开那条挂满油画的走廊，只听"轰隆"一声，刚才走过的那扇红色小门在身后关上。女白领赶紧想再去打开门，却怎么也拉不动门把手。这时，清脆的童声在这条大走廊中响起——

叮咚！触发支线任务：十分钟内，抵达那座玻璃花房。

"这扇门已经无法打开了，如果要前往玻璃花房，我们只能往前走。"女白领快速地说道，"有十分钟的时间限制，赶紧走吧。"

三人加快速度，一起快速穿过了这条华丽的走廊。

黑塔的支线任务来得太过突然，还给出了极短的时间限制。十分钟是一个很微妙的数字，谁也无法说它到底是短是长，因为他们并不知道"那座玻璃花房"到底在哪儿。如果那座花房离这条走廊很远，他们当然需要加紧步伐；如果一出这条走廊就是花房，他们慢一点观察环境也可以。

但无论如何，黑塔这句提示告诉了玩家一个信息：十分钟内，一定有办法抵达玻璃花房。

唐陌一直走在队伍的最后，女白领从一开始就掌控了队伍的话语权，走在最前方。唐陌一边向前奔跑，一边悄悄地观察娃娃脸青年的举动，防止他再做出"敲击窗户"这类行为。

然而这一路，娃娃脸青年都没再做出任何反常的事。

三人穿过这条走廊，推开大门，来到了一个黑漆漆的房间。突然进入黑暗，唐陌警惕地握住小阳伞的伞柄，防范黑暗中未知的危险。三人都站在原地没有再动，过了两秒，唐陌和女白领都拿出一个手电筒，打开照明。

女白领道："好像是个普通的卧室。"她拿着手电筒，照亮了这个房间的每个角落。

这是一间欧式风格的公主房，有蕾丝边的窗幔和圆形的公主大床，一块毛茸茸的地毯铺在地上。梳妆台放在房间的角落，三把羽毛小扇子插在梳妆台上的一个水晶小圆筒内，一把染着红色，一把染着绿色，还有一把染着奇怪的亮紫色。

三人将这间房子观察一遍后，唐陌将手电筒照向了自己的身后。

他目光一顿："不是门。"

女白领赶紧朝他看来，顺便看到了三人身后的那个高大的白色衣柜。她惊道："我们刚才不是打开一扇门进来的吗？"

唐陌伸手拉了拉这个衣柜，用了七成力，却无法打开衣柜的门。他冷静道："我以前在一场游戏里碰见过时空混乱的问题。刚才我们确实是打开了一扇小门进入这间卧室的，但现在那扇门不见了，变成了这个衣柜。或许在这场游戏里，得注意一下空间的问题。"

女白领点点头："好。已经过去两分钟了，我们赶紧再去找那座玻璃花房。"

唐陌跟在女白领的身后，继续往前走。他的手电筒光芒在房间里闪烁了一下，照亮了娃娃脸青年的脸庞。唐陌的目光从他的脸上一闪而过，看见这个娃娃脸青年意味深长地看着自己，又露出了那个古怪的笑容。

唐陌面不改色地继续往前走。

离开这间卧室，他们又来到了一条奇怪的地道。唐陌再回过头去看自己刚刚走过的那扇卧室的门，目光聚焦："果然，那扇门也不见了。"

女白领也回头看去："这场游戏的空间确实有些问题，不过也有可能是因为玻璃花房在很远的位置，凭我们的脚力，正常情况下不可能在十分钟内赶到那里。"所以游戏才会改变空间，缩短距离。

这个推断有一丝道理，唐陌本想指出其中的漏洞，女白领这时道："快走吧，只剩下5分32秒了。"

唐陌微微一愣，跟了上去，这女人的时间感太强了。

或许是因为时间紧迫，三个人这一路上没再爆发过任何争执和讨论，遇到什么问题，也都是尽快说出自己的猜测，接着就抓紧时间赶路。

娃娃脸青年一直没说过话，只是跟在唐陌和女白领的身旁，笑嘻嘻地走着。当唐陌和女白领讨论问题时，他就在旁边听着，仿佛很有兴趣。然而当两人看向他时，娃娃脸青年不会给他们任何回应，只有那个古怪的笑容。

这条地道比之前遇到的两条走廊都要长许多。

漆黑狭长的地道里，每隔十米，墙壁的两侧悬挂着一个小小的火盆，幽暗的火焰在地道两侧微弱地闪烁着。唐陌走在队伍的最后，一直在观察两侧的小火盆。黑色的小火盆上雕刻着一条条蜿蜒扭曲的线，没有任何花纹，只有这些奇怪的曲线。

每一个火盆上的曲线都不相同，仿佛是在锻造出来的时候，工匠随手画上去的一样，没有规律可循。

放在这种地道里的火盆确实不需要雕刻出什么美丽的花纹，也不会有人看到。唐陌暗自想。

突然，"啊！我喜欢这个！"一道响亮的声音在狭窄的地道里回荡。女白领被吓了一跳，转头便说："你干什么？"

唐陌已经对这个娃娃脸青年的种种举动有了防备，冷冷地盯着对方，只见这娃娃脸青年直接伸出手，摸上了墙壁上的一个小火盆。黑铁做的火盆被火焰炙烤得滚烫发热，当娃娃脸青年将手覆上去时，"嗞啦啦"的烤肉声清晰地传到唐陌和女白领的耳中。

娃娃脸青年好像一点都不觉得烫，也不觉得疼，笑嘻嘻地摸着这个火盆，用另一只手指着上面的曲线："像不像个爱心？"

唐陌看向这个小火盆。

这个小小的火盆上有一条歪歪扭扭的线，或许是无意，这条线弯曲之后，隐约有点爱心形状。只是这爱心的最后一笔没有收好，是个缺了一角的爱心。

娃娃脸青年摸了几下，收回手。他收手的速度很快，唐陌眼尖地发现他的手完好无损，根本没有被烫伤。他十分遗憾地说："真可惜，这个爱心没有画完。你说它是不是在暗示这场游戏？"娃娃脸青年突然转头看向唐陌。

唐陌神色平静，没有搭理他。

他笑了一下，又看向女白领："没有画完的爱心，或许代表了一场没有结局的爱情。"

女白领："你有病吧！"

娃娃脸青年被骂了之后，不怒反笑。女白领不再理他，抓紧时间往前走，娃娃脸青年也跟了上去。唐陌仔细观察了这青年一会儿后，视线再放回那些火盆的图案上。这一次他不再单单观察这些曲线，开始注意这些曲线所构成的图形。

一个爱心图案纯粹是凑巧，之后唐陌再也没有看见过任何类似的特殊图案。但是他看着这些错综复杂的曲线，一丝奇怪的熟悉感在他的心头渐渐涌起。他的目光开始放在这些曲线上，无法挪开。只是那熟悉感再怎么强烈，唐陌也想不出到底是怎么回事。

三人走了三分钟，还没离开这条地道。

正在这时，一阵奇怪的笑声从三人的头顶传来。唐陌立刻握紧小阳伞，女白领和娃娃脸青年也抬起头，看向自己的头顶。火焰燃烧的噼噼啪啪声在狭长的地道里轻轻回响，唐陌的视线在这条地道的顶端不断游移。很快，他看到了一样东西。

"那是什么？！"女白领惊讶道，她再往旁边一看，"还有一个！"

只见在地道的顶端，有两个小巧的乌鸦石像悬挂在墙壁两侧，互相看着对方。当女白领发现两个石雕后，其中一个乌鸦竟然开口道："查尔斯，你听说了吗？王后又抓住了一个地底人，把他扔进宝石走廊啦！"

"亲爱的里德，是什么让你产生了你会比你的哥哥消息更灵通的错觉？我当然知道伟大的红桃王后又抓住了一个脏臭的地底人，还把他扔进了王后最喜欢的宝石走廊。我还知道，那个地底人已经变成石像啦！就像你和我一样，找不到走廊出口的地底人，都会变成石像，成为红桃王后美丽的宝石城堡的一件装饰品。"

另一个乌鸦石像张口道："亲爱的查尔斯，你不过比我早出生了一分钟，请你不要再以哥哥自居，那真让我恶心。"

"可是亲爱的里德，哪怕是变成一个乌鸦石像，我也比你早变了三秒钟。所以我永远是你的哥哥。"

"这真是糟透了！"

两只乌鸦一起嘎嘎地叫了起来，仿佛在笑，又仿佛在比赛是谁叫的声音更响亮。它们叫了一会儿后，其中一只乌鸦道："亲爱的查尔斯，你说这三个人类也会变成石像吗？这世界上有几个人会像那个小女孩一样，成功地走出宝石走廊？我觉得他们一定会变成臭虫石像，就跟城堡外面的那条大臭虫一模一样。"

大臭虫，城堡外的大臭虫。

唐陌想起大鼹鼠曾经说过，黑塔二层有条虫子。他又想起铁鞋匠说过，邢峰用的毒是黑塔二层的大蜈蚣独有的剧毒。

红桃王后的宝石城堡位于黑塔二层？这和他要攻略的层数一样。那对于女白领和娃娃脸青年来说，要攻略的也是黑塔二层吗？

"不好，只剩下45秒了！"女白领高声道。

唐陌心中一惊。

刚才乌鸦石像突然说话，三人都停住脚步，没有再往前走。如今时间只剩下几十秒，三人都再没心思管他人。唐陌以脚蹬地，以最快的速度奔向了地道尽头的那扇小木门。他一脚将这扇门踹开，还没进入，一道黑色的影子就在他踹门之后顺理成章地进入门中。

接着唐陌再跑进去，最后是女白领，她跑得最慢，但也顺利离开了地道。

当三人离开地道后，一道响亮的声音在三人耳边响起——

叮咚！完成支线任务一：抵达那座玻璃花房。

叮咚！触发支线任务二：找到爱说谎的月亮花。

支线任务一就这么轻松地完成了。唐陌三人在时限的最后，以各自最快的速度冲进了玻璃花房。如今完成任务，三人都不免有些疲累。大家在原地休整了一番，调整呼吸。等到恢复平静后，唐陌抬起头，观察四周。

这是一座十二边形的玻璃花房，透明的穹顶笼罩在宽敞干净的花房上，金色的阳光透过这些玻璃照射进来，将花房里这些生长繁盛的花朵照亮。安静的花房里没有其他人，却好像能听到鸟儿清脆的啼声。

这里寂静、美好，唐陌与女白领、娃娃脸青年商量了一下，三人决定分头查看这座花房的情况。

花房里的花多得数不胜数，明明房间不算太大，却密密麻麻地种满了花。这些花都十分高大，一朵红色的月季有唐陌的脸大，另一朵牵牛花居然也有他的掌心大小。

三人分头将整个玻璃花房找了一遍。

女白领道："我没找到任何奇怪的东西，这里看上去就是一间很普通的花房。另外我特意去找了一下'爱说谎的月亮花'。目前我们不知道月亮花到底长什么样，但是在这座花房里，每一朵花都是地球上有的花，没有月亮花。当然，说不定月亮花是某种花在黑塔世界的别称，这点无法确定。"

唐陌点点头："我也没找到任何和月亮花这个名字有关的东西。"

女白领看向娃娃脸青年。

娃娃脸青年仍旧笑嘻嘻地看着唐陌和女白领，见两人都看向他，他道："我也没找到月亮花。"

女白领问道："你认真找了吗？"

娃娃脸青年愣了一下，笑道："很认真地找了。"

女白领狐疑的目光在他身上扫了一遍，但没多问。娃娃脸青年看了这女白领一眼，很快又将目光转到唐陌的身上。他仿佛看到了什么，唇边的笑容更加灿烂了几分。他用那种意味深长的古怪眼神一直盯着唐陌，换作他人可能早就被他看得非常不自在，唐陌却淡淡地瞥了他一眼，神色不变，随后看向女白领。

"我们只有两个提示：第一，月亮花爱说谎；第二，它叫月亮花。"事关攻塔游戏，唐陌不会什么也不管，任由女白领一个人拿主意。他分析道："爱说谎这个线索目前感觉用不到，第二条线索看上去倒有点用处。无论月亮花这个名字是别称还是本名，我们应该要去猜想，它为什么叫月亮花？"

女白领想了会儿："很有可能，它长得像月亮。"

娃娃脸青年插嘴道："它喜欢在月亮下生长？"

发现这娃娃脸青年居然也参与讨论了，唐陌多看了他一眼，点头道："都有可能。全世界的花一般有三种命名方式。第一种和花的生长习性有关，比如月季花。它之所以叫月季，是因为每个月都会开放，常年盛开，也被称为月月红。"

女白领道："这个我好像也在哪里见过。"

唐陌继续说："第二种命名方式和花的外形有关，比如五星花。它有五个形状分明的花瓣角，像五角星，所以叫作五星花。如果月亮花的命名方式是前两种，那非常好找，至少有迹可循。第三种命名方式是根据一些虚无缥缈的传说、故事决定的，比如勿忘我、凌霄花。如果月亮花的命名方式是第三种，我们这次的线索就太少了。黑塔没给我们任何找花的提示，月亮花的命名方式应该不是第三种，否则我们不可能找到它。"

是游戏就有通关方式，就可以获得胜利。

在没有任何线索的情况下，"月亮花"三个字就是唐陌三人现在唯一的线索。它被称为月亮花，一定和这朵花本身有关系，不会是因为那些奇奇怪怪的故事传说。

女白领赞同地点头。

一道笑声在这时候响了起来："你知道很多花呀，以前是开花店的？"

唐陌看向娃娃脸青年，淡淡道："我看过一些书。"以前唐陌在图书馆上班时，闲暇时就会看书。他看过很多书，知识储备量会比普通人多一点，但肯定比不上洛风城。

娃娃脸青年"哦"了一声，又说："看过这么多书啊，你以前是做什么的？"

女白领终于忍不住了："你够了啊，这个时候以任务为主，这种没用的废话等游戏结束后再说。现在我们的首要任务是去找月亮花，你有头绪吗？"

娃娃脸青年耸耸肩："不知道。他看过很多书，或许知道。"他指向唐陌。

唐陌："……"

看过很多书，就知道月亮花是什么了？这都是什么逻辑。

唐陌想起自己和马赛克玩过的找书游戏。在那场游戏里，唐陌和神棍为了寻找那本书，将几个书架上数万本书全部抽出来查了一遍。那场游戏有时间限制，到最后唐陌并没有靠这种"把每本书都找一遍"的方式找到书，但现在的游戏没有时间限制。

唐陌打算提议三个人将这个花房里所有的花每一种都摘一朵下来。只要月亮花在其中，或许就能算作是完成支线任务。然而就在他准备开口时，娃娃脸青年忽然伸出手，将手挡在了唐陌的脸前。

唐陌一惊。

娃娃脸青年脸上的笑意微微收敛，慢慢地又笑了起来。

女白领皱眉道："你干什么？"

唐陌没有开口，这娃娃脸青年的动作很明显是在阻止唐陌开口讲话，只见他从口袋里掏出一部手机。地球上线后所有的电子设备都无法使用，手机无法上网，打不出电话、发不了短信，最多看看时间，还不如手表轻便快捷。唐陌早就扔了自己没电的手机。

没想到这娃娃脸青年居然随身带着一部手机。他将手机打开，点开备忘录，打了一行字递到唐陌面前。

"别动，你身后的那朵花刚才稍微动了一下。"

唐陌目光一凛。

女白领也看到了这行字，惊讶地睁大眼，但很聪明地闭上嘴，没发出一点声音。

唐陌接过娃娃脸青年的手机，打字道："你确定看到我身后的那朵花动了？我记得身后是一丛白玫瑰，刚才我检查过那里，没发现异样。"

娃娃脸青年很快打字。

"它动了，根部大约动了六毫米，我看到了。"

六毫米，他看到了这么细微的距离，还这么精准。

娃娃脸青年的脸上是一成不变的笑容。他找到了很可能是月亮花的奇怪的花，唐陌却从他的脸上看不出任何激动与得意，反而有种诡异的感觉。

唐陌冷静地打字："我不动，你们两个找机会抓住那朵动了的花。或许它就是月亮花。"

女白领看了娃娃脸青年一眼，两人轻轻点头。唐陌装作什么都没发现的样子，淡定地开口："既然支线任务是要我们找到月亮花，那么……"

"嗖！"

就在这个时候，女白领和娃娃脸青年一起动作。两个达到攻塔水平的玩家以极快的速度冲到了唐陌的身后，眨眼间便抓住了一朵高高壮壮的巨型白玫瑰。玫瑰根茎上的尖刺无法刺伤他们的皮肤，两个人四只手牢牢地抓住了这朵玫瑰。然后，一道凄厉的叫喊声在玻璃花房里响起——

"啊啊啊啊救命啊！！！臭臭的人类玩家抓住我啦！！！"

唐陌忽然感觉有哪里不对，还没来得及反应，接着又听到一阵阵凄厉的喊声，宛若排山倒海，轰然向他们袭来。

"啊啊啊啊啊啊啊！怎么办？怎么办？它被抓住了，下一个是不是我？是不是我？"

"这些人类玩家要干什么？他们是不是想抓了我们去泡澡？"

"我不要！我长得这么好看，还没把我的花粉送出去，我不要被人类拿过去泡澡，更不要被他们拿去泡茶！！！"

成千上万朵花在这小小的玻璃花房里，轰鸣似的惨叫起来。洪亮的声音在三个玩家的耳边形成轰炸，以三个玩家强大的身体素质，都被这么恐怖的声音震得耳鸣。

娃娃脸青年脸上的笑容第一次彻底消失，狠狠捏紧了那朵白玫瑰，一个用力，只听"咔嚓"一声，长长的玫瑰根部被他直接折断。

花朵们的惨叫声突然停止。

一秒钟后，更加凄惨的喊声再次响了起来。

"啊啊啊，他果然是想把我们拔了去泡澡！！！"

"不一定是泡澡，可能是泡茶，也可能是做成香膏，做成一切他想做的！！！"

"我不要啊，我不要被他拔走！"

唐陌见状直接大步上前，将那朵一边哭喊救命一边花枝乱颤的白玫瑰从娃娃脸青年的手中接了过来。青年看了唐陌一眼，没有说话，唐陌直接问："你是月亮花吗？"

白玫瑰哭泣的声音顿时停住，没回答，周围的花就帮它说话了。

"月亮花？它不是白玫瑰吗？什么时候变成那个爱说谎的月亮花了？"

"它不是月亮花。月亮花早就被红桃王后搬去其他地方了，它是白玫瑰，特别玻璃心的白玫瑰。"

叽叽喳喳的声音在三人耳边吵个不停，唐陌抓住其中的关键词："月亮花被红桃王后搬走了？"

一朵脸盆大小的巨型牡丹将自己的大花苞探到了唐陌眼前，红色的花瓣轻轻颤动，说道："你们这三个人类是在找月亮花吗？"

眼前突然出现了这么一朵庞大的花，唐陌脸色变了变，很快镇定道："是，我们要找月亮花。"

大牡丹道："月亮花不在这里。玻璃花房里的花我都认识，月亮花昨天被红桃王后派人搬走了，听说搬到了她的卧室，也听说搬到了宝石走廊，还听说被红桃王后送人了。你们在这里是找不到月亮花的。"

其他花朵纷纷应和："是的，是的，月亮花不在这里。"

唐陌问道："那我们该怎么去找月亮花？"

大牡丹摇头晃脑了一阵，道："我们还是种子的时候就在这座玻璃花房了，谁都不知道外面的世界是什么样的，也不知道月亮花到底在哪儿。不过昨天那两个卫兵把月亮花搬走的时候，是从那个地方离开的。"

大牡丹伸出绿油油的大叶子，指向了藤蔓花的花架："那两个卫兵是从那扇门离开的，或许你们从那里出去，就能找到月亮花。"

女白领走到花架前，架子上的紫藤萝用叶子捂住花瓣，害羞地"哎呀"一声，往旁边让开，弯弯绕绕的藤萝枝叶被一层层拨开后，露出了一扇很小的木头小门。

女白领回头道："这里确实有一扇门。"

唐陌再扭头看向这朵巨型牡丹。他目光平静地看着这朵大到让人感到可怕的牡丹花，仿佛想从它紧密的花瓣里看出对方有没有说谎。

大牡丹似乎是玻璃花房里的领头人物，看出了唐陌的想法，道："玻璃花房里，只有月亮花爱撒谎。我们都是不会撒谎的好花。昨天，确实有两个卫兵将月亮花从这里搬走了，就通过那扇门搬走的。"

许多花朵都附和这朵牡丹花的话。

唐陌看了它一会儿。

女白领道："它看上去确实不像在撒谎的样子。"

唐陌也道："是，我也这样认为。"

娃娃脸青年又笑了起来："所以现在我们要走过那扇门，去找月亮花？"

三人商量了一会儿（基本是唐陌和女白领在商量，娃娃脸青年在旁边围观），一致决定离开玻璃花房，去寻找真正的月亮花。唐陌看着手里这朵被折断的白玫瑰，不知道该把它放在哪里好。

白玫瑰"嘤嘤嘤"地哭了起来，小心翼翼地说："你……你能不能把我再插回刚才的泥土里……"

唐陌将这朵花又插进了刚才的泥土里，就插在它断裂了一半的根部旁边。

回到土壤后，这朵白玫瑰欣喜地摇摆起来。它高兴地舒展叶子，不停地探高头，似乎想被更多的阳光照射。但因为被折断了一半，它比身旁的其他白玫瑰矮了一截，这些白玫瑰挡住了它的阳光，它只有花瓣顶头分到了一点点可怜的阳光。

白玫瑰又"嘤嘤嘤"地哭了起来，它周围的几朵白玫瑰伸出叶子安慰它。

唐陌三人转身走向了那扇小门，娃娃脸青年伸出脚又想踹门，唐陌一伸小阳伞把他的腿拦了下来。

他看向唐陌。

唐陌："这里曾经有红桃王后的卫兵进出过，我们不要发出太大的动静，以免招来不必要的麻烦。"

女白领小心翼翼地推开了这扇门，确定门外没有什么危险，三人穿过小门，离开了玻璃花房。

放在两个月前，唐陌绝对不相信世界上会有那么大的花，而且还会说话。地球上线后，他经历了太多的游戏副本，见识了各种各样的游戏Boss，连马里奥、匹诺曹都不足为奇，更不用说一群会说话、会哭泣的花。

藤蔓花的花架后，是一条狭长的走廊。

这条走廊和之前的那条地道有几分相似，两边墙壁上，每隔十米悬挂着一盏小火盆，照亮整条走廊，只是这次火盆上的火焰烧得更加旺盛，将走廊照得如同白昼。

走过这些火盆时，唐陌的目光依旧盯在火盆的花纹上。这些花纹和之前地道火盆上的花纹有异曲同工之妙，看上去都是没有任何规律，好像工匠随手画上去的曲线，但看着看着，总会产生一种奇妙的熟悉感。

唐陌看了一会儿，余光里突然发现一个人一直在看着自己。

他快速地转过头，看清楚对方后，冷冷道："布鲁斯先生，你在看什么？"

知道布鲁斯·韦恩是个假名，唐陌仍然面不改色地说了出来，好像娃娃脸青年真的叫这个似的。

娃娃脸青年笑嘻嘻道："看一个有趣的东西。"

唐陌"哦"了一声，声音平静："我是个有趣的东西？"

娃娃脸青年反问道："你不觉得你很有趣吗？"

唐陌定定地看了他一眼，转开视线，没有回答他的问题。

三人继续往前走。女白领早就对娃娃脸青年反感，始终站在唐陌的身侧，与娃娃脸青年保持距离。这下连唐陌都走得离他远远的，只有娃娃脸青年一个人双手插在口袋里，似乎很开心，笑眯眯地在前面走着。

穿过这条走廊，三人来到一间餐厅。餐厅的长桌上摆放了一套鎏金餐具，女白领仔细检查了一番，道："盘子上还有一些肉渣，刀叉还有一点温度，应该是刚刚吃过不久。小心，这里可能有人。"

三人谨慎地提防四周，然而直到他们离开这间餐厅，也没发生任何奇怪的事。

唐陌将厚重的白色大门紧紧关上，转过身，发现这个娃娃脸青年又在看自己。唐陌的脸色慢慢沉了下去。这一次娃娃脸青年的眼神更加古怪，仿佛和他说的一样，他真的在看一个有趣的东西，因为唐陌察觉到他看着自己的目光里不夹杂其他任何感情，只有一种……奇怪的期待和雀跃。

唐陌不相信这个第一次见面的陌生人对自己有什么特殊的感觉，因为一开始，三个人在油画走廊里相遇时，娃娃脸青年就用这种眼神看着自己。

他一定是看到了什么东西。唐陌握紧了小阳伞的伞柄。

红桃王后的宝石城堡无比庞大，三个人走了十分钟，还没走到尽头，也没遇上任何人。这一次他们穿过一间黄金打造的大殿，女白领推开大殿的后门，惊讶地"咦"了一声："没有光了？"

离开玻璃花房后，三个人一路走过来的每条走廊、每个房间，都灯火通明。有的用火焰照明，有的用宝石照明。照明工具多种多样，但是无一例外，都将这座磅礴华丽的城堡照得璀璨绚丽。再一次碰到没有光的环境，女白领谨慎地拿出手电筒。她照亮了房间里的东西，确定没有异样，转头道："是一个空房间，没有问题。"说着，她抬步走了进去。

娃娃脸青年跟着她一起进去。

唐陌打开自己的手电筒，最后一个穿过房门，同时关上了这扇门。就在他刚刚将大门合上的那一刻，一道快速的风声从他的头顶侵袭下来。唐陌反应极快地倒退两步，但这东西的速度更快，冰冷的尖物从唐陌的胸前用力划过。从左肩到右腹，将唐陌的衣服划破。

这东西实在太尖利了，等到被划破后，一丝丝血珠才顺着细小的伤口渗了出来。伤口不深，因为唐陌及时躲开，只划破了表皮。但是伤口太长，很快染红了唐陌胸前的衣服，显得十分恐怖。

漆黑的房间里，女白领赶紧转开手电筒，照亮唐陌面前的那个东西。

"豹子！"女白领惊呼。

她声音响起的下一刻，那只趴在门旁的黑色猎豹嘶吼一声，四肢蹬地，冲向了距离它最近的唐陌。它的前爪上沾染了一些红色的血，这是它刚才划破唐陌胸口造成的痕迹。唐陌抬起小阳伞，快速念出咒语。阳伞打开，挡在黑豹面前，黑豹一爪子拍了上去。

这力道远远超出唐陌的预料，唐陌被它这恐怖的一爪子拍得倒退了一米远。

女白领急道："它太厉害，我们不是它的对手。门在那儿，快跑！"

女白领说着将手电筒的光芒照了回去，赶紧跑向另一侧的门。娃娃脸青年看着唐陌笑了一声，也扭头跟上去，与女白领一起逃开。唐陌在三人的最后，此时根本没有时间去理会女白领的话，转身打算和同伴一起离开这个房间，正在此时，只听黑豹怒吼一声，张开血盆大口，一道耀眼的白色火焰从它的口中喷射而出。

唐陌错愕地睁大眼。

谁都想不到，这只长得十分普通的黑豹居然能喷火！

一切只发生在眨眼间，女白领和娃娃脸青年都看到了这团火，但他们已经跑到门旁，女白领的手按在了门把手上。只有唐陌离黑豹最近，几乎躲不开这突如其来的火焰袭击。

然而就在这一秒内，女白领的眼睛轻轻地眨动了一下，娃娃脸青年双手插在口袋里，饶有兴致地看着唐陌即将被火焰吞噬的身影。

就是这一秒，女白领眨完了这一次眼，娃娃脸青年嘴角才刚勾起。

青年的身影瞬间出现在黑豹的身后，唐陌举起小阳伞，狠狠地刺入了黑豹的后脑。白色火焰顷刻消失，黑豹痛苦地嘶嚎一声，倒在了地上。浓稠的血液很快从它的身下漫延开去，流到唐陌的脚边。

解决了黑豹，唐陌神色冰冷地走到女白领和娃娃脸青年面前，道："这只黑豹不知道是什么来头，现在它死了，我们最好赶紧离开这里。"

女白领震惊地看着他："你、你刚才是怎么……"她声音顿住，没有问出口。

唐陌打开大门："走吧。"

女白领目光复杂地看着唐陌，没有多问，走出了房间。

那是唐陌的道具……或者异能，无论如何，他们只是临时组建的队伍，唐陌没必要把刚才瞬间移动、杀死那只黑豹的方式告诉她。只是她看着唐陌的眼神里多了一分警惕和小心。

唐陌和女白领离开房间后，发现娃娃脸青年居然没跟出来。

女白领回头道："怎么了？"

娃娃脸青年的身影被黑暗笼罩，两人只能看见他的脚，看不清他的表情。半响后，娃娃脸青年从黑暗的房间里走了出来，他笑道："没什么。刚才那只黑豹突然出现，有点被吓到了。继续走吗？"

这个人的嘴里就没一句实话。

女白领才不信他会被那只黑豹吓到，以这个人的精神病严重程度，这一路上都是她和唐陌一直受到对方的惊吓。女白领冷冷地扫了他一眼，娃娃脸青年依旧是那副笑嘻嘻的样子。

唐陌看着他这副让人厌恶的笑容，眯起眼睛。

和之前不一样了。

他还在笑，但是和之前笑得感觉不一样。

娃娃脸青年似乎察觉了唐陌的目光，转头看向唐陌。

两人互视一眼，都没有说话。

很快，三人就穿过了这间屋子。有了刚才黑豹的突袭，这一次离开房间时，女白领更加谨慎。她打开门，快速地往后跳跃一步，确定没有突袭，再小心翼翼地看向门内。她仔细地审视着房间的每个角落，最后视线突然停住，直勾勾地盯着前方。

"那是不是月亮花？！"唐陌和娃娃脸青年都走了过去。

只见在这扇门后（唐陌三人此时已经走过了无数扇门），是一条昏暗漫长的走廊。走廊的两侧墙壁上用特殊的颜料画了一幅幅美丽的天使壁画。这条走廊的屋顶是玻璃的，月光透过玻璃屋顶照耀下来，洒在壁画上，那些美丽的天使像用钻石绘画成的一样，闪烁着光辉。

而在这条走廊的尽头是一个小小的宝石高台，一只圆形玻璃罩子盖在高台上，将那朵弯月形状的银色花朵罩在其中。

走廊实在太长了，那朵花也不够大，唐陌竭尽全力地看，才能勉强看出它月亮形状的花苞。

娃娃脸青年笑道："好像是月亮花？"

唐陌肯定道："那一定是月亮花。"

三人互相看了一眼，由女白领打头阵，娃娃脸青年殿后，三个人小心谨慎地走进了这条走廊。三人进入走廊后，大门"砰"的一声关上，唐陌和女白领立即看向娃娃脸青年。

娃娃脸青年无辜道："我没用力关门，是它自己关上的。"

这句话的可信度值得怀疑，唐陌和女白领仍然冷冷地盯着对方。娃娃脸青年无奈道："难得说句真话，你们却都不信。"

唐陌收回视线，继续走向那朵被放置在走廊尽头的月亮花。

女白领道："支线任务是要我们'找到爱撒谎的月亮花'。如果仅仅是要求找到，那我们现在已经算是'找到'了，但黑塔没有提示我们完成任务……"

"它是要我们把那朵花拿到手中，这才是真正的'找到月亮花'。"唐陌补充道。

事不宜迟，已经来到这里，三个人赶紧穿过走廊，走向那朵月亮花。唐陌的视线在走廊两侧的天使壁画上滑过。这些壁画和许多教堂建筑的壁画十分相似，都是天使们嬉戏玩乐的场景，只是画画使用的颜料很特殊，在月光下能反射出钻石光芒。

走到走廊的尽头，三个人距离那朵月亮花只剩下十多米。

这么近的距离，唐陌清楚地看到，这朵婀娜美丽的银色花朵在月光下轻轻摇曳着。或许是月光本来的光泽，或许是它独有的颜色，它那月亮似的花苞上，绽放着一层层银色的花瓣。它在玻璃罩子里轻轻舒展花枝，浓密的花瓣上便荡起一层银色的波浪。月光照耀着，显得诡谲又美丽。

女白领的呼吸急促了几分，加快步子想赶紧拿起那朵花，然而他们刚刚走到那朵花前方十米的位置，一道充满诱惑的温柔声音在狭窄的走廊里响了起来——

"你真的要过来吗？"

女白领停住脚步。

唐陌惊讶地看着那朵花，娃娃脸青年的脸上也露出了好奇。

隔着一层透明玻璃，银色的月亮花将它那美丽的花苞对向唐陌三人。它温柔而又动人的声音好像一根羽毛，轻轻地扫过三人的心脏："三个可怜的人类啊，你们走到这里，还没发现地上的那根线吗？"

唐陌立即低头看去，女白领和娃娃脸青年也看向地面。

三个人仔细地看了好一会儿，女白领道："是这里！"

唐陌顺着她手指的方向看去。

平整光滑的地面上并没有任何特殊的线条，唐陌侧过头看了好一会儿，终于发现了一根极细的银色直线。这根线有十米长，与走廊的方向平行，将两米宽的走廊平分成两半。它从唐陌三人的脚下突然出现，一直延伸到月亮花所在的木头高台脚下。

此时此刻，唐陌三人就站在这根线的起始点。

月亮花温柔地说道："现在你们有两条路可以选择，从线的左边走过来，摘下我；从线的右边走过来，摘下我。三个可怜的人类啊，你们会选择哪一条路呢？"

女白领冷静下来，问道："这两条路有什么不一样的地方？"

月亮花："两条路，只有一条才是正确的路。可怜的孩子，走错路是要付出代价的。在你们人类短暂的一生中，总是要做出一些选择，有时候是被迫做出的选择，有时候是你们主动做出的选择。很多时候你站在选择之中无法发现，这个选择可能决定了你的一生。比如现在……"

月亮花摇摆着它那美丽的花瓣："一条路上布满了陷阱，一条路上风平浪静。人类，你选择从哪一条路走过来摘下我呢？"

唐陌抬起头，看着那朵似乎很温柔亲切的月亮花，淡淡道："你刚才撒谎了吗？"

月亮花的声音戛然而止。

片刻后，它发出一道奇怪的笑声，声音还是无比柔和，但刚才那道幸灾乐祸的笑声已经暴露了它阴险狡诈的心思。

"人类，你猜我刚才有没有说谎呢？"

高高的黑色木头桌台上，一朵硕大的月亮花被罩在玻璃盖里，摇晃着绿油油的叶子。看着眼前的三个玩家，它的声音温柔亲切，语气却充满了恶意，它这句话令唐陌冷冷地盯着它。

女白领仔细研究着地上的这根银线，抬头道："你说两条路中，有一条路充满陷阱。那如果我们不通过这条路，踩在线上过去，会怎么样？"

女白领的方法唐陌也想到了，他却察觉到一丝不对。

月亮花在月光下晃悠着枝叶，不怀好意地说："那你就踩踩呀。"

女白领一愣："你……"

月亮花："你踩着它过来，看看会发生什么事情嘛。快过来呀，我就在这里等着你。不过如果我是你，就会选择从其中一条路走过来。这条线这么细，谁知道踩在线上，算不算把两条路都走了一遍呢……哎呀，我说谎了吗？这回我可真的没有说谎，我拿红桃王后的鼻子发誓。"

女白领的脸色渐渐沉了下来。面对这朵爱说谎的月亮花，不仅是她，唐陌也无能为力。

月亮花爱说谎，谁也不知道它哪句话是真，哪句话是假：或许这两条路上根本没有任何陷阱，都是它胡扯的；或许其中一条路上真的有陷阱；或许两条路上都有陷阱。

面对这样的一朵撒谎花，它的话并没有任何参考意义。

唐陌蹲下来，看起了地上这根细细的银线。

这根线从他们的脚下延伸出去，终点是月亮花所在的那座高台。月亮花被罩在玻璃罩里，就目前的情况而言，它应该没有能力从玻璃罩里逃出来。它应该和玻璃花房里的那些花一样：可以说话，但是无法移动。比如白玫瑰只能眼睁睁地看着自己被娃娃脸青年摘了下来，没法阻止。

"这根线应该和月亮花没有关系，不是它画的线。"唐陌道，"有可能是本来就存在于这里的线，有可能是搬月亮花的卫兵画的线。我更倾向于这根线是黑塔给我们的支线任务增加的难度。"

到目前为止，唐陌三人一共遇见了两个支线任务。

第一个任务，要求他们在十分钟内抵达玻璃花房。一路上他们没遇到任何危险，只要加快速度，全力奔跑，就可以在时限内抵达玻璃花房。

第二个任务，要求他们找到爱说谎的月亮花。现在他们已经见到了这朵月亮花，只差把它摘下来，就算完成任务。其中他们只在一个房间里遇到了一只凶悍的黑豹，这只黑豹十分强悍，如果唐陌当时不使用"一个很快的男人"异能，或许会受重伤，但绝不会威胁到生命。

因此这第二个任务，难度也不大。

唐陌道："所以'这条走廊有陷阱'，这句话应该是真的，它没有撒谎。"唐陌看向女白领和娃娃脸青年，"从我们目前的位置到那座高台，大约十米的距离。和你说的一样，正常而言，我们有三种选择——从左边走、从右边走，和从线上走。"

娃娃脸青年突然举起手："我不从线上走。"

唐陌和女白领都看向他。

女白领疑惑道："你干什么？你不走就不走，关我们什么事。"

娃娃脸青年指着唐陌："他的意思，不是让我们三个人每个人选一条路，从三个不同的地方走？"

月亮花忽然发出奇怪的笑声，当三人看向它时，它晃了晃花盘。皎洁的月光下，这朵月亮花高洁雅致，看着它美丽的模样，谁也想不出刚才那阴险的笑声是它发出来的。

很明显，是娃娃脸青年刚才的那句话让它忍不住地偷笑了。

唐陌淡淡道："我没想让三个人分头走，从哪里走是每个人自己的意愿，我不勉强任何人，我只是把目前可以选择的方式说出来而已。不过布鲁斯先生，我很好奇，你为什么不愿意走中间这条线？"

"它不是说，走中间这条线，就算是两条路都走了？"娃娃脸青年目光真诚地指向月亮花。

被它指着的月亮花本来正在看戏，突然被点名，愣了片刻，很快又温柔地说："是的，我这么说过，走中间这条线可就算是走在两条路上了。我真的真的没有撒谎哦。"

娃娃脸青年笑道："对啊，所以我相信你。"

月亮花："……"

大概连月亮花自己都没想到，会有一个人类这么相信自己。它摇晃花枝的动作僵在了玻璃罩里，过了半天，才继续摇晃起来。

唐陌看了月亮花和娃娃脸青年一眼，继续说："我个人也不推荐从中间这条线走。这条线太细了，哪怕再怎么踮起脚尖，踩在这条线上时，脚也一定会踩到两侧，这个行为很有可能被判定同时踩在了两条路上。"顿了顿，他看向娃娃脸青年："布鲁斯先生，你想从哪儿走？"

娃娃脸青年："我随便，看你们啊。"

唐陌再看向女白领。

女白领有点犹豫，想了会儿，问唐陌："你从哪儿走？"

这种时候也没什么好掩藏的，因为接下来这两个人都会看到自己的道具，不如直接说出来。唐陌道："我从墙壁上走。我有一个道具，可以让我忽视重力，在任何平面上行走十分钟。"唐陌编造了道具的使用时间，"无论是从哪儿走都可能有危险，所以我想试试从墙壁上走。"

女白领惊讶地看着唐陌："还可以这样？"

唐陌看向月亮花："它也没有说不可以。"

月亮花这时却说："但我也没想过，还可以这样。"

女白领听了唐陌的话，走到走廊的墙壁旁，开始琢磨自己在墙壁上行走的可能性。然而很快她就放弃了。

十米长的距离，不借助任何东西，唐陌如果没有神奇的靴子，也不可能在这上面行走。从墙壁上走这个方式只适用于唐陌，女白领和娃娃脸青年都不可能模仿。

时间一分一秒地过去，女白领在两条路上左右摇摆。她一会儿走到银线左侧，一会儿走到银线右侧。唐陌也不着急。这种时候谁都不愿意第一个上前尝试。再这样僵滞下去，恐怕三个人都不会前进。

女白领提议道："我们三个人一起走。"

唐陌定定地看着她。这个年轻的女人被唐陌注视着，面不改色，淡定道："谁都不愿意先走，说实话，我也不肯第一个走。如果再这样下去，我们永远不可能完成这个支线任务。所以就一起走。这样才算公平，怎么样？"她看向娃娃脸青年。

娃娃脸青年笑嘻嘻道："我不反对。"

她再看向唐陌。唐陌神色平静："好。"

女白领深深吸了一口气，再缓缓吐出。"好，那就一起走。我们现在都站到这条线旁，十秒钟后，我们选择各自的路，然后同时走。准备的时候，我们三个人把手放在对方的背后，防止谁不愿意走，拿其他两个人当小白鼠。"

听了这话，娃娃脸青年看向女白领的眼神中多了一丝探究和趣味。唐陌也淡然地盯着她。

半分钟后，唐陌和娃娃脸青年一起说："我没意见。"

女白领："好，那就站过来吧。"

女白领的意思唐陌明白，甚至在她提出建议前，唐陌也想过说类似的话。

这场摘月亮花的游戏还没开始，就在他们三个玩家的内部，埋下了一粒隐患的种子。虽然他们三个人根本算不上朋友，但如果这场游戏不处理好，可能三个人还没选择正确的路，就会出现矛盾，甚至大打出手。

因为谁都不愿意第一个走。

一共只有两条路。第一个人走了后，如果顺利到达对面，剩下来的两个人就可以沿着他的这条路继续走；假设他碰到了陷阱，剩下来的两个人无论如何都不会从这条路走。那么第一个人凭什么当另两个人的小白鼠？

这时候，女白领站出来了，她说："三个人一起走。"

是的，只有一起走，才能避免队伍矛盾，维系这个表面上的队友关系。这种方式对三个人都是最公平的，只是说出来太过残酷，几乎撕破脸了。因为要保证没有人偷偷退缩，他们三人会把手按在其他人的后背。时间一到，他们会将队友推出去。

你不想走，也必须走。

这就是把手放在对方后背的意图。

唐陌选择沿着墙壁走，他看了看两条路，伸手将袖子上的纽扣拽了下来。把这颗扣子抛到半空中，唐陌淡定地双手接住，接着摊开手，看清了扣子的正反面。

娃娃脸青年从他的身边走过："赵赵，你还相信这个？"

唐陌倏地愣住，一下子没反应过来这个"赵赵"叫的是自己。等娃娃脸青年把整张脸都凑到他面前，唐陌才回过神，倒退半步，冷冷道："布鲁斯先生，我姓赵，但你不要这样叫我，很恶心。"

娃娃脸青年脸皮极厚地笑道："给你的昵称，不好听吗？你的姓比她的好，你说要是叫她王王，那多难听。"

女白领冷笑一声："谢谢你没这么叫我。"

经过了这么一个小插曲，三人间紧张的氛围稍稍缓解了一些。唐陌走到了最左边，女白领站在中间，娃娃脸青年站在最右边。三个人踩在银线的起始点前，抬头向前。

"让我来倒数怎么样？"娃娃脸青年突然开口，唐陌和女白领都转头看他。他道："反正无论是谁倒数，只要有人敢把别人推出去，其他人也会一起推他。这很公平，肯定是一起走。不如……就让我来倒数？我一直很幸运，别人都叫我幸运遥……幸运布鲁斯。"

姚？他难道姓姚？唐陌暗自想。

女白领："我没意见。"

唐陌："我也没意见。"

娃娃脸青年低笑了一声，将手按在女白领的后背上，女白领把手按在他和唐陌的后背上，唐陌也把手按在女白领的后背上。三个人一起看着前方。

安静的走廊里，难听走调的歌声响了起来——"十那个呀……"

唐陌和女白领都皱起眉头。

娃娃脸青年还在用奇怪的声音，唱着自己临时编出来的歌曲："九就来啦。八在哪里呢？还——有——七……"

"你够了啊！你不倒数，我来倒数。"女白领忍无可忍。

娃娃脸青年无奈道："这不是给大家放松一下，别紧张嘛。那我认真倒数好了。十、九、八……"

听到娃娃脸青年开始认真倒数，唐陌屏住呼吸，准备好随时使用神奇的靴子，沿着左边的墙壁跑。这是他刚才用袖扣掷出来的结果，左边墙壁和右边墙壁也是一个选择，他听天由命，选了左边这面墙壁。

"六、五……四、三、二、一，走！"

最后四声突然变快，几乎是一秒钟，娃娃脸青年就倒数完了四个数。唐陌和女白领还没回过神，娃娃脸青年一掌就把女白领推了出去。女白领当然也不甘示弱，狠狠地骂了一句，一掌把唐陌和娃娃脸青年也推了出去。

唐陌一只脚踩在墙面上，另一只脚再踩上去，借助神奇的靴子，很快稳住身形。他抬头一看，脸上露出惊讶的表情。

娃娃脸青年和女白领居然选的都是右边的路！

虽然选择每一条路的概率都是二分之一，但是他们两个人都选了右边这条路，概率只有四分之一。这个概率其实也不算小，唐陌只是惊讶了一瞬，就加快速度往前跑。

一共十米，以他的速度，最多两秒、最少一秒就可以跑到终点。然而就在他刚刚往前迈出一只脚的那瞬间，"轰"——震耳欲聋的轰鸣声在狭长的走廊里响了起来，唐陌此刻正站在墙面上，他的身旁，走廊的地板突然塌陷。

不只是他这一侧的走廊，娃娃脸青年和女白领选择的那一侧，走廊的地面也立即塌陷。

众人立即明白过来。

女白领声音凄厉："你撒谎，两条路都是陷阱！"

月亮花发出阴谋得逞的奸笑声。

两条路确实都是陷阱，但这两条路的陷阱截然不同。唐陌这一侧，地板消失后，出现在底下的是一个黑漆漆的无底洞。但是就在那条银线原本存在的位置，一堵无形的透明墙壁凭空出现，将唐陌这一侧和女白领、娃娃脸青年那一侧分裂开来，形成两个单独的空间。

娃娃脸青年反应最快，在地板塌陷的同一时刻就向前甩出了一把匕首。匕首"铮"的一声插在了月亮花所在的高台上，娃娃脸青年一脚蹬向墙面，他的袖子里有一根钢丝与刚才那把匕首相连接。他借着匕首的力道，身体在空中灵巧地翻转，一下子就落到了地面上，顺利着陆。

而唐陌这一侧就很糟糕了。

同样是地板消失、出现无底洞，一只血淋淋的大手突然从无底洞中伸了出来，抓向唐陌。唐陌在墙上不断地躲避，那只手一掌拍碎了墙面。手掌垂落，一股恐怖的吸力从无底洞中涌现出来。

女白领本来也借助暗器就快抵达终点了，在这股吸力的作用下，她的暗器轰然碎裂。她尖叫一声，距离终点只剩下一米时，被这股力量向下吸去。唐陌也是如此。他能在墙面上行走，可如今墙也碎了、吸力出现，在这一刹那，唐陌毫不犹豫地抬起头，看向那个已经站在终点的娃娃脸青年。

布鲁斯·韦恩，可能姓姚的这个娃娃脸青年，此时此刻正饶有兴致地观赏自己两个同伴濒死的表情。

唐陌伸出手，掌心对准娃娃脸青年，一根橡胶绳从他的手掌中飞出去，直直地飞向娃娃脸青年，捆住了娃娃脸青年的右臂。同时，女白领在完全掉下去之前，一只手抓住了娃娃脸青年的裤脚。

娃娃脸青年的脸上露出了一丝错愕。

这股吸力实在太强，唐陌和女白领都被它吸得身体下滑。娃娃脸青年被他们两个人拽着，身体也往无底洞的方向挪移。他目光一冷，嘴上却说着调笑的话："喂喂，你们可别把我拽下去了啊。"

女白领用乞求的眼神看着他："救我……"

娃娃脸青年低头，看着这凄惨的女白领，没有动作。两个人对视一秒，就在这一秒钟后，女白领拉着的裤脚被她扯断。她绝望地看着娃娃脸青年，整个人坠落下去，惨烈的叫声在无底洞中不断回荡。

唐陌看着这一幕，握紧了手中的橡胶绳。

娃娃脸青年看着女白领消失的地方，从唐陌的角度看不出他的表情，但是很快，他就抬起头，又笑嘻嘻地看着唐陌："你这个绳子很有意思啊，我解不下来？"

异能：我是要成为海贼王的男人。

……

功能：双手掌心可放射出弹性极好的橡胶绳，因果律作用，被捆对象一分钟内不可主动解开橡胶绳。

这个娃娃脸青年已经开始尝试解开绳子！

唐陌没时间犹豫，在心中默数时间。娃娃脸青年一只手撑着墙壁稳住身体，让自己不被唐陌带进无底洞，一边笑眯眯地用另一只手尝试着解开手臂上的橡胶绳。

唐陌对娃娃脸青年的这一行为没表达任何意见，他双手拉着这根绳子，手臂用力，一步步地将自己从无底洞里拉了出来。第60秒来临时，唐陌的双脚正好踩在了地面上。

他面无表情地走到娃娃脸青年身边，将橡胶绳从娃娃脸青年的手臂上解了下来。

娃娃脸青年活动了一下手腕："这也是你的道具？嗯……时间暂停，在墙壁上走，一根我解不开的橡胶绳，都是道具，还是……异能？"

唐陌没有回答他，将橡胶绳放进口袋里，假装这是一个道具。绳子进了他的口袋，慢慢消失。他忽然蹲下身体，假装系鞋带，一只手按在地面，轻轻地画出了一个圆圈。接着唐陌抬起头，定定地看着娃娃脸青年。

娃娃脸青年仍旧笑眯眯地看着他。两人的视线在空中交会。

三分钟后，娃娃脸青年笑了一声："你在想我刚才没救她的事？她把我的裤子都扯坏了啊，这可是我以前最喜欢的裤子，她要是还活着，我得找她赔钱。"

"这和我没关系。"唐陌将视线从他身上移开，"谢谢。"

说完这句话，唐陌转身走到木头高台前。

听着这话，娃娃脸青年双目一缩，勾起唇角。

娃娃脸青年刚才是可以救女白领的，这毋庸置疑。

从这短暂的接触来看，唐陌清楚，娃娃脸青年的身手和反应速度绝对不比自己差，更有可能在自己之上。不算异能和道具，这个娃娃脸青年的硬实力恐怕比自己强。不知道他在地球上线前是做什么的，但现在，唐陌只认识一个傅闻夺，拥有比这个娃娃脸青年更好的身手。

短短一秒内，娃娃脸青年能从地板塌陷的危机中脱身，成功到达月亮花所在的地方。他绝对能在那一两秒内拉住女白领的手，将她救上来。因为这一点连唐陌都可以做到。

但是他没这么做。

娃娃脸青年为什么没这么做，唐陌没兴趣知道，但刚才如果不是用橡胶绳缠住了娃娃脸青年的胳膊，他肯定也会掉下去。虽然娃娃脸青年因为解不开橡胶绳，也是被迫帮助了唐陌，但唐陌还是说了声"谢谢"。

当然，"谢谢"是要说的，诅咒也是要诅咒的，这是两回事。

唐陌可没忘记在自己一点点地把自己拉回地面的时候，娃娃脸青年费尽心思地想解开橡胶绳的模样。这个娃娃脸青年确实没义务救自己，可唐陌也没义务不诅咒他，所以……

画个圈圈诅咒你……走你！

唐陌低头看着玻璃罩里的月亮花，看似在盯着这朵美丽的花，其实注意力全部集中在娃娃脸青年身上。

他得更加小心这个人。

没想到这两个人类全部抵达了自己这边，月亮花花枝颤抖，哆哆嗦嗦地说："你……你们这就过来了？这么快？欸，等等，别把玻璃罩拿开，别摘我，摘我会有危险的。"

唐陌淡淡道："摘你有危险？这又是你的谎话吗？"

月亮花急得不断摇晃花盘："我绝对没撒谎，真的不能摘我，你们别摘我啊！千万别摘我！摘了我倒霉的是你们自己！"

唐陌："你说的谎比你的花瓣还多。刚才你说这两条路里有一条是危险的，有一条是安全的。实际上，两条路都是危险的，无论选哪条路地板都会塌陷，被那股强大的吸力吸到无底洞里。"

月亮花苍白地为自己辩解："可确实是其中一条路更危险啊。就是你选的那条路，那只手你看到了吧？两条路是不一样的，一条路更安全点，我没说谎。"

"你要我们选的真的是路吗？"

月亮花的声音戛然而止。

唐陌冷冷道："这条走廊里，我们要走的不是路，而是空间。路是地面，如果不走地面就没有风险，那我刚才走的是墙壁，不该触发陷阱。真正危险的是整片空间。从那里到你这边，整片空间都是陷阱，只要想过来，就无法躲避危险。要摘到你，难点从来不在于选择哪条路。"

选择哪条路都一样，都是陷阱，只是一条路难，另一条路更难。

月亮花给出这个选项，只有两个目的——一个是离间两支队伍。刚才唐陌三人的做法是"强制性的三人一起走"，不给任何一个人逃避后退的机会。如果其他队伍没有像他们这么果断，恐怕在选择那条路前就会相互大打出手，造成伤亡，还没选择道路，就发生不必要的损失。

另一个目的，是让玩家放松警惕。"强制性的三人一起走"是一种做法，还有一种做法，就是用武力威逼自己的队友先走。假设唐陌心狠一点，完全可以用武力强迫女白领先走。他不确定自己能不能打得过娃娃脸青年，但女白领的实力应该在他之下。他可以强逼女白领走，要是这么做，想必娃娃脸青年也不会阻止。当女白领选了一条路遭遇陷阱后，唐陌自然而然地会去走另一条路。

唐陌哪怕猜测到了可能两条路上都有陷阱，但女白领已经证实另一条路绝对有陷阱，那么他在走这条路时，心情不免会轻松一点。

如此一来，陷阱触发，唐陌活下来的可能性更小。

月亮花为了不让玩家摘到它，可谓煞费苦心。

唐陌动作果断地将玻璃罩摘下来放到一边，伸手握住了月亮花的根部。

月亮花凄厉地号叫起来："别摘我！真的别摘我！这次我没说谎，摘了我的后果你们根本无法承受，你们会倒霉的！别摘我！！！"

娃娃脸青年走到唐陌的身边，低头看着这朵花："但不摘你，我们的任务好像不能完成哦。完不成任务，我们就没办法离开这里。要不然……我们在这里陪你聊聊天，撒撒谎？咦，这个选项听上去不错哦。"

"别摘我，摘了我你们会后悔……"

"咔嚓——"唐陌面无表情地把这朵月亮花摘了下来——

叮咚！完成支线任务二：找到爱撒谎的月亮花。

一道响亮的童声在走廊里回荡起来。

唐陌摘下这朵月亮花后，月亮花好像失去了说话的能力，垂下月亮形状的花苞，乖乖地被唐陌握在手里。唐陌还没来得及观察这朵花，一阵"轰隆隆"的声音便从他的面前响起。

唐陌和娃娃脸青年立即抬头，警惕地看着前方。

只见他们面前的这堵墙壁缓慢升了起来，一点点地露出墙壁后的世界。唐陌握住了小阳伞的伞柄，随时提防墙壁后面可能出现的敌人。一分钟后，这堵墙壁完全升了起来，唐陌看清楚了墙壁后的世界，惊讶地睁大了眼。

在月亮花背后的这堵墙壁后，竟然是一个等边三角形的房间！

房间的一侧，墙壁升起，露出唐陌这边的走廊，他和娃娃脸青年站在墙壁后，拿着一朵银色的月亮花。而三角形房间的另外两边，墙壁也都升了起来，露出两条一模一样的走廊。

其中一侧的走廊，一朵银色的月亮花被罩在玻璃罩里，懒洋洋地舒展枝叶。另一侧，一个小学生模样的男孩手里握着一朵同样的月亮花，戒备地盯着唐陌和娃娃脸青年。

这个等边三角形的房间上方，是一轮皎洁明亮的圆月。清亮的月光透过玻璃穹顶照射在房间和三条走廊上，璀璨的光芒在墙壁、地面上闪烁起来，唐陌立即往旁边让开，让月光也照射在自己的脚下。他这才发现，当月光照射在地面和墙壁上时，这些墙面好像变成了瑰丽的宝石，折射出耀眼的光彩。

他心里咯噔一下，忽然想起了一个地方——

叮咚！触发主线任务：宝石走廊的捉迷藏游戏。

游戏规则——

第一，宝石走廊一共有999个岔路口。

第二，在每个岔路口，一定有至少一个方向是错误的，指向死路。

第三，在每一条死路上，都有红桃王后的两个卫兵在巡逻。

第四，只有拿着月亮花的人，才有可能走出宝石走廊。

第五，宝石走廊的一个终点是红桃王后的卧室，将月亮花插在红桃王后卧室的花瓶里后，宝石走廊将永远关闭。

据说每一个在宝石走廊里停留三个小时以上的人类，都再也无法离开这条神奇的走廊，会被这条走廊变成石像。成为红桃王后的动物石像，是每个地底人的荣幸。宝石走廊也是这么认为的。

清脆的童声在唐陌的脑海里响起，他听到这道声音的下一刻，便扭头看向旁边的娃娃脸青年。后者似乎也听到了什么，转头看向唐陌。他们再抬起头，看向在另一条走廊里的小男孩。

三个人对视了一会儿，一起走出自己的走廊，来到三角形房间的中央。

小男孩手里捧着一朵月亮花，抬头看了看唐陌和娃娃脸青年的头顶。唐陌和娃娃脸青年也低着头，看着他的头顶。

小男孩小心谨慎地盯着他们，道："你们是绿色的，我是红色的。我们不一样。"

唐陌当然看见了男孩头顶的图案是红色的。在刚遇见女白领、娃娃脸青年的时候，唐陌就知道，他们三个人头上有一个一模一样的绿色图形。而现在，这个小男孩的头顶也有一个图形，形状和唐陌头上的一样。只是这个图形是红色的，不是绿色的。

一边是两个大人，一边是个孤零零的小孩。

这是危险的攻塔游戏，突然冒出来一个未知的人类，唐陌不敢确定这是不是陷阱。这个时候他不介意动用一下大人的武力压迫，冷漠道："墙壁升起来之前，你遇到了什么？告诉我们。"

听了这话，小男孩握紧了月亮花，看向唐陌。

男孩早就发现，他处于劣势。

首先，这两个大人是从同一条走廊里出来的，极有可能是队友。而且这是两个成年男人，他只是一个小孩。就武力值方面，他完全不是这两个人的对手。其次，他们三个人头顶的图形不一样。他是红色的图形，这两个人是绿色的，很容易让人联想到他们是对手。

男孩快速思考，很快冷静地说道："我先推测一下，你们之前还有一个队友，你们曾经是三个人，对吗？"

被他猜中了，唐陌没有回答，继续问："墙壁升起来前，你看到了什么？做了什么？"

小男孩看着唐陌的表情，稍稍松了口气，说："是这样的，在这堵墙升起来前，我还有两个队友。我们一共三个人，任务是找到爱撒谎的月亮花。如果我没猜错，你们两个人也是一样的吧，要找到爱撒谎的月亮花？"小男孩指了指唐陌手里的花。他接着分析："如果我没说错，那我们两边的任务是一样的，就此而言，我们并不是敌人。而且刚才黑塔发布的主线任务，你们应该也听到了吧？"

男孩毫不避讳地说出了主线任务，唐陌眯起眼睛，娃娃脸青年也笑了起来。两个人都没否认。

小男孩继续说："无论如何，我们现在已经身处宝石走廊了。这个主线任务有让你们和我作对，说我们是敌人吗？我的主线任务里没有，我相信你们的主线任务里也没有。既然大家并不是真正的敌人，那不如我们来分析一下……这三朵放在不同走廊里的月亮花是什么意思，还有那条没有人的走廊里，到底是什么情况。"

这个男孩看上去才十一二岁，说出来的话却一环扣着一环，每一环都很有道理。唐陌差点被他绕进去。

这个男孩很聪明地没说出自己的主线任务，唐陌也不想他直接说出来，因为唐陌并不知道娃娃脸青年的主线任务是什么。假设娃娃脸青年的主线任务和唐陌的不一样，小男孩把主线任务说出来后，很有可能就会暴露一些东西。

如果男孩和娃娃脸青年的任务一样，很容易结成同盟，对付唐陌。

如果男孩和唐陌的主线任务一样，娃娃脸青年一听就知道出了问题，会掩藏自己真正的主线任务。

如果男孩、唐陌和娃娃脸青年，三个人的主线任务都不一样，那麻烦更大。

对唐陌而言，如今最重要的事情只有一样：在三个小时内，离开宝石走廊。

小男孩见唐陌和娃娃脸青年不说话，也没有要对付他的意思，主动将自己的月亮花递给唐陌。唐陌一惊，只见这男孩镇定道："我打不过你们，我不知道你们的异能是什么，但我知道我的异能是什么，我承认，我打不过你们。所以，我要取信于你们。"

后面一句话男孩没说，唐陌和娃娃脸青年却都听懂了。

唐陌如果真想要这男孩的月亮花，直接抢就是了，男孩无法保住他的花。现在他主动把花交出来，却是在向唐陌和娃娃脸青年递投名状。他不清楚唐陌和娃娃脸青年之间的关系，但得表现出自己的诚意，同时其实也暗示了一个主线内容——只有拿着月亮花的人，才有可能走出宝石走廊。

月亮花无比重要。唐陌无法知道男孩的游戏规则是不是和自己一样，但男孩用行动证明了：他知道月亮花很重要。

有了这朵月亮花做保证，三人之间的关系暂时稳定下来。

三人走到最后一条没人的走廊。

在唐陌摘下月亮花后，他们身后原本塌陷的地板就恢复了正常。这条走廊里，地板也没有塌陷。一朵银色的月亮花被罩在玻璃罩里，发现唐陌三人来了后，它惊慌地连连说："不要摘下我，不要摘下我，摘下我你们会碰见很倒霉的事，你们就危险了！"

娃娃脸青年："摘下你，我们就会发现，自己现在处于宝石走廊了？"

月亮花的声音突然停住。

娃娃脸青年摆摆手，看向唐陌和小男孩："果然和我猜的一样，这就是所谓危险的事。"

唐陌没有理娃娃脸青年。他打开玻璃罩，把这朵月亮花摘了下来。但就在他的手刚刚碰到月亮花的根茎时，娃娃脸青年忽然伸手，抢在他前面，摘下月亮花。

唐陌转头看他。

娃娃脸青年笑道："刚才那朵月亮花由你摘了，小朋友的花也给你了。我一朵花都没有，你看上去也不像想送花给我的样子……这朵给我了？"

唐陌："你想拿就拿吧。"

娃娃脸青年笑了，摘下月亮花，放到鼻子前闻了闻："啧，一点都不香。"

摘走月亮花，三个人在这条无人的走廊里检查了一下。细长的银线外，一摊暗红色的血迹吸引了唐陌的注意。他仔细地检查着这个印记，男孩响亮的声音在这时响了起来："看来他们还没选择路，就先打了起来。最后是一个人都没通过那条路吗？"

唐陌转头看他。

男孩道："大家其实都明白，我们找到月亮花的任务是一样的，遇到的难关估计也是一样的。我的月亮花已经在你那儿了，还不相信我吗？"

唐陌看着这个早熟的男孩，透过他，仿佛看到了另一个小孩的影子。

唐陌道："我没有不相信你，我已经信了你九分。"

男孩问道："剩下还有九十一分的不信？"

唐陌没有回答。

娃娃脸青年"嘻嘻"笑了一声，替唐陌回答了："哪怕只有一分的不信，他也不会信的。他到现在都没信我，你说他还能信你？"

唐陌淡淡道："比起你，我更信任他。"

娃娃脸青年摊摊手。

小男孩的目光在唐陌和娃娃脸青年身上左右徘徊，许久后，道："我想大家接下来的任务，十有八九是一样的，至少应该不是敌人。既然要合作了……我叫傅闻声，真名，怎么称呼？"

唐陌脸色一变，感觉有哪里不大对劲。

娃娃脸青年笑嘻嘻道："我叫布鲁斯，布鲁斯·韦恩。他叫赵赵。"

"说起来，你这名字听起来有点耳熟啊。"娃娃脸青年自顾自地给唐陌冠上了"赵赵"这个名字后，走到小男孩的身边，笑嘻嘻地看着小男孩，"傅文生……傅闻生？傅闻声？你姓哪个傅，叫哪个文、哪个生？"

小男孩看着他，冷静道："这个很重要吗？"

娃娃脸青年："重要吗？很重要呀，咦，好像也不是很重要。不过你这名字……啊，我想起来了。"他夸张地拍了拍手，眼睛微微眯起，"咱们A国第一个闯过黑塔一层的偷渡客，他叫什么来着？赵赵，你还记得吗？"娃娃脸青年转头看向唐陌，"就是那个把所有人都拖进攻塔游戏的，他叫什么来着？"

唐陌冷冷道："不记得了。"

娃娃脸青年自问自答："对，他叫傅闻夺。和你很像哦。你们什么关系呀？看你这个年龄，你是……那个偷渡客的儿子？"

娃娃脸青年脸上的笑容一如既往地让人厌恶，他凑在男孩的身边，看上去是在调戏男孩，拿男孩取乐，但笑弯的双眼里没有一丝真正的笑意。他谨慎地盯着这个小男孩，眼神似蛇，危险诡谲。

"我不认识他。"小男孩回答得很果断，"两个月前我也被那个偷渡客拖进了攻塔游戏，差点在里面死掉，我对他恨之入骨。你们应该也一样吧？如果我真的和他有关系，我还会堂而皇之地告诉你们我叫这个名字，这个和他很像的名字，然后让你们怀疑我？"

傅闻声说得有几分道理。

在A国，全体玩家都对那位拖所有人下水的偷渡客傅闻夺恨得牙痒痒。在阿塔克组织，洛风城到现在都没告诉其他成员那位"傅先生"就是傅闻夺，因为他也觉得如果公布了傅闻夺的身份，一些没头脑的人，如杰克斯，可能真的会去找傅闻夺单挑切磋，然后被对方暴揍一顿。

如果傅闻声真的和傅闻夺有关系，他会告诉唐陌二人他叫这个名字？他应该会隐藏真实姓名，免得唐陌和娃娃脸青年对他产生嫌隙。

娃娃脸青年看了他一会儿，笑道："或许你就是利用了我们的反向心理。正常人哪怕和那个偷渡客有关系，也不会告诉别人，会尽量隐瞒。你大大方方地说出来，我们反而不会怀疑？"

小男孩的脸庞上是认真的神情，他为自己辩解："我只是想告诉你们，请相信我。傅闻声是我的真名，这个名字确实和某个人有点像，但我和他没有任何关系。我把真名告诉你们，是想让你们相信我。我打不过你们，如果你们不相信我，随时会杀了我。我想活下去，仅此而已。"

唐陌看着这小孩成熟稳重的表现，娃娃脸青年也意味深长地打量着他。

很快，三个人仿佛都忘记了这段对话，回到原本的话题上。

"这朵月亮花和我们之前的一样，这条走廊也和我们两边的走廊一模一样。"唐陌将玻璃罩放回高台上后，低头看着地上那摊暗红色的血迹，"唯一能算作不同的，就是这摊血了。"

小男孩道："据我推测，这条走廊里曾经也有三个玩家，任务和我们一样，都是找到爱撒谎的月亮花。在选择走哪条路进入走廊这件事上，他们肯定先爆发了一次争执，或许谁也不肯第一个过去，甚至出现了武力镇压、威胁队友当小白鼠的事件。"

这个叫傅闻声（不一定是真名）的男孩非常努力地想加入唐陌和娃娃脸青年的团体中，唐陌看了他一眼。唐陌知道，就目前而言，这个男孩是真的想让自己和娃娃脸青年相信他。因为只有这样，他活下去的希望才最大。

唐陌接着说："假设他们三个玩家中真的出现了武力镇压的事件，那么第一个进入陷阱的玩家，应该是死了。"

男孩："后来两个玩家以为另一条路是正确的，走上去后疏忽大意，恐怕也死在了那个无底洞里。"顿了顿，他看向唐陌和娃娃脸青年，仿佛突然想起了什么，抬头盯着他们头顶的那个绿色图形。

娃娃脸青年一笑："看我干什么，小声声？"

这个刚才还怀疑自己的娃娃脸青年突然用这么恶心亲昵的外号称呼自己，傅闻声一下子没反应过来。他愣了片刻，站起来走到唐陌身边，道："赵……赵哥哥，我刚才想到，我头顶的图形是红色的，你们头顶的是绿色的，会不会这条走廊里的三个玩家，头顶图形的颜色也和我们不一样？比如……"

"他们是紫色。"唐陌道。

小男孩用力地点头："我也觉得是紫色。看来你们也去过那间卧室？"

唐陌没有否认。

小男孩说道："所以说，从一开始，这座城堡里的一些东西就在暗示我们接下来会遇到什么样的人吗……"

进入红桃王后的宝石城堡后，唐陌收到的第一个支线任务是"进入那个玻璃花房"。为了找到玻璃花房，他和娃娃脸青年、女白领一连穿过了很多个房间、很多条走廊。其中有一间卧室，唐陌看到梳妆台上有一个花瓶，里面插了三根羽毛，一根是红色的，一根是绿色的，一根是紫色的。

因为很少有羽毛会染成这么奇怪的颜色，所以唐陌多看了几眼，并且记了下来。

如今，他看着小男孩头顶的红色图形，再看看娃娃脸青年头顶的绿色图形，说："看来在进入这座城堡后，很多地方都藏了线索和暗示。"三根不同颜色的羽毛在暗示玩家，宝石城堡里一共有三支队伍，"我们可以多想想自己之前看到的线索，或许对完成主线任务有用。你有看到什么其他线索吗？"唐陌看向小男孩。

小男孩想了一会儿："我在一座宫殿里，看到了一座很奇怪的雕塑喷泉。那是一条巨大的蛇，非常非常大，那座宫殿很大，可是雕塑就占据了三分之二的空间。因为它太大了，身躯在宫殿里翻折了一遍，正好咬住自己的尾巴。水从它的嘴巴和牙齿之间喷出来，顺着暗道流出宫殿，不知道流到哪儿去了。"

唐陌皱起眉头："咬着自己尾巴的巨蛇？"

"耶梦加得？"娃娃脸青年的声音响起，唐陌和男孩都看向他，只见他靠着墙壁站在一边。见两人都看向自己，他笑道："北欧神话，你们没听说过？洛基的第二个孩子，一条象征邪恶的巨蛇，叫作耶梦加得。它最后在诸神的黄昏里，和雷神托尔同归于尽了。雷神托尔你们知道吗？就是那个……锤来，我的锤子你拿不动的雷神托尔。哈哈哈哈……"

娃娃脸青年的笑点无比奇怪，他说的笑话一点都不好笑，整条宝石走廊里只回荡着他夸张做作的笑声。他笑了好一会儿，发现唐陌和小男孩都面无表情地盯着他，他备感无趣地耸耸肩，靠着墙壁哼起了自作的难听小曲。

唐陌在心里大致描绘出那条巨蛇喷泉的模样。这座喷泉暂时无法提供什么有用的线索，或许喷泉是在暗示卫兵的攻击手段，或者说，暗示了走廊的正确出路？

比起一条巨大的衔尾蛇，唐陌更相信，他在那些火盆上看到的奇怪线条花纹，更有可能是走出宝石走廊的正确地图。

三人在走廊里又检查了一番，确定没有任何线索后，决定出发，正式离开这里。

三角形房间的三侧有三条走廊，分别属于红、绿、紫三支队伍。唐陌知道自己的运气一向很差，哪怕二选一，都能选择最难的那条路。如果让他来做选择，决定大家从哪条走廊离开，十有八九会出问题。娃娃脸青年就算了，能不给他说话的机会就不给。

唐陌看向小男孩："你选一条路试试。"

小男孩愣了愣："我吗？"

唐陌淡淡道："三条走廊，后面一共有三扇门。你随便选一个。"

娃娃脸青年笑眯眯地看着这一幕。

小男孩琢磨了片刻，道："紫色的这支队伍已经没有人了，现在我们刚好是三个玩家，算是组成了一支新队伍。我们就从紫色队伍的这条走廊里离开吧。"

没有人反对，三人走到紫色队伍的走廊尽头。唐陌转头看向娃娃脸青年："布鲁斯先生，你最喜欢踹门。"说着，用眼神示意了一下门把手的方向。

娃娃脸青年嘴边的笑容僵了一下，半晌，笑得更灿烂。他深深地看了唐陌一眼，走到门边，一脚将这扇门踹开。

"轰隆"一声，木头大门被踹开。

三人戒备地握紧自己的武器，发现没有任何危险后，唐陌先走出这扇门，娃娃脸青年和小男孩随后跟了进来。当他们看到这扇门后的情景时，哪怕是一贯吊儿郎当的娃娃脸青年，都停住笑容，露出了一瞬间的错愕。

只见在这条璀璨绚丽的月光走廊之后，是一片更加瑰丽磅礴的世界。

整个世界仿佛都是用宝石雕砌而成的，天花板是蔚蓝的蓝色帕托石，墙壁是鲜艳的红水晶，地面是橙黄色的琥珀石。蓝宝石宛若一片汪洋大海，悬浮在玩家的头顶，碧波荡漾，湛蓝清澈；红色墙面和黄色大地光滑洁净，反射出唐陌三人的脸庞。

黄琥珀做成的地面看上去太过光滑，似乎站上去就要滑倒。但唐陌用力在地上踩了两下，摩擦力很大，完全不影响走路。

"看来这里的摩擦力和宝石本身没什么关系。这个就是真正的宝石走廊。"唐陌斩钉截铁地说道，很快转过身，"门没有主动关上，看来我们可以试一下另外两边的路。"

三个人再走到另外两条走廊，打开走廊尽头的门。

和刚才那片瑰丽唯美的宝石世界一样，这两条走廊的大门之后，也是狭长的宝石走廊。目睹了两次这种人类无法打造的美丽后，唐陌已经不再震惊，分析道："刚才我们进入这条走廊，是从一个房间里打开门进来的。但现在，那个房间不见了，变成了宝石走廊。看来我们只能选择进入这三条宝石走廊的任何一条。"

三人又回到了一开始的走廊，跨过木头大门，走了出去。

走在这样的宝石之间，根本不需要照明物。这些宝石似乎会发光，荧荧的光辉从宝石内部散发出来。这光芒并不耀眼，但当成千上万的宝石聚集到一起后，就将整条走廊照得如同白昼。

走在宝石走廊上，唐陌第一次有了自己正在玩一场游戏的感觉。

这个地方美丽得好似童话。

三人走了半分钟，来到一个岔路口。

娃娃脸青年故意"咦"了一声，笑道："宝石走廊里一共有999个岔路口，这么快就遇见一个了？"

唐陌不动声色地看了他一眼，得出结论：娃娃脸青年的游戏规则里，也提到宝石走廊有999个岔路口。

唐陌道："选哪条路？"

此时此刻，出现在唐陌三人面前的是两条岔开的路。两条路一模一样，没有任何分别。一条指向左侧，一条指向右侧。

唐陌将选择题又抛给了小男孩。

这一次面对选择，小男孩的额头上渐渐渗出汗珠。他没有吭声，两只眼睛在左右两边的道路上来回移动。最后他抬起头，看向唐陌："这次还是由我来做选择？"

唐陌神色平静："我运气非常差，让我选，八成可能会出问题。"

娃娃脸青年插嘴道："运气不好，那就选你选的反方向嘛。你选哪儿，我们就走另一边。"

唐陌瞥了他一眼："你选反方向，说不定也会出问题，因为这个反方向也和我的选择有关。"唐陌对自己那差到逆天的运气，从来不抱任何希望。他有时候甚至怀疑，自己上辈子是造了什么孽，有一本那么贱兮兮的、以骂自己为奋斗目标的异能书就算了，还有差到让人无力吐槽的运气。

听了唐陌的话，娃娃脸青年笑了笑，张了张嘴似乎又想说什么话，但嘀咕了一句"反正你们也接不了我的哏"，就又闭上了嘴。选择权回归小男孩。唐陌和娃娃脸青年都看着自己，小男孩沉默许久，指向左侧："我选这边。"

反正就两个选择，要么左边，要么右边。唐陌淡定道："那就走这边。"说着，他带着小男孩大步地走进左侧的走廊。

娃娃脸青年大声道："喂，你都不问一下我的意见，要是我不想走左边呢？"

唐陌头也不回："那你就走右边好了。"

娃娃脸青年："……"

这个非常不讨人喜欢的家伙还是跟了上来。三个人走在左侧的走廊里，唐陌看似完全信任小男孩的选择，义无反顾地进了左边的走廊，但手一直握着小阳伞的伞柄。

游戏规则第三条：每一条死路里，都有红桃王后的两个卫兵在巡逻。

如果这是一条死路，那么他们会遇见红桃王后的卫兵。在这场攻塔游戏里，唐陌只知道两个重要的游戏人物，一个是红桃王后，一个是卫兵。前者不用多说，肯定是这场游戏的大BOSS。后者也不容小觑，能出现在游戏规则里，被黑塔用来警告玩家选择正确的岔路，一定实力强悍。

然而不知是因为小男孩的运气太好，还是二选一的正确率比较高，三人走了半分钟，又遇见了一个岔路口。

看到这个岔路口，三人先是松了口气，这意味着刚才没选错路，左边的路不是死路。但很快三人又紧张起来。

唐陌默默地看向小男孩。

小男孩："……"

这种关乎生命的重要选择，每做一次决定，都像在消耗生命。傅闻声已经开始怀疑，自己不该跟这两个大人一路，要不然哪次真选错了路，说不定这两个人还会翻脸。但在唐陌的直视压迫下，他不得不做出选择。

小男孩："左边吧。"

唐陌和男孩一起走进左边的走廊，娃娃脸青年慢悠悠地跟了上去。

这一次，小男孩又选对了。

一连五个岔路口，这个男孩如同幸运女神附体，每一次都选择正确的路。三人每次进入岔路后，一边小心周围可能出现的偷袭，一边以最快的速度向前行进。因为黑塔说过，每个在宝石走廊里停留三个小时以上的人类，几乎不可能再走出这条走廊。

这不是正规的游戏规则，黑塔在说这件事时也用了"据说"这个形容词，但唐陌不敢掉以轻心。说出"三个小时"这个准确数字，一定有它的意义。极有可能，三个小时后，唐陌三人真的再也不能离开这条走廊。

当三人顺利闯过七个岔路口，来到第八个岔路口时，唐陌诧异地睁大了眼，小男孩和娃娃脸青年也有些惊讶。

只见在三人面前的，是三条一模一样的走廊。

唐陌第一个反应过来，走上前，摸了摸三条走廊的入口。他转过头："这次真的是三条走廊。三选一，现在……我们选哪一条？"他看向小男孩。

小男孩："……"

游戏规则第二条：在每个岔路口，一定有至少一个方向是错误的，指向死路。

唐陌到现在才明白，这条游戏规则意味着什么。谁说岔路口一定只有两条岔路，不能是三条、四条？就像他们如今遇到的，一共有三条岔路，至少有一条是死路，通往两个卫兵；也可能有两条是死路，只有一条路是正确的。

小男孩感到"压力山大"，他深呼吸，让自己冷静下来。

他先选了一条路："还是左边这条。"

唐陌定定地看着他。他看得出来，这个小孩还有话想说。

果不其然，小男孩继续说："我不知道我选的路对不对，假设这里有两条是死路，一条是正确的路，如果我选对了，那我们继续往前走，肯定没有错。就怕……这里只有一条是死路，两条路是正确的，通往的都是一个新的岔路口。赵哥哥，你明白我的意思吗？"

唐陌静静地看着他，许久，他道："既然你选了最左边的这条路，那我们就走好了。"

小男孩有点急了："赵哥哥！"

唐陌没有回答他，走进了左边这条路。

娃娃脸青年在旁边饶有兴致地看着。看到唐陌走了，他走上前，凑到这个满脸焦急的小朋友身边，压低嗓子，声音极轻地说道："你急什么？他不理你，很明显也是想到了问题所在。他都不急，你急什么？反正还活着不就好了？"

听了这话，小男孩的脸色变了变。他抬头看向娃娃脸青年，娃娃脸青年对他露出一个不怀好意的笑容，接着双手插在口袋里，很快跟上了唐陌的脚步。

小男孩也跟了上去。

一路上，小男孩以为唐陌会做什么特殊的标记，记录一下大家走过的路。然而唐陌只是一如既往地往前走着。他没做任何标记，神色淡定，仿佛真的没察觉出多个岔路口的背后，到底意味着什么，隐藏了多大的危险。

小男孩看着唐陌的背影，犹豫了许久，还是没有开口。

不过很快他就没心思去想这件事了。当三人走到这条走廊的尽头时，娃娃脸青年刚刚向前迈出一步，突然脚尖点地，飞快地倒退。唐陌也在一瞬间反应过来，一柄锋利的尖矛从他的面前直直地刺了过来，他侧身避开，同时亮出了小阳伞。

一柄漆黑的长矛慢慢地从空气中显现出来，同时，一个双手拿着长矛的人形扑克牌卫兵，也一脚踏在地上，从空气中走了出来。这是一张J牌，扑克牌里的卫兵看到唐陌躲开这一矛后，扭头瞪向他，又是一矛，穿破空气，刺了过来。

唐陌快速地念出咒语，打开小阳伞，挡住了这一击。他被这一击击飞，往后连连倒跌三步，才稳住身形。

另一边，娃娃脸青年拿出匕首，与另一张扑克牌卫兵对上。

这些扑克牌身形高大，力量恐怖。他们挥舞长矛的时候根本没有任何招式，只是单纯地刺、挺、挑，但因为长矛太过坚硬锋利，他们的力气太大，也对唐陌和娃娃脸青年造成了威胁。唐陌抓住一次长矛刺空的机会，双目一缩，收起小阳伞，将伞尖用力地刺向了扑克牌的中心。

只听到清脆的金属碰撞声。

唐陌睁大眼，一脚蹬在宝石墙面上，在空中转了个向，大喊："小心！"

娃娃脸青年这时也以肉眼无法企及的速度，瞬移到了另一个扑克牌卫兵的身后。他左手举着匕首，笑嘻嘻地看着这张牌："走好啦。"话音落下，他一匕首划向这张牌里的卫兵脖子，谁知他的匕首刺在扑克牌上，竟然迸溅出耀眼的金属火花。扑克牌没有一丝破损。

娃娃脸青年顿时脸色一变，三下两下地跳开，躲过卫兵的长矛。

他扭头与唐陌对视一眼。两人异口同声："跑！"

说着，唐陌和娃娃脸青年同时转过身，快速地向回奔跑。在跑的同时，唐陌一手捞起小男孩，将他扔到了背上，头也不回地跑。卫兵的速度很快，发现唐陌三人居然逃跑以后，赶紧追上去，但三人已经彻底跑出了这条走廊。

在三人的脚离开走廊的那一刻，两个卫兵的动作突然停住。它们站在走廊里，机械地转过头，返回走廊深处。它们一步步踏在地上，发出"轰隆隆"的声音，整条走廊都在随之震动。

见这两个卫兵不再追击，唐陌松了口气，把小男孩放在地上。他看向娃娃脸青年："这两个卫兵没什么格斗技巧，招式和速度也算不上多快，但是他们太坚硬了。我怎么也无法在它们的扑克牌上造成任何伤口，你行吗？"

娃娃脸青年："不行。"

唐陌稍稍喘了口气："原来红桃王后的卫兵是扑克牌卫兵，或许她本身也是一张扑克牌。现在不管怎么说，我们是肯定打不过那两个卫兵的。而且它们是隐藏在空气里的，只有我们走到走廊的尽头，它们才会突然出现。所以它们的袭击可以说是偷袭，令人无法防备。这一次也算我们运气好，他们偷袭的时候没有阻拦我们后退的路。"顿了顿，唐陌看向小男孩："你再选一条路。"

小男孩："你还让我选路？"

唐陌点点头："你选，还剩下两条路。"

小男孩握紧拳头，指向中间那条路："这条。"

"好。"唐陌三人又进入了中间的这条路。

三人没时间对刚才遇到的卫兵做出太多分析，因为有三个小时的时限。在这三个小时里，他们必须离开这条宝石走廊，否则可能就永远无法离开了，还会被制作成红桃王后的雕塑。

这一次，中间的路是对的，三人又走到了一个岔路口。这次只有两条岔路，小男孩选择了左边那条，三人走进去。

一路上，唐陌没有吭声，低着头看着地面，不知在思考些什么。

　　时间一分一秒地过去，三个人已经不知道走了多少走廊，遇到了多少岔路口。其中他们走错过36次。一旦发现走错路，唐陌和娃娃脸青年就会立即撤退。小男孩十分机敏，第一次遇到卫兵时没有防备，从那以后一直跟在唐陌和娃娃脸青年的身后，一来不成为他们的累赘，二来遇到危险可以第一个转身逃跑。

　　不过他们终究遇到了两个会埋伏的卫兵。一个卫兵出现在唐陌和娃娃脸青年的面前，另一个卫兵出现在小男孩的身后，将他们三人前后包围。

　　唐陌逼不得已，使用了"气吞万里如虎"，用强大的飓风将两张扑克牌吹开。三人的面前出现一条路，他们赶紧趁机跑出去，离开了这两张聪明的扑克牌卫兵所设下的陷阱。

　　逃脱后，娃娃脸青年看向唐陌："所以说，又是道具，还是……这次是异能了？"

　　唐陌抬头看他，娃娃脸青年仍然一脸笑眯眯的样子。

　　唐陌语气平静地说："道具。"

　　娃娃脸青年意味深长地"哦"了一声，看向小男孩："再选一条路吧。"

　　刚才卫兵从背后偷袭，唐陌和娃娃脸青年不可能第一时间去救他，小男孩自己不知从哪儿拔出一把枪，抵挡了扑克牌卫兵的攻势。能够进入攻塔游戏的玩家都不会是泛泛之辈，这个小男孩看似手无缚鸡之力，但他的那把枪刚才射出了恐怖的火焰子弹，且枪枪爆头，全部打在扑克牌卫兵的额头同一个部位。虽然没能打穿扑克牌，却也让那张扑克牌倒退了好几步，为唐陌和娃娃脸青年争取了时间。

　　小男孩冷静地做出选择："最右边的这条。"

　　唐陌轻轻点头："好，那就走这里……"

　　"我不走。"娃娃脸青年的声音响了起来，唐陌和小男孩都向他看去。

　　只见这个高高瘦瘦的年轻人倚靠着红色的宝石墙壁，嘴边仍然挂着那抹让人厌恶的笑，他用下巴指了指刚才三人走错的那条走廊，道："那两个卫兵，你们看到了吧，比之前的所有卫兵都厉害。卫兵有实力的差别，接下来如果再选错路，我们遇到的卫兵的实力很可能会越来越强大。所以……我不信他，我不走那条路。"

　　顿了顿，娃娃脸青年笑道："之前我好像说过，嗯……大家都叫我幸运布鲁斯？赵赵，你跟我一起走吗？"

唐陌目光奇怪地盯着娃娃脸青年的脸庞，就这么静静地看着，看得娃娃脸青年都保持不住笑容了。

　　这时，唐陌问："为什么选中间这条？"

　　"我乐意啊。"娃娃脸青年笑嘻嘻道，"怎么样？走吗？"

　　唐陌收回视线："我和他走右边这条。"

　　娃娃脸青年摊摊手，没有再劝阻。

　　三人分成两队，娃娃脸青年一个人走到中间那条走廊的入口跟前，唐陌和小男孩走到右边走廊的入口前。这小男孩有点犹豫地看向娃娃脸青年，娃娃脸青年朝他招招手，小男孩立刻收回视线，还是决定跟着唐陌。

　　娃娃脸青年十分遗憾地说："所以，真的就在这里分别了？"

　　唐陌冷冷地看着他，没有说话。

　　娃娃脸青年看到唐陌这副模样，唇边的笑容更加灿烂，叹了口气："你还是挺有趣的，希望以后能再见到你。"说着，他抬步就要走进中间的走廊，这时，唐陌突然开口："你一定要走中间的走廊？"

　　娃娃脸青年脚步一顿，转头看着唐陌，打量着他，笑了："怎么？又决定和我一起走了？"

　　唐陌："我们两个人走右边走廊，你一个人走中间。如果你选对了，那就算了；如果你选错了，碰到两个和左边走廊里一样强大聪明的卫兵……布鲁斯先生，你逃出来的概率不足五成。和我们在一起，有个照应，哪怕右边走廊是错的，三个人更容易从卫兵手里逃出来，你活下来的概率更大。"

　　仿佛没听见唐陌说的话，娃娃脸青年不以为意地说："所以再见啦。"

　　娃娃脸青年一脚踏进中间的走廊。他哼着小曲，双手插在口袋里，轻轻松松地走着。正在这时，他听到身后传来一阵脚步声，他走调的歌声顿了一拍，转头看去。

　　只见璀璨华丽的宝石走廊里，一个清秀的青年和一个小男孩从走廊的入口走了过来。

　　娃娃脸青年低笑一声："赵赵，你又想和我一起走了？"

　　唐陌的目光死死地盯着这个一脸笑容的娃娃脸青年，就这样看了许久，看得娃娃脸青年故意也盯着他，似乎想回盯过来。就在小男孩都觉得哪里怪怪的、想开口打破沉默时，唐陌笑了。他勾起唇角："又见面了，布鲁斯先生。我想了想，三个人总比两个人好。哪怕你选错了，至少我们三个人活下去的概率更大。所以，还是一起走吧。"

娃娃脸青年从鼻子里发出笑声，没说话，继续哼着自己走调的小曲，往前走。

这一次，中间的走廊是对的。

走了半分钟，三人走到一个岔路口。这一次有四条岔路，小男孩为难地看向唐陌。谁知这次唐陌居然没有看他，而是看向娃娃脸青年："没想到你这次还真猜对了，布鲁斯先生。"

娃娃脸青年："我说了我一向很幸运。"

唐陌："不如这一次，再让你来决定从哪儿走？"

听了这话，小男孩松了口气。娃娃脸青年却眯起眼睛，看着唐陌："你说让我来决定？"

"你要是不愿意，让小朋友继续选路好了。"唐陌随意道，"你们两个人都挺幸运的，相比我来说。随便你们哪个人来选路，都没什么问题。傅……"顿了顿，唐陌道，"小朋友，你选哪条路？"

没想到最后还是要自己来选路。小男孩："右边吧……"

娃娃脸青年笑道："我也选右边。"

唐陌："这么凑巧，你们选的一样，那就选右边好了。"

走在右边的走廊里，唐陌和小男孩在一起，娃娃脸青年一个人在一边。他仿佛习惯了这种被队友戒备的事情，淡定地往前走，只是目光时不时地看向唐陌。他隐约感觉有哪里不对，仔细地观察着唐陌，从头到脚扫视过一遍后，又收回视线。

真的没有任何异常，最多……就是对他的态度稍微好了一点？

不过很快，娃娃脸青年又被唐陌无视了。唐陌基本上只问小男孩要往哪儿走，根本不管他。只有在岔路很多的时候，他才有可能"纡尊降贵"地参考一下娃娃脸青年的意见。每次唐陌询问他想走哪条路，娃娃脸青年脸上的笑容都会更灿烂一些，仿佛看到了什么有趣的事。

三人便这样走了两个多小时。

当走到一个有七条岔路的岔路口时，三人都停住脚步，沉默着没有开口。

"其实从第一次碰到三岔路开始，我们就都知道了，这场游戏不可能就这么随便地让我们走下去。"唐陌忽然开口，娃娃脸青年和小男孩都看向他。他望着这七条一模一样的走廊，目光平静："一共三个小时时限，宝石走廊里有999个岔路口。平均算下来，我们从一个岔路口走到另一个岔路口需要30秒，那三个小时就是10800秒。我们一秒钟也不浪费，最多可以走360个岔路口。"

小男孩："是的，这件事我一开始就知道，但更重要的是多岔路的问题。"

两个多小时前，小男孩就想提醒唐陌这件事，他道："黑塔的游戏规则里说，每个岔路口，一定至少有一条是死路。你们也知道这条规则吧？如果是二选一的岔路口，那不用说，不是一就是二，我们哪怕走错了，只要回过头重来，就肯定是正确的路。但万一是多岔路的岔路口，假设是三岔路口，两条路都不会遇到卫兵，只有一条路的尽头有卫兵，那我们就很容易选错了。因为我们照着一条路走下去，一开始可能没错，但最后很可能会碰见所有岔路都是死路的情况。"他抬起头，"黑塔没有说，岔路口一定有一条路是正确的。"

唐陌看着这个冷静理智的小男孩，道："是。或许有一次，我们会遇到一个岔路口，所有的岔路都是死路，因为我们从很早以前就走错路了。在某个多选一的岔路口，我们选择了一条看似正确、其实错误的路。走这条路，我们早晚会碰到死路。这就像迷宫，一个短暂性的通畅路段并不意味着你所在的就是连接终点的路。很有可能，过了很久我们才发现，那通向了一条死路。"

娃娃脸青年举起手："所以，现在说这个有什么用吗？"

唐陌看了他一眼："当然有用。首先从时间上来说，我们根本不可能走完999个岔路口；其次，我们走错路的可能性无限接近于1，而且只要走错路，就会遇到卫兵。如果卫兵的实力能够逐渐变强，我们早晚会被击杀。在这种情况下，我根本看不出怎么离开这条走廊。根本不该有人能走出去。"

娃娃脸青年落井下石："可是有人走出去了哦，那两只乌鸦不是说过，有个小女孩走出了神奇的宝石走廊。"

在进行第一个支线任务时，唐陌、娃娃脸青年和女白领曾经听到两只乌鸦聊天。它们说，有个小女孩离开了红桃王后的宝石走廊，她是唯一离开这条走廊的。

唐陌淡淡道："是，我知道，所以肯定有离开这条走廊的方法。"

娃娃脸青年收敛了笑容。

小男孩也意识到了什么，看向唐陌："你发现正确的路线了？"

唐陌低头看着他："你还记得那座雕塑喷泉吗？它不是耶梦加得，也不是其他任何的神话人物。它就是衔尾蛇。它是……无限大。"

娃娃脸青年笑容一顿，似乎明白了什么。

小男孩也慢慢地睁大眼睛，过了半晌，惊道："无限大，莫比乌斯环，永远只有一个曲面？！"

唐陌："是。你在之前的支线任务里看到了那个雕塑喷泉，而我看到的是一些很奇怪的曲线。我一直觉得，这些曲线有点眼熟，却怎么都想不起来到底哪里熟悉，有什么共通点。直到刚才我才慢慢明白，你的巨蛇雕塑，意味着无限大符号，意味着首尾相连，意味着一个莫比乌斯环。"

19世纪，数学家莫比乌斯发现，将一根纸条翻转180°，再首尾粘连，就会得到一条神奇的环带。这条环带只有一个曲面，用一支笔在环带上画线，无论如何，这根线都会回到原点，形成一个闭合的圈。

这就是莫比乌斯环。

"火盆上的图形大多是闭合的线条，甚至在一些扭曲的线条中，直截了当地藏了一些无限大符号。只是这些我都没注意到。"唐陌道。

或许紫色队伍的那三个玩家也看到了其他提示，可惜没能活下来，将线索分享给唐陌三人。所以直到现在唐陌才明白，黑塔的前两个看似简单的支线任务，其实一直在给玩家提示：如何离开宝石走廊。

宝石走廊是一个莫比乌斯环。

哪怕你走完999个岔路口，哪怕你把每一个岔路口都走了一遍，也永远走不出去。因为它首尾相连。

明白了这一点后，小男孩又道："但是我们知道了又能怎么办？我们到底怎么才能出去？"

唐陌看着他，余光里瞥见娃娃脸青年也兴致勃勃地看着自己。

唐陌淡定道："你看过《爱丽丝梦游仙境》吗？"

这是很出名的儿童读物，翻拍成多部影视作品，小男孩当然看过。

他点点头。

唐陌道："其中也有一个红桃王后，也有一个小女孩，她叫爱丽丝。在那部小说里，红桃王后对爱丽丝说了一段话，这段话后来衍生出了一个很出名的知识理论。"

小男孩才十岁出头，根本没有听说过什么和《爱丽丝梦游仙境》有关的知识理论。

娃娃脸青年突然开口："红桃王后理论。"

唐陌看向他："嗯，红桃王后理论。红桃王后对爱丽丝说，在她的国度，你努力奔跑不一定会前进，只会停在原地。爱丽丝说在她的世界，只要你对着一个方向奔跑一段时间，肯定会前进。然而红桃王后告诉她，在仙境，你只有用两倍速度去奔跑，才有可能前进。"

红桃王后理论：努力不一定会带来进步，只有当努力达到一定层次，做出翻天覆地的革新时，才有可能改变现状。

"按一定速度奔跑只能留在原地，无法离开……"小男孩思索片刻，想明白后，下意识道，"什么才算是双倍的速度？"

什么才算是翻天覆地的革新、翻天覆地的变化？

唐陌拿起小阳伞，将伞尖指向鲜艳的红宝石墙壁。

他微微一笑："砸墙。"

"轰！"一分钟后，伴随着震耳欲聋的声音，红宝石墙壁被砸出一个拳头大小的洞。紧接着，唐陌、娃娃脸青年和小男孩加快速度，将这个洞越掏越大，终于能让一个人顺利通过。三个人依次从洞口爬出去，这时候也不管爬的姿势是不是狗爬式，离开洞口后立即站起来观察四周。

小男孩惊呼："怎么还是这里？！"

没错，这里是他们一开始离开的那条走廊，那条属于紫色队伍的走廊。

三人走上前，发现地面上有一摊黑色的血迹。

小男孩："这里真的是我们一开始离开的那条走廊，那我们到底算不算离开了宝石……"声音戛然而止，小男孩回过头一看，错愕地发现，刚才他们钻出来的那个洞消失不见了！

不仅是洞，他们刚刚钻过来的宝石走廊变成了一堵黑色的墙。三人去检查了一下，发现确实洞口不见了，宝石走廊也不见了。他们再转头看向前方。

只见在那个放置月亮花的高台后，曾经高高升起的墙也消失了，取而代之的是一扇高大巍峨的大门。这扇门静静地关在那儿，仿佛在等待着谁去推开。

小男孩明白了："那是红桃王后的卧室。"

唐陌笑道："嗯，那是红桃王后的卧室。"

他们走出来了。

红桃王后的宝石城堡是一个空间错乱的地方。宝石走廊自始至终就是一个陷阱，999个岔路口没有任何意义，守护在死路尽头的卫兵也没有任何意义，想离开宝石走廊，需要的不是选对正确的路，也不是打败卫兵，而是打破这个莫比乌斯环，实现红桃王后理论，做出翻天覆地的变化。

唐陌三人砸破了宝石走廊的墙壁，现在成功走出来了。

在砸墙的时候，唐陌就将一朵月亮花还给了小男孩。因为游戏规则第四条：只有拿着月亮花的人，才有可能走出宝石走廊。

唐陌不确定小男孩没有月亮花能不能钻出刚才那个洞，以防万一，他把花还给了对方。

如今，三个人每人手里都拿着一朵月亮花。

唐陌道："走吧，到她的卧室去。"

小男孩点点头，跟上了唐陌的脚步。

娃娃脸青年的声音在两人的身后响起："所以现在只要把月亮花插到花瓶里，宝石走廊就会永远关闭？"他一边说着，一边走了上去，跟上两人的步子，"啊，那这场游戏不是很快就要结束了？这多没意思啊，我还想多玩一会儿呢。要不然我们再回去宝石走廊玩一会儿？反正也没有三个小时呢。"

唐陌冷冷地扫了他一眼："你想继续玩的话，刚才可以不和我们钻洞过来。"

娃娃脸青年摊摊手，脸上仍然是那副笑嘻嘻的样子。

三人走向红桃王后的卧室，小男孩道："小心，说不定那个卧室里有陷阱，也说不定红桃王后……"

"嗖！"一把锋利的匕首从唐陌的眼前飞过，几乎擦着他的睫毛划过，"铮"的一声，钉在了墙壁上。唐陌反应极快地往后避让，然而又是一把银色的小刀从他的眼前擦过。这人的偷袭来得太过突然，小男孩连惊呼都没来得及发出，唐陌更是勉强避开了两次，身形不稳，往后跌倒。

娃娃脸青年笑了一声，他的手指灵巧地翻转着一把银色的蝴蝶刀。锋利的刀口每每擦着他的手指而过，不断攻击着唐陌的双眼，唐陌不断往后倾倒，最后一手撑地。

娃娃脸青年趁机伸出手，抓向了唐陌另一只手里的月亮花。

一切都来得太快，小男孩只看清了大概，娃娃脸青年的右手就已经握住了唐陌的月亮花的根部。然而就在这一刻，唐陌竟然早有准备，一掌撑地，重新站直，同时另一只手死死地按住了娃娃脸青年的手腕，阻止他抢花。

娃娃脸青年的笑容消失，错愕地抬头看向唐陌。

唐陌手掌一翻，一根巨大的火柴出现在了他的掌心。他将大火柴的红色火柴头对准娃娃脸青年的右臂，狠狠地撞了上去，同一时刻，一股炙热的火焰从唐陌的掌心烧起。

高达1535℃的火焰既点燃了火柴，也点燃了娃娃脸青年的右臂。

唐陌挥舞巨型火柴，在空中画出一个圆满的弧度，着火的火柴头与地面摩擦后火焰消散，只是火柴头黑了一块。而另一边，娃娃脸青年倒退三步，抬头看向唐陌，刚喊了一句"你"，突然，脚下一空。

娃娃脸青年反应快速，伸手抓住了唐陌的裤脚。

一个黑漆漆的无底洞猝不及防地出现在了走廊中间，这个无底洞和唐陌之前遇到的一模一样，甚至在同一个位置。三个小时前，女白领掉进了一个同样的无底洞；三个小时后，娃娃脸青年拉着唐陌的裤脚，也被洞里的这股吸力不断往下吸去。

但娃娃脸青年终究比女白领强太多。他一手拽着唐陌的裤脚，另一只手臂上燃烧着熊熊火焰。他仿佛没感觉疼痛，拉着唐陌的裤脚，不需要唐陌帮忙，竟然就要上来。

这时，唐陌将巨型火柴用力地砸在地上。他看着这个即将爬上来的娃娃脸青年，微笑道："多亏了你，我才知道这根火柴真正的作用是什么。只有1500℃以上的高温火焰才能点燃这根火柴，而被这根火柴点燃的东西，不被全部烧光，火焰就永远不会熄灭。"

娃娃脸青年拉着唐陌裤脚的动作一顿，抬起头，死死地盯着唐陌。

唐陌："现在砍了你的手臂，你还能活下去，否则……白若遥，你会被它活活烧死。"

白若遥的双眼在这一刻睁到最大，他目不转睛地盯着唐陌。火焰"噼里啪啦"地燃烧着，他就这样看着唐陌，仿佛要将这个人牢牢记在心里。然后下一刻，他忽然笑了。他毫不犹豫地松开拉着唐陌裤脚的手，甩动银色蝴蝶刀，硬生生地将自己着火的右臂砍了下来。

娃娃脸青年掉下了无底洞。他的声音夹杂着笑意从无底洞里传了出来，在走廊里回荡："姓赵的，我很期待下次见面。你千万，千万不要再遇到我……"

　　与此同时，清脆的童声在走廊里响了起来——

　　叮咚！A国7区玩家白若遥、A国6区玩家傅闻声成功通关黑塔一层（普通模式），完成主线任务"宝石走廊的绝境生存游戏"，成功存活三个小时，共通过112个岔路口。玩家白若遥获得月亮花0朵，获得0个奖励。玩家傅闻声获得月亮花1朵，获得1个奖励。

第3章
集结副本

从白若遥突发偷袭，到他斩断手臂跌入无底洞，一切都发生得太快，只在60秒内。

当傅闻声反应过来时，那个总是嬉皮笑脸的娃娃脸青年已经消失在漆黑的无底洞深处。他意识到刚才娃娃脸青年想抢唐陌的月亮花，却被唐陌制伏了。他警惕地看向唐陌，意识到一个问题："你不是在通关黑塔一层？！"

刚才黑塔通知白若遥和傅闻声通关了黑塔一层，但没有说出唐陌的名字。傅闻声的第一反应就是唐陌的任务和他们不一样，甚至极有可能攻略的不是黑塔一层。

唐陌看向傅闻声。这孩子看似轻松，口袋里的手却已经握住了手枪。只要唐陌攻击，他就会立即反击。

不过让他惊讶的是，唐陌没有攻击他，而是走到一边，将地上的两朵月亮花捡了起来，坦然道："是。我攻略的是黑塔二层。"

傅闻声的脸上露出一瞬间的惊愕，但他很快镇定下来。这个只有十岁出头的小男孩故作冷静地说："那你……你的任务是什么？"

唐陌："你不是已经猜到了？"

"你要把月亮花插进红桃王后卧室的花瓶里，关闭宝石走廊？"

"你知道你的主线任务是什么吗？"

突然被提问，傅闻声沉默起来。如今他已经完成了任务，唐陌也没有要他命的意思，这个聪明的小男孩思索片刻，决定将自己的主线任务说出来："存活三个小时，并成功走出100个岔路口。"

刚才黑塔通知通关成功时，有说过存活三小时、通过112个岔路口的提示，唐陌早就猜到了傅闻声和白若遥的真正任务。但这次听傅闻声亲口说出来，唐陌勾起唇角，露出笑容。

唐陌："你没有骗我。"语气肯定。

傅闻声有点不大明白："任务都结束了，我为什么要骗你？"

唐陌微微一笑，没有开口。

因为这个小男孩并不知道，50分钟前，他说过一模一样的话，只不过当时不像现在这样防备地盯着唐陌，而是犹豫了很久，最终把自己手里的月亮花递了过去："你的任务是把月亮花插进红桃王后卧室的花瓶里。"

没有月亮花，唐陌无法完成任务，无法通关攻塔游戏。

所以这个一路上都对唐陌、白若遥加以提防的男孩儿在踌躇了许久后，将仅剩的一朵月亮花递给了唐陌。那时白若遥已经通关成功，拿着两朵月亮花（一朵是从唐陌手里偷袭抢过来的）离开了游戏。傅闻声以为唐陌是真的没办法了，才决定将自己的月亮花、也是自己的奖励送出去，然而唐陌看着这个小朋友假装大方的表情，却轻轻笑了："我们还没输。"

是我们，不是我。

小男孩惊讶道："那个布鲁斯……那个白若遥已经离开了游戏，他抢走了你的月亮花。虽然我觉得他更应该抢我的月亮花，因为比起你，我的月亮花应该更好抢。但你的月亮花是真的没了。你的任务不是要把月亮花插入花瓶吗？"

"他是个神经病。"傅闻声不理解他为什么突然这么说，唐陌直截了当道："他不抢你的花，只抢我的，是因为觉得抢走我的月亮花才有意思，才有挑战性。除此以外，抢走你的花，你的游戏并不会输，只是没有奖励而已。"

白若遥和傅闻声攻略的是黑塔一层，而且拥有多少月亮花，就有多少奖励。这是黑塔已经提示了的。

唐陌淡淡道："你的这朵花，或许也是他故意留下来的。"

傅闻声愣住："什么？"

"抢走你的花并不难，但他没抢，是因为知道了我的游戏任务。"这是唐陌疏忽大意了，在他们三个人走出宝石走廊时，白若遥说接下来他们要将月亮花插入花瓶，唐陌没有否认。从这个时候白若遥就知道，唐陌的游戏并不是"宝石走廊的绝境生存游戏"。

"我的游戏是'宝石走廊的捉迷藏游戏'。所谓捉迷藏，一定有躲藏的人类，也有要捉人类的鬼。在宝石走廊里，只有一个人可以称为鬼。"

傅闻声一下子反应过来："红桃王后的卫兵！"

宝石走廊里除了他们三个玩家，只有红桃王后的卫兵，鬼只能是他们。

唐陌："是，鬼是卫兵。我要想通关这个捉迷藏游戏，就不能被鬼抓到。但事实上，不被他们抓到的方式有很多，之前三个小时我也一直没被它们抓到过，但我一直没有完成游戏。"

傅闻声道："因为在你没有离开宝石走廊并且把它永远关闭前，谁也无法保证你以后会不会被卫兵抓到。"他抬头看向唐陌，"要把宝石走廊永远关闭，这样你才永远不会被卫兵抓到，才算赢得游戏，所以……你需要月亮花。"

小男孩低头看了眼自己手上这最后一朵月亮花，挣扎了一瞬："你还是拿我的这朵月亮花好了。比起那个老是笑得很瘆人的大人，你对我……还是挺好的。如果没有你在，或许那个神经病早就对我动手了。他留下我的这朵花可能就是在给你一次通关的机会，让你不至于攻塔失败。他很想看到你抢我的月亮花，我武力不如你，你要真抢我肯定拦不住，所以你拿走吧。"

这些话傅闻声之前说过，唐陌却告诉他"还没输"。他只当唐陌是不服气自己被暗算了，却不知道，此时此刻在唐陌的口袋里，一个白色的火鸡蛋正散发着淡淡的光辉。一个"S"字符在这颗火鸡蛋上闪烁着。

唐陌定定地看着这个自愿让出月亮花的小朋友，又笑着说了一遍："还没有输。"

傅闻声茫然地看他："你怎么……？"

唐陌闭上嘴，对他微笑，同时，手指在火鸡蛋上轻轻地画出了一个"L"。

Save and load。

游戏读档。

一切回到50分钟前。当再次睁开眼时，他站在一条狭长的宝石走廊中，身旁跟着一个小男孩，没有娃娃脸青年。

傅闻声道："我们真的不和他一起走？他看上去很笃定。"笃信中间那条走廊是对的。

唐陌转头看向傅闻声，看了片刻，回过神，语气平静地说："我也觉得他很坚信自己选的路是正确的。"

傅闻声没想到唐陌的态度转变得这么大，问道："那我们回头和他一起走中间那条路？"

唐陌笑道："好。"

重新走进中间那条路，唐陌听到了一首熟悉的、非常难听的小曲。听到他们的脚步声，那个吊儿郎当的娃娃脸青年转过身，笑嘻嘻地说出一句唐陌早就听过一遍的话："赵赵，你又想和我一起走了？"

唐陌盯着他，看了许久，笑道："又见面了，布鲁斯先生。"

又见面了，白若遥。是的，从这一刻开始，唐陌就已经读档重来，并且琢磨着如何暗算这个阴险狡诈的娃娃脸青年。

唐陌并不是演员，虽然读档重来，知道未来会发生的事，但不敢保证自己能够完全骗过小心严慎的白若遥。所以一见面他便盯着白若遥的眼睛看了整整十秒，发动"看我纯洁的大眼睛"异能，尽量取得白若遥的信任。

接下来，他便开始演戏。

其实读档之前，唐陌也带着小男孩回头，选择和白若遥一起走中间这条走廊。那时候的他并不知道未来发生的事，也不知道中间这条路确实是正确的，但是他看到了两件事。

第一件事，白若遥对走中间这条路非常坚持。在和小男孩准备进入右边那条走廊前，他特意提醒白若遥，一旦遇到死路，三个人一起走的存活率远大于一个人。所以即使右边这条走廊是死路，他们三个人一起还有回头的机会。可如果白若遥一个人进了中间走廊，独自遇到卫兵，存活的概率不超过五成。

可白若遥对他这句话的回答是："所以再见啦。"

他仍然不肯改变选择，一定要走中间这条路。

白若遥是个极其谨慎的人，还是个聪明的人。他既然坚持要走中间这条路，那一定有他的原因。而且选择中间这条路同时还意味着另一件事：他不肯走右边这条路。

"他知道右边这条路有问题，甚至可能很危险。"不需要读档，唐陌便察觉到了这个问题。于是他只在右边这条走廊里走了十秒，便返回头，和小男孩一起重新找到了白若遥。

接下来发生的一切和读档后一模一样，他们走了很多个岔路口、很多条走廊。随着三个小时时限的到来，唐陌越来越清晰地认识到"一直选择正确的路"，并不是走出宝石走廊的真正方式。他想到了莫比乌斯环，再联想到红桃王后理论，最后打破墙壁，三个人一起走出走廊。

那一次，白若遥偷袭唐陌成功，抢走唐陌的月亮花。其实唐陌完全可以用傅闻声的月亮花通关游戏，但是他不愿意。他选择读档重来，一定要坑死那个狡猾奸诈的娃娃脸青年神经病。

读档以后发生的事从没有变化，只是当白若遥再次偷袭唐陌、抢他的月亮花时，唐陌早就有所防备。他将白若遥反推入了无底洞里，并且用大火柴点燃了白若遥的手臂，逼着白若遥必须自断其臂，跌入无底洞。

白若遥永远想不到，唐陌拥有一个稀有品质的作弊神器火鸡蛋。他也想不到，在他选择一定要进入中间那条走廊时，唐陌就开始存档。

存档原因有两个：一来，三个小时时限只剩下不足一个小时，火鸡蛋可以存档一个小时，时间正好，适合存档；二来，唐陌在白若遥的脸上看到了一样东西——"画个圈圈诅咒你"的黑气。

当白若遥坚持要走中间那条走廊时，一层熟悉的黑气萦绕上了他的眉间。唐陌本以为自己看错了，可看了半天，那层熟悉的黑气明明白白就是诅咒异能奏效的表现。但是这个时候白若遥并没有倒霉，除非他选择中间这条路后，会很倒霉？

这是唐陌当时的猜测。

在诅咒异能的奏效概率和白若遥的聪明狡诈中，唐陌选择相信后者。

他相信白若遥的坚持肯定有理由，所以还是决定和白若遥一起，走中间这条路。只是他顺便开了存档器，以防万一，中间这条路真的是绝境死路。现在回想……

诅咒异能的倒霉效果，该不会是在说，我开启了存档器，那个神经病就特别倒霉了吧。唐陌暗自想。

存档已经过去了，白若遥也自食恶果跌入了无底洞里。不再想那么多，唐陌拿着两朵月亮花，看着小朋友："你是不是该用月亮花换取奖励，然后离开游戏了？"和读档前的娃娃脸青年神经病一样。

傅闻声戒备地看着唐陌，有些惊讶："你不抢我的月亮花？"

傅闻声和白若遥的任务与月亮花有关，拥有多少月亮花，就可以换取多少奖励。他并不知道唐陌的任务奖励和月亮花有没有关系，但他们进行的都是相似的任务，很有可能唐陌的任务奖励也和月亮花有关。

然而唐陌道："算是还你的。"

傅闻声一愣："什么？"

看着小朋友一脸不解的样子，唐陌忍不住笑了："走吧，我去完成自己的任务了。"

傅闻声本来还想再问些什么，但这种地方不宜久留。他不是唐陌的对手，为了防止唐陌反悔，他还是以最快的速度把月亮花兑换成了黑塔的游戏奖励。唐陌不知道他得到了什么奖励，不过当月亮花消失在他的手中时，小孩藏不住眼底的欣喜。很快，傅闻声的身影便消失在了狭长的走廊里。

星光璀璨的长廊中，唐陌一个人站在无底洞旁，手里拿着两朵月亮花。

小朋友走了，唐陌总算有机会看看自己的异能书。他从空中取出了一本薄薄的书，翻到最后一页。当唐陌看到最后一页上的异能名字时，错愕地睁大眼，但很快无奈地笑了起来，哭笑不得道："原来是这样。"

异能：凡人终死。

拥有者：白若遥（正式玩家）。

类型：特殊型。

功能：双眼可看到缠绕在他人身上的黑色死气。通过一些行为和语言，可以改变别人的死气。死气越重，该人死亡的可能性越大。

等级：五级。

限制：不可以看到自己的死气。

备注：当你见到一个黑球的时候请别害怕，或许他只是下一秒就要死了而已。

唐陌版使用说明：每天可使用三次，只能对同一对象使用。使用后会被使用对象的死气缠身，分担对方1%的死气。在白若遥的眼中，唐陌早就是个浑身插满FLAG的黑球，然而这个黑球就是死不了，死不了，死不了，气死你。

就是因为这个异能，他在第一眼看到我的时候，就态度很奇怪。或许那个时候，我的死气比女白领重很多，唐陌想，然后当我顺利从黑豹的手里活下来后，他才会那么惊讶。因为他以为我肯定活不下去。

这个异能看上去是一个没有攻击力的鸡肋异能，和改名字异能烂得不相上下。在宝石走廊里，这个异能却是顶级法宝。唐陌到现在才明白，为什么白若遥坚持不肯走右边那条走廊。

按照白若遥的谨慎态度，他不会轻易暴露自己的喜好，也不会暴露一些底牌。他怎么也不肯走右边那条走廊，很可能是当时看到了缠绕在唐陌和傅闻声身上的死气。那死气实在太重，他明白右边那条走廊是条极其危险的死路，所以才不愿意过去。

其实唐陌也想过，他们一共走了100多个岔路口，其中碰到很多多岔路的岔路口，也碰到过很多次卫兵，但他们碰到的卫兵都不是特别强大，只有一次，碰到了会埋伏的卫兵，差点没能逃出去。

这种运气确实好得惊人，在那100多个岔路口里，他们没碰到可以全灭他们的卫兵。现在想来，这并不是因为他们的运气好，而是因为他们一直和白若遥同行。有白若遥在，他通过看死气就能够知道哪个洞口没有危险，他们可以进去；哪个洞口有一般危险，进去了就算遇到卫兵，三个人也能顺利逃出来。而那种太危险几乎无法逃生的洞口，他就会避开。比如他选择中间的路，不肯和唐陌、小男孩一起走右边的路。

"他还真是个幸运遥。"唐陌嘀咕道。

"幸运遥？"一道低沉的声音在唐陌的脑海里响起。

唐陌这才想起来开启存档后，傅闻夺一直听到他这里的声音。他道："嗯，是我这次在攻塔游戏里碰到的一个队友，很神经病的一个人，总是做一些稀奇古怪的事。不过他偷袭我的时候被我反击制伏了，现在或许死了，或许没有死。"

白若遥虽然掉进了无底洞，但顺利完成了主线任务，很可能被黑塔传送回地球。

傅闻夺没有再问这个人的事："完成黑塔二层的游戏了？"

唐陌笑道："没有，还差一点。不出意外，很快就能完成了。"

唐陌一边和傅闻夺交流，一边抬起手，知道无底洞的陷阱是什么后，想闯过它就变得非常容易。"嗖！"一根橡胶绳从唐陌的掌心蹿出，在空中甩了两下，牢牢捆住了无底洞另一头的木头高台。

唐陌深吸一口气，一脚用力蹬向地面，同时借助绳子的弹力，眨眼间便到了无底洞的对岸。唐陌收起橡胶绳，拿着两朵月亮花，走向那扇巍峨雄伟的大门。只要进入这扇门，将月亮花插入花瓶里，唐陌就可以永远封闭宝石走廊，完成"宝石走廊的捉迷藏游戏"。

唐陌的手紧紧握住了小阳伞的伞柄，提防开门后会碰到卫兵甚至红桃王后。然而就在他的手碰到门把手的那一刻，傅闻夺磁性的声音在他的脑海里响起。

"对了，之前一直看你在进行游戏就没打扰你。刚才我好像听到你那里有提到我的名字。是我听错了吗？黑塔提示我通关黑塔一层？"

唐陌一愣，他的手按在冰冷的大门上，动作停住。他回忆了一下，明白了傅闻夺的意思，笑道："不是你的名字，是一个和你很像的名字。他是我的另一个队友，是个十岁出头的小男孩，他不叫傅闻夺，叫傅闻声。"

火鸡蛋的另一端，傅闻夺突然沉默。

唐陌察觉到了一丝不对劲。

傅闻夺低声道："大概十一岁，右眼底下有颗痣，挺聪明的一个小男孩？"

唐陌："你认识？"

"嗯。"

唐陌："……"该不会真是你儿子吧？！

傅闻夺："他是我的堂弟，我二叔的儿子，傅闻声。"

唐陌第一次听到"傅闻声"这个名字，就想到了傅闻夺。傅这个姓并不多见，又叫闻声，怎么听怎么觉得和傅闻夺有点说不清道不明的关系，除非两者的字不一样。等傅闻声否认了自己和傅闻夺的关系后，唐陌便将这份怀疑埋在心底。他甚至也觉得：傅闻声和傅闻夺应该没有关系。

经过两次黑塔广播，全A国乃至全世界的玩家都应该熟悉了傅闻夺这个名字。除此以外，A国玩家更是对这个名字有着某种"刻骨铭心"的独特感情。

如果傅闻声真的和傅闻夺有关系，他不该这么大大方方地把自己的真名说出来。既然他能说，九成可能性他和傅闻夺并没有任何关系，所以身正不怕影子斜。

然而唐陌万万没想到，到最后他和白若遥都被这个看上去聪明天真的小男孩骗了。

叫傅闻声是对的，否认和傅闻夺的关系是假的。这孩子一句话七真三假，演技极佳，把两个大人全骗过去了，甚至他都离开副本了，唐陌还没意识到自己被骗，等傅闻夺点明才知道真相。

"人小鬼大。"唐陌嘀咕道。

傅闻夺："什么？"

唐陌道："没什么。虽然他是你的堂弟，但是傅闻夺，抱歉，他已经离开副本了。我无法再和他联系。"

傅闻夺声音低沉："没关系。我也没想到他还活着，这是个意外。你的游戏结束了吗？"

唐陌摇头："还差一点。"

"好，不打扰你了，小心。"

火鸡蛋通讯被挂断，唐陌抬起头，定神看着眼前宏伟的大门。他一只手拿着两朵月亮花，另一只手轻轻地按在小阳伞的伞柄上。不用傅闻夺说，他也会小心翼翼，因为这是攻塔游戏。虽然打破莫比乌斯环离开走廊是游戏的重要部分，但谁也不敢保证，红桃王后的卧室里不会有什么其他危险，这也是游戏的一部分。

唐陌仔细听着门内的动静，门内一片寂静，没有任何声响。

唐陌迅速地推开门，同时身体往旁闪开，防止门内的突袭。然而并没有任何异样，门内静悄悄一片，唐陌冷静地等了许久。三分钟后，他转身进入房间。

宽敞华丽的房间里黑暗安静，皎洁的月光透过彩色玻璃窗照射进来，在地上映下一个斑驳陆离的长方形色块。借着这暗淡的月光，唐陌很快适应了房间里的光线，看清楚房间的景象。看到那张熟悉的大床和床后的巨大衣柜，唐陌微微愣住。他再往旁边看，当看到梳妆台上插着三根彩色羽毛的花瓶后，他苦笑着摇摇头，走向那个毫不起眼的花瓶。

原来他们早就来过红桃王后的卧室。

梳妆台上的花瓶里插着红绿紫三色羽毛，暗示了玩家队伍的数量。同时，这也是月亮花的花瓶。花瓶是用来插花的，不是插羽毛的，把月亮花插进这里，宝石走廊就会永远关闭。

唐陌一步步地走向那个小小的花瓶，就在他快走到那花瓶的面前时，一道尖啸的风声从唐陌的身后传了过来。唐陌目光一紧，反射性地侧头避开，谁料这东西竟然在空中转了个方向，刺向唐陌的眼睛。

唐陌立即念出咒语，"啪嗒"一声打开小阳伞，挡在自己的面前。

尖锐的长矛刺在小阳伞上，发出一道清脆的金属碰撞声。唐陌的身体素质提升后，力气也变得很大。可这一矛刺过来后，他感觉仿佛是一座山重重地撞击而来，他竟然被撞飞出去，砸在了红桃王后的衣柜上。

喉咙里一阵腥甜，唐陌将这口血咽了下去，抬头看向这个神秘的敌人。

这是一个身高三米的巨型扑克牌卫兵，手持一柄两米长的长矛。扑克牌里，那双小眼睛闪烁着精光，死死地瞪着唐陌。月光透过窗户照射在它的扑克牌上，这张扑克牌和唐陌之前在宝石走廊里遇到的不一样，这个卫兵的扑克牌上有颜色。一层淡淡的金色覆盖在它的盔甲上，仿佛它就是卫兵里的将军。

唐陌不敢疏忽大意，以掌拍地，从地上站了起来。

金色卫兵不给唐陌喘息的机会，唐陌刚刚站起，它就一矛刺来。它不仅身材威武，速度还极快，一点都不笨重。它在房间里灵活走动，一步步地封锁唐陌的空间，将唐陌不断地逼入死角，只能不停地拿小阳伞当盾牌，连收伞反攻的时间都没有。

密密麻麻的矛影铺天盖地而来，唐陌无法反攻，金色卫兵攻击的速度却越来越快。

这长矛锋利无比，轻易地挑开唐陌的皮肤，在他身上留下一道道伤口。唐陌的后背已经贴上了卧室的墙壁，退无可退。金色卫兵趁机高举长矛，从上而下，打算刺穿唐陌的头颅。正在此时，唐陌快速地收伞，整个人躺倒在地，一脚蹬在墙上。借着这股力道，他向扑克牌卫兵两腿之间滑去。

红桃王后的卫兵是一张张扑克牌，每一张扑克牌上长出了四肢，让它们行走。

这个金色卫兵的双腿只有20厘米长，根本不够唐陌滑出去。在唐陌就快要撞上它的扑克牌时，他手握小阳伞，伞尖对准那看上去便十分坚硬的扑克牌。

他相信，狼外婆一定比这张扑克牌要强。

唐陌赌对了，狼外婆的小阳伞撞上扑克牌后，两者摩擦出耀眼的金属火花。就在这一惊天动地的撞击后，小阳伞成功地在扑克牌上砸出了一个洞，唐陌借机滑行出去，来到扑克牌卫兵的身后。

扑克牌破损，卫兵的动作并没有受到阻碍。它愤怒地转身瞪向唐陌，唐陌却理也不理他，拔腿就向梳妆台跑去。

卫兵挥舞长矛，在空中舞出猎猎风声。它右手高举，向后发力，接着一长矛射了出去。唐陌跑得再快也没这柄长矛飞得快，眼见长矛就要洞穿唐陌的头颅，而唐陌离那座梳妆台还有九米左右的距离。

长矛破风而来，只差十厘米就要刺中唐陌的后脑。突然，这柄长矛停了下来，愤怒的卫兵也僵在了空气中。

唐陌缓缓转身，只见他的怀中不知何时竟然有了一只小小的花瓶。花瓶里插着红、绿、紫三色羽毛，同时还有两朵美丽的银色月亮花插在其中。在这两朵花插进去的那一刻，金色卫兵的长矛静止了，金色卫兵也停住了动作。

下一刻。

"咔嚓！"红桃王后的卧室突然崩碎，卫兵和长矛碎了，墙上的彩色玻璃窗碎了，房间里的大床和衣柜碎了。仿佛被什么东西打碎了一般，整个世界崩成一块块小的碎片。这些碎片变成粉末，消失在了空气里。一缕灿烂的阳光从真正的窗户里投射进来，照亮了这间卧室。

唐陌眯起眼睛，一时间无法适应这么刺眼的阳光。他抱着花瓶，打量着这个破碎后的新世界。

黑夜消失，白昼到来。

唐陌从进入游戏后就看到的那座幽暗城堡，在这一刻消失得无影无踪，取而代之的是一座辉煌壮丽的金色城堡。花园里百花争艳，鸟雀啼鸣。金色洒满了这座城堡，包括唐陌眼前的这间卧室，也变成纯金的奢华的模样。每一缕光线洒在地面上，都反射出宝石一般熠熠的光辉。

这座城堡仿佛终于活了。或者说，唐陌终于走出宝石走廊，来到了真正的红桃王后的宝石城堡。所谓宝石城堡就必然是华美奢侈的，不会是黑暗阴森的。

唐陌："所以……这才是真正的宝石城堡。"

刚才唐陌使用"你来打我呀，来打我呀"异能，将距离自己两米外的花瓶瞬移到面前，同时快速地把月亮花插入其中。两朵花插进去的那一刻，这个世界便崩碎了，露出了它本来的面目。

清脆的童声在唐陌的耳边响起——

叮咚！玩家唐陌成功通关黑塔二层（普通模式），完成"宝石走廊的捉迷藏游戏"，共获得两朵月亮花，得到两个奖励。

花瓶里的月亮花闪烁出银色的光芒，两束光芒飞到唐陌的眉心，消失其中，插在花瓶里的月亮花却没有消失。唐陌听到黑塔在自己耳边给出的提示，还没来得及反应，这时，大门外传来尖锐的高跟鞋声。

"今天的晚餐？不，我不想吃那个人类的手，我要吃他的眼睛。"刺耳的女声好像坏了的收音机，"嘎嘎"地从门外叫了起来，"你给我去，把那个人类的眼睛挖出来，蘸上我最喜欢的鱼子酱。听到没有？给我滚！现在就滚过去把他的眼睛给我挖出来！"

高跟鞋的声音越走越近，"轰隆"一声，大门被人一脚踹开。

一个头顶宝石王冠的小女孩收起自己踹门的脚，她穿着一件红色的华美长裙，恶狠狠地扫视着自己的卧室。当看到倒在地上的那只花瓶和花瓶里的月亮花时，她尖叫起来，愤怒地转身而去："啊啊啊！！！我的花怎么只剩下两朵了？我的三朵月亮花，还有一朵呢？卫兵队长，你给我滚过来！！！"

耳边还回荡着红桃王后刺耳的叫声，唐陌睁开眼，已经回到了地球。

红桃王后进门的时候，通过黑塔的传送，唐陌离开了宝石城堡。他只听到红桃王后的声音，并没能看到她的模样。回到现实世界后，唐陌稍稍休整了一会儿，抬手摸了摸自己的额头，一束浅浅的光芒从他的眉心一闪而过——

道具：红桃王后的月亮花。

拥有者：唐陌。

品质：精良。

等级：一级。

攻击力：无。

功能：可以直接得到一次游戏攻略。

限制：一次性用品，一朵月亮花只能兑换一场游戏的攻略。游戏攻略为残缺版，只可知道通关游戏的要求，不可得知通关游戏的方法。

备注：事实上，红桃王后每天都用月亮花敷面膜，这点全宝石城堡的人都不知道。

唐陌不知道傅闻声用月亮花换得的奖励是什么，让小朋友难掩欣喜。但他知道，他的这个奖励也足以让他感到惊喜。

唐陌仔细推敲月亮花的功能和限制，得出结论："残缺版游戏攻略，意思是指，假设我刚才在宝石走廊里使用这个道具，它会告诉我只要将月亮花插进花瓶里，就可以通关游戏，但是不会告诉我，打破墙壁才能走出宝石走廊。"顿了顿，唐陌又摇头，"其实打破墙壁，也并没有走出宝石走廊。"

"宝石走廊的捉迷藏游戏"第五条规则：宝石走廊的一个终点是红桃王后的卧室，将月亮花插在红桃王后卧室的花瓶里，宝石走廊将永远关闭。

这点是唐陌大意了。他有猜到红桃王后的卧室里可能会有危险，也一直小心谨慎，却忘了红桃王后的卧室也在宝石走廊里。哪怕是终点，那也是宝石走廊的一个终点。因为是终点，所以不会有下一条路可以走，所以卧室也是一条死路。死路里必然会有卫兵，红桃王后的卧室是个特殊的死路，里面没有两个普通卫兵，却有一个极其强大的金色卫兵。

红桃王后的月亮花看似有点鸡肋，因为没有它，唐陌也猜出来自己的任务是把月亮花插进花瓶里。对于某些游戏来说，它却是非常强大的法宝。比如打地鼠游戏。

"如果我在攻略黑塔一层的时候使用了这朵月亮花，就能知道真正的通关要求是击打足够数量的地鼠，而不是抓住金毛地鼠。"

这样的道具在面对总是坑人的黑塔和黑塔怪物时，或许可以发挥令人恐怖的效果。

休息完后，唐陌将小阳伞藏在一个隐蔽的位置，抬步走向洛风城的办公室。

距离他进入攻塔游戏已经过去了一整夜，天色擦亮。唐陌在进入游戏前曾经和洛风城达成协议，他可以把自己在攻塔游戏里遇见的事情告诉洛风城，让洛风城对攻塔游戏更有准备，提高阿塔克成员以后攻塔生存的概率。而洛风城会以等价的信息作为交换。

唐陌走到洛风城的办公室门前，敲门进入。抬起头，他动作一顿，看向那个早已坐在办公室里的人。

此时此刻，洛风城坐在沙发上，抬头看向唐陌。另一侧的双人沙发上，傅闻夺静静地坐着，听到开门的声响也同样抬头，看向唐陌。两人的视线在空中交会，齐齐愣住。唐陌微微点头，傅闻夺勾起唇角，也朝他点了点头。

这间办公室不大，一共就两张沙发。一张是洛风城坐的那张单人沙发，一张是傅闻夺坐的那张双人沙发。唐陌想了一会儿，别无选择地坐到了傅闻夺的身边。沙发有点挤，他的大腿碰到了傅闻夺的大腿。

有点热热的，唐陌不自在地往旁边挪了挪。

洛风城道："刚才我正在和傅少校说集结副本的事。唐陌，恭喜你，顺利从攻塔游戏里回来。你先稍微等一下，我们还有些事没说完。"

唐陌点点头。

洛风城和傅闻夺又继续说起集结副本的信息。

唐陌没事可做，一边调整生息，一边在房间里随便看了起来。这一看，他看到了坐在自己身边的男人。他想起了那个小男孩。

从唐陌的角度，只能看见傅闻夺的侧脸，高挺的鼻梁，线条流畅的下颚，目光平静地看着洛风城，听他告诉自己集结副本的相关信息。那眼神看似淡定，却如鹰如隼，沉着镇定。

这人连坐着的时候都这么直，说是个偷渡客大概谁都不会信吧。唐陌暗自想。

"看了我这么久，在看什么？"不知不觉中，傅闻夺和洛风城已经说完了话。英俊的男人转过头，嘴角微勾，看着唐陌。

唐陌一愣，咳嗽两声，马上却十分淡定地说："你和你弟弟长得确实有一点点像。下巴有点像，不过他比你更尖点。"傅闻夺的下巴没小朋友那么尖，他看上去更坚毅、更男人。

傅闻夺："他还小，以后可能会变。他怎么样？"

唐陌将自己见到的事情都说了出来。这没什么大不了的，那是傅闻夺的堂弟，他没兴趣拿这种事作为交换，要换点什么，直接说出来就可以："最后他带着奖励离开游戏了。因为他很早就否认了和你的关系，所以我也没想到，他居然真是你弟弟。"

"否认和傅少校有关系是件很正常的事，"洛风城笑道，"如果是我，以后在游戏里碰到别人问我是不是和'偷渡客傅闻夺'认识，我也会极力否认。毕竟到现在，杰克斯都很想找到'偷渡客傅闻夺'，和他好好地打一架，把他打到满地找牙。当然，我知道杰克斯做不到这一点，很可能自己被打到满地找牙，所以我并没有将傅少校的名字告诉杰克斯。"

傅闻夺淡淡道："他从小就人小鬼大。不过我已经有一年没见过他了，一直在边境出任务。地球上线后我回过首都，想看看是否有认识的人存活，但没见到一个人。"

唐陌身体前倾，感到背后有一阵轻微的疼痛，但没放在心上，说道："或许地球上线的时候，那个小朋友并不在家，可能是去哪里旅游了、去哪里玩了，所以你才没有在首都找到他……你们看我做什么？"

傅闻夺："……"

洛风城："……"

唐陌疑惑地皱眉，不解地看着这两个人。因为这两个人此刻都用非常复杂的目光盯着他，看得他心里头怪怪的。

洛风城道："其实你刚进门的时候我就想说了，唐陌，你的衣服上有不少血，应该是在攻塔的时候受伤的。不过我看你好像也不在意，就没提这件事。但现在……喀喀，你没发现你的后背开始流血了吗？我的沙发也沾到了你的血。伤得这么重，你的自愈能力都无法完全止血，是碰到了什么？"

唐陌错愕地伸出手，摸了摸自己的后背。果不其然，一手血，看得人触目惊心，他却也没觉得多疼，估计是习惯了。

傅闻夺站起身，低声道："走吧，去医务室给你处理一下伤口。"

后背被金色卫兵刺破的伤口还在流血，唐陌也不好意思一边流血一边和人说话，怪瘆人的。他道："不用了，我自己去。让莉兹帮我随便止一下血就好了，应该是我刚才动作幅度太大，把伤口又扯裂了。"

洛风城："莉兹和杰克斯一起去攻略S9副本了。"

唐陌愣住："那找唐巧？"

洛风城笑道："唐巧也和他们一起去了。"

唐陌："……"

"你先去处理一下伤口吧，正好傅少校也有伤要处理。我这里还有点事。"洛风城道，"唐陌，有什么事我们之后再说。"

唐陌和傅闻夺一起离开了洛风城的办公室，走到医务室。

医务室里果然没有一个人，和洛风城说的一样，经常待在这里的莉兹和杰克斯，一起出去攻略副本了。简单的伤口处理唐陌还是会的，毕竟对于他和傅闻夺来说，只要不是太严重的伤，哪怕是流血露骨，只要给他们一定的时间，身体都会自动痊愈。

唐陌这一次是碰到了金色卫兵。金色卫兵的那柄长矛不是普通的武器，刺穿的伤口很难复原，需要花费更长的时间才能愈合。

进入医务室后，傅闻夺坐到了床上，唐陌拿出碘酒和纱布，看着傅闻夺淡定地把脖子上的纱布拆了下来。在第一眼看到对方时，唐陌便看到这个人脖子上裹着的纱布。这是唐陌第一次见傅闻夺处理伤口，想来只有非常严重的伤，才会需要这样处理。

当傅闻夺把纱布完全拆下来后，唐陌目光一顿。

他很快冷静下来："我帮你处理一下。"

傅闻夺："好。"

唐陌小心翼翼地将那块沾了血的纱布拿开，用镊子夹着棉球，蘸上碘酒，轻轻地按在了傅闻夺的伤口上。这是一个漆黑的洞，仿佛有什么东西曾经穿透了傅闻夺的脖子，还拔了出来。这种伤换谁都得死，放在唐陌身上，都有三成可能性直接身亡。偏偏傅闻夺活了下来，还一副活蹦乱跳的样子。

唐陌对这个人的实力又有了一定的估量。

"疼吗？"青年温热的呼气喷洒在傅闻夺的耳朵上，他侧着头让唐陌处理自己脖子上的伤口。听了这话，他抬眸看着天花板，似乎是觉得很有趣，勾起唇角："不疼。"

这距离实在太近了，唐陌一心处理伤口没太在意，道："这伤非常严重了。我本来以为你通关黑塔二层很容易，看来也不简单。"

"地球上线前，我受过比这更重的伤。"

唐陌一愣："比这更重？"这种伤放在地球上线前，怎么都该是必死的伤，居然还受过比这更重的？

傅闻夺抬手指向了自己的心脏："是这里。"

唐陌："……"不知怎的，他突然想到一个段子。

比致命伤还要重的伤是什么？那是情伤。

唐陌正经起来："是执行任务的时候？"

傅闻夺哪里知道唐陌已经想歪过一次了，点点头："嗯，半年前一颗子弹卡在心脏里。不过我活下来了。"

卡在心脏里的子弹？子弹还能卡在心脏里？

而且这人居然还能活下来？！

命真大……

将纱布再细细地包回去，唐陌把绷带缠好后，在傅闻夺的脖子上打了个死结。他不会打结，要么死结，要么蝴蝶结。想了想，唐陌决定还是打个死结，大不了下次直接用剪刀剪断。

处理好傅闻夺的伤口，轮到唐陌了。唐陌坐在床上，脱下外套。

当傅闻夺用碘酒蘸湿棉球、转身看过来时，看到的便是这样一种情景——青年瘦削白皙的后背上，一道道狰狞的伤口横亘其上。大大小小的伤口不计其数，几乎都是新造成的，可见那场刚刚结束的战斗情势有多危急。

其中有三道伤口最深，深可见骨，此刻正渗着血丝。

唐陌："其他地方的伤我自己处理就好了，后背上的麻烦你一下。"

傅闻夺慢慢眯起眼睛，目光幽沉，低声道："好。"

话音落下的那一刻，冰冷的碘酒棉球按上了唐陌的伤口。极凉的温度刺得唐陌忍不住身体一颤，后背挺直起来，高挺瘦削的肩胛骨便露了出来。因为后背上的皮肤比较敏感，被这么轻轻一碰，一种奇怪的感觉涌上心头，是一种说不出的感受。

唐陌低着头，头发顺着脖子滑落到前方，挡住了他的神情。

白色的灯光下，青年的身体因为长期不运动，白得仿若透明。

傅闻夺垂着眸子，神色平静，似乎不为所动。

他夹着棉球又按了上去。

碘酒触碰伤口，传来一阵轻微的刺痛感，这种疼痛唐陌并不放在心上。他坐在床上，目视前方。他正对着一扇玻璃窗，医务室的外面是漆黑的地下停车场。当房间里的灯打开后，那扇窗户便成了镜子，反射出屋内的场景。

他看到傅闻夺在给自己上药。

唐陌总感觉哪里怪怪的，后背上传来的触感也令人觉得不大舒服。

唐陌打破沉寂："那个小孩……我是说傅闻声，真是你的堂弟？"

傅闻夺一手拿着镊子，道："嗯，如果你没说错，那确实是他。"

唐陌："他否认自己认识你的时候非常果断。"那小孩看上去一点都不像在撒谎，演技很好，骗过了他和白若遥。

"我和他不是很熟，他比我小十六岁。在他刚出生的时候我去看过他，后来我进了部队，回家比较少，就没怎么见过了。"顿了顿，傅闻夺声音平静，"他否认自己认识我，也可以理解。如果有人在游戏里询问你和我的关系，唐陌……"傅闻夺停住声音，抬起头，看向那扇变成镜子的玻璃窗，勾起唇角，"你会承认吗？"

竟然被发现自己在偷看。

唐陌立刻收回视线，面不改色地说道："当然不承认。"

傅闻夺笑了一声，转开话题："这是你第一次真正使用存档器，感觉怎么样？"

唐陌和傅闻夺之所以认识，源于火鸡蛋陌陌。如今已经过去了三个月。在这三个月时间里，傅闻夺使用了一次存档器。那一次被黑塔拉进了二层进行攻塔游戏，他只能选择向唐陌坦白火鸡蛋的真实功能，因为当时的他没有把握攻塔，必须使用存档器保证安全。最后他用自杀的方式读取存档，找到暂时离开攻塔游戏的方法。

唐陌则不同。

马里奥那次，唐陌并不需要读档就完成了游戏，后来的打地鼠游戏和匹诺曹游戏，唐陌也都没读取存档，只使用了存档功能。

这是他第一次真正使用存档器。

唐陌渐渐严肃起来："很奇妙。我和你在脑海里交流的时候，有察觉到读档后，你的时间并没有因此而改变。但是我在游戏里，时间更像倒流了。我回到了存档点，遇到了50分钟前的两个队友，包括你的堂弟。他们好像什么都没察觉，只有我自己知道经历了什么。接下来事情的发展和读档前一模一样，我很轻松地就规避了一些风险。"说到这儿，唐陌抬起头，毫不避讳地看向玻璃镜里的那个男人，"读档，是回溯时间？"

傅闻夺正在给唐陌上药的动作停住，也看着镜子里的唐陌。

两个人的视线在那反光的玻璃窗上交会，傅闻夺道："很多种可能，但我最不认同的就是回溯时间。"

"怎么说？"唐陌想起自己拥有的"一个很快的男人"异能。这个异能表面上看是静止时间（在宝石城堡里白若遥也误以为唐陌拥有静止时间的能力），但事实上，这个异能加快了使用者的速度。当你的速度比别人快上很多倍时，别人的动作在你眼里就是静止的。

这个异能并没有真正静止时间，只是在加快速度。

"人是三维生物，可以用肉眼直观长、宽、高，也就是空间。但是我们生存的宇宙是四维的。"傅闻夺一边给唐陌伤口消毒，一边说道，"宇宙的第四维目前普遍被认为是时间维度，很可惜我们只能感知到这个维度，却无法操控。唯一能做的，就是顺着时间的坐标轴顺时针前进。"

这种简单的常识唐陌还是知道的，他明白了傅闻夺的意思："火鸡蛋的存档功能有可能是在存档的那一刻，在时间坐标轴上留下一个标记，以后读档的时候直接返回这个节点。"

"但是唐陌，他没有将我也回溯到那个时间节点。"傅闻夺说，"我和你的时间节点存在交集，你回到了存档的节点，我的时间依旧一直往前走。"

唐陌陷入沉思。

傅闻夺说得没错。使用火鸡蛋陌陌的时候，有个很有趣的地方，那就是一旦存档，两个玩家之间的信息就开始共享了。还是强迫性的、不可关闭式的共享。这意思是唐陌在选择存档时，傅闻夺的脑海里就不可避免地听到了他那里的声音。看不见画面，但是所有声音都可以听到。

唐陌在说莫比乌斯环和红桃王后理论时，傅闻夺都在静静地听着。哪怕是唐陌被白若遥偷袭、抢走月亮花，也都被傅闻夺听到了耳朵里。只是他无法参与其中，只能听，不能做出任何改变。

当唐陌读取存档，回到50分钟前，傅闻夺的时间却没有回溯。他在地球上，仍然走着正常的时间坐标轴，接着他听到唐陌那边开始重复上一轮的所有动作，并且成功反击了之前偷袭唐陌的白若遥。

除非陌陌的时间回溯只限于游戏里。这点可能性极大，因为火鸡蛋确实也只能在黑塔游戏里使用，现实世界中没有任何作用。不过……

唐陌双目睁大，想起了另一种可能性。他快速地回头，道："如果说，在存档之后，我所经历的都是假的，黑塔改变你和我两边的时间流速，同时用我和其他队友的意识，模拟推测出最可能的未来……"声音戛然而止。

突然回头的动作让两人猝不及防地对视。

傅闻夺正拿着棉球对唐陌肩膀上的一道伤口进行消毒，低着头，目光锁在这道深可见骨的伤口上。唐陌忽然回头，两人之间的距离骤然拉近。仅仅五厘米的距离，两人呼吸的热气交缠在一起，唐陌似乎看到了傅闻夺眼底的惊讶。他很少看到这个人诧异的样子，不过这一次唐陌也被吓到了。

唐陌眼瞳颤动，张了张嘴，没说出话。

这一刻，傅闻夺清晰地感知到一阵清爽干净的味道传入自己的鼻间。这味道很淡，却有点好闻。他拿着镊子的手渐渐缩紧。

一时间，两人都没有动作，就隔着这么近的距离注视着对方。

这距离近到从某种角度上看似乎是在接吻，而下一刻，一道含着笑意的声音也非常合时宜地从门口响了起来："啊，打扰到你们了吗？"

唐陌和傅闻夺齐齐转头，看向门口。

洛风城穿着一件白色研究服，靠着房门笑道："开个玩笑。只是正好从我现在这个角度看，刚才挺像在接吻的。"他说得十分坦然，毕竟眼前是两个大男人，又不是一男一女，开这种玩笑没什么大不了的。然而他这句话说完，唐陌喉咙一涩，一种奇怪的感觉涌上心头。

洛风城以为两个男人之间很难有什么特殊关系，所以大大方方地开了个玩笑。这样的笑话对傅闻夺或许真的只是玩笑，对他来说却有点尴尬。唐陌刻意往床的边缘坐了一些，尽量离傅闻夺远点。

谁料这时，傅闻夺拿着镊子，按在了唐陌后背最深的一道伤口上。碘酒碰到伤口，唐陌被刺激得浑身一激灵，差点就跳起来，又往后坐了回去，碰到傅闻夺的下巴，后背靠在了傅闻夺的腿上。

傅闻夺声音低沉："这道伤口在脊椎旁边，还是小心点比较好，痊愈前不能再加重。再往旁边两厘米它就会刺穿你的第三块腰椎。以你的复原能力，应该不至于一生瘫痪，但至少短时间内无法站起来，没有还手能力。"顿了顿，他道，"和别人搏斗的时候，可以试着往这种死穴上打。"

唐陌："好……"

这就是搏斗意识的差别。唐陌以前很少打架，江南人大多和和气气，连动口的机会都少。现在他不得不去打架，他知道打哪些部位效果会更好，但搏斗时太过仓促，他不会有这个下意识的反应，只会随意攻击。这需要长时间的训练。

洛风城听了傅闻夺的话也走过来："这伤是有点重。这么重的伤你还这么活蹦乱跳的，唐陌，很难得了。"

半个小时前唐陌在处理傅闻夺的伤口时也这么想过，现在被洛风城送给了自己，他道："还好。主要是那个怪物的武器很独特，被它划破的伤口自愈能力会减弱。"

三人没再在这个话题上进行下去。

洛风城："刚才你们在说什么？"

洛风城进入医务室的时机比较巧，正常而言，他还没靠近，傅闻夺和唐陌就会听到他的脚步声。但当时唐陌和傅闻夺正陷入一种比较尴尬的处境，两人就都没意识到洛风城的接近。

存档器的问题涉及时间和意识，甚至可能和人的大脑有关。专业问题需要找专业的人来解决，洛风城是最好的选择。唐陌神色平静地看着洛风城，听到傅闻夺说："没什么，只是聊起之前参与过的一场游戏。"

唐陌道："嗯，那场游戏挺有难度的，是我和傅少校一起参与的平安夜游戏，和你提到过。"

两个人都十分默契地回避了火鸡蛋的问题。

火鸡蛋是唐陌、傅闻夺目前最重要的道具，没有之一。他们暂时还不想告诉别人，哪怕那个人是洛风城。

洛风城的目光在两人的身上滑过，收回视线，道："刚才在办公室听你们说，傅少校的堂弟也通关了黑塔一层。他在S市吗？"

傅闻夺已经帮唐陌消毒结束、裹上纱布。唐陌站起身，拿起自己的白衬衫将衣服穿好。他说道："他应该不在S市。黑塔播报他的通关提示时，说他是A国6区的玩家。A国2区是S市，A国6区不知道是哪里，但肯定不是S市。"

傅闻夺："A国1区应该是首都。"

以前傅闻夺还在首都的时候，黑塔提示"A国1区偷渡客傅闻夺通关黑塔一层"。前几天傅闻夺在S市通关黑塔二层，黑塔便提示"A国2区偷渡客傅闻夺"。大部分玩家可能没有注意到这个差别，但唐陌和洛风城都注意到了，想必很多有所准备的玩家也发现了这个细节。

洛风城道："A国1区是首都，A国2区是S市。这是黑塔的区域分布。很明显，它的区域划分是按照每个城市来的。每一万平方公里的土地上有一座黑塔，按照A国的城市规划，大多数城市的面积都是一万平方公里左右。所以也有可能，区域的划分是按照每座黑塔的位置来的。一座黑塔是一个区域。"

唐陌抬头看向洛风城，下意识道："首都是1区，S市是2区。难道说，它是按照A国的城市排名来进行区域划分的？！"

洛风城轻轻点头，但说出了另外一件事："很早以前我就注意到了这件事，或者说，我同时还注意到了另一件事。唐陌，傅少校，全球每个大区第一个通关黑塔相应层数的玩家，都会被黑塔进行全球播报。其他大区的通关玩家都只播报一遍，比如M国区、西洲区。傅少校是例外，他是第一个通关的，每次通报三遍。"

第一名总是会得到特权，唐陌深有感触，因为他是第一个通关困难模式攻塔游戏的玩家，也得到了黑塔的"特殊关照"。

傅闻夺声音平静："为什么是西洲区？"

唐陌微怔，随即便明白了问题的关键，脸色沉了下去。

洛风城看着傅闻夺和唐陌郑重的神色，微微一笑。和聪明人说话就是轻松，如果现在站在他面前的是杰克斯，洛风城不把最后一个字说出来，杰克斯就不可能明白他的意思。而现在，他只是提了一句，傅闻夺和唐陌都知道他想说什么。

"是。有M国区、A国区，为什么是西洲区，不是Y国区、D国区、F国区？或者说，同属于东洲国家，为什么A国区单独分隔出来，没有和J国、H国一样，被划入东洲区的范畴？这就像首都是A国1区，S市是A国2区。到底是什么……让黑塔有了这样明确的区域划分方式？"

每个大区第一个开启黑塔一层的玩家，会被黑塔进行全球播报，同时拉本区所有玩家一起攻塔。只要有一个玩家通关黑塔一层，其他被拖下水的玩家就可以暂时离开游戏。从11月15日地球上线后，目前黑塔已经播报了十个区域。

"A国区、M国区、西洲区、S国区、东洲区、东南洲区、南洲区、中洲区、米洲区，"顿了顿，洛风城说出最后一个区域的名字，"还有南邦区。一共十个区。"

三个月过去，这十个区都曾经有玩家通关黑塔一层，其中最后一个有玩家通关黑塔一层的是南邦区，但那也已经是一个半月前的事情了。

黑塔播报这十个地区的时候，唐陌有三次都正在攻略游戏，没听到播报的内容。他看向洛风城："A国区和东洲区，S国区和西洲区，以及M国区和米洲区。这三者之间的关系是一样的。"

A国属于东洲，M国属于米洲，S国属于西洲。然而这三个国家并没有被黑塔划分进它们所属的大洲区域里，反而被单独拿出来。唐陌说道："和三个国家的经济状况有关？"但他很快便否定了这个想法，"S国经济在全球排不上第三，第三是J国。"

不仅是经济，最近几年S国这个庞然大物，曾经和M国分庭抗礼的霸主，渐渐日落西山。然而瘦死的骆驼比马大，S国也被单独划分成了一个区。黑塔这样分区不可能是因为各国的经济能力差距，也不会是因为各个国家在全球所拥有的话语权高低。

唐陌突然明白了什么，转头看向傅闻夺。

傅闻夺也目光平静地看着他，肯定了他的猜测："地球上线前，如果三战开始，这三个国家确实是最强大的。"

按经济实力排名不可能把S国算进去。按领土排名虽然S国和A国占据全球前三，但还有一个加国排名第二。所以最可能的情况是，黑塔是按照这些国家的军事实力来排的。地球上线前，如果发生全球大战，这三个国家最有可能是最终的获胜者。所以地球上线后，玩家分区，这三个国家也被单独划出来，成为众矢之的。

这只是个猜测，并不一定就是真的。

唐陌的脸色渐渐沉了下去，他道："黑塔对人类社会了解得很透彻。"

洛风城颔首："是。把M国、A国、S国三国单独列为一区，这是基于它对地球当前情势的全局分析。首都是A国1区，S市是A国2区。很有可能G市是A国3区，Z市是A国4区。这个分区，表明它对A国本国的局势也十分了解。所以，它划分区域的方式并不重要，重要的是……傅少校，唐陌，这座塔比我们想象中还要了解人类。"

傅闻夺和洛风城早就肯定地对唐陌说过，黑塔绝对不是地球上的任何一个国家制造出来的。A国没有这个技术，M国也没有这个技术。黑塔突然出现后的半年，全球所有国家地区都在努力研究这座塔。

除非这座塔是一个隐藏的组织研究出来的。

但是连M国、A国、J国这些大国都无法钻研出黑塔的技术，这完全超过了目前人类拥有的科技水平。如果这真的是某个人类组织研究出来的，那他们早就拥有了毁灭人类的力量。这个可能性极低。

洛风城："它知道国际局势，知道每个国家内部的城市等级，知道人类传统的宗教节日（圣诞节），知道很多人类创造出来的生物（匹诺曹）。自从地球上线，我一直在思考一个问题，5月15日，它突然出现在地球上空，11月15日才发布消息，宣布地球上线。这半年时间里，它没有动静，到底在做什么？"

唐陌沉思片刻："它在收集人类世界的资料信息。"

洛风城抬头看向唐陌："我也是这样猜测的。"

半年时间，黑塔一直沉默地悬浮在全球各大城市的上空，没有做出任何特殊动作。它到底在干什么？如果真的要等到11月15日地球才可以上线，为什么它要提前半年出现？

它是在收集地球上的资料。

如此，它才能对人类社会进行准确的区域划分。

三人互相看着对方，良久，洛风城笑了："其实知道这个也没有任何意义。现在我们最高才攻略到第二层，那座塔一共有七层。当务之急是活下去，攻塔。这件事和我们没什么关系。对了，刚才说到哪儿了？"

知道那半年里黑塔一直在窥探人类世界，对人类非常了解后，唐陌心里总觉得不是滋味。他将这种被人监控的不悦感压在心底，道："傅少校的弟弟在A国6区，按照刚才的推测，A国内部的分区是按照城市实力排名的。那么A国6区……是H市，T市，还是哪儿？"

洛风城："前四区应该没太大疑义，但是往后，很多城市没有标准排名。"

傅闻夺道："N市是几区？"

唐陌和洛风城齐齐转头看他。

傅闻夺淡定道："我二婶的娘家在N市，他或许是去外婆家度假了，所以人在N市。"

洛风城："N市离S市很近，这几天有很多外地的人来S市找幸存的朋友、亲戚。我让阿塔克的人去找一下，看看有没有人是从N市过来的，或许能知道N市是几区。"

傅闻夺轻轻点头。

说完分区的事情后，唐陌将自己在这次攻塔游戏里碰到的情况说了出来。他首先肯定了陈姗姗之前的猜测："同一场攻塔游戏里，真的有攻略不同层数的玩家。"既然已经说出了这一点，唐陌也不再藏着掖着，"我攻略的是黑塔二层，和我同队的另外两个玩家攻略的都是黑塔一层。不同的层数，代表了不同的任务难度，我们三个人的主线任务也不同。"

洛风城似乎早就猜到唐陌攻略的是黑塔二层，没表现出一点惊讶，道："这点要注意。主线任务相同，也不可以完全信任陌生的队友。主线任务不同，就更不可以信任队友，要提高警戒……嗯，怎么用这种眼神看我？"

唐陌收回视线，声音平静："确实不可以相信队友，我这一次就遇上了一个很奇怪的队友。"顿了顿，唐陌说，"他的身手非常好，他的异能并不是很强大，但是身手太好，我差点被他暗算。傅闻夺，你知道他吗？他叫白若遥。身手那么好，他难道也是特种部队的人？"

傅闻夺早就通过火鸡蛋听过了白若遥的名字，并不认识这个人。唐陌这次说出白若遥的名字也不是为了向傅闻夺求证，而是想看看，洛风城认不认识这个人。

果不其然，傅闻夺还没回答，洛风城思索了片刻："白若遥？是个女人吗？"

这是个女人的名字。

唐陌摇头："是个男人。长得有点'娃娃脸'，很高、很年轻。"

洛风城看向傅闻夺："傅少校，你有听过军队里有这号人物吗？"

"没有。"

"我也没有。"

唐陌早已猜到这个答案。

三人又说了一会儿话，杰克斯和莉兹几人回来了。洛风城刚刚从唐陌那儿得到一些消息，召集阿塔克组织的成员开了一个短小的会议。唐陌和傅闻夺不是组织成员，唐陌将衣服穿好后，从医务室里拿了一瓶碘酒离开。

两人转了个弯，进入安全通道，走上楼梯。

"嗒嗒"的脚步声在宽敞寂静的楼梯间里回荡。唐陌听着周围的动静，确定附近没有人后，低声道："火鸡蛋的存档原理，我推测还有另外一种。可能在我们存档后，时间并没有前进，真正前进的是我们的意识。那颗火鸡蛋将未来一个小时内可能发生的事情模拟了一遍，将记忆灌输到我们的脑海里。但是这不能解释，如果我们不读档，为什么时间还在继续前进。"

傅闻夺："我记得，如果我们两个人在同一场游戏里，只要一个人使用火鸡蛋，另一个人的火鸡蛋就会失效，无法再使用。"

唐陌不大明白他为什么突然说这个，转过身看着这个男人："是。除此以外，只要一个人读档，另一个人也会强制性地被读档，回到存档点。"

声音停住，他明白了傅闻夺想说什么，笑道："我们两个人要是玩同一场游戏，确实很吃亏。"

不仅难度提升，火鸡蛋还只能使用一次。

然而从离开攻塔游戏后，唐陌就一直有个想法压在心里没说。他本来想找到洛风城，把自己在游戏里遇到的情报告诉对方后就去找傅闻夺。结果后来遇上一系列事，他始终没能说出口。

唐陌一边走楼梯往上，一边在心里整理语言。就在他准备好开口时，一道低沉的男声在他的身后响起："唐陌，你今天是不是……有点快？"

唐陌愣住，一下子没反应过来："什么快？"

走着走着，两人已经走到了一楼。唐陌正站在一楼楼梯间的拐角，一扇硕大的落地窗矗立在他的身旁。清晨灿烂的阳光透过窗户照射在他的身上，将他的头发染得金黄。他转头看着傅闻夺，不明白傅闻夺刚才是什么意思。

傅闻夺望着青年快要融化在金色阳光里的模样，解释道："你今天，好像做什么事都有点快。嗯……比如给我上药换纱布的时候，动作非常快，有点急促。还有你说话的语速，比往常快了0.5秒。最后就是……"

傅闻夺低头，看向两人之间隔着的三级台阶。

"我走路和正常人比起来不算慢，但你走得太快了。唐陌，你今天有点快？"

刚刚想起来自己曾经使用过某个异能、目前还处于异能副作用期间的唐陌："……"

你才快！你全家都快！！！

异能"一个很快的男人"，使用者的最高移动速度可以达到音速。一旦使用异能，在未来的24小时内将获得负面效果"一个很快的男人"，变得非常快，在某方面……也会变得很快。

唐陌感觉自己某个不可说的地方突然有点蛋疼，糟心急了。

偏偏这时候傅闻夺还添了把柴："发生什么事了，你这么急，做事这么快？"

"……"

唐陌现在没那方面的欲望，也无法印证自己是不是每个地方都变得很快。但就刚才傅闻夺说的那些事，他确实变快了。如此推理……未来的24小时，他那个地方也会很快。

唐陌不说话，傅闻夺若有所思地看着他。

这眼神让唐陌更郁闷了，再这么看下去，说不定以傅闻夺的智商还真能让他猜出点什么。唐陌直接道："你的错觉，可能是我刚离开攻塔游戏，在游戏里精神高度紧绷，随时提防未知的危险，这种习惯也带到了现实里，过几天就好了。"准确地说，是过24小时就好了。

眼见傅闻夺还想再说，唐陌立刻扯开话题："两周前，黑塔更新了2.0版本，允许多名玩家组队进入游戏。"

傅闻夺刚要说的话又咽回了嗓子里，闭上嘴，抬头看向唐陌。

傅闻夺："所以？"

唐陌定定地看着傅闻夺，傅闻夺也笑着看他。

两人一个站在阳光下，一个恰巧还站在楼梯间的阴影里。就如同两个人现在的身份，一个是正式玩家，一个是偷渡客。无论杀人的原因是什么，傅闻夺终究是偷渡客，而且还是一个被全A国玩家记恨的偷渡客。

就这样对视了许久，唐陌先开口道："昨天的那场攻塔游戏，就是遇上你弟弟的那场，我第一次发现好的队友很重要。所以……傅闻夺，下一次的攻塔游戏，组队吗？"

唐陌说得十分淡定，但这是他一直在想的问题。

从游戏刚上线，唐陌就想找一个合适的队友，至少一个。曾经，他的队友名单里有陈姗姗的名字。可惜陈姗姗还小，不够成熟，现在当了洛风城的学生，是阿塔克的成员。不出意外，短时间内她不可能和唐陌组队。

好的队友能够让游戏变得更简单，起到1加1大于2的效果。

陈姗姗是一个合格的团队大脑，逆天的异能能够让她在极短的时间内，为团队做出最正确的选择和判断。但和傅闻夺相比，她的存在就不那么重要了。

一个好的队友的评判标准包括智力、武力、人品等各个方面。但最重要的从来不是这些个人品质，而是团队成员间的默契。无论是匹诺曹的诚实卡牌游戏，还是铁鞋匠游戏，唐陌和傅闻夺的默契度两人都心知肚明。横亘在他们中间唯一的阻碍就是……

"唐陌，和我在一起，你不怕？"傅闻夺嘴角勾起，站在黑暗里，镇定地看着唐陌。

唐陌笑了一声，反问："和我在一起，你就不怕？"

作为全世界第一个通关黑塔一层、黑塔二层的玩家，还是偷渡客，被黑塔怪物惦记，时时刻刻想吃了提升实力，傅闻夺问："和我组队，你怕不怕？"

唐陌的回答是："作为全世界第一个通关困难模式的攻塔游戏、似乎也被黑塔记挂了很久的玩家，和我组队，你又怕不怕？"

他们两个人一旦组队，队伍实力当然会大幅度提升，但同时游戏难度也会提升。谁也不知道，到底是游戏难度提升得多，还是两个人的整体实力提升得更多。但经历了神经病白若遥的偷袭事件后，唐陌更在意的是拥有一个值得信任的好队友。

傅闻夺实力强悍、聪明智慧，还和唐陌默契度极高。他的偷渡客身份也是因为要执行国家任务，不得已才杀了人，唐陌暂时不怀疑他的人品。如果傅闻夺在，白若遥绝对不可能偷袭成功，甚至可能反过来被打得爹妈不认。

唐陌越想越觉得，傅闻夺很可能是自己遇到过的最适合当队友的人了。

傅闻夺："按照目前的情况来说，你和我组队，提升的游戏难度应该比你原来的还要大。"

这点唐陌并不否认。傅闻夺是偷渡客，还是全世界第一个通关黑塔一二层的玩家，黑塔对傅闻夺的实力判定应该在唐陌之上，增加的游戏难度也比唐陌要多。他却说："假设游戏难度真的太大，和你组队吃亏……"

唐陌微笑道："傅先生，我可以先走一步，让你殿后。"

傅闻夺微愣，但很快便明白了唐陌的意思。

唐陌承认了，他拥有一枚国王的金币。

要是他们两个人组队后的游戏实在太难，真的无法通关，唐陌会毫不犹豫地使用国王的金币，卖了傅闻夺这个队友。

唐陌说得坦诚，没隐藏自己的心思。傅闻夺看了他一会儿，抬脚走上楼梯。一共三级台阶，他很快就走了上去，站到唐陌的面前："你大概还不知道我的异能。"

唐陌一愣："什么？"

傅闻夺笑道："在你溜走前，面对实力强大的BOSS，放心，我肯定死在你后面。"

唐陌："……"

不就是假设一下卖队友的未来，怎么这都谈上生死战局了？唐陌表面上似乎很无语，摆摆手，转身走向商场。傅闻夺也没再多表示，跟上唐陌的步伐。但事实上唐陌已经在心底开始推敲傅闻夺刚才那句话的意思。

傅闻夺不知道唐陌的异能是什么，唐陌也不知道他的异能是什么。但傅闻夺十分有把握地告诉唐陌，一旦两人真的碰上恐怖的黑塔怪物，无论如何，他肯定会死在唐陌后面。这不是说他想卖了唐陌自己逃命，而是他相信，比起唐陌，他绝对能活更久。

他到底拥有什么异能，能这么自信？

唐陌思索不出头绪。这时两人已经走进一家服装店，唐陌的衣服上全是血，傅闻夺的衣领也被黑塔怪物撕烂。两人各自选了件衣服，走进换衣间里换上。

站在镜子前，唐陌一边整理袖口，一边淡淡道："三个月时间，下次攻塔，你打算什么时候去？"

傅闻夺："再准备一会儿，两个月左右。"

"好，那就两个月后。"

不需要说更多，两人似乎都默认了，下一次攻塔游戏会一起进行。这就是默契。

换好衣服后，唐陌和傅闻夺在商场一层分道扬镳。临走时，唐陌说："明天要找你的话，去哪儿？"

傅闻夺挑眉："你找我有事？"

唐陌面不改色："我的格斗技巧跟不上身体素质。"所以……稍微指点一下队友吧，傅少校。毕竟你的队友强大了，你的团队才会更加强大。后面的话唐陌没有说出口，但他知道，傅闻夺明白他的意思。

温暖的阳光下，傅闻夺定定地看着唐陌，唐陌淡定地任凭他看。

半晌后，傅闻夺道："明天下午，还是在刚才那家服装店里见。"

休息一天后，唐陌后背上和身上的伤好得差不多了，除了几道太深的伤口还没有愈合，其他一些轻微的擦伤都消失不见。下午来到服装店，唐陌等了一会儿，便等到了傅闻夺。

傅闻夺上下扫视着唐陌，目光在他的鞋子上微微停留了片刻。

他抬头道："特意换了一身轻便的衣服？"

"是。"

唐陌一大早起来便到商场的运动品牌店里找了一套贴身的运动服，换上店里的运动鞋。他是真心想学习更强的格斗技巧，提升自己的实力，否则下次再遇到白若遥那样的玩家，如果没有存档器，可能真会被对方偷袭成功（事实上白若遥也偷袭成功了）。

唐陌问道："我们去哪儿？两公里外有所小学，那里有个标准田径场。"

傅闻夺："我来这家商场的时候曾经路过那里，可以。"

两人没再废话，一起离开商场，前往那所小学。

小学不像商场拥有那么多的资源，并没有多少玩家会选择在一所学校里栖身。即便如此，进入学校后，唐陌和傅闻夺也仔细检查了这所学校的每栋楼，确定没有人藏在这里，才进入田径场。

没有人打扫、清理，田径场中央的土地上长满了杂草。傅闻夺走到草堆的中央，这凶猛生长的野草几乎齐到他的膝盖。唐陌淡定地跟着他走进杂草丛，忽然，傅闻夺说道："以前在部队的时候，每隔半年都会从全国招纳新兵进行培训。"

唐陌道："由你负责培训？"他记得洛风城说过，傅闻夺是A国最年轻的少校，也是某王牌特种部队的队长。

"我不负责培训新人。"傅闻夺停住脚步，转头看向唐陌。他笑了一下，很快又继续向前走。但他刚才的眼神有点奇怪，带着一股审视的味道，似乎想起了什么有趣的事。

唐陌淡淡道："为什么？"

"因为我来训练，他们会被我玩儿死。"

唐陌脚步一顿，没有回答这句话，继续跟着对方往前走。

这人还挺有意思……

走到草丛的中心后，傅闻夺与唐陌一起停住。唐陌等待对方的下一个举动，傅闻夺低声道："不用异能，不用武器，试着来攻击我。"

唐陌："先试试我的底子？"

傅闻夺："就当作正在进行黑塔游戏，现在我是你的敌人，你需要立即……"

后面的"杀死我"还没说出口，唐陌脚下一蹬，身如闪电，"嗖"的一声便蹿到了傅闻夺的面前。他右手握拳，凶狠的拳头破开猎猎疾风，砸向傅闻夺的脸庞。傅闻夺侧首往旁边一让，谁料唐陌又是一脚横踢，攻向他的右腿膝盖。

野草被唐陌凌厉的腿风劈得向下弯折，傅闻夺右手按下，将唐陌的腿击开。两人很快缠斗在一起。

几乎都是唐陌攻击，傅闻夺躲避。

之前傅闻夺说，让唐陌不使用异能和他进行一场搏斗。事实上唐陌的异能本身就不算攻击型的，除了"一个很快的男人"异能可以让他在近身搏斗的时候增加胜算，其他无论是喷火异能还是狂风异能，都算不上搏斗型。他真正依靠的是自己强大的身体素质。

恐怖的反应能力、极致的动态视力，再加上逆天的速度和力量，哪怕唐陌遇到的是地球上线前的世界拳击冠军，也不会落于下风。因为对方的任何拳头砸在他身上都不痛不痒，而他只要碰到对方一下，对方就输了。

天下武功，唯快不破，偏偏他还拥有力量，可以一力降十会。

唐陌的每一次出击都狠辣决绝，完全是往死里打，不断地攻击傅闻夺的死穴，比如眼睛、太阳穴。但傅闻夺每一次都能灵巧避让，同时出手挡住唐陌的下一击。两人在田径场中央打了数十个来回，杂草被削断，黄尘盖天。唐陌目光一凛，没有再攻击傅闻夺，而是一脚扫向地面，将地上的尘土震得飞扬起来。

傅闻夺的眼中第一次露出诧异，突如其来的黄沙令他不由得闭上眼睛，躲避一秒。正是这一秒间，唐陌右手握拳，中指隆起，一拳砸向傅闻夺左眼旁的太阳穴。然而就在他即将碰上去的那一刻，一只手掌挡住了他的攻击，握住了他的手。

唐陌错愕地想收手，傅闻夺却顺着他的右手，攀上前，一把锁住他的脉搏，同时一个迅速的横踢，将唐陌整个人按倒在地。傅闻夺左手扣住他的手腕，右手一把擒住唐陌的脖子，将他死死压在地上。

傅闻夺睁开眼："刚才我闭眼前，露出的最大破绽就是左侧太阳穴。你不该打那里，因为你知道那是我最大的破绽，我也知道，会去防备。"

唐陌辛辛苦苦打了十分钟，没讨着一点好。傅闻夺一身轻松，他自个儿反倒累得喘气，现在还被对方扣住了喉咙。

傅闻夺松开他。

两人休息了一会儿，傅闻夺道："再来。"

唐陌二话不说，再攻了上去。

从下午一直打到傍晚，唐陌第一次感受到了什么叫绝望。

傅闻夺这个人是真的没有撒谎，他不训练新兵是有原因的。现在的唐陌都被他打得半死，要不是他留了一手，唐陌感觉自己真能被这个人玩儿死。这个人有强大的身体素质、可怕的技巧，简直无懈可击。除非硬实力比他高出一截，否则杀傅闻夺，真是难如登天。

毕竟是真正的贴身肉搏，傅闻夺再怎么留手，也在唐陌身上留了不少瘀伤。唐陌擦了擦嘴角渗出的血，再次爬了起来。两人对视，下一刻，齐齐攻击上去。

　　战斗是最好的学习。

　　经过一个下午的搏斗，唐陌不断地从失败中汲取教训，同时他的肌肉也产生了一定的条件反射，身体先于意识，记住了很多动作。傅闻夺露出一个破绽，唐陌趁势攻上去，傅闻夺轻松挡住这一击，谁料唐陌只是个假动作，他一脚劈向傅闻夺的身侧。

　　傅闻夺目光一怔，很快双掌并用，将这一腿隔开。这时他已经落入了唐陌的节奏，唐陌学着他刚才对自己用过的一套招式，先拳后腿，再来一整套的连招。傅闻夺接连倒退，唐陌又是一拳迎面砸来，傅闻夺被迫弯腰躲过。

　　唐陌早有准备，抬起右脚，又踹了上去。但就在这一刻，他感觉到一个冰冷的东西突然扣住了自己的脚踝，扯着他的脚，向前一拉。唐陌猝不及防，被拉倒在地上，还没反应过来，傅闻夺一只手比作小刀，扼在他的脖子上，另一只手握着他的脚踝，将他的右腿折叠按在胸膛上，整个人坐了上去，压制住唐陌的动作。

　　对方又是从他的下盘进行击破。

　　唐陌拧紧眉头。傅闻夺道："特意穿运动鞋，是为了动作更方便点？"

　　唐陌没明白他为什么突然问这个，点头道："嗯。更适合运动。难道不对？"

　　"运动鞋确实更适合运动，它本身也叫这个。"傅闻夺道，"不过和人搏斗时，穿这个已经死了一半。"说着，傅闻夺的左手按了按唐陌的脚踝，冰冷的温度刺得唐陌皱起眉头。傅闻夺道："脚踝是人身体比较脆弱的一个部位，刚才我如果是用刀划破这里，你现在还站得起来吗？"

　　唐陌惊愕地看着他。

　　傅闻夺松开手，从唐陌的身上站起来："一般我们都会穿作战靴，保护脚踝，同时防止其他东西进入鞋子。无论如何，不可能穿运动鞋。"顿了顿，他转头看向唐陌，"天黑了，明天还来吗？"

　　唐陌沉默片刻，从地上爬起来，拍了拍自己身上的碎草和泥土："来。"

　　"好，还是下午，那家服装店见。"

　　就着漆黑的夜色，两人回到商场，在门口分开。

　　唐陌看着傅闻夺消失在黑夜中的背影，慢慢地眯起眸子。等到他确认这个人走远了，才扭了扭酸痛的手腕，拳头打在这个人身上，这个人不痛不痒，他自己的手反倒被震麻了。

说是教导唐陌搏斗技巧，唐陌怎么想怎么觉得，自己这个下午就是送过去被傅闻夺打了一顿。两人要是用异能和道具，打起来还不一定谁胜谁负（唐陌对"一个很快的男人"异能非常有信心）。但不能用异能，两人的差距就太大了。

只凭格斗技巧，唐陌打不过白若遥，白若遥也不可能打得过傅闻夺。

如此一来，唐陌简直是被傅闻夺按在地上摩擦。然而这并没有让他泄气，回到车上后，他琢磨了许久，将自己今天从傅闻夺身上学到的一些技巧、自己被傅闻夺击溃的一些招式都回忆了一遍，彻夜未眠。第二天下午，他走进服装店。

傅闻夺已经在店里等了一会儿。他低头一看，发现唐陌换了双很厚的靴子。傅闻夺勾起唇角，道："还是田径场？"

唐陌："嗯。"

"走吧。"

一连半个月，唐陌感受到了专业和业余之间天上地下般的差距。最可怕的是，他连业余都算不上，从小到大就没打过几次架。傅闻夺却是专业中的专业，论打架，唐陌被他打得亲妈不认。虽然两人没真动手，但唐陌渐渐开始怀疑自己的身体素质到底有没有得到提升。

不过想来也是，他的身体力量得到提升，傅闻夺也同样。换言之，他们两个人搏斗，谁都没有得到好处，等于地球上线前一个疏于锻炼的普通图书馆管理员突然要和王牌特种部队的队长决斗。能和傅闻夺过上一两招，已经是唐陌的力量和速度太强，超过技巧的限制。

第十五天的下午，两人已经打了数十个来回。唐陌再次一脚将地上的尘土击飞，傅闻夺闭上眼，唐陌一拳砸向他的太阳穴。傅闻夺勾起唇角，淡定地挡下这一击。他的手刚刚碰到唐陌的拳头，唇边的笑容一顿，再次伸手，挡住唐陌从另一侧劈来的腿锋。

与此同时，唐陌弯腰，一手撑在地上，另一只手划向傅闻夺的脚筋。

傅闻夺穿的是一双黑色作战靴，唐陌便没有去划他的脚踝，而是反手来到他的膝盖后，按住了他的脚筋，将他的腿抬了起来。

两人一起倒地，出于姿势原因，唐陌的膝盖正好砸在傅闻夺的手臂上，傅闻夺闷哼一声。

唐陌借机压住傅闻夺的胸口，阻止他站起来，另一只手扼向他的脖子。

没有成功，傅闻夺伸手拦住。

两人看着对方。

昏黄的夕阳下，傅闻夺倒在草堆里，唐陌一只手拉着他的膝盖，另一只手被他握住。

对视几秒后，唐陌难得笑道："傅少校，按照你的说法，你的脚筋……刚才是被我挑断了？"

傅闻夺定定地看着唐陌，许久后，松开握住唐陌拳头的手，认命道："嗯，断了，我只剩下一只脚，所以站不起来了。"

唐陌松开双手，躺到一旁休息。

这一次看上去是唐陌赢了，但唐陌知道，如果傅闻夺真想赢，他早就可以赢了。

他们之间的每一次搏斗，为的从来不是谁胜谁负，而是让唐陌从中学到一些真正的格斗技巧。经过半个月的训练，唐陌已经不再对格斗毫不了解。换作现在，或许他还是打不过白若遥，会被对方偷袭成功，但白若遥不可能再那么轻松地得手，唐陌至少能扒下对方一层皮。

虽说知道这次赢了傅闻夺根本算不上赢，唐陌还是心情不错。任谁被揍了半个月，现在成功反击一次，都会心情很爽。唐陌也不例外。

天色已黑，按照常理，两人现在该结束今天的训练，回去了。

唐陌正躺在地上休息，平复呼吸后就准备离开。这时，一道低沉的声音在他耳边响起："再来一次？"

"……"唐陌很快道，"明天再说。"

傅闻夺："……"

好不容易赢了一场，你还想再打回去？没那回事，明天再说。

将衣服上的杂草、尘土拍干净，两人一起回到商场。唐陌走进地下停车场，还没找到自己栖身的那辆车，便见唐巧站在楼梯间的拐角，似乎正在等他。

唐巧："洛博士找你有事。"顿了顿，她看向唐陌的身后，"那位傅先生没和你一起吗？"

唐陌问："洛风城找他也有事？"

唐巧点点头："洛博士让我尽量通知你们两个人。他不在，只能算了。"

"明天我会和他见面。"

唐巧："好，那你先去找洛博士吧。"她转身离开。

自从聂风、叶元泽死了，唐巧变得越来越沉默寡言。唐陌和她也算认识，但是说完洛风城交代的话她就走了，连一个字都没和唐陌多说。

唐陌看了她一眼，走进地下停车场的三楼。

洛风城已经在办公室里等了好一会儿。见到唐陌，他问："傅少校没和你一起？我以为你们这几天都在一起。"

唐陌警惕道："你怎么知道？"他们特意找了一个没人的田径场。

洛风城笑道："你们离开商场以后的事我不知道，但你们每天都会在商场碰面。想知道这个很容易。是一起去攻略副本了？这个可能性不大。你们两个人一起攻略同一个副本，游戏难度会飙升，得不偿失。"

这一次洛风城倒是猜错了。比起提升的游戏难度，唐陌更相信他和傅闻夺合作之后，团队实力会提升得更多，但这没必要对洛风城说。

唐陌淡淡道："你想太多了，我只是请傅少校教我一些格斗技巧。"

洛风城一愣，很快说道："是我想多了。"撇开这个话题，洛风城说起正事，"其实这次的事是和傅少校有关。虽然他不在，但你也可以通知他。"

唐陌："什么事？"

"昨天杰克斯遇到一个从N市来的玩家，经过确认，N市是A国6区。"

唐陌从没想过会是这件事。这半个月他除了和傅闻夺进行格斗训练，其他时间都在自己攻略一些简单的S级副本。他思索半晌，道："好，我明天会告诉傅闻夺的。"

洛风城："毕竟是幸存下来的弟弟，傅少校恐怕会去N市寻人。不过唐陌，你可以顺便再告诉傅少校，去N市之前可以考虑一下黑塔即将出来的一个集结副本。那是一个很有意思的副本，或许傅少校会有兴趣。"

唐陌疑惑道："什么副本？"什么副本能让洛风城确定地认为傅闻夺会有兴趣？

洛风城笑道："看来你没听到今天早上黑塔的通知，是一个非常有趣的副本。"

第二天下午，当傅闻夺来到服装店时，看到的便是等待许久的唐陌。

傅闻夺敏锐地察觉到了一丝不对，道："有事？"

唐陌开门见山："洛风城昨天找到我，告诉我A国6区已经确认是N市。你堂弟应该就在N市。"

傅闻夺面不改色："好。"

唐陌："你打算离开S市，去N市？"

傅闻夺看着唐陌："本来打算一个月后攻完第三层黑塔，再离开S市。现在看来，可能得提前离开。"傅闻声很可能是傅闻夺活在世上唯一的亲人，哪怕他对自己的堂弟不熟悉，很久没见过面，但那都是他的弟弟。换作唐陌，也不可能任由自己11岁的堂弟一个人在危险的游戏世界里生存。

不过傅闻夺说这话的意思还有另一个：他要离开S市，恐怕无法和唐陌组队攻塔了。

唐陌笑道："你打算回首都吗？"

突然被问及这个，傅闻夺沉思半晌，点点头："先去N市。如果找不到他，再转道回首都。"比起不熟悉的S市，他更愿意留在首都。就像曾经的唐陌，如果不是三番两次出意外，他早就回了E市，回到自己的家乡。

唐陌："我也去首都。"

傅闻夺一愣。

唐陌这话说的时机比较巧，傅闻夺刚说自己要回首都，他就说自己也要去。正常人听了都会以为唐陌是要跟着傅闻夺，傅闻夺去哪儿他就去哪儿。但傅闻夺知道，唐陌这样的人不可能因为一个口头上的组队约定，就一定要跟着他前往遥远的首都。他们俩的关系还没好到那种地步。如果唐陌真是为了他去首都，那么肯定有更大的企图。

傅闻夺眯起眼睛，语气平静："为什么？"

唐陌道："我有一个玩得很好的大学同学，他在首都。这个我和你说过。"

在两人第一次现实见面时，唐陌便对傅闻夺说了这件事。然而傅闻夺道："只是为了这个？"为了一个朋友，要去千里外另一座陌生的城市？

唐陌："傅少校，你去找你堂弟，是为了什么？你已经一年多没见过他了。"

傅闻夺："他是我弟弟。"

唐陌笑了："他可能是你活在世上的最后一个亲人。同样，我的大学同学很可能也是我在这个世界上最后一个好朋友。"不是朋友，是好朋友。在唐陌的心中，他和浩子、老王的感情不比亲人差。他父母去世得早，那段时间是这两个好友陪他熬过去的。之前唐陌是觉得自己实力不够，担心一路上有什么危险无法应对，现在他有实力去首都了，为什么不去？

傅闻夺深深地看着唐陌，道："一起走吗？"

"一起吧。"

"好。"

一起上路不是一起参与游戏，不会增加危险，只会让两个人都更安全。

这时，唐陌想起另一件事："对了，傅闻夺，明天早上有一个集结副本，你想参与吗？"

傅闻夺挑眉："新的集结副本？"

果然，这个人之所以每天要下午才开始格斗训练，就是因为每天上午也会去攻略游戏，并没有听到黑塔通知。

唐陌道："洛风城和我说的，黑塔昨天早上刚发布的新副本，很有意思。时间是2月1日上午8点31分，地点是S市黄浦区东新大桥，游戏奖励未知，游戏BOSS'怪奇马戏团团长'。"

傅闻夺抓住关键词："怪奇马戏团？"他以为唐陌说的"有意思"指的是他们两个人都接触过这个马戏团，至少都有印象。

然而唐陌猜出了他的猜测，否认道："不仅是因为怪奇马戏团，还因为进入这个集结副本的玩家有个前提条件。"

傅闻夺意识到这个条件才是真正的重点："什么条件？"

一天前。

清脆的童声响遍S市，向全S市玩家发布了新版本上线后的第二个集结副本——

叮咚！集结副本限时开启。

游戏地点：地底人王国的怪奇马戏团。

游戏奖励：未知。

游戏BOSS：怪奇马戏团的团长。

2月1日上午8点31分，请玩家前往黄浦区东新大桥，参与游戏！

注意！只有成功通关黑塔一层的玩家，才可以进入游戏。

注意！只有成功通关黑塔一层……

2月1日上午8点31分，东新大桥旁。

两个黑色影子迅速地穿过楼房，藏身在大桥下一个不起眼的桥墩后。唐陌抬起手腕，看了眼表："还有一分钟。"

傅闻夺道："小心，不要出声。"

唐陌点头。

两人的视线死死地锁住那座雄伟的大桥，时刻提防新出现的敌人。然而在黑塔提示游戏开始的前一秒，他们也没在桥上看到任何一个人。

眼前闪过一阵耀眼的白光，唐陌冷静地思考着，难道S市通关黑塔一层的玩家并不多，所以那仅有的几个玩家都没有选择来攻略这个集结副本？但是很快，欢快的童声打断了他的猜测，语气愉悦，带着一丝幸灾乐祸的味道。

叮咚！玩家傅闻夺、唐陌成功进入集结副本"怪奇马戏团的惊喜之夜"。截至2月1日8点31分，共有23位玩家成功进入副本，黑塔一层玩家21名，黑塔二层玩家2名，触发"全民公敌"效果。玩家傅闻夺、唐陌代号A先生、B先生，开启全民公敌模式。

唐陌双目睁大，还没等他反应过来，一道更加响亮的声音在进入游戏的23个玩家的耳边响起。

叮咚！集结副本"怪奇马戏团的惊喜之夜"前情提示：两个月前，马戏团团长抓到了三只怪物，为它们开了一场神奇的怪物展览。不知道是谁竟然放走了其中一只怪物，怪物展览被观众唾骂，团长差点破产。可怜的团长愤怒极了，亲自动手，将那只逃走的大怪物抓了回来，要在七天后的那场"惊喜之夜"，于千万观众眼前，将那只怪物剥皮拆骨，碎尸万段。这一次，团长一定不会再弄丢它，因为他雇用了全地底人王国最优秀的两位侦探，为它全程护航。

发布主线任务：请所有玩家从助纣为虐的A先生、B先生手中，带走可怜的小怪物。

额外奖励：杀死万恶的A先生或B先生，可获得一枚国王的金币，杀死两人，可获得两枚金币。

友情提示：一枚国王的金币可弃权任意一场黑塔游戏。

唐陌头皮一麻。

全民公敌效果。21个通关黑塔一层的玩家。

杀死他们，可获得一枚国王的金币……

唐陌缓慢地转过头，看向自己身边的傅闻夺。他平复心情，盯着傅闻夺头顶上悬浮着的一个字母，听到了自己咬牙切齿的声音，几乎是一个字一个字地从牙缝里蹦出来："A先生？"

傅闻夺看了眼唐陌的头顶："B先生……"

黑塔提示音在两人的耳边响起——

叮咚！发布主线任务：A先生、B先生，七天内，保护马戏团团长新抓来的小怪物不被坏人偷走。

黑塔提示解说完毕，唐陌和傅闻夺已经离开东新大桥。两人用最快的速度明白了自己的处境，并没有慌张，开始观察自己现在身处的环境。

唐陌和傅闻夺来到一条狭窄幽暗的巷子里，兵分两路，查看巷子两侧。这巷子窄得只能容许一个人自由进出。唐陌检查了巷子的一头，返回来道："那边是条小河，没有看到人。"

傅闻夺也检查完了另一边："我那边是条街道。"

唐陌眼睛一亮。

"人很少，只有三四个人路过，看穿着打扮不像玩家，更像地底人。"傅闻夺顿了顿，抬起头，看向唐陌头顶那个闪烁着荧荧光辉的英文字母，"这个字母看样子是无法去除了。"他一边说，一边伸出手摸了摸唐陌头顶的"B"字母，可惜他的手完全穿透了这个字母，无法触碰。

唐陌："你刚才听到了吧，傅闻夺。"

"21个通关黑塔一层的玩家，以及你和我？"傅闻夺道，"听到了。"

唐陌定定地看着他："那21个玩家都是黑塔一层的水平。上个月黑塔强制性地开启了平安夜副本，许多玩家被迫进入了攻塔游戏。据我推测，平安夜至今，一个半月的时间里，全世界有上千个玩家陆续通关黑塔一层。陈姗姗就是如此……陈姗姗是阿塔克组织的一员。所以S市有21个通关黑塔一层的玩家进入了这个集结副本，不足为奇。"

傅闻夺："这个阶段的玩家，水平参差不齐。"

唐陌点头："是。之前我在攻略黑塔二层的时候遇到的两个玩家，你的弟弟和那个白若遥。说实话，你弟弟很聪明，但实力算不上特别出挑，放在黑塔一层的玩家里，应该属于中等水平。但那个叫白若遥的家伙不一样。我觉得他虽然是黑塔一层玩家，却有通关黑塔二层的水平，只是没有攻塔而已。"

不攻塔的原因有很多，事实上大多数玩家都不想攻塔。哪怕是唐陌，也秉持着能不攻塔就不攻塔的原则，每一次攻塔都是被黑塔强制进入的。

唐陌因为马里奥的大富翁游戏被黑塔注意到，从而不得已攻略黑塔一层；之后又因为铁鞋匠游戏再次被黑塔注意，被强制攻略黑塔二层。白若遥实力强悍，但一直没攻塔也不是不可能，只要他一直不参与游戏、不被黑塔注意到，就不会被强制性要求攻塔。

唐陌并不害怕正常通关的黑塔一层玩家，他担心的是白若遥那种实力远超一层水平却只是一层身份的玩家。

"21个玩家，如果都是一层平均水平，我们获胜的概率就已经很低了。假设里面再出现一两个白若遥那种水平的……"唐陌的神色渐渐凝重起来。

傅闻夺勾起唇角："国王的金币只有两枚。"

唐陌微愣，抬起头看向傅闻夺。

傅闻夺指了指自己，再指指唐陌："21个玩家，两枚国王的金币。僧多肉少……"刚说完这个词，似乎是觉得把自己比作肉好像哪里怪怪的，傅闻夺停顿片刻，继续说，"唐陌，对于那21个玩家来说，他们并不是同伴。"

一共只有两枚国王的金币，却有21个玩家。在匹诺曹游戏里，唐陌他们八个人为了争夺一枚国王的金币，当场死了一人，还有三人被送去攻塔游戏。如今，获得国王的金币似乎更简单了，只要杀了他们就能得到金币。但那些玩家能团结一致吗？

只有两枚金币。

唐陌明白了他的意思，没有回答，突然笑了一声："我们是同伴吗？"

傅闻夺淡定地看着唐陌。

唐陌："杀死A先生，可获得国王的金币一枚。傅少校，杀死你……我可以获得一枚国王的金币？"

傅闻夺表情平静，反问道："杀死B先生，我也可以获得一枚国王的金币？"

漆黑昏暗的小巷子里，两人互相看着对方。

良久，唐陌道："2V21，干不干？"

傅闻夺勾起唇角："干！"

事不宜迟，既然已经决定接受这场极其不公平的游戏，唐陌和傅闻夺便离开这条巷子。他们先尝试了各种办法，看看能不能隐藏头顶两个闪烁的英文字符。遗憾的是，无论是用手遮蔽，还是用衣服挡住，这两个字符的光芒都无法遮掩。

既然如此，两人也不强求，仔细观察了巷子外的环境后，大大方方地离开了这条小巷。

街上的人不多，他们并没有看唐陌和傅闻夺，似乎没注意到两人头顶上的发光字母。唐陌特意走到一个身高两米的大汉前，将自己头顶的"B"字母露在对方眼睛前方。大汉瞥了唐陌一眼，抱着一罐香甜的蜂蜜，从旁边绕道离开。

唐陌："他们看不见我们头顶的字母？"

傅闻夺观察了一会儿："似乎看不到。但是这并不代表玩家看不到。"

唐陌点点头："先去怪奇马戏团吧。我们的任务是，七天内保证怪物不被玩家偷走。首先我们要找到那只怪物。"唐陌从背包里拿出一张薄薄的广告宣传页，傅闻夺好奇地看过来，唐陌道，"这是我之前用道具得到的怪奇马戏团的广告纸，上面有前往怪奇马戏团的地图。"

唐陌指着广告纸右下角一幅粗糙的手画地图，两人很快认出了路，对照着地图前往马戏团。

这张广告纸是唐陌在进行"怪物山谷愉快的打地鼠游戏"时，用马里奥的帽子撞出来的。那顶臭帽子给唐陌撞出了很多稀奇古怪的垃圾，除了一些没用的图钉、被人吃了一半的臭馅饼，其他看上去有点作用的道具唐陌都留了下来，以便以后用。

傅闻夺若有所思地看了看这张地图，又看了看唐陌的头顶。他仿佛猜到了什么，但是为了防止自己这位还不算熟悉的队友真的怒极与自己翻脸，转身投靠那21个玩家，他只是勾勾嘴角，没把自己的猜测说出来。

靠着这张地图，唐陌和傅闻夺成功找到了怪奇马戏团。

他们站在这顶马戏团帐篷前，帐篷宏伟高大得超出唐陌的想象，令他惊讶地睁大眼。这是一顶快要遮蔽天日的巨型帐篷，和每个马戏团喜欢使用的帐篷一样，五颜六色的彩带被绑在帐篷的四周，微风吹过，彩带飘舞，是小孩子最喜欢的鲜艳颜色。

然而这顶帐篷实在太大了。它甚至不再像一顶帐篷，而像一栋楼，一栋巨大的楼。与它相比，任何人都成了渺小的昆虫。

唐陌和傅闻夺站在马戏团的门口，互相看了眼对方。不用说话，两人都明白对方的意思——找个机会，偷偷潜入。

然而两人还没有动身，一道尖锐的声音从他们的身后传来："哎呀，你们终于来了！"

唐陌的手迅速地按在小阳伞的伞柄上，傅闻夺不动声色地转过身，看向那个一蹦一跳跑过来的侏儒。这侏儒一路小跑来到唐陌、傅闻夺的面前，戴着一顶绿帽子，身高不足一米，刚到唐陌的大腿。看到唐陌和傅闻夺，他张大嘴巴打算说话，可话还没说出口："啊……啊嚏！"

一个巨大的绿色鼻涕泡出现在侏儒的鼻子上，他用力地吸了一口，将恶心的鼻涕吸了回去。侏儒擦了擦鼻子，双手叉腰，不满地说："A先生、B先生，我们也是花了钱的，你们磨磨蹭蹭，到今天才到，是什么意思？"说着，他睁着那双铜铃般的大眼，恶狠狠地瞪了唐陌和傅闻夺二人一眼。

因为他长得过于搞笑，刚才吸鼻涕的模样又太恶心，唐陌没觉得他这一眼有什么杀伤力。

唐陌沉思片刻："你知道我们是谁？"

侏儒在地上狠狠地蹦了一下："地底人王国还有我喷嚏精不知道的东西？你不就是A先生，"他指着傅闻夺，"你不就是B先生？"喷嚏精又指向唐陌，得意道，"那么大的字，你们当我喷嚏精是瞎的吗？我只是爱打喷嚏，又不是不认识字。你们头顶上都写得清清楚楚的，好吗？"

傅闻夺目光一凛，故作镇静："哦？你看得到我们头顶上的字？"

喷嚏精："那当然。"

"但是街上的其他人，好像看不到。"

喷嚏精突然就怒了："那些愚蠢的人能和我们怪奇马戏团的员工相提并论吗？我们都是吃公粮、有正当职业的！整个地底人王国就我们马戏团的员工才能看到你们头顶上的字，这是谁都能拥有的特权吗？"

傅闻夺："只有你们？"

"当然只有……"声音戛然而止，喷嚏精悻悻道，"好嘛，还有那些要来偷怪物的大坏蛋，他们也能看到你们头顶上的字。"

这句话落下，唐陌和傅闻夺眯起眼睛，脑子各自快速地转了起来。

唐陌不再废话，先道："那只怪物在哪儿？你带我们去找它。"他们要赶在那些玩家前面找到怪物。

喷嚏精："啊，它不在这儿啊。"

唐陌："什么？"

"团长昨天才抓住它，还没把它从怪物世界成功偷渡过来呢。就是今天，它就要被秘密送回咱们马戏团了。说起这个，A先生、B先生，你们还不赶紧去码头接那只怪物？要是让坏人偷走了怪物……"喷嚏精惊恐地睁大眼，仿佛想起了什么恐怖的事，"完了完了，团长会杀人的，团长会把我们全杀了的！"

喷嚏精惊慌地乱跑起来，绕着唐陌和傅闻夺跑了三个来回。手足无措地跑完三圈，喷嚏精一抬头，发现唐陌和傅闻夺还待在原地，惊讶道："你们还不去码头接怪物？！"

唐陌和傅闻夺根本不知道码头在哪儿。他们站在原地，静静地看着喷嚏精，掩藏自己的情绪。

喷嚏精看到他们这副模样，脸色变了变，又叫嚷了几句，要求唐陌二人赶紧去接怪物。可两人就是不动弹，喷嚏精终于忍不住了，红了脸，郁闷地从口袋里掏出五枚铜币："气死我啦，不就是要钱嘛！喏，这是团长让我给你们的订金，你们快去接那只怪物，别让坏人抢走它！"

唐陌接过铜币。两人还是站在原地没动。

喷嚏精："……"

一分钟后，喷嚏精哭道："好吧好吧，十枚铜币都给你们。这真的是团长给我的所有订金了。你们快去，那只怪物不能被坏人抢走啊！"

喷嚏精直接动手，将唐陌和傅闻夺推到了路口。没等唐陌开口，喷嚏精便逃也似的跑回了马戏团，掀开帐篷进去。他吓得捂着心口，从口袋里掏出一块银币，奸诈地一笑："嘿嘿嘿，还是我喷嚏精聪明，偷偷藏了大头。"

"唰——"

帐篷的门被拉开，喷嚏精吓得睁大眼，转身看过去。

唐陌听到这句话时也有一丝惊讶，掀开帐篷，看着侏儒，傅闻夺站在他的身后。喷嚏精呆若木鸡地望着唐陌，手里还捧着一枚小小的银币。

唐陌低眸看了眼这枚银币，道："其实我是想来问你……去码头怎么走？"

喷嚏精："……"

一分钟后，唐陌拿着喷嚏精给的一枚银币、十枚铜币，走向码头。

傅闻夺："国王的金币可以弃权游戏，银币和铜币会不会也有什么特殊作用？"

唐陌摇头："我拿着这些钱币，黑塔并没有给我任何提示。至少目前看来，我们并不知道它们有什么特殊作用，或许只是普通的钱币。之前圣诞老人说过连他也只拥有八枚国王的金币，特殊的钱币肯定不会这么容易得到，我更倾向于这些钱币真的只是钱币。"

傅闻夺微微颔首。

唐陌又道："之前我也从狼外婆那儿得到过铜币，但黑塔当时提示我可以用铜币换取其他道具。在黑塔的眼里，铜币并没有其他道具重要。"

傅闻夺抓住重点："你和狼外婆很熟？"唐陌没问，他也一直没告诉唐陌自己在铁鞋匠游戏里遇到了什么。

唐陌想了想："也还算有点熟……"他好像勉强算是狼外婆的外孙？

两人没在这个话题上纠缠下去。

走到一半，唐陌停住脚步，看向路边的一家裁缝店。

唐陌："黑塔在游戏上还是会遵守一定的公平性原则。对手是21个玩家，我们只有两个人。游戏开始前，黑塔并没有向其他21个玩家公开我们的名字，而是告诉他们，我们的代号是A先生、B先生。"

傅闻夺补充道："同时，他们也并不知道我们到底是玩家还是地底人。"

两人互视一眼，一起转身，走进这家裁缝店。

十分钟后，一个高挑俊秀的吟游诗人和一个身穿盔甲的骑士走出裁缝店。灰色的面罩挡住唐陌下半张脸，只露出一双冷静的眼睛。他头戴一顶灰扑扑的尖帽子，白色的羽毛插在帽檐里，高筒皮靴裹住他的双腿，腰间系了一根短笛，乍一看像极了童话故事里的吟游诗人。

他转头看向傅闻夺。

傅闻夺做得更绝，穿了一身威武的铠甲，银光猎猎，高大英俊。这身骑士装帅气十足，长剑系腰，尤其是穿在傅闻夺身上，确实使他很有中世纪骑士的风采。可偏偏他戴了一顶银色头盔，整张脸被彻底挡住了，看上去稀奇古怪，仿佛一个古怪骑士，显得不伦不类，有点搞笑。

唐陌本以为自己用面罩挡脸已经很到位，哪怕被那些玩家看到，也认不出他是谁，没想到傅闻夺还有这招儿。

他看着这个戴着头盔、浑身铁甲的古怪骑士，忽然觉得有点好笑。他道："他们不知道我们是玩家，这样可以让他们误以为我们是地底人，减少防备心，也免得碰到认识的玩家。不过既然要伪装成地底人，也不再方便叫我们的名字了。"唐陌思索片刻，道，"你叫唐吉，怎么样？"

傅闻夺的脸被藏在头盔里，唐陌看不出他的表情，只听到一道低沉的男声从头盔里响起："换名字，我跟你姓唐？"

唐陌知道他误会了："不是姓唐，是唐·吉诃德的唐吉。你这样……和他还挺像的。"挺像那个疯疯癫癫的古怪骑士。

傅闻夺沉思半晌："你叫维克多。"

唐陌突然愣住。他看着傅闻夺，双目微眯，听到自己的心渐渐跳得很快，一个被他埋在心底、已经很久没想起来的人，忽然又回到了记忆里。

唐陌心里涌起一股说不清、道不明的情绪，许久后，问道："我为什么叫这个？"

傅闻夺的表情被挡在头盔里，但唐陌感觉得到，这个人的目光凝视在自己身上。傅闻夺回答得很快，他淡淡道："结束了又一个圣诞节，红色浸透星条。《戒严颂》，给维克多·沃罗斯基尔斯基。你是吟游诗人，很适合这个名字。"

唐陌慢慢回过神，笑道："好，那我就叫维克多。走吧，唐吉，去找那只怪物。"

唐陌花了两枚铜币，从一个穿花裙子的魁梧大汉手中买到了码头的具体位置。怪奇马戏团七天后就会举行惊喜之夜的演出，他们租下了地底人王国最好的地段，在王国中心人流量最大的广场扎下帐篷。码头却在五公里外。

走了20分钟，唐陌抬头，看到码头船只的帆布高高挂起。他转头看向傅闻夺，两人点了点头。唐陌将面罩拉紧，双手插在口袋里，步调轻快地走向码头。傅闻夺消失在他的身边。

唐陌走向码头，注意力一直放在四周。他时刻警惕可能出现的玩家，然而当他观察周围的人时，并没有发现哪个像玩家，一切风平浪静。唐陌成功地走到一艘巨大的船前，看了眼帆布上醒目的"怪奇马戏团"五个字，走上甲板。

"这是怪奇马戏团的船？"

话音落地，两个正在甲板上干活儿的马戏团成员扭头看向唐陌。他们一看到唐陌头顶悬浮着的字母，赶忙走过来。一人恼怒道："这都多久了，怎么现在才到？喷嚏精早就去找你们了。B先生，钱我们都给了，你们别想偷懒！A先生呢？"

唐陌淡淡道："他肚子疼，上厕所去了。"

高个子的马戏团成员摆摆手："赶紧把那只怪物带走，它吵死了，一晚上都没让人睡好觉。团长已到王宫给尊敬的国王、王后发邀请函去了，走之前吩咐说，惊喜之夜到来前，不要将那只恶心的怪物带进马戏团。团长得到情报，那些小偷一直想偷走这只怪物，在马戏团附近设置了很多陷阱。"

唐陌皱眉："七天内不能把怪物带去马戏团？"

矮个子的马戏团成员插嘴道："那当然，那些小偷早就在广场布好天罗地网了，你赶着去送怪物吗。"

"那就是说，我要在第七天，才可以把怪物送去马戏团？"

高个子："准确地说是第七天晚上。"

矮个子："一秒钟都不可以提前。"

高个子："喏，关着怪物的笼子你看到了，就在那儿。我好心提醒你一句，这只怪物怕光，怕极了光。你要是把它放在光线下十分钟，它就会脱水而死。你可别让它死了，团长说要亲手解剖它的。"

唐陌："我知道。"

唐陌大步走到一辆马车前。

这辆巨大的马车高约三米，宽两米，长四米。它沉甸甸的，被人摆放在帆船的甲板上，唐陌试着拉了拉它的车辕，用了五分力，竟然只拉动了半米。随着他拉车的动作，马车里传来一道沉闷的撞击声，好像有什么东西愚蠢地撞上了马车。

唐陌沉思片刻，转头问道："马呢？"

说是马车，连匹马都没有，只有车轱辘，上面放了一个黑漆漆的笼子，用黑布罩着。

一听这话，高个子成员反而怒了："哇，你还要马？有车给你就不错了，要啥马！"

矮个子拉住他："别理他，他不就是个手不能提的侦探吗？连马车都拉不动，不知道团长为什么要高薪聘请他们看管这只怪物。要我说，就该让我们继续看管。不就是一只怪物吗？还能让它跑了？真要是有人来偷，我就一拳砸穿他的鼻梁。"

两个马戏团成员吹完牛，也不再管唐陌，自顾自地说起晚上去香蕉酒馆喝酒的事。

唐陌对他们也没兴趣，他双手拉起车辕，稍稍用力，沉重的物体在笼子里又撞了两下。很快唐陌便稳住了速度，拉着马车一步步走下船。

因为这怪物太重，唐陌走路的速度并不快。他每踩在地上一步，都留下一个半厘米深的脚印。车轮滑过地面，两道深深的车辙子印进泥土里。等适应了这个重量后，他渐渐加快速度，走出码头。

一路上，不少人都好奇地看过来，似乎想看看这么大的笼子里到底装了什么东西。

唐陌戴着面罩，淡定地走在这么多人的注视中。突然，他目光一斜，看向人群中一个矮小的中年男人。这中年男人没想到，这么多人，唐陌会忽然看他。他眼神一变，扭身就跑。唐陌双手拉车，微微勾起唇角，看着这男人跑走的方向，面罩下的脸上浮起一个淡淡的微笑。

不多时，唐陌拉着巨大的马车离开码头，在街上拐了几个弯儿，消失在弯弯绕绕的巷子里。

唐陌将马车和笼子安放在一个废弃的小楼里，扭了扭脖子，松松筋骨，坐在地上休息。他耐心地等着，十分钟后，两个男人被扔在了地上。唐陌看了这两人一眼，抬头看向傅闻夺："就两个？"

穿着一身铠甲的古怪骑士从黑暗里走出来："他的同伙只有这一个。他在码头绕了五分钟的路，才去找这个同伙接头。然后我就把他们抓过来了。"

唐陌摸了摸脸上的面罩，确定自己的脸不会被看到后，走上去，踢了踢地上的两个玩家。他本想开口说话，突然意识到自己得装得更像地底人一点。他的脑海里闪过各种地底人BOSS，比如马赛克、马里奥、匹诺曹、圣诞老人……最后唐陌眼前闪过了一个玩家的身影，他沉默片刻，决定模仿这个人。

唐陌头一歪，不怀好意地嘻嘻一笑："你们就是要来偷怪物的小偷？"

那两个玩家被傅闻夺打得半死不活，但毕竟身体素质好，傅闻夺也没给他们打出致命的伤。两人眼珠子一转，互相看了一眼。矮瘦男人先说："什么怪物？我们不是小偷。你们是谁？为什么打人，还把我们绑到这里？我们可是地底人王国的公民，你们这样是侵害了我们的公民权利，要被王国卫兵通缉的！"

地底人王国的公民权利？

唐陌没想到这两个玩家居然还知道这么多东西。不过他们已经通关了黑塔一层，知道这种信息也十分正常。唐陌继续模仿白若遥，恶心地笑了一声，拿起地上一根木棍，杵了杵其中一个玩家的脸："你们想偷东西，王国卫兵第一个要抓的是你们，不是我们。"

"你凭什么说我们要偷东西？"

"就是！我们偷你们什么了？"

从头到尾，这两个玩家就没有看唐陌和傅闻夺的头顶一眼。他们仿佛真的看不见唐陌和傅闻夺二人头顶上悬浮着的两个字母，只是正正经经的地底人王国的公民。

唐陌本想开口，傅闻夺直接道："放走不行，他们接下来还会继续来偷怪物。维克多，杀了他们？"

唐陌一愣，过了几秒才反应过来这句"维克多"是在叫自己。唐陌压住心底奇怪的感觉，道："那就打死好了，唐吉。"

两个玩家惊骇地睁大眼，急道："别杀我们，我们真的没想偷东西，我们只是普通的公民……"

"砰！"

"砰！"傅闻夺收起手，用他凌厉干脆的两个手刀，直接将这两个玩家劈晕。确定两人已经晕过去后，唐陌松了口气，不再装成白若遥那副蛇精病的样子。他转头看向傅闻夺："没受伤吧？"

傅闻夺："没有。"

唐陌低头看着这两个玩家，皱眉道："本来以为会多抓到几个玩家的，没想到就这两个。其他玩家隐藏得太好，十有八九刚才也在码头悄悄观察我，但是并没有露出马脚。只有这个人，"唐陌瞅了眼昏死的矮瘦男人，"太蠢了，暴露了自己。"

在进入码头前，唐陌就和傅闻夺分开，一人在明，一人在暗，分头行动。

之所以要分头行动，一是因为这样可以给那21个玩家造成心理压力。唐陌大大方方地出现在码头上，本身就是一枚国王的金币。如果那21个玩家一开始就想动手抢怪物，只看到唐陌一人，可能会停止行动，因为还有一个A先生不知道躲在哪里，他们需要小心警惕。

二是因为唐陌和傅闻夺想借机抓住一些玩家，减少自己的对手。

走在去码头的路上唐陌才知道，怪奇马戏团这两天就要偷渡怪物的消息传遍了地底人王国。所有地底人都知道那只奇葩的怪物即将抵达码头，很有可能，那21个玩家也得到了这个消息。

只要他们知道，就会前往码头，看看情况。

唐陌和傅闻夺头上顶着两个字母，不可能隐藏自己的身份，但他们可以。他们完全可以藏在码头的人群里，偷偷地观察自己未来的对手，获取更多信息。唐陌几乎无法发现他们，他们却可以清楚地看到唐陌。

只有这个矮瘦男人……

"所有人更好奇的都是我拉着的那辆车，想知道笼子里到底是什么怪物。除了这个家伙。"唐陌摘下面罩，透了透气，无奈道，"他的视线在我身上停了一分钟。比起箱子，他更想观察我，更想看看我这枚国王的金币到底有什么样的实力。"

傅闻夺道："只可惜，那21个玩家里，只有他一个人这么蠢。"

唐陌道："这两个人实力怎么样？"

"不怎么样。纯粹论武力的话，这个人比杰克斯稍微差一点。"傅闻夺淡淡道，他指了指高个子男人，又指向矮个子男人，"这个人武力很差，异能是一只会飞的麻雀。他的麻雀叫起来非常吵，似乎是音波攻击。我很快解决了他们，所以没受到什么影响。"

唐陌："看样子这两个人放在黑塔一层里，绝对不会高于平均水平。"顿了顿，唐陌看向傅闻夺，"你不把头盔取下来透透气吗？"

笨重古怪的银色头盔将男人的面容藏在其中，傅闻夺声音低沉："不用。"

唐陌："附近没有玩家。"刚才他为了避开玩家的跟踪，特意使用了"一个很快的男人"。每天只能使用三次，但是为了甩开可能跟踪在身后的玩家，唐陌还是使用了这个异能，加快速度，来到这个废弃的小楼。

傅闻夺："头盔太重，不是很好戴……"所以干脆不摘了。

唐陌："……"

两个玩家已经晕过去，天色渐渐变暗。到这个时候，唐陌和傅闻夺终于有时间看看自己即将看守的这只怪物长什么样。两人走到巨大的笼子跟前，傅闻夺一只手拉住黑布的一角，转头看向唐陌。

唐陌："你打开吧。"

下一刻，黑布被人快速掀开，笼子里的怪物出现在两人面前。

昏暗的光线下，一只庞大如巨蟒的怪物屈身盘在笼子里，正在愚蠢地用脑袋顶笼子上的钢筋，好像这样就能把钢筋顶断。黑布突然被人摘了，这傻怪物呆愣愣地僵在半空中，过了五分钟才反应过来，呆呆地抬起脑袋，看向自己面前的两个地底人。

唐陌早就有了心理准备，看到这只怪物，在心底叹了口气。

傅闻夺的目光在大怪物的身上扫了一圈："是条蚯蚓？"

唐陌："嗯，还是条大蚯蚓。"

傅闻夺点头："这条蚯蚓确实太大了，有资本成为马戏团用来展示的宝物。不过……"声音戛然而止。

傅闻夺停顿了许久，惊讶道："你刚才听到那道声音了吗？"

唐陌面无表情："嗯，听到了。"

傅闻夺敏锐地察觉到了唐陌的无奈，说道："你认识这只大蚯蚓？"

唐陌意味深长地看着这只"呜呜呜"哭起来的蚯蚓，恨铁不成钢地说："认识，很早就认识。两个月前，我攻略了一个S级副本，就是安全级别的副本，是洛风城取的名字。那个副本的主线任务是杀死看守这只蚯蚓的一个马戏团成员，最后我顺手把这只蚯蚓放了。"

傅闻夺："是你把这只蚯蚓放了？"

"如果没搞错，它确实是被我放走的。"唐陌看了眼大蚯蚓，"像它这么蠢的蚯蚓，又这么大，应该不会有第二只了。"

傅闻夺声音平静："说说那个副本。"

唐陌如实说了出来。

漆黑寂静的小楼里，一只大蚯蚓"嘤嘤嘤"地哭着，不停地喊肚子饿、想见妈妈。如果仔细一看就会发现，这只呜呜咽咽的大蚯蚓压根儿没流一滴眼泪，纯粹是在假哭！可它哭得跟真的似的，一边哭还一边拿大脑袋去顶笼子，顶累了就趴着歇一会儿，然后接着顶。

确定自己要看守的怪物还是大蚯蚓后，唐陌当然不会隐瞒"杀死比尔"副本里的事情。副本里的每个细节都可能是重要信息，他会和自己的队友分享，以免未来七天因为信息不通而造成合作失误。

与此同时，码头旁的一个小木屋里。

五个玩家围聚在一起，中间是一个方形沙盘。一个年轻的短发女人将这个沙盘抹平后，拿起一根树枝，轻轻地在沙子上画了起来。她画得很快，没几下便画出了一根根线条。最神奇的是，随着她的动作，一幅地底人王国的地图慢慢显现在了沙盘上。

这不是一幅完整的王国地图，呈长条形，从码头起始，到一条宽广的大街为止。

画完最后一笔，短发女人收起手，道："他就是在这里消失的。我和老李跟到这里，确定他已经发现了我们，但只是一眨眼，他就消失了，凭空消失。"

被叫作"老李"的中年男人赞同道："不错，我保证我没眨眼，可他就消失在大马路的中间。"

五人中间，一个戴着眼镜的斯文男人思索片刻，说道："我以前也遇见过速度很快的黑塔怪物。"

短发女人看向他："那队长，接下来怎么办？我们已经跟丢了。我敢保证，不仅我跟丢了，其他三支队伍肯定也跟丢了。除了我们，跟踪那个B先生的还有三批人。保守估计，我们这个集结副本里，至少有五支队伍存在。"

一个年轻男人不解道："五支队伍？不是只有四批人跟踪那个B先生吗？"

老李笑道："你又傻了。小陈，在码头上不是有个男人被B先生发现了吗？我估计他应该已经被A先生、B先生解决了。如果他还有同伴，那就更糟糕了。他或许会去找自己的同伴，假设A和B聪明一点，不会先抓他，而会等他找到同伴后，一起抓住他和队友。他要只是一个人还好，不拖累队友。但集结副本很少有单人进入的，咱们都是一群人一群人地进。我估计他们的队伍已经被那两个地底人侦探杀死了吧。"

小陈摸了摸脑袋："嗻，我管这个干什么？这种东西问队长和林姐就好，我就是打架的。"

五人笑开。

眼镜男慢慢敛住笑意,伸出手,在沙盘上画了一个圈。他所画的圈在唐陌消失的那条街附近,画完这个圈后,他想了会儿,又擦掉,画了一个更大的圈。他说道:"选择在这里失踪,肯定有深意。很有可能,A先生、B先生就在这里落脚。林艺你继续跟进马戏团那边,他们可能会把怪物送去马戏团。其他人和我一起,明天咱们去这附近看看。"

"好!"

名叫林艺的短发女人低着头,认真地看着眼镜男画出来的圈。许久后,她问道:"A先生、B先生真的是地底人吗?队长,我刚才想,他们有没有可能是玩家,和我们一样。"

眼镜男眯起眼睛:"这个可能性太低了。"

老李道:"小林,集结副本'怪奇马戏团的惊喜之夜'只有达到黑塔一层水平的玩家才可以进入。换句话说,我们其他21个玩家全部至少通关了黑塔一层,里面或许还有通关黑塔二层的大佬。全世界目前没有一个玩家成功通关黑塔三层,玩家再厉害,也只通关了黑塔二层。如果A先生、B先生是两个玩家,那要面对的至少是21个通关黑塔一层的玩家。哪怕他们都是黑塔二层水平,也不可能赢。"

小陈也应和道:"就是,队长说过,黑塔游戏最重要的一个原则是公平。让两个玩家和咱21个玩家对抗,这也太不可能了吧!除非黑塔觉得那两个玩家能打败21个人,别闹,这怎么可能?就算他们是黑塔二层水平,也不可能啊。二层和一层水平相差有这么大吗?我不信。"

林艺点点头:"我就随便说说。"

老李笑道:"女人的第六感?你还真别说,队伍里有个女人真好,嘿嘿嘿……哎哟!"

年轻女人收回自己的脚,高冷地离开小屋,潜入夜色,向马戏团的方向而去。

香蕉酒馆,某包厢。

光线昏暗的狭窄包厢里,弥漫着浓浓的血腥味。或者说,整个香蕉酒馆里都是这种味道。天色一暗,无数地底人拥进这家远近闻名的酒馆,点上一杯腥辣可口的香蕉酒。酒馆里全是男人们的汗臭味，还夹杂着一丝脚丫子的臭味。

包厢里，一个光头男人捧着一桶香蕉酒，大口喝尽。当他把酒喝完后，桶里露出了一只断了的人手，这只手的中指上居然还戴了一枚戒指。光头男人把这枚戒指拔了下来。他旁边的漂亮少年好奇地凑过去一看，"嘿嘿"笑道："不讲究，这个香蕉酒馆真的一点都不讲究。"

光头男把少年推开："滚滚滚，老子喝酒你看什么？未成年不能喝酒不知道？"

少年舔了舔牙齿："我人都杀过了，还不能喝酒？"

光头男理都不理他。

四个人坐在这个包厢里，除了少年，其他三人都点了香蕉酒。一个年轻女人拿起酒杯尝了一口，就嫌弃地放到一边。她道："咱们今天不去跟踪B先生，真的没问题？他要是把怪物藏起来，最后一天再送去马戏团，咱们得手的机会就更渺茫了。"

"不是有队伍去跟踪了吗？四支队伍呢。"光头男想学地底人的样子，试着吃一口这只人手。但他才咬了一下，就赶忙放到一边。吃人这种事他还是做不到，喝血酒倒是可以。"他们去跟踪就好了。他们跟踪B先生，我们杀了他们，不就知道B先生在哪儿了？"

这话在理，漂亮少年拍拍手，兴奋道："那咱们明天去杀谁？我把虫子放到三个蠢蛋身上了。"

"随便。"

女人双手抱臂，冷冷地盯着眼前这三个人，冷声道："那个B先生我觉得有点眼熟，好像在哪儿见过。"

光头男看向她："你见过这个BOSS？是在哪个副本里？"

女人想了想："不记得了，我去过的副本太多了。"

坐在旁边、一直没说过话的中年男人开口道："那个B先生露了半张脸，看上去长得还可以，是个小白脸。啧，你该不会是看到小白脸就不行了吧？"

女人怒道："滚！"

光头男打圆场："好了好了，他们地底人长得和人类没什么分别，长得像也有可能。我看那个小白脸的眼睛挺像以前一个A国明星的，叫什么来着……反正很红的那个，我以前的女朋友也喜欢他来着。"

少年阴恻恻地笑了一下："等杀了他慢慢看像不像好了。"

年轻女人狠狠地瞪了这三个人一眼，起身离开包厢，走出乌烟瘴气的香蕉酒馆。

类似的情况，还在许多地方发生。

有的队伍是三个人，有的队伍是四个人。他们聚在一起，商讨第二天的对策。

"一个很快的男人"异能实在太过逆天，唐陌甩开所有人的跟踪，还和傅闻夺里应外合，直接抓住两个玩家。在第一天，他们就成功地将大蚯蚓藏了起来，打了21个玩家一个措手不及。

因为身体素质提升，不需要睡觉，傅闻夺坐在笼子旁低头看着地面，不知道在想什么。唐陌见他半天没动，以为他戴着头盔睡着了，便轻手轻脚地走到笼子前，低头看着这条巨大的蚯蚓。

蚯蚓顶笼子的动作停了下来，丑萌丑萌的大蚯蚓用那极其丑陋的脑袋对着唐陌，仿佛在看他的脸，想认一认他是谁。

唐陌静静地站在原地，任由大蚯蚓看。大蚯蚓歪着脑袋，就这么看了他半天。忽然，它用脑袋蹭了蹭笼子的钢筋，似乎是想碰唐陌。

看来是认出来了。唐陌伸出手，摸了摸大蚯蚓的脑袋，同时暗自想着如果自己再拿到一滴蚯蚓的眼泪，会不会也能成为道具，可以治愈伤口？想到就去干，唐陌已经开始思考，自己该怎么再得到一滴蚯蚓的眼泪了。然而这时，一道声音在屋子里响了起来——

"这个地底人是谁啊？看上去有点眼熟。呜呜呜，肚子好饿，好想吃东西。他的手看上去挺好吃的样子……"

唐陌："……"

唐陌抽回手，大蚯蚓一口咬空。

唐陌面无表情地盯着眼前这条白眼狼大蚯蚓。唐陌并没有戴面罩，这才过去两个月，它就认不出自己的救命恩人了，还要吃了救命恩人的手。

这次唐陌再不犹豫，他就是剁了这条蚯蚓，也要从它身上再得到一滴蚯蚓的眼泪，不管新的眼泪能不能治愈伤口，必须让这个家伙哭！正在这时，一阵沉闷的笑声从身边传了过来。唐陌转头看去。

"你没睡？"

造型奇葩的钢铁骑士晃悠悠地抬起头盔，看着唐陌："七天不睡还可以。"言下之意是未来七天都不打算睡了。

唐陌咳嗽了两声："现在我们已经把这条蚯蚓藏住了。前四天那些玩家应该都不会做出太大动静，他们以为我们是地底人，这里是地底人王国，是我们的地盘，他们不会轻举妄动，会尽量获取更多的信息。直到最后一天，才是真正的决胜局。藏也没有用，第七天我们必须要把大蚯蚓送到马戏团。到时候，他们就知道了我们的位置，会来攻击。"

傅闻夺点头："你要休息吗？"

唐陌可以很久不睡觉，但连续七天不睡对他来说有一定压力。

他说："我先睡一会儿。"

傅闻夺："我守夜。"

唐陌径直走到傅闻夺的身边坐下，靠着一根残破的柱子，闭上眼睛睡觉。他需要和自己的队友待在一起，越近越好，这样万一遇到突袭，两人才好一起行动。

漆黑的夜晚，大蚯蚓撞了一会儿笼子，慢慢睡着了，打起了呼噜。

唐陌原本是靠着柱子睡的，傅闻夺坐在一旁。他全身武备，被铠甲包得严严实实，看不到一点皮肤。忽然，一个脑袋靠上了他的肩膀。傅闻夺微愣，下一秒，淡定地伸出手，把唐陌的脸推了回去。

唐陌："……"

唐陌其实在不小心碰到傅闻夺的肩膀时就醒了。他本来已经睡够了，不想再睡，但傅闻夺这么耿直地把他的脑袋推回来，他眼皮子一跳，不大好意思这时候醒过来，太尴尬。

唐陌的脑袋靠着柱子，嘴角一抽，继续装睡。

一夜过去，在阳光洒向大地前，唐陌睁眼起身，从地上拿起黑布，直接将笼子盖住。

大蚯蚓的咕噜泡一下子破了，它蒙了片刻，又想起正事，继续一遍遍地顶笼子："呜呜呜，好饿，呜呜呜，想妈妈，呜呜呜呜……"

就冲它之前想吃唐陌的手这一点，唐陌三天内也不会给它任何吃的，必须这么饿着。

第二天到来，唐陌和傅闻夺仔细检查了一下周围环境。他们并没有找到任何玩家的踪影，看来那些玩家还没找到这栋小楼，没发现他们。

唐陌："初步计划成功了，不出意外，他们找不到这里。"这里距离唐陌消失的地方太远，几乎隔了小半个王国都城，"这场游戏真正重要的不是如何打败那21个玩家，而是在保命的前提下完成任务，把大蚯蚓送去马戏团。接下来就是六天后我们怎么把大蚯蚓送去马戏团。"

事实上，唐陌从没想过真的要和21个玩家面对面硬抗。他有信心从19个玩家（有两个已经被他们抓住了）的夹击下突围，但真的要打败那么多玩家，他的把握只有一成。加上一个傅闻夺，也只有三成把握。

他要的一直是赢得游戏。

这场游戏至此已经成功了一半，最后一半是第七天。

唐陌已经想出一个主意："我在通关那个S级副本的时候，发现这条蚯蚓有个特点。它很会钻洞，打地洞非常快。这样，在这六天里我们可以……"

清脆的童声打断了唐陌的话，他错愕地听着这道声音，脸色慢慢沉了下去——

叮咚！作为地底人王国最厉害的侦探，聪明的A先生、B先生将那些愚蠢的小贼耍得团团转，21个人类玩家恼羞成怒。他们并不知道，A先生、B先生从未将他们放在眼里。愚蠢的人类啊，这就是你们的手段吗？

触发效果"来自名侦探的鄙视"。

"来自名侦探的鄙视"：每隔三天，中午12点，21个玩家可得知怪物的位置信息。

叮咚！来自地球的少年啊，勇敢地打败助纣为虐的A先生、B先生，拯救可怜的怪物吧！

傅闻夺："……"

唐陌："……"

第4章
A先生和B先生

码头旁，木头小屋。

黑塔提示结束的那一刻，屋子里的四个人全部错愕地站在原地，面面相觑。四人刚才正打算出门。天亮了，除了早就潜伏在马戏团周围、随时盯着里面动静的林艺，这支小队的其他四个玩家准备兵分两路，在昨天B先生消失的地方仔细搜索。谁料还没出门，就收到了黑塔的提示。

为首的眼镜男冷静下来，看向自己的队友："刚才黑塔的提示你们都听到了吗？"

三人齐齐点头。

眼镜男道："今天是第二天，六天后就是怪奇马戏团的惊喜之夜。黑塔说我们触发了'来自名侦探的鄙视'，每三天会公布一次怪物的位置，这也就是说，在未来六天里，它会公布两次怪物的所在地。"

老李立即道："队长，既然这样，我们今天还需要去找那只怪物吗？"

眼镜男思索许久，道："不了。黑塔给我们这个提示，其实一共暗示了三点——第一，之所以能触发这个效果，是因为目前我们玩家处于劣势，无法与那两个黑塔BOSS抗衡。为了游戏公平，它才会给玩家优待；第二，黑塔主动给出怪物的位置，这很有可能意味着……"

眼镜男走到屋子中央的沙盘旁。他的三个队友纷纷走过来，只见眼镜男伸出手，指向昨天晚上他自己画下的那个圈。昨天晚上他们五个人讨论对策时，他在B先生消失的地方画了两个圈。第一个圈比较小，考虑到B先生或许实力惊人，眼镜男擦掉了那个圈，画出第二个更大的圈。

今天他们四个人也正是打算在这个圈里寻找A先生、B先生的踪影。

眼镜男沉思道："既然黑塔要主动把怪物的位置告诉我们，那就说明了一件事——有八成可能性，我们不可能自己主动找到怪物的所在地。"说着，他一拳砸在了自己画的那个圈上，"那只怪物根本不在这里。B先生的实力超乎我的想象，他消失在这里，并不是因为他就把怪物藏在这附近，而是因为这里能够让他消失。"

队友们茫然地看他："队长，这是什么意思？"

眼镜男："老李，昨天是你和小艺一起去追踪那个B先生的。我们码头上的所有人都看见，关着怪物的马车非常重，B先生每走一步都会留下很深的脚印，车子的辙印也嵌在地里，一眼就能发现。对吧？"

老李点点头："没错。那怪物是真的又大又重，当时全码头的地底人都在围观。"

眼镜男伸手指向刚才被自己砸成平地的那一堆沙子："B先生因为拉着很重的车，车子的力量都压在他的身上，他才会留下脚印。他跑得再快，地上的脚印和车辙子也不会消失。所以从码头到这里……"他用手指用力地点了点沙子，"一路上他都没跑。而他消失的这条街是地底人王国少有的几条石头街，不是泥土街。"

老李一下子反应过来："他走到这里才突然消失，是因为不想让我们顺着脚印找到他啊。"

这一点其实早就该想到，只是因为有了"B先生躲藏的地点就在这附近"这个烟雾弹，他们才忽视了这条关键信息。

"是我低估了B先生的实力。"眼镜男队长自责道，"如果我猜得没错，他可以把怪物马车拉到地底人都城的任何一个地方，所以黑塔才认为我们肯定无法在三天内找到他的位置。当然，这一点其实也有一个好处，B先生目前藏身的地方，一定是可以从这里一路只走石头路能到的地方。他没走任何一条泥土路，否则就会留下脚印和车辙。老李、小陈、昊哥，未来三天我们就顺着都城的每一条石头路去找一找，或许有可能找到A先生、B先生和那只怪物。"

"好！"

交代完接下来三天的任务，小陈好奇道："队长，你说'来自名侦探的鄙视'暗示了我们三点。你这才说了两点。黑塔认为玩家处于劣势，B先生可能把怪物藏在全都城每一条石头路可以走到的地方……还有一点是什么？"

眼镜男抬手扶了扶自己的眼镜，神色平静："你没听到黑塔说，A先生、B先生把21个玩家耍得团团转？"

三个队员全部愣住。

眼镜男叹了口气："23个玩家，一夜过去，只剩下21个人，少了两个人。这说明什么？这说明……昨天码头上的那个男人还有一个队友，他和他的队友一起，已经被A先生、B先生杀死了。"

废弃小楼，二层。

当王英桂醒来时，睁开眼，眼前是一片黑暗。王英桂吓得连滚带爬地想站起来逃跑，但刚用手撑住地板想站起来，突然头撞到了什么东西。他"哎哟"一声，又摔了回去。很快，他想起自己晕倒前的事情。

他被A先生抓住了！

昨天在码头上被B先生突然瞪了一眼，王英桂吓得转身就跑，然后又在码头边溜达了五分钟才去找自己的队友。他以为B先生已经忘了自己，谁料他和队友刚碰头，就被A先生抓住了。

王英桂完全想不明白，自己根本没做任何出格的事，A先生和B先生怎么一眼就发现了自己的身份？难道说，他们也和A先生、B先生一样，头上顶着自己的身份？可是他们的头上没东西啊。

王英桂百思不得其解。被A先生发现后，他和队友压根儿没有还手之力，不到一分钟就被A先生制伏了，被蒙着头扔到了这里。

"不是，我和老鸟一直装作不知道他们是谁，也装着看不到他们头顶的字母，他们怎么就那么肯定我们是玩家，是小偷？"王英桂想了半天，突然下意识道，"等等，这是哪里？我这是死了吗？不，我没死，我还活着！"

王英桂在黑暗中摸索起来，很快就摸到了这个空间的尽头。这是一个很小的笼子，小到只能关住他一个人，他连站都站不起来（会撞到头）。他被囚禁在这里，完全无法行动。他犹豫了一下，小声问道："老鸟？"

回答他的是一片寂静。

王英桂又问："老鸟，老鸟，你在吗？老鸟……"

喊了许久，一道沉闷的哼声在他的身旁响了起来。王英桂立即凑过去，被笼子挡住了去路。他一连喊了好几句"老鸟"，他的队友终于醒了过来。王英桂把自己目前的情况告诉给队友，老鸟摸了半天，也道："我也被关在一个笼子里，一个小笼子，站都站不起来的小笼子。"

王英桂："你说咋办？我们这到底是在哪儿啊？A先生、B先生为什么不杀了我们？"

"他不杀了我们，肯定是因为我们还有用！"老鸟绞尽脑汁地分析道，"对了，地底人和怪物不是都喜欢吃我们玩家吗？他们肯定是要把我们卖了换钱！上个月那个香蕉酒馆的集结副本，里面那个香蕉酒，不就是拿玩家的尸体酿造出来的吗？完了，他们肯定要把我们卖到那儿。这可咋整啊，老鹰？"

王英桂自个儿都愁死了，正打算开口安慰自己的队友，忽然，听到了一道奇怪的声音，好像有什么东西"咚咚"地砸在地上，向他们走了过来。听声音绝对是个庞然大物，它砸在地上的脚步居然让两人的笼子微微颤动。

老鹰吞了口口水："你听到了吗？"

老鸟："听到了。"

"什么东西？"

老鸟："我也不知道啊，这都是什么事……"

"叽！"

一道惊喜的叫声在两人的面前响起。这声音实在太近了，近得好像那东西已经站到了他们的面前。可王英桂和队友的眼前都是一片黑暗，他们的视力还没进化到在没有任何光源的情况下可以看见东西。两人惊恐地惨叫起来，他们的声音令那东西更加激动，开始将他们所在的笼子当作好玩的玩具小球，抛到半空中，再任其高高落下。

关着怪物的笼子里，王英桂和同伴的惨叫声不绝于耳。

笼子外，当唐陌听到老鸟说不杀他们是为了拿他们卖钱时，脸上浮现出古怪的神色。等到后来听到两人被怪物玩弄的惨叫声，他无奈地摇摇头。

"地球上线后还有这么蠢……这么天真的玩家，还通关了黑塔一层。这运气是得有多好。"

不得不说，这两个玩家的运气真的是很好了。

唐陌听傅闻夺说，这两个人的武力都不算强悍，放在阿塔克组织也只是中游水平。阿塔克组织目前只有陈姗姗一人通关了黑塔一层，其他的人（包括杰克斯、唐巧）都被洛风城严格要求，过两个月再去挑战黑塔一层，防止出现意外。

武力值不高，就刚才那番对话，听起来也不算多聪明，能够通关黑塔一层，很有可能是混过去的。比如进游戏后碰到了一个神队友，再运气好点儿没死，就能跟着队友一路通关了。

除此以外，他们更幸运的一点，就是在这场游戏里，A先生、B先生不是真正的地底人，是傅闻夺和唐陌。换作真正的地底人，压根儿不可能将两人关起来，早就将他们直接杀了吃了。

其实杀了两人是最好的解决办法。杀了他们，就少了两个敌人，再无后顾之忧。但唐陌和傅闻夺都没这样选择，而是把两人打晕关进笼子里，现在还得花费精力看守他们。

笼子里仍然是两人凄惨的叫声，唐陌靠着柱子琢磨道："还是杀了清净点。"虽然嘴上这么说，但唐陌依旧站在原地，没有动作。

中午，傅闻夺从外面回来，唐陌立即走上去："怎么样？"

傅闻夺的声音从厚重的头盔下传来："有人，大约三拨人。有两拨藏得很深，看不出具体的人数和位置，还有一拨是个中年男人。"他从地上捡起一块石头，快速在墙上画出一幅地图。他画的速度很快，虽然是个简易地图，但是把每个位置都标得清清楚楚。

这是怪奇马戏团附近的地图。

"这里和这里，藏着两拨人。"傅闻夺拿石头点了点马戏团后面的一座三层小楼，"这里，那个中年男人藏在三楼。"

唐陌道："他们看到你了吗？"

傅闻夺："藏在这个地方的人很可能看到了。"他指的是广场旁的一处草丛，"我离开马戏团的时候，她想跟踪我，我把她甩开了。"

原本唐陌和傅闻夺打算安稳度过前六天，等到第七天再前往马戏团送大蚯蚓。可是人算不如天算，黑塔给玩家"来自名侦探的鄙视"效果，将唐陌的计划全部打乱。于是唐陌改变计划，让傅闻夺去马戏团附近看看，肯定有玩家藏在那里，监视马戏团的一举一动。

"只有三拨人，除去这两个人，已经只剩下19个玩家。"唐陌声音很轻，笼子里被怪物当作小球踢的王英桂和老鸟也不可能听到，"假设这三拨人平均每队有三至四个人，那他们大约就是十个人。还剩下九个人，没有去马戏团附近监控。他们在想什么？"

傅闻夺："或许有一队不止四个人，人数很多，达到五个人、六个人。"

"五个人有可能，六个人有点难。能进入这个副本的都是通关黑塔一层的玩家，一下子要让六个玩家组成队伍，全部通关黑塔一层，难度太大。"唐陌思索道，"或许有五人队伍，或许还有两支队伍放弃在马戏团附近监控。"

唐陌拿起石头，在墙上画了起来。

"那三拨人，可以算作是11个人。还剩下八个人。应该是有两到三支队伍放弃马戏团，没去监控。"唐陌看着墙上分类出来的数字，陷入了沉思。他慢慢地转过头，看向傅闻夺。

傅闻夺穿着厚厚的铠甲，戴着银色头盔，唐陌根本看不到他的表情，但唐陌觉得这个人此刻也在看自己。两人对视片刻，唐陌问道："什么情况，会让他们放弃去监控一个如此明显的地方？"

傅闻夺声音平静："无法自由行动，或者死了。"

唐陌沉默起来。

"大约两三支队伍放弃在马戏团附近监控，确实太多了。如果是我，肯定会安排人早早地前往那里，连夜潜伏。"傅闻夺抬起手，在马戏团周围一公里的地方画了一个圈，"一两个人没想到这一点还有可能，七八个人都没有这么做，不正常。"

唐陌道："你觉得是被囚禁了，还是死了？"

头盔下，傅闻夺坚毅的脸庞上没有一丝表情波动，他说出来的话也如同他此刻的神色。

他声音低沉，语气肯定："死了。"

眼镜男和老李沿着王国都城的每条石头路仔细寻找，一无所获。

地底人王国大多数的路是泥土路，石头路只有18条。但是这些路是地底人王国的主干道，道路两旁人来人往，很难发现异常。找了一整天，眼镜男和同伴回到码头边的小屋，等了半个小时，小陈和昊哥也回来了。又过半小时，风尘仆仆的年轻女人从窗子里跳了进来。

五人交换了情报。

老李："我和队长找了三条路，没发现任何异常。虽然我们现在是在攻略游戏，那些地底人没有认出我们的身份、吃了我们，但我们也不敢和他们太过靠近打听消息，所以什么都没找到。你们呢？"

小陈摇摇头："没有。"

一道年轻的女声响起："我看到了A先生。"

四人的目光齐齐向她投来。

林艺冷静道："A先生，穿着一身铠甲，头上戴着一顶头盔，看不到长相。他今天早上去了马戏团，从后门悄悄进去的，应该没被什么人发现，至少在另外两个地方监控的玩家大概没注意到他。我也是凑巧才看到他。我的异能比较偏向于隐匿身形，我就跟上去，想看看A先生到底要去哪儿。但是A先生发现了我，很快把我甩开。"

眼镜男问道："他去马戏团想做什么？怪物呢？"

林艺："我没看到怪物，他是一个人去的。"

眼镜男的手指在桌子上轻轻敲击着。

老李想了一会儿，扭头问道："队长，A先生既然没有把怪物送去马戏团，那他去那里干什么？他头上顶着那么明显的字母，难道他不知道我们玩家可以看到那个字母？他偷偷混进马戏团，做什么事？"

眼镜男："如果他真不知道，就不会悄悄从后门潜入，避开旁人视线。"

"那他到底想干什么？"

眼镜男敲击桌子的动作越来越快。

"嗒嗒嗒"的敲击声在房间里轻轻回荡，四个队员全部屏住呼吸，等待队长的回答。三分钟后，眼镜男重重地舒了口气，看向年轻女人："小艺，明天你别去了。A先生已经发现你了。他今天去马戏团，是为了看看有几拨人想偷怪物。他们在搜集玩家的信息。"

林艺一惊："队长，那我已经暴露了？"

眼镜男："是，所以你别再去马戏团那里监视了。明天我们继续去找每条石头路，看看能不能发现什么。后天就是黑塔告知玩家怪物位置的日子，我们这两天养精蓄锐，后天应该是一场大战。"

林艺道："那个A先生确实实力很强，他发现了我的跟踪，甩我的时候速度也非常快。是个很厉害的敌人。"

"我说的敌人，或许不只是A先生和B先生。"

众人看向眼镜男。

眼镜男敲击桌面的手突然停住，他道："包括我们，如果一共只有三拨人在监视马戏团，人实在太少了。第一天跟踪B先生的一共有四拨人，现在只剩下三拨人。至少还有十个人没有去监视马戏团。没去监视的人数太多了，肯定是出了什么事。"

小陈紧张地问道："队长，能发生什么事？"

"我也不知道。但感觉……不是好事。"

进入副本的第三天，距离怪奇马戏团的惊喜之夜还有四天。

当眼镜男和老李走到自己要搜索的第七条石头路时，停住脚步，看着远处围聚在一起的人。两人互看一眼，悄悄地走了过去，想一看究竟。周围都是地底人，他们必须掩藏自己的身份，装作地底人的同类。然而这一次，眼镜男和老李还没有开始演戏，已经看到了那样东西。

眼镜男抬起头，慢慢张大了嘴，看到那三个被悬挂在屋檐上的人类。

老李也难以置信地看着这三具尸体。当他看到三个人被剖开的肚子和里面的内脏时，脸色一变。

老李感觉肚子里一阵翻江倒海，差点要吐出来，但赶紧忍住了。

地底人看着这三具尸体，纷纷吞了口口水。

"三个人类玩家，可惜死了，肉都不新鲜了。"

"不新鲜你别吃，我是第一个看到的，我要先吃！"

不多时，一哄而上的地底人把三具尸体从屋檐上扯了下来。他们拔了这三个人的四肢，嘎吱嘎吱地咬着。老李反胃得走到一旁不去看，眼镜男本想上去检查尸体，但看着被吞食的尸体，脸色微白，还是转身离开。

老李难受道："队长，你不想吐吗？"

眼镜男不说话，继续往前走。等离开了这条街来到一条偏僻的巷子，眼镜男一口全部吐了出来。

老李也吐了一通，吐到最后只剩下酸水。他怒道："那些地底人要杀就杀，要吃就吃，为什么还要把人肚子剖开来，悬在那上面示众？这些地底人只是长得像人，根本不是人，是怪物！"

"不是地底人。"

老李一愣："什么？"

眼镜男抹了抹嘴巴，眯起眼睛："我早就发现，地底人虽然和怪物一样吃人类，但是很少主动攻击人类。尤其是现在，我们是参与游戏的玩家，我们五个人在王国都城里遇到了很多地底人，但是没有一个人发现我们的身份，或主动攻击我们。"

老李："队长，你的意思是？"

"是玩家，杀了他们。"

第四天中午12点，地底人王国。

火辣辣的太阳高高悬挂在空中，唐陌站在废弃小楼的窗边，抬头看着这轮刺眼的太阳，清亮的童声在他的耳边响起——

叮咚！开启"来自名侦探的鄙视"。

一束绿色的光线从太阳的中心射了出来，分成18份，射向大地。这束光飞得极快，以唐陌的动态视力也无法看清其他16束光线射向了什么地方，明显是黑塔在隐藏其他玩家身处的位置。

唐陌转头问道："你看清了吗？"

傅闻夺："没有。"

两人不再多说，两束绿光射进了他们所在的废弃小楼。其中，两束光线射向了关着怪物的笼子。里面传来一阵阵呜咽声，两天过去了，那两个玩家已经被怪物玩得筋疲力尽，连喊都喊不出来，只能痛苦地哼哼，根本没力气去看所谓的"来自名侦探的鄙视"提示。

飞向笼子里的两束绿光还没进去，就被唐陌和傅闻夺抓住。

唐陌低头看着这束飞到自己掌心的绿光，仔细观察了片刻，抬起头，与傅闻夺的目光在空中交会。接着，两人一起打开这束绿光。

霎时间，两束绿光飞到了两人的头顶，笼罩在脑袋上。唐陌一愣，看着傅闻夺头顶绿光的模样，隐隐察觉到有哪里不对。很快，一幅地图出现在了他们的眼前，地图中心有一颗绿色的爱心，画的地方正是唐陌二人此刻所在的废弃小楼。

一行小字慢慢地在地图旁浮现出来——

道具：来自名侦探的鄙视。

拥有者：王英桂。

品质：无。

等级：无。

攻击力：无。

功能：显示马戏团大怪物所在的位置。

限制：一次性道具，只显示三秒，随即地图消失。请玩家仔细记住详细位置。

备注：没付出就想得到信息？小样儿，要想日子过得去，就得头上戴点绿。

三秒后，唐陌和傅闻夺头顶的绿光消失。

唐陌看向傅闻夺："准备好了吗？"

傅闻夺似乎还沉浸在刚才自己被迫绿了的事实里，没有回答。

唐陌又问道："傅……唐吉？"

傅闻夺抬头看他："好。"

唐陌握紧拳头，勾起唇角。他将自己的面罩戴回去，笑道："那就按照我们的计划来……唐吉，三个小时后见。"

下一刻，两人化作两束流光，分别消失在屋子里。屋子的中央，一座硕大的笼子静静地矗立在原地，无人过问。

"来自名侦探的鄙视"在第四天中午12点，准时飞到了参与游戏的所有幸存的黑塔一层玩家的手中。码头旁的木头小屋里，这支五人小队也全部拿到了自己的道具。他们打开绿光看到地图上的标志后，齐齐抬头。

"走！"五道身影快速地穿过人群，离开码头，奔向那座废弃的小屋。

12点02分，眼镜男第一个抵达。他藏身在一块大石头后，看着100米外的那座小楼。他伸出手挡住了自己的队友，压低声音："果然是在一条石头路的附近，可惜我们并没有查到这里。现在还存活的玩家应该有18人，我们要面对的不仅是A先生、B先生，还有其他玩家。"

年轻女人小声道："队长，我的异能比较适合侦查环境，我去查看附近有没有其他玩家。"

"好，小心。"

话音落下，林艺身形一动，消失在大石头后。只剩下四个人。眼镜男盯着那栋小楼，三秒后，说道："里面没有动静。我们离这栋楼还算近，赶过来的速度也够快，其他玩家可能还没到。小陈、老李，你们在这里守着。昊哥，我们换个位置。"

小陈诧异道："队长，为什么要换位置啊？"

"防止被一网打尽。"眼镜男快速说完，和中年男人便起身离开。

这支五人小队分为三组，两人在远处埋伏，两人悄悄靠近小楼。一身黑衣的林艺以极快的速度穿越楼房。地底人王国的房子大多矮小破旧，每家之间贴得极近。在这种中午时刻，太阳火辣刺眼，懒惰的地底人都躺在床上呼呼大睡。

林艺路过很多房子，听到窗户里传来地底人震耳欲聋的呼噜声。她身形矫健，几乎化作一道黑影，很快就离开了小楼范围，在周围搜索起来。她脚步很轻，动作很快，快得让人都看不清她的动作，一下子跑出了数公里的范围。

忽然，她的左前方出现了三个人。林艺转身跑进一条巷子，藏在漆黑的巷子里。她偷偷地盯着那三个人。这三个人走得很快，身上穿着地底人王国的衣服，看似在随意走路，并没有刻意往哪个方向赶，可是他们的手紧紧握着自己的武器，眼神提防地看着四周。

快看到小巷了，林艺脚步一退，后背紧贴在墙上。

三人没有注意到她，继续往前走。

林艺松了口气。三人走后，她悄悄地走出巷子。"三个人，还有十个人。至少还有两支队伍。"话音刚落，她再次消失在巷子里，再往其他方向寻找。

时间一分一秒地过去。中午1点，距离黑塔发布怪物位置已经过去了一个小时，终于有玩家按捺不住了。

两道身影"嗖"的一声穿过花丛，飞进废弃的小楼。昊哥一愣，抬起上半身想赶紧跟上去，眼镜男一把按住他："别动。这是第一批人。他们是两个人，很可能还安排了队友在外面策应，不能大意。"

昊哥点点头，两人又趴在草丛里不再动弹。

果不其然，当这两人跑进去后，又有一道身影蹿了进去。小楼里随即传来打斗声，那声音很轻，眼镜男闭着眼睛将耳朵贴在地上才能听到。过了一会儿，一阵骂娘声从小楼里传出："不在这里，来晚了。怪物已经被A先生、B先生挪走了！"

眼镜男一愣。

昊哥疑惑道："我们的码头到这里就几公里，我们过来只花了两分钟，还特意按照队长你说的，从不同的石头路过来，围堵可能把怪物送离小楼的B先生。难道那个B先生速度这么快，两分钟就把怪物送走了？"

眼镜男眉头紧皱。他不说话，他的队员就全部不会动，无论是不知道有没有回来的林艺，还是趴在远处的老李、小陈。眼镜男沉思片刻，道："别急，我们再等等。"

一分钟后，三道身影从小楼内飞出。又等了五分钟，眼镜男和昊哥才站起来，以最快的速度跑进小楼。他们进入小楼后，发现地上全是血迹。两人摸了一下，发现还没凝固，看来这血就是刚才那三人留下的。

"前面两个人应该是同一支队伍的，后面那个是另外一支队伍的。他们三个人在这里发生了战斗。"眼镜男分析道，"战斗的结果是两败俱伤。最后进来的那个人实力必然比较高，才敢独自进来。不过很可惜，他们都没在这里找到怪物，也没碰到A先生、B先生。"

昊哥说："这里不宜久留，队长，我们也走。"

"等一等。"眼镜男皱紧眉头，目光在这栋荒废破旧的小楼里晃悠起来，"这里太近，我们跑过来只花了两分钟，而且通往这栋楼的石头路一共就四条。我们五个人已经把这四条路都堵死了，B先生到底是用什么方法把怪物运出去的？他的车不见了，但是笼子还在。他留下了笼子……"

昊哥也疑惑道："他为什么要换一个笼子？是因为笼子不好拿，还是因为其他……"

眼镜男突然道："我们也来找找！"

昊哥："队长？"

"有五成可能性，B先生已经把怪物运走。但我相信我们的速度。两分钟，堵住每一条路，却始终没堵到B先生和他的车。所以……还有五成可能性，他根本没把怪物运走，那只怪物还在这里，就藏在某个地方。"

正在这时，微弱的撞击声传来，眼镜男和昊哥立即闭上嘴，仔细听着动静。一分钟后，又是很轻的碰撞声。眼镜男立刻转头看向昊哥。两人点点头。昊哥突然飞出窗子，落了小楼的院子里。眼镜男的手中出现了一张银色的扑克牌，他藏身在小楼的二层，躲在黑暗里，没有出去。

一个在明，一个在暗。

强壮的昊哥警惕地看了眼四周，没发现异常，抬起脚，在这个小院子里走了起来。

这栋小楼荒弃已久，花圃里的花早就枯败了，落了一地；花圃外的小路上长满了各种杂草。昊哥一步步地走在这个花园里，目光盯着花园中央的那棵树，可盯了几秒，没看到任何异常。接着他走到花园中的一片人工小湖旁。

这是一片很小的湖，占地面积不大，水却很深。浑浊乌黑的水一片平静，水里似乎没有任何生物，湖面光滑如镜。昊哥的目光死死地凝视着这座湖，他似乎看到了什么，用力握住了自己腰间的匕首。二楼，眼镜男也捏紧扑克牌，随时准备帮忙。

下一刻，昊哥怒喝一声，一掌拍在了湖面上。

"轰！"脏水被这股强大的力道掀翻，湖水向两旁分开，如同摩西分海，露出湖底的小鱼残骸和枯枝败叶。看到这一幕，昊哥怔住，眼镜男也诧异地睁大眼。昊哥仔细检查了一下。这座湖底下确实没任何异常，他扭头看向二楼，示意自己打算离开。

眼镜男沉默地看着自己的队友离开小湖，准备撤退。他的余光忽然瞄到一旁的一片草丛，他目光一凛，手指动作，一张扑克牌迅速飞出，"嗖"一声穿破土壤，射入大地。似乎射中了什么东西，土地底下传来痛苦的哼声。

昊哥牛目一瞪，双脚用力，眨眼间就跑到了那片草丛旁。他力大如牛，两下就将土壤挖开，露出里面的两个小笼子和被关在笼子里的两个人。这两人浑身赤裸，衣服被扒光，身上涂着一层亮晶晶的油。其中一人的肩膀上插着一张扑克牌，很明显是眼镜男刚刚射中的。

昊哥还在继续挖。他挖得速度太快，从开始挖土到挖出两个人类，只花了两秒钟。而当他挖到一个闪烁耀眼的A字母时，才过去三秒。

二楼上，眼镜男看到那个字母，惊呼："昊哥，小心！"

昊哥以脚蹬地，倒退两步。可大地之下，那个藏身在泥土里的骑士已经拔出小刀，手腕轻巧一动，小刀便射了出去。这刀飞得极快，划破昊哥的胳膊，射穿院子中央的一棵大树。

"轰隆！"大树轰然倒地。

昊哥脸色大变，眼镜男从二楼跳下。

那个土坑里，两个玩家被关在笼子里，筋疲力尽。

一个身穿铠甲的高大骑士缓慢地从坑里走了出来。他的头上顶着一个A字母，肩上背着一个巨大的麻袋。在那麻袋里，一个庞然大物不断地扭动身体，发出"叽叽"的声音。一听到这道声音，笼子里的王英桂和老鸟都惊恐地蜷缩身体，仿佛想起了什么恐怖的事。

眼镜男和昊哥互视一眼。眼镜男从口袋中拿出一块白色石头，用力掐碎。下一刻，小楼外，老李和小陈惊讶地看了对方一眼，齐齐起身，"嗖"的一声奔向小楼。

杂草丛生的院子里，眼镜男等四人戒备地盯着眼前的古怪骑士。头顶A字母的铠甲骑士静静地看着这四个人，当看到最后一个眼镜男时，冲上前去，双方开始进行相互攻击。

与此同时，林艺已经在小楼周围绕了三圈。

那三个玩家从小楼里出来时，林艺也看到了他们。她思索半晌，追上了独身的玩家。她悄悄地跟在这个玩家身后。虽然这个玩家实力很强，与另外两个玩家战斗后还能顺利脱身，但是也受了伤，鲜血一点点地顺着他的胳膊流下来，流了一地。

或许是因为受伤，他的警觉性下降，并没有发现跟踪在他身后的林艺。

林艺暗自想：这是第五支队伍。之前死掉的三个玩家是一队，被A先生、B先生杀死的两个玩家是一队，刚才在街上碰到的那三个人是一队。除了我们的队伍，他属于另一支队伍。

今天队长给她的任务是尽可能找全幸存的18个玩家，她所需要做的就是记清楚每个玩家的脸。

林艺跟着这个玩家一路走向郊外。

离开王国都城，道路两旁不再有能让林艺藏身的房屋，幸好这里杂草茂盛，每株草都仿佛大树，巨大无比，像极了巨人国的草木。林艺跟着这个玩家一路走到一座废弃的小石屋。

"他们的队伍在这里落脚？"

眼看着这个男人就要走进屋子，林艺睁大眼睛，打算看清楚屋内的其他几个玩家。但就在男人的手刚刚碰到门把手时，林艺的心脏一阵狂跳，暗道：不好！

"铮!"门一开，一束银色的光从屋内射出，直直地射穿了男人的头颅。这个男人惊骇地睁大眼，死之前都没看清楚杀死自己的敌人。他身体后仰，砸在了地上。

林艺转身就跑。可她还是跑得慢了一点，一道惊讶的声音从屋子里传来："居然还有一个！"

林艺头皮发麻，用自己最快的速度往外跑。她的异能不属于战斗型，真碰上厉害的敌人只有逃跑。然而她没想到，不仅小石屋里有敌人，外面居然还埋伏了两个。

前方，一个高大威武的光头男人从远处走来，穿过巨大的杂草，冷笑着盯着她。左边，一个穿着红色外套的漂亮少年好奇地看着她，目光从她的头顶滑到她的脚底，最后再看向她的脸。看了半分钟，漂亮少年高兴地说道："我要她的头！把她的眼睛和大脑挖了，肯定能给我的虫子做出最好的巢穴！"

林艺脚下一蹬，往右边跑。

光头男喝道："送上门还想跑？！"

小石屋里的中年男人冲了出来，无数把银色小刀从他的手中飞出，直直地射向林艺。光头男怒吼一声，双手捶胸，他的脸上、头顶上很快长出一层厚厚的棕色熊毛。他以手代脚，四肢着地，呼啸着跑向林艺。

林艺跑得再快，也没小刀飞得快，也不如棕熊光头男跑得快。而且更快的，是那成千上万只飞向她的黑色小虫。嗡嗡的虫鸣声在郊外轰鸣，庞大的黑色虫群飞到哪里，哪里的巨型杂草就被它们啃食得干干净净，如蝗虫过境，寸草不生。

虫子已经快要咬上她的头发，林艺咬紧牙，转身拔出小刀，准备与这些虫子战斗。

虫子逼近眼前，就在这一刻，一把粉色的小阳伞挡在了林艺的面前，林艺惊愕地待在原地。她的耳边响起一句奇怪的话，似乎什么"变身"。她还没听清，这些黑虫子就撞上了小阳伞。

好似大雨滂沱，虫子撞在小阳伞上，向伞的两侧滑开。"噼里啪啦"的撞击声过后，虫群飞到空中，从另一个方向再冲向他们。

"轰隆隆"的虫鸣令林艺的耳朵产生了一丝耳鸣，她隐约听到有人在她身后喊了一句话。

"耶耶？什么耶耶？"

没等林艺想明白，下一刻，铺天盖地的大火冲向了那庞大的虫群。

炽热的火焰与黑色的虫群相撞，虫子们被烧焦，下雨般地往地上落。漂亮少年凄惨地叫了一声，中年男人的银色小刀已经飞了过来。唐陌举起小阳伞，挡住了这暴风雨般的小刀，随即棕熊光头男也到了。他四肢蹬地，一头撞上了小阳伞。

这力量恐怖无比，唐陌连带着小阳伞被撞飞出去，林艺也被撞得落在地上，吐出一口血。

唐陌咽下嗓子里的腥甜血液，抬起头，警惕地看向远处变身棕熊的光头男。

光头男的嘴里发出几声怒吼，漂亮少年在他的身后咆哮道："杀了他！我管他什么B先生，你杀了我的虫子！我要杀了你！"

三人一起攻上来。

中年男人的银色小刀是最强大的暗器，他拥有数不清的小刀，小刀射出，每一把都射向唐陌的死穴。漂亮少年的虫子从地上不断向唐陌爬来，封锁唐陌的位置。而那光头男则是最可怕的。他是唐陌见过的肉体力量最强大的玩家，比傅闻夺还要强。

他的速度没有傅闻夺快，力量却可怕到惊人。他一拳下去，地面就被砸开无数道裂口。他的拳头砸在小阳伞上，小阳伞微微颤动，唐陌的虎口被震得发麻，连连倒退。幸好光头男行动不够敏捷，略显笨重。

唐陌不断地避让。眼看漂亮少年扭头去对付倒在地上的林艺，唐陌眯起眼睛，将打开的小阳伞扔给了林艺。林艺赶忙接住，学着唐陌刚才的样子用小阳伞挡住那些可怕的黑虫，同时飞也似的转身跑走。

林艺跑了，漂亮少年便返回头对付唐陌。

三人一起动手，唐陌侧头避开光头男的一拳，找准时机，取出大火柴，砸在光头男的脖子上，发出一道清脆的"咔嚓"声。光头男没想到他还有大火柴，怒吼着瞪向他，双目通红。唐陌趁机举起大火柴，直直地朝光头男的头颅砸去。但就在这时，一道冰冷的女声从他的身后响起——Checkmate！

一丝死亡的危机感席卷了唐陌的大脑，他立即放弃杀死光头男，手在空中转了个弯，将大火柴挡在自己脑后。"叮咚"一声，一枚子弹撞击在火柴头上，红色的火柴头被磨出一个拇指大小的坑，子弹深深地嵌了进去。

原来一共四个人！

唐陌转身就跑，跑得太过突然，刚才还举起火柴想要光头男的命，现在就突然逃跑。虽然他的速度比林艺稍微慢了一点，但因为跑的时候四个人都没反应过来，等再想着去追，唐陌的身影已经消失在草丛里。

光头男的脖子被唐陌一火柴打断了，竟然没有死，他的脑袋以一种古怪的姿势扭在肩膀上。中年男人走近，用力地把他的头一搬。光头男的脑袋软软地耷拉在肩膀上，脸上的棕熊毛慢慢消失，愤怒地吼道："我一定要杀了那个人，杀了他！"

短发女人这时走了过来，她将手枪收进口袋，冷冷道："事实上，刚才B先生差点杀了你。"

漂亮少年："我也要杀了他！他杀了我900多只虫子，我要杀了他！这次是我们没有防备，下一次，我再也不给他逃走的机会。我们三个人能杀得了他的，本来就可以，他的实力还没强到那种地步。你为什么要轻敌？你刚才应该一拳砸爆他的头！"

光头男怒道："那你在干什么？你为什么没让你的虫子把他的眼睛咬烂？"

"你……！"

郊外是无边无际的杂草，草原上，林艺跑了半个小时才停下来，靠着一棵树休息。确定自己安全后，她才开始回想刚才发生的事。

"怎么可能？B先生怎么可能救我？"

林艺呆愣地看着自己掌心里的这把粉色小阳伞。她的眼前闪过那个吟游诗人的模样，灰扑扑的帽子上是一根白色的羽毛，B先生戴着一张面罩，挡住了他的脸。他高高瘦瘦，目光冷静，即便看到有成千上万只虫子的黑色虫群，也从容应对，然后……还把这把伞给了她？

林艺喃喃道："是我疯了，还是B先生疯了……"

"嘻嘻，是你疯了，还是B先生疯了？"

今天遇上了太多不可思议的事，林艺一时间没反应过来，下意识道："我没疯，是B先生疯……"她的声音戛然而止，倏地转身，拔出自己的小刀，看向来人。看清对方的脸后，她一下子愣住。

阳光下，B先生靠着一棵橘子树，笑嘻嘻地看着她。他仿佛在笑，可是笑容根本没有达到眼底。那恶劣的笑让林艺产生一种厌恶感，似乎这人是在看她的笑话，时刻在嘲弄她，可他一直就这么笑，像极了一个神经病。

林艺不知道该怎么面对B先生。刚才是B先生救了她的命，还把这把伞给了她。林艺踌躇许久，决定还是先向B先生道谢。然而她一低头，就看见B先生的手上粘着一个黏糊糊的粉色东西，这东西在空中粘住了一条丝，另外一端居然连在她的身上。

林艺错愕地扭头一看，她的后腰上不知道什么时候居然也有一块粉色的东西！

"铲不掉的草莓口香糖。"唐陌微笑着看着眼前一脸蒙的年轻女人，他回忆着白若遥的行为举止，学习白若遥的口吻说，"粘上了，就再也跑不掉了哦。你说……这是不是意味着一场永远不会结束的爱情呢？"

在这一刻，林艺对B先生唯一的好感消失得一干二净。对方恶心的语气让她起了一身鸡皮疙瘩，同时，她下意识道："你早就把这东西黏在我身上，你一直知道我在哪儿？"所以她跑了半个小时，B先生还是很快就找到了她。

林艺浑身一冷。

B先生歪着头，笑了一声："我知道呀。"

林艺听到自己的声音在颤抖："你想干什么，你刚才不是救了我……"

"救了你，就不可以再抓你吗？"唐陌笑嘻嘻道。

话音刚落，林艺看到B先生身形一闪。等她再看见B先生时，这个恐怖的黑塔怪物已经站在了她的面前。他伸出手，一手刀劈在林艺的脖子上，将她劈晕。

地底人王国，一间废弃的裁缝铺。

林艺渐渐清醒过来。她并没有第一时间睁开眼，仍然装作昏迷，悄悄听着四周的动静。很快她便听到一道嬉皮笑脸的男声："醒都醒了，干吗装睡？难道要我到王宫把王子请出来亲你一下，你才肯醒吗……咦，这好像是个不错的提议。"

林艺脸色一变，赶忙睁开眼。她定睛一看，一身吟游诗人打扮的B先生坐在一个脏脏的木头箱子上，笑眯眯地看着她。他仍然戴着灰色面罩，林艺看不出他的长相。他露在外面的眼睛很好看，但是一配上那从来没变过的古怪笑声，就让人觉得不喜。

林艺被绑在柱子上，冷冷地盯着B先生。忽然，她的余光里出现另一个身影。她警惕地看向右侧。

那是一个身穿奇怪铠甲的高大……地底人（应该是人，不是怪物）靠着桌子，站在B先生的身后。他的头上悬浮着一个大大的A字母。

A先生安静地站在B先生身后，这两人一个比一个古怪，一个比一个神秘。

突然，A先生扭头看向林艺。明明对方的面容被银色头盔挡住，林艺却觉得浑身一冷。她莫名地有种感觉，A先生比B先生还要恐怖。她或许有机会从B先生的手中逃脱，却绝对不可能在A先生的手下活命。

林艺咬紧牙齿，盯着可怕的A先生和B先生，没有吭声。

半个小时前，唐陌把这个女人扛进了小屋，等了十分钟，就等到了傅闻夺。当时林艺还在昏迷，所以她并不知道，她一晕过去，B先生脸上最让她讨厌的笑容就消失不见。唐陌用最快的速度把她带到这里，见到傅闻夺后，两人交换情报。

"那两个人被四个玩家救走了，"傅闻夺声音平静，他说的两个人指的是王英桂和老鸟，他继续道，"他们没带走怪物，现在那只怪物就在隔壁房间。"

唐陌走到房间看了眼被麻袋装着的大怪物，回头道："好，没受伤吧？"

傅闻夺道："都是小伤。你受伤了？"

唐陌的袖子被割破，衣服上也沾了一些血迹。他道："也是小伤。"

紧接着，两人又说了会儿话，等了半天，林艺才醒。唐陌并不觉得自己那一手刀劈下去有多严重，真的只是轻轻一劈，不承想林艺居然昏迷了半个多小时。在林艺醒来的前一秒，唐陌还神色凝重地思索接下来的计划，林艺一醒，他挂上笑容，继续扮演白若遥。

林艺不说话，她没想到，A先生和B先生居然也不说话。双方僵滞了几分钟，林艺咬牙切齿地说："你们把我抓过来到底想干什么？你们想拿我设陷阱，抓住我的队友？不可能的，队长不可能因为我一个人冒险。你们杀了我好了，拿我当人质，你们什么都得不到。"

唐陌意味深长地看了她一眼。

语气肯定，显然说的不是假话，她的队伍是真的不可能为她犯险，不会来救她。

"谁说我要杀你了？"

林艺一愣，很快藏住眼底的惊讶："那你们想干什么？难道……你是要我出卖团队？这更不可能。你们还是杀了我好了，我就是死，也不会说出队伍里的任何计划。"事实上他们也没有计划，队长说一切见机行事。

　　唐陌"嘻嘻"地笑了一声。

　　听到这笑声，头盔里，傅闻夺的眉毛轻轻一挑。

　　林艺在等待B先生宣告自己的死刑。她不怕死，她能活到现在、通关黑塔一层已经是非常大的幸运。他们五个人是在地球上线前就认识的朋友，无论是谁，在加入小队的第一天就有了觉悟：死可以，绝不出卖团队。曾经他们这个队伍有七个人，在攻略黑塔一层时有两个队友死去了，只剩下五人。

　　经历过生死，他们更加信任队友，信任团队。

　　林艺握紧拳头，下定决心，开口道："杀了我吧！"

　　唐陌笑道："那怎么杀你好呢？"

　　林艺没想到唐陌前一秒还说不要杀她，现在突然又问该怎么杀她。这人翻脸比翻书还快，林艺从牙齿缝里蹦出两个字："随你。"

　　"切成一块块的好不好？"

　　林艺："随……随你。"

　　唐陌："下油锅炸一炸，炸得脆脆的，更好吃，好不好？"

　　林艺："随你！"

　　唐陌："那不如先把你扒了皮，放水里洗干净，再放进……"

　　"铮！"一把锋利的匕首"嗖"的一声从B先生的身后飞出，擦着林艺的脸庞，直直地刺进她身后的石头墙。投匕首的人身手太好，林艺清晰地感受到冰冷的刀面将自己脸上的汗毛割断，却没有刺破她的皮肤。

　　在这把匕首射过来的一瞬间，林艺尝到了死亡的味道。她的心跳得极快，仿佛要从嘴里跳出来。明明早已抱了必死的决心，可是刚才那一刻她害怕了。她不想死，一点都不想死，她还想活下去！

　　傅闻夺收起手，道："歪了。"

　　这是之前商讨计划的时候没说过的，唐陌心中一惊，但很快回道："唐吉，你吓到我们可爱的食物了。"

　　被吓得差点尿裤子的林艺："……"

　　经过傅闻夺和唐陌的连番恐吓，林艺是真的被吓哭了，不敢再逞强。唐陌见她害怕的样子，明白事情已经铺垫得差不多了。他站起身，走到林艺面前，俯下身，与她平视。

唐陌眯起眼睛："咦，你不是偷渡客啊。"

林艺吞了口口水，没回答。

"你不是偷渡客。之前我们碰到的那几个人类，是偷渡客吗？"

林艺明白唐陌指的是郊外的那几个玩家，她想了会儿："他们应该是偷渡客。正常玩家不会随便杀人。我以前在游戏里就遇到过一支偷渡客小队，游戏结束后，他们杀了同行的一个预备役玩家，抢走了他的奖励。"

唐陌："这样啊。你们一共有几个人，想来偷马戏团团长的怪物？我知道的，黑塔可是会把这种消息偷偷摸摸地告诉你们。"

林艺："36个人。"

对方谎报了数字，唐陌也不惊讶："这么多？唐吉，你前几天才吃了两个，最近有再杀吗？"

被迫吃人的傅闻夺扫了唐陌一眼，道："没有。维克多，事实上我只吃了半个，另外一个半是你吃的。"他好心提醒。

强作镇定的林艺："……"

唐陌："对手有点多啊，唐吉，这或许是我们侦探生涯里最大的一次挑战。你觉得我是现在就吃了这个人类尝尝鲜，还是做点其他事呢？"为了防止傅闻夺再语出惊人，唐陌自问自答道，"嗯，是该搞点有趣的事了。那可是几个美味的偷渡客啊。"说着，唐陌转过头，微笑着看向林艺。

一个小时后，一个年轻女人在漆黑的巷子里醒了过来。醒来的下一秒，林艺立即观察周围的环境。她的手放在自己口袋里的飞镖上，这是她的秘密武器。因为B先生的实力比她强太多，她还没来得及用暗器就被B先生制伏了。

环视一周，林艺发现自己在空无一人的小巷里。她脚下一蹬，快速跑出巷子。她用了两个小时在外面不停绕圈，确定A先生、B先生并没有跟踪自己后，才跑回码头旁的木头小屋。

她进屋后，发现屋里空无一人。林艺想起队长说过的秘密联络方式，走到屋子中央的沙盘旁，看着沙盘里放置的几颗小石子。12颗白色的小石子零零散散地摆放在沙子上，林艺看了一会儿，解读出答案："码头下，B地点。"

十分钟后，林艺就找到了自己的队友，同时看到了两个奇怪的人。

队友们对林艺的回归惊喜不已，老李赶忙跑过去："小林，你终于回来了。碰到什么事了？怎么这么久？你受伤了？"

林艺的肩膀上被漂亮少年的黑色虫群咬破流血，她道："没关系。"

眼镜男走过去："有人跟踪吗？"

林艺摇摇头："肯定没有。"

眼镜男松了口气。

林艺的目光在墙角那两个陌生男人的身上扫了一眼，随后转头看向眼镜男，神情严肃："队长，我今天碰到了B先生，和他交手了。"被B先生单方面压制也算是交手，"B先生非常强，我感觉队长你和昊哥加起来，可能勉强算是他的对手。而且他还算救了我的命。我碰到了一群偷渡客。"

林艺一下子给出的信息量实在太大，小屋里，所有人都错愕地看着她。

眼镜男冷静下来："小艺，你慢慢说，把事情说清楚。"

"是这样的，今天下午我按照队长分配的任务，去跟踪了一个玩家，然后在郊外碰见了那群偷渡客……"

林艺详细地把自己知道的所有事都说了出来，包括B先生救了自己，又打晕自己，还有她在裁缝店里见到的一切："A先生也在那儿。最后B先生说，放了我也不是不可以，但是我们玩家人数太多——我骗他一共有36个玩家。他放了我，要我回来告诉你……"

林艺抬起头看向眼镜男，眼神犹豫："队长，他想合作。"

进入这个集结副本，当唐陌知道自己和傅闻夺将要面对的是21个玩家后，就开始思考，是否可以和其他玩家进行合作。隐藏身份假意合作是不可能的，他和傅闻夺的头上顶着硕大的字母，想忽视都难。

任何一个玩家看到他们头顶上的字母就会知道他们是A先生、B先生，他们无法掩藏自己的身份。

原本唐陌和傅闻夺一致同意在七天时间里，分批解决玩家，就像抓住王英桂和老鸟那样，把人抓了关在笼子里，就囚禁在自己眼皮子底下，等于废了他们的战斗力，减少对手。如此七天后，他们面对的敌人或许将不足十个，到时候再利用大蚯蚓善于钻洞的特性，从地下挖一条路，将大蚯蚓送到马戏团（大蚯蚓很傻，它不会知道自己在挖什么洞）。

但黑塔打了他们一个措手不及。

将林艺送回去后，唐陌回到小屋。他把林艺带进来、带出去时，都有打晕对方，防止对方看到他们目前的据点。但送走林艺，傅闻夺道："换个地方。"

"好！"唐陌点点头，跟傅闻夺一起离开了这间裁缝铺。

他们必须换个地点，以防万一林艺猜到这间裁缝铺的位置。果不其然，三个小时后，包括林艺在内的五个玩家行色匆匆地进入裁缝铺。唐陌和傅闻夺躲在远处的一处石壁后，看着这五人走进裁缝铺，没过多久就走出来，手里还拿着一个空空的大麻袋。

低沉的男声响起："果然猜到了。"

唐陌点头："那个女玩家似乎是侦查方面的异能，对于周边环境很敏感，确实有可能猜到。当初之所以选择去抓她，也正是因为她的异能没什么攻击性，很有可能被派去跟踪其他队伍，自己落单。"看见林艺等五人离开裁缝铺后，唐陌和傅闻夺一起离开。

傅闻夺道："他们看来确定要合作了。没有安排人躲在暗处，而是直接五个人一起进去，这是要谈判，不是想埋伏。"

唐陌："看到那三个玩家凄惨的死状，他们就应该明白，在这场游戏里最可能要了他们命的不是A先生和B先生，而是那四个偷渡客。"顿了顿，唐陌道，"只是很可惜，我没想到那四个偷渡客实力那么强，我差点没能逃脱。"

两人在王国都城里绕了半圈，来到城市的另一端。这是一间荒废已久的破屋，周围看上去是贫民集中营，每间屋子都破破烂烂，东缺一块、西少一块，屋顶上还破了个大洞。阳光透过这个洞漏在地上，照亮了房间正中央的一只大笼子。

黑色的布盖在这个笼子上，将里面的大蚯蚓藏住。咚咚的撞笼子声从未停止，还伴随着呜呜呜的假哭声。唐陌不用掀开黑布都知道，这只蚯蚓又开始愚蠢地想撞开笼子出来了，它肯定还在假哭，一滴眼泪都没有的那种。

唐陌没有理会它。进入这个破屋后，他终于放松下来。

"今天算是顺利度过了，没有受到什么重伤，也没有被他们偷走蚯蚓。"之前和傅闻夺交换情报的时候太过匆忙，两人都只说了大概，没说清楚细节。唐陌仔细地问道："你遇到的那几个玩家，他们的异能大概是什么样的？"

傅闻夺道："那支五人小队，除了你跟踪的那个女玩家，还有四个男玩家。其中领头的是一个戴眼镜的男人。他应该就是那个女人口中的队长。他的异能是一张黑色扑克牌，这张扑克牌的作用我一时间没看出来，我们交手时间比较短。他们一共有四个人，我只有一个，想战胜他们难度很大，双方胜率各占五成，拖下去对我不利。所以最后我们只交手了四分钟，我先逃走了，他们也在救了那两个玩家后离开了。"

王英桂和老鸟被救走的事，唐陌早就知道，否则之前他不会刻意在林艺面前说自己和傅闻夺前几天刚吃了两个玩家。为的就是补足玩家人数上的差额，掩藏自己和傅闻夺的玩家身份。

傅闻夺继续说："那四个人里，眼镜男暂且不提，有一个人的异能是一把弩弓。他一次性可以射出四把火箭，每把箭速度极快，接近子弹的速度，且杀伤力很大。还有一个人的异能是医疗类。"

唐陌双目一亮："医疗类？"

唐陌目前拥有十几个异能，没有一个异能和治疗有关。他也只有一个蚯蚓的眼泪道具可以治愈伤口。如果真到了重伤濒死的时候，蚯蚓的眼泪一旦用完，他就会陷入危机。

然而傅闻夺接下来的话很快打破了唐陌的希望："很奇异的医疗类异能。那个玩家本身也很强悍，而且速度非常快，但是一直没有使用异能。我逃走的时候回头看了一眼，他把手放在了那两个被我们抓住的玩家头上。很快，那两个玩家就睡着了，表情很安详，呼吸也平静下来了。"顿了顿，傅闻夺补充道，"那两个玩家被关在笼子里的时候，因为一直被怪物当球踢，精神不是很好。"

唐陌当然知道，但是他更在意的是："那两个玩家身上的伤口愈合了吗？他们受的伤不重，几乎都是挫伤。"

傅闻夺："没有。"

唐陌抿了抿嘴唇。

连身体上的小伤都没有治好，恐怕那个人的医疗类异能和精神治疗有关。这不是唐陌想要的异能。

说清楚五人小队的玩家异能后，唐陌开始向傅闻夺说明自己遇到的四个偷渡客的异能。他将变身棕熊的光头男、玩虫子的漂亮少年和变出无数把飞刀的中年男人的异能仔细描述了一遍。最后他的声音顿了顿，目光平静地看向傅闻夺，道："傅闻夺，我遇到了一个熟人。"

没有喊唐吉，喊的是傅闻夺。

唐陌这次十分认真。头盔里，傅闻夺眯起双眼，意识到唐陌底下要说的话非常重要。

唐陌语气冷静："你也认识。匹诺曹的诚实卡牌游戏里，你那一队中有个女玩家。在我们决定合作之后，她代表骑士牌，我代表王后牌。我将她淘汰进了攻塔游戏。她现在在那支偷渡客小队里。"

傅闻夺的脑海里立刻浮现出一个短发女人的身影。他记忆力很好，在地球上线前就可以记住边境所有毒贩的长相，乃至他们家人的长相。他很快想起那个女人的模样，道："确定是她？"

唐陌："Checkmate。她的异能，拥有可以跟踪目标的子弹。"唐陌取出大火柴，将那颗嵌进火柴头的银色子弹抠了出来。

傅闻夺看着这颗子弹，淡淡道："她是个偷渡客。"这是肯定的，"在匹诺曹游戏里，匹诺曹说场上一共有两个偷渡客，应该就是我和她。"

两人没在这个话题上再纠缠下去，傅闻夺直接问："她认出你了吗？"

唐陌有些犹豫："我戴着面罩，她出手也很晚。我和她的三个队友开战时她似乎不在，她一来我就逃走了。只是不知道她到底是什么时候来的，有没有看到我的小阳伞。那把伞我后来给了别人，不过没多久她就来了。或许她看到了，或许没看到。"

傅闻夺直接做出最坏的打算："既然她看到了，那她已经猜到你是玩家。推理可得，他们猜到我也是玩家。"这是最坏的情况，傅闻夺隔着头盔，看向脸色不悦的唐陌。

被认出是玩家是计划外的，唐陌和傅闻夺从头到尾就没打算暴露自己的玩家身份，可谁能想到，一个23人的副本游戏，里面还有老熟人。

唐陌的计划很可能因为这个女人被彻底搅乱，他不高兴是理所当然的。哪怕戴着面罩，唐陌也眉头紧皱，眼中全是懊恼（后悔自己考虑得还不够全面），浑身上下都是一股很不高兴的气息。

这样的唐陌很少见，傅闻夺饶有兴致地看了会儿："你要戴我的面具吗？"

唐陌一愣："戴你的面具？"

傅闻夺想了会儿："在一开始我们换装的那家店里一共有两个面具，一个是我这款，还有一个稍微小点。你头不大，应该能戴，只不过上面有一些花

200 -

纹，看上去似乎是女款。"

唐陌："……"

虽然他确实有点后悔自己为什么不像傅闻夺这样，直截了当地把整张脸遮住，或许还能蒙混过关。但他只是想想，压根儿不想成为铠甲怪人。

傅闻夺的审美唐陌完全无法理解，也压根儿不想理解。毕竟林艺在的时候，她那看奇葩一样的眼神明明白白地告诉唐陌：他们两个人的审美都没毛病，是傅闻夺自己有毛病（其实林艺看唐陌的眼神也像看神经病）。

事已至此，经过傅闻夺这通马后炮一样的调侃，唐陌冷静下来："那四个偷渡客现在知道我们是玩家也没有任何用。他们四个实力很强，一个人我打得过；两个人胜负难分；三个人我能借机行事；他们四个人在一起，我只能赶紧逃跑。而且我那次是打了他们一个措手不及，他们很自大，哪怕我是B先生，也没将我放在眼里，没有使出全力。显然，他们以前就杀过类似的游戏BOSS。只不过下一次他们不会再这么大意。"

傅闻夺："其中谁最强？"

唐陌毫不犹豫："可以变身棕熊的光头男，他的身体力量比你还要强。"

傅闻夺："棕熊是陆地上最强大的动物之一。"

再强大的技巧也比不上绝对的实力压制，当肉身力量强大到一定程度，你打他一拳他毫无反应——比如唐陌用大火柴劈断光头男的脖子，他居然没有死，而他打你一拳，只是一拳，就可以将你的身体打出一个洞。

唐陌思考了一会儿，却慢慢勾起唇角："他们猜出我的身份，也不一定会把这个消息告诉其他玩家。这是一个很重要的消息，他们是偷渡客，已经杀了六个玩家，不会轻易把重要情报告诉别人。更可能因为我是个玩家，而放松警惕。"

就像眼镜男说的一样，玩家再强能强到哪儿去？最多黑塔二层的水平。B先生是玩家，可比B先生是黑塔怪物要好对付得多。至少他不可能拥有狼外婆、圣诞老人那样的实力。

傅闻夺看着唐陌淡定的笑容，道："即使他们觉得事态严重，想找人合作，难度也很大。21个玩家里，那四个偷渡客和那支五人小队是实力最强大的。四个偷渡客和其他人合作不足为惧，如果和那支五人小队合作，确实很可能从我们手中偷走怪物。"

"他们不可能合作的。"唐陌肯定道。

傅闻夺笑了一声："在你把那三具尸体挂到墙上后，他们就不可能再合作了。"

唐陌纠正道："唐吉，事实上是你挂的，我只是在旁边望风。"

两人互相看了一眼，也不知道唐陌是怎么透过头盔看到傅闻夺的，忍不住也笑了一声。

是的。第二天晚上唐陌就发现了那三具尸体。和其他玩家不同，在这场游戏里他们明显处于劣势，所以不会浪费一分一秒。自从黑塔给出"来自名侦探的鄙视"提示后，唐陌和傅闻夺就日夜不休，在王国都城里四处寻找玩家的踪迹。

他们没找到玩家的踪迹，倒是找到了三具玩家尸体。

这三个玩家倒在漆黑的小巷里，暗色的血溅在墙壁上，整个巷子里全是血，宛若屠杀现场，血腥、恐怖。而事实上，这三个玩家死得也很惨，死不瞑目。

肯定是玩家杀的，因为如果是地底人杀的，这三个玩家不会留下尸体，他们会被地底人吃掉。

找到这三具尸体后，唐陌便有了一个主意。他和傅闻夺将这三具尸体悬挂在地底人王国最繁华的一条石头路上，第二天一早，他们就埋伏在那儿附近，看看能不能找到玩家。

果然，他们找到了那支五人小队。

"只有比较聪明的队伍才会想到顺着每条石头路去找我的踪迹，这样的队伍值得合作。因为足够聪明，也足够谨慎，看到那三具尸体后，他们不可能再和偷渡客合作。"如果五人小队没看到那三具尸体，唐陌相信他们也会在地底人王国里打听到风声，知道三个玩家被偷渡客杀了的事。

唐陌淡淡道："和他们合作不是为了获得支援，而是让他们不和其他队伍合作。现在看来，只要最强大的两队玩家不合作，我们获胜的希望就有六成。"

傅闻夺："七成。"

唐陌疑惑地看向他。

古怪骑士靠着墙壁，微微低头，不知道是在看唐陌还是在看地面。"那两个很……"顿了顿，他考虑了一下说辞，"那两个很天真的玩家被他们'救'走了。"

王英桂和老鸟，被五人小队救走了。

唐陌愣了一下，笑道："是，七成。"

时间一天天过去，地底人王国一片宁静。怪奇马戏团的惊喜之夜临近，越来越多的地底人从不同的地方赶来王国都城，强大的怪物也从怪物世界乘船过来。

在惊喜之夜的当天，码头上，一只破破烂烂的木头小船从怪物世界行驶过来。船只靠岸，一位头戴礼帽、身穿粉色小洋裙的淑女袅袅婷婷地从船上走了下来。"啪嗒"一声，她打开自己的粉色蕾丝边小阳伞，伞身稍稍抬起，露出了狼外婆那双幽绿色的眼睛和凸起的尖嘴。

狼外婆捂着嘴巴，矜持地笑了一声，扭着屁股走上码头。

敢光明正大地进入地底人王国的怪物，都实力强大。狼外婆走在路上，普通的地底人不敢靠近她。她路过一间鞋铺，里面的铁鞋匠正在勤劳修鞋。他将黑色鞋油倒在一只臭鞋子上，"砰砰砰"地用钉子砸鞋，看都不看她一眼。她又路过一间糖果屋，这间糖果屋的招牌是用甜腻的棒棒糖做成的，无数的棒棒糖在店门上画出了一行字——Merry Christmas。

中午12点，悬挂在天上的太阳中间突然出现了15束绿色的光芒。

狼外婆迈着小碎步继续往前走。当这15束绿光射向都城的三个角落时，狼外婆脚步顿了一下。但她没理会，很快又扭着屁股、打着小阳伞继续前进。

香蕉酒馆的包厢里，光头男伸出手，一把抓住了那束朝自己飞来的绿光。他打开绿光，看清了地图上的标记。当他看见怪物的位置时，微微一愣，很快咧开嘴巴，露出一个凶狠残暴的笑容："不远啊……"

漂亮少年看着地图上的标记，手指用力，绿光地图被他掐碎成光片："我今天就要杀了B先生！"

话音落下，四人快速蹿出香蕉酒馆，奔向不远处的贫民住宅区。

黑塔特意选择在中午12点发动"来自名侦探的鄙视"，也是有原因的。这个时候，懒惰的地底人都躺在床上呼呼大睡，哪怕这些玩家堂而皇之地在街上动手，也不会有地底人关注。这是一个只属于玩家的游戏，只要不作死，地底人不会主动来吃他们。

光头男没有变身棕熊，速度是四个偷渡客里最快的。一分钟后他便飞奔到了这片贫民聚集区。他眼中散发着狠光，盯着面前十几座破破烂烂的平房。忽然，他的目光定格在贫民窟最里边的一间破屋上。

"就是那里！"四个偷渡客飞速跑向那间屋子。

就在他们刚刚跑进贫民住宅区的下一刻，短发女心中一紧，暗道一声"不好"，同时侧开头，躲过一把从自己身后飞来的三角形回旋镖。黑色的回旋镖在空中转了一个大圈，回到一个长发女人的手中。

偷渡客四人齐齐停住脚步，看向来人。

只见从另一条路上，四道黑色身影以极快的速度向他们奔来。他们速度很快，一会儿就到了贫民窟外。那长发女之所以要提前甩出飞镖，是为了制止四个偷渡客前进。当他们这支四人小队跑到近处后，一个年轻、阳光的青年笑着说道："今天可是最后一天了。怪物可以一起偷，没什么大不了的，但是国王的金币只有两枚。谁速度快就给谁。"说着，这青年就继续向前跑，即将超过四个偷渡客。

光头男听了这话，一时没反应过来。当这青年跑到他身边时，他阴冷一笑，一拳砸向青年。一直在笑的青年顿时收敛了笑容，身手敏捷地倒退三步，躲开这一击。他的笑不像白若遥那样充满嘲弄，此时此刻他不再笑了，眼神冷冷地看向四个偷渡客。

投掷回旋镖的长发女也停住脚步。这支四人小队站在贫民窟外，与光头男四人对峙。

没有犹豫，为首的青年道："你们四个是偷渡客？"

光头男嘲讽地笑道："是又怎么样？"

话音落下，光头男咆哮一声，两手撑地，脸上迅速长出棕色的熊毛。回旋镖女见状，回首看向青年，怒道："我就说万一玩家里有偷渡客不肯和平结束游戏的吧，我就说吧。就你，一直在到处乱逛，还说什么正好趁着时间充裕多了解一下地底人王国的消息，方便以后的游戏。现在可好，挖个坑把自己弄栽进去了。姓陆的，咱们队伍就你和我比较会打架。我今天要是死在这里，到地府我也要你的命！"

姓陆的青年一个侧身躲开光头男的攻击，不断躲避对方的攻势，其间也想着可以回击一两下，可是他的刀劈在光头男的身上，光头男毫发无损，他那把长刀却卷刃了。青年赶紧道："安楚，还不快过来帮忙！"

回旋镖女又骂了一声，嘴上在骂，身体却很及时地挥舞回旋镖，帮青年挡住了光头男的攻击。

很快，这两支四人队伍就打了起来。

原本陆姓青年是想着公平竞争，幸存的玩家哪怕不同心协力，但最后也是可以一起偷了大怪物的。黑塔在游戏开始前给玩家的任务是"将大怪物从A先生、B先生手中偷出来"，没说只能让几个人偷出来。所有玩家之间唯一的矛盾就是国王的金币。

一共只有两枚国王的金币，23个玩家肯定不够分。但这是额外奖励。

青年一边抵挡光头男和漂亮少年的攻击，一边说："等等、等等，你们等等。我们队伍不擅长打架，实力也比较弱。我们只想顺利赢得这场游戏，国王的金币我们不要了，都让给你们行不行？"

这是最好的选择。陆姓青年一直知道自己队伍的弱势，事实上他的这支队伍严格来说只有他和从小一起长大的青梅安楚两人，另外两个队友是临时凑的。如果条件允许，他们可以试着抢一抢国王的金币；条件不允许，那赶紧算了，保命要紧。

光头男闻言，龇开尖利的牙齿。变身棕熊后，他的牙齿也像野兽一般锋利可怕，如同鲨鱼。他一拳砸穿陆姓青年身后的一块巨石，说："杀了你们，再去拿国王的金币，有什么问题吗？没问题。"

陆姓青年："……"

地球上线后他参与了不少黑塔游戏，其中不免会遇到偷渡客。但光头男这种偷渡客是少数。大多数偷渡客在游戏里都安分守己，尽量掩藏自己偷渡客的身份，以免被队友排挤。偏偏还有光头男这种偷渡客，拥有了强大的力量后更是想杀人。

偷渡客的四人小队里，光头男和漂亮少年兴奋地不断攻击陆姓青年这支小队。中年男人在旁边用银色飞刀助攻，只有使用"Checkmate"的短发女脸上露出不悦，似乎不是很想疯狂杀人，但队友这么做了，她不会反对，也上去帮忙。

四个玩家与四个偷渡客在贫民窟里进行了一场大混战。

会住进贫民窟的地底人本就在地底人王国里处于下层，实力极弱。他们听到外面的动静只会拉上门窗，不予理会。

光头男一拳砸爆了一间木头小屋，粗壮的大腿扫向陆姓青年。眼看青年无法躲避，安楚挥舞回旋镖，用力地砸向光头男的腿根。光头男向后倒跌一步，安楚拉着陆姓青年就跑。

"追！"四个偷渡客追着这四个玩家跑。

八人跑到大怪物所在的破屋附近，陆姓青年快速道："按理说现在应该还有其他七个玩家活着，应该也到了附近。他们不可能全都是偷渡客吧？哪怕是偷渡客，见到这种情况也会和我们联手，先解决这四个人。走，到那个屋子里去，只要拖下去就肯定会有人来……喀喀……你干什么，安楚？"

回旋镖女一拳头砸在了陆姓青年的头上，路过一棵树时，还免费让他洗了次树叶头。安楚恼怒道："你根本不是走智商流这条路的料，搞什么计划？现在最重要的是逃命，逃命懂不懂？你的计划有哪一次是成功的？你自己说！"

陆姓青年憋屈地不再说话，因为回旋镖女说的全是真的。虽然他一直很想走智商流的攻塔道路，但没一次成功的，每次也不知道咋回事，总是有稀奇古怪的原因导致计划失败，再稀奇古怪地赢得游戏。赢得游戏的原因有很多种，可是没一种和他的计划有关。

四人也不敢去想偷走大怪物了，得先活着，才能考虑赢得游戏。

光头男变身棕熊后速度大减，短发女的速度却非常快，比安楚还快。安楚四人已经到了她的射程范围，她举起银色手枪，冷冷道："Checkmate！"

"砰！"一颗银色子弹冲破枪口，直直射向陆姓青年的后脑。

这颗子弹仿佛长了眼睛，任凭陆姓青年怎么左右躲避，始终追踪着他的后脑，阴魂不散。陆姓青年目光一冷，甩开回旋镖女的手，转身直面银色子弹。他右手一挥，一支奇异的银色教鞭出现在他的手中，他高声念道："$3^2+4^2=5^2$，这就是勾股定理。"

他转头迎敌的动作太过突然，短发女一下子没反应过来。这句话落下，一束刺眼的白光从他的教鞭手中射出，直直地射到短发女的眉心。短发女错愕地睁大眼，很快大脑一晕，整个人向后倒去。

光头男正好跑过来接住她昏睡过去的身体，用力地摇了两下，短发女才苏醒过来。

光头男："怎么回事？"

短发女慢慢回过神，咬牙切齿道："突然就觉得很困。小心那个人，那个人的异能是催眠型的。"

与此同时，短发女口中要小心戒备的陆姓青年已经疯狂地向后逃窜："我催眠不了子弹啊，安楚救我，快救我！"

安楚自顾不暇，被漂亮少年的黑色虫群不断攻击，只能一次次地拿回旋镖打散虫群。那颗银色子弹跟着陆姓青年的后脑飞着，似乎已经要撞上他的脑袋。安楚咬牙，一脚蹬地，又是一只黑色回旋镖凭空出现在她的手中，她将这支回旋镖挥动出去。

她的速度还是没子弹快，但是就在子弹即将射穿陆姓青年的头颅的前一秒，一张黑色扑克牌从旁边射出来，将这颗子弹牢牢钉在地上。

子弹在土里颤动了两下，渐渐停住。

贫民窟的另一边，四支火箭从天而降，将围攻安楚的黑色虫群烧散了一小半。同时，一个中年男人挥舞长刀，将无数把射向陆姓青年的银色飞刀拦了下来。

陆姓青年和安楚这才有了喘气的机会，至于他们临时凑队伍凑出来的两个队友，更是浑身是伤，倒在一旁不知死活。眼镜男带着自己的四个队友从破屋里走了出来。他们正是从大怪物所在的那栋破屋里走出来的。

这个情况令陆姓青年心中一惊，目光在眼镜男五人的身上停留。

林艺道："队长，这四个好像是游戏里最后幸存的玩家。其他玩家应该都被那四个偷渡客杀了，我们现在是按你的计划行事吗？"

老李开玩笑道："不是队长的计划，是A先生和B先生的计划。"

陆姓青年等人齐齐惊住，惊愕地看着眼镜男等五人。眼镜男冷静地扫过陆姓青年、安楚，最后看向不远处四个警惕的偷渡客。他道："不搞定这四个人，游戏无法正常进行下去。所以我们不是要按B先生的计划行事，这也是我的计划。"

光头男察觉到事情不妙，转身就跑："走！"可是他的话刚落地，他的脚下响起"轰隆隆"的声音。

从光头男的脚底开始，一直到站在最远处的漂亮少年，他们的脚下好像有什么东西炸开了，漫天的粉色出现在他们眼前。等他们回过神，只见一层又一层黏糊糊的东西粘在他们的脚上，将他们粘在地上、无法动弹。

这个粉色的东西像极了口香糖，光头男、Checkmate女和中年男人都被粘住一只脚。漂亮少年比较惨，两只脚都被粘住。他们尝试着挣扎了一下，没能把脚从这黏腻的粉色口香糖上拽开。

笑嘻嘻的声音从远处传来："铲不掉的草莓口香糖，不用试啦，真的铲不掉哦。"

四个偷渡客立即抬头，看向来人。当看到那个靠着墙壁、顶着一脸恶心笑容的吟游诗人时，漂亮少年怒吼道："我要杀了你！！！"

　　道具：铲不掉的草莓口香糖。

　　拥有者：唐陌。

　　品质：精良。

　　等级：二级。

　　攻击力：普通。

　　功能：可将口香糖拆开使用，被粘上的物体将会受到强于自身重力20倍的黏力。

　　限制：一次性用品。非常非常臭，只有使用者可以闻到臭味。

　　备注：当唐陌用马里奥的臭帽子撞出这块口香糖时，一定在想，到底是马里奥的帽子臭，还是这块沾着口水的口香糖臭。或许是唐陌本人更臭，毕竟臭味相投。

　　用草莓口香糖粘住偷渡客只是唐陌的一个预备计划，他也不敢保证自己能够准确地把口香糖炸弹扔到四人的脚下，还牢牢地粘住他们。万幸，他成功了。不过这四个偷渡客里有三个人的异能都是远程攻击。

　　漂亮少年愤怒地吼叫后，双臂一挥，数万只黑色虫子从他的袖子里飞出，铺天盖地的虫群向唐陌袭击过来。中年男人也面色铁青地掷出无数把小飞刀，短发女举起手枪，一连喊了三句："Checkmate，Checkmate，Checkmate！"

　　"砰砰砰！"

　　三颗子弹一起飞向唐陌的脑袋，唐陌不断躲避。他看向眼镜男，两人对视一眼。眼镜男推了推鼻梁上的眼镜，道："先杀了他们。"

　　这就是唐陌和这支五人小队合作的第二个目的。

　　最重要的目的是不能让这支强大五人小队和偷渡客队伍合作，否则九个人加在一起，唐陌和傅闻夺要胜过他们，难度太大，很可能失败。而第二个目的，就是统一战线，先解决四个偷渡客。

　　眼镜男右手一抬，插在地上的黑色扑克牌飞起来，回到他的手中。站在他身边的昊哥怒吼一声，飞扑向被口香糖粘在原地、无法动弹的光头男。两个强壮的男人很快扭打在一起，其余玩家也纷纷冲了上去，解决这四个偷渡客。

昊哥的异能非常不明显，他的身体没有任何变化，也没变出任何武器。他似乎是力量增强型异能，冲上去和光头男扭打在一起，两人竟然打得有来有回。因为光头男无法挪动右脚，一开始是昊哥占据了上风，但很快昊哥便被光头男一拳砸在了地上，鲜血从他的口中喷出。

下一刻，只见光头男朝着天空怒吼。他身上的棕色熊毛越来越密集，越来越多。当熊毛将他的身体完全覆盖后，他四肢朝地，脸庞慢慢变化，嘴巴变凸，五官拥挤着变位。

陆姓青年惊道："不好！"

玩家们纷纷避让，连光头男的三个队友也惊骇地看着他，想跑开，可是他们的脚被粘在地上无法动弹。

很快，光头男完全变成了一只巨大的棕熊。他拍打胸口，右脚用尽全力，突破相当于自身重力20倍的黏力，将自己的脚从口香糖里拽了出来。当他获得自由后，第一个看向躺在地上的昊哥，然后凶狠地冲了上去。

林艺立即飞奔上去，用最快的速度将昊哥救走，可是他的肩膀上也被棕熊挖出了一大块血肉。

棕熊再怒吼着瞪向唐陌，唐陌收住笑容。刚才为了应付短发女的三颗银色子弹和漂亮少年的黑色虫群，他已经使用了一些异能，很多异能是一天只能使用一次的。唐陌察觉得出来，现在的光头男非常危险。这种危险让他敏锐地察觉到，自己肯定不是对方的对手。

唐陌毫不犹豫，转身逃跑，光头男咆哮着四肢蹬地，冲向他。

林艺往前一步："队长，他们……"

眼镜男阻止了她接下来的话，双眼眯起："那是一枚国王的金币。"

林艺不再说话。

击杀偷渡客的计划仍然没有停止，眼镜男继续安排队友去解决那三个被粘在地上的偷渡客。他只是没去救B先生而已。B先生要是死了对他来说并没有任何损失，甚至他还有可能从光头男的手中夺走那枚国王的金币。

黑色虫群和银色小刀如同大雨般，铺天盖地地向幸存的玩家射来。这边战局还没结束，只听一道轰然巨响从玩家身后的小石屋里传来。众人扭头看去，却见B先生飞奔着跑出屋子，在他的身后，那只棕色巨熊后腿蹬地，飞扑向他。

当棕熊飞到空中时，一个身穿奇怪铠甲的骑士突兀出现，双手拦在半空中，挡住了棕熊的爪子。

傅闻夺没想到这只棕熊的力量居然会强大到如此地步，为唐陌挡住这一击后，自己竟然被击飞出去，砸在一块巨石上，将巨石砸得粉碎。

身上的铠甲被砸得破裂开来，傅闻夺一手撑地，站了起来，看向不远处的唐陌。他责怪自己的队友没有给出准确的情报："维克多，你说他力气很大，但你没说他的力气大到这个地步。"这力气比他还大。

唐陌被这只熊追得狼狈不已，好不容易才撑到傅闻夺来了，他快速解释："我上次见他的时候，他也没完全变身成这样。"

完全变身棕熊后，光头男似乎失去了理智。他双目通红地盯着唐陌和傅闻夺，不知道是不是思考了一下，他冲向傅闻夺，冲向这个似乎更需要提防的对手。傅闻夺闪身躲开这一击，地面被棕熊砸出一个大洞。

很快，棕熊飞出大洞，再次冲向傅闻夺。

一人一熊在空中不断变换位置，发出"砰砰砰"的撞击声。恐怖的熊爪从头顶拍下来，将傅闻夺砸向地面。傅闻夺落地时灵巧地翻身一滚，卸掉大部分的力道。但他的铠甲彻底从中间裂开一道大口子。傅闻夺慢慢站直，看着远处那只同样在喘气的棕熊。

任何一个地方都会有可怕的对手。傅闻夺连续两次被黑塔通报，成为A国第一个通关黑塔一层、黑塔二层的玩家，这固然意味着他的实力在A国是顶尖的，却不代表他能轻易打败A国所有玩家。他向来知道，且不说异能很神秘、似乎有所隐藏的唐陌，就说首都那个偷渡客组织的头目，他如果和对方动手，胜算只有七成。

傅闻夺定定地看着这只野兽，扭了扭手腕，银色的铠甲从他的身上噼里啪啦地落下。这些铠甲原本就在和棕熊打斗的时候破裂成了好几块，只是搭在身上没掉下来。现在他轻而易举地将这身碍事的东西脱下来，最后他的手按在了自己的头盔上。

傅闻夺将银色头盔缓缓取下来。唐陌一惊，以为他要暴露长相了，谁知道头盔被摘下来的下一刻，一张和唐陌脸上如出一辙的灰色面罩遮住了傅闻夺的下半张脸，只露出一双坚毅的眼睛。

傅闻夺穿着黑色的长衣，双目冰冷地看着眼前的棕熊，勾起唇角："这样更方便。"说着，他右手一甩，一把漆黑的三角形利器突然出现在他的手臂上，他的手消失不见。下一刻，傅闻夺身影消失，再出现时已经到了棕熊的头顶，他挥舞右臂上的黑色利器，刺向棕熊的头颅。

棕熊向后翻倒。

当黑色利器刺到棕熊的头皮时，迸溅出刺眼的金属火花。一丝红色的血从棕熊的头顶流下，滚到他的眼睛里。棕熊发出滔天怒吼。傅闻夺从不轻敌，直接再攻了上去，不给棕熊反应的机会。

褐色的大地上，男人身形矫健，不断从各个角度攻击那只蠢笨的巨熊。光头男被傅闻夺极快的速度迷惑，每次刚挥爪上去，傅闻夺就已经消失。他发出愤怒的吼声，但他的皮肤实在太过坚硬，傅闻夺只是一次次地划破他的外皮，没能真正造成致命伤。

在傅闻夺出现后，唐陌就没管他那里的事，将光头男完全交给了他。

唐陌相信，傅闻夺肯定能应付那只强大的棕熊。他足够信任自己的队友，而自己则扭头攻向使用虫群的漂亮少年。

漂亮少年的异能是四个偷渡客里最棘手的。他不是最强大的，可是他的虫子无孔不入，防不胜防。唐陌握着大火柴冲上去，将火柴挡在自己面前，双手齐力，挥舞火柴挡住每一只飞向自己的黑虫。

他很快跑到眼镜男的身边。两人对视一眼，齐齐点头。

眼镜男的手中射出三张黑色扑克牌。扑克牌如同黑色的闪电，在空中不断飞舞，将每一只飞向唐陌的黑虫劈成两半。唐陌一鼓作气，冲到漂亮少年的面前。少年的脸上露出惊恐。对于他来说，恐怕以前每次杀人都躲在队友的身后，很少有人能近身。他的异能不是近战型，被唐陌近身后他立即做出对策，用密密麻麻的黑虫将他裹成了一个茧，保护着他。

唐陌却比他反应更快，在这层茧覆盖到足够厚之前，右手一挥，无数火焰燃上了黑虫，将这些虫子烧碎。黑虫聚集的速度比唐陌烧死虫子的速度更快，但因为唐陌反应及时，在厚茧完全覆盖住少年前，只是一秒前，露出了一个巴掌大的小缝。

一张黑色扑克牌从唐陌的身后飞出，绕过他的肩膀，直直地飞进那小小的缝。

下一秒，在贫民窟里到处飞舞的黑虫突然停止动作，不再攻击其他玩家，转身看向那被黑虫保护在中央的漂亮少年。保护着少年的黑虫也都停了下来，扭转身体，盯向被自己保护在虫茧中央的主人。

然后，它们全部冲了上去。从少年的鼻子、眼睛、耳朵、嘴巴……每一个能钻进去的孔里钻了进去，钻到了少年的身体里。事实上这已经是一具尸体了，眼镜男收回黑色扑克牌，漂亮少年的脖子上被扑克牌划出一道血口。他睁大眼睛，脸上全是惊恐，倒在了地上。

虫子们的"嗡嗡"声从他的尸体内部响起，不过十秒钟，唐陌看见少年的肚子里似乎有什么东西在动。唐陌倒退两步，数以万计的黑色虫子捅破了少年的肚子，从他的身体内部冲了出来。

这些虫子飞出少年的尸体后就不再聚在一起，似乎成了普通的虫子，飞向了各个方向。少年的身体只剩下一具空壳，内脏被那些虫子吃了个干净。大脑被吃没了，眼睛也没了，他如同曾经被虫子吃过的每一个玩家一样，四肢大张，用失去眼珠的双眼看着天空。

与此同时，一只黑色回旋镖从空中飞过，割断了中年男人的头颅。

如此一来，四个偷渡客只剩下光头男和短发女。看到情势不对，短发女一咬牙，拿出一把小刀砍断了自己被口香糖粘住的脚，转身就跑。失去了一只脚，她奔跑的速度大幅度下降，可是仍然拼命地跑。

一只巨型火柴在空中画出一道弧度，狠狠地打在她的膝盖上，将她打翻在地。短发女转头看到唐陌。

看到他头顶的B字母，她双眼不断颤动。她忽然向不远处的眼镜男等玩家喊道："他是黑塔怪物，我是玩家，我们才是一个阵营的。你们又没死，我也不想和你们作对的，是他们三个想杀你们，不是我！"

眼镜男没有说话。

唐陌一个侧首，同时举起大火柴，挡住了一颗射向自己后脑的子弹。他低声笑道："这是你的第五颗子弹？"唐陌记得在匹诺曹游戏里，这个女人为了射出第五颗子弹，头发尽白。没想到过了两个月，她已经可以毫无代价地射出五颗子弹，显然她的异能也有进步。

第五颗子弹嵌进了红色的火柴头里，这是短发女刚刚逃跑时偷偷射向唐陌的。她说话的意图一方面是看能不能从眼镜男那里获得帮助，让眼镜男转头来帮她；另一方面就是想拖延时间，转移唐陌的注意力，趁机偷袭。

可惜唐陌还是发现了。

唐陌嘻嘻一笑："你头发不用再白了？"

短发女一愣，慢慢地，似乎想起了什么。看着B先生这双熟悉的眼睛，她终于明白，七天前她在码头上看到B先生时产生的熟悉感到底是什么。她的眼中燃起憎恨的怒火，右手用力，抬起手枪，对准唐陌的脖子："Checkmate……"

"咔嚓——"唐陌直截了当地扭断了她的脖子。

另一边，傅闻夺一脚将强壮的棕熊踢到空中，他一脚蹬地，整个人向空中飞去。漆黑的三棱锥形状的利器从下至上，刺穿了棕熊的心脏。唐陌眼尖地发现那把黑色利器上泛着冷冷的银光，似乎和之前有些不同。

"轰！"光头男的尸体落在地上，傅闻夺甩了甩右手，利器消失，变成原本的模样。

至此，四个偷渡客全部被击杀。而另一边，陆姓青年抱起了自己的同伴。这支四人队伍里，另外两人实力一般，其中一人已经醒了过来，另一人却永远闭上了眼睛。他的胸口有被子弹穿过的痕迹，想来是早已死去，无法再救。

短发女还是说错了，她其实杀了人。在今天以前，她和她的队友一起杀了更多的人。

收拾完四个偷渡客，唐陌走到傅闻夺身边。玩家们是第一次见到脱下铠甲的A先生，看到A先生刚才单方面击打棕熊的情景，他们纷纷警惕地拿起自己的武器，盯着傅闻夺和唐陌。如果不是光头男皮糙肉厚，肯定早就被傅闻夺打死了。换作是他们，绝对无法在傅闻夺的手中活下去。

陆姓青年转头看向眼镜男：两枚国王的金币，干不干？

眼镜男给了他一个眼神：走！

陆姓青年有点惊讶，但是他相信同是玩家的眼镜男。他抱起自己还活着的另一个队友，与安楚一起，扭头就跑。眼镜男在唐陌杀了短发女后，也转身逃跑。七个玩家一窝蜂地逃走，

刚刚他们还和唐陌、傅闻夺齐心协力杀死四个偷渡客，现在就跑得无影无踪。

他们之间从来都不是同伴，只是为了一时的利益，被迫合作。

在眼镜男毫不犹豫地逃走的一瞬间，唐陌的眼里露出一丝惊讶，很快他道："不好！"

唐陌和傅闻夺全部反应过来，跑进小屋。果不其然，屋子中央的笼子里空无一物。在他们刚才杀死四个偷渡客时，笼子里的大怪物已经被玩家救走了。

唐陌看着空荡荡的笼子，脸上神情变换。最后他勾起唇角，轻轻摇头，看向身旁的傅闻夺，笑道："傅少校，我以为你只戴了个头盔，原来里面还有面罩的。"准备得也太周全了吧。

傅闻夺："不笑了？"

唐陌愣住，过了一会儿明白了傅闻夺的意思："那样笑是为了在那些玩家面前掩藏身份。"

傅闻夺意味深长地看了唐陌一眼，说了一句模棱两可的话："我更希望拥有一个正常点的队友。"

唐陌愣了一会儿，很快："……"

难道过去这七天，他在傅闻夺的眼中，一直很不正常？！

唐陌不再说话，面无表情地上前扛起笼子，冷冷道："傅少校，走了。"

面罩下，傅闻夺不动声色地笑了一声，跟了上去。

地底人王国的下水道错综复杂。没有现实都市的四通八达，他们的下水道又小又脏，恶臭扑鼻。七个玩家以最快的速度在这个下水道里前行，一个小时后，成功离开了王国都城，在一个荒废已久的郊外小屋里停下。

陆姓青年大口地喘着气："总算可以呼吸了。再在那个下水道里走半个小时，我肯定会被熏死。这位……喀，这位朋友怎么称呼？我叫陆星，她是我朋友安楚。这是我的队友安德鲁，他是个外国人。既然大家都通关了黑塔一层，看上去应该都不是偷渡客，还都拥有异能……正式玩家吗？"

安楚瞥了他一眼："计划没有，废话一大堆。"

眼镜男坐定后，道："我姓骆，这是我的队友，老李、小陈、小林，还有昊哥。我们都是正式玩家。"他隐瞒了自己队伍的信息，陆星似乎却并不在意。

众人认识以后，都放下心来。

集结副本和其他副本不一样。他们这些人大多参与过上个月的香蕉酒馆集结副本，在里面只要是同阵营的玩家，基本都会选择合作，因为合作才能让他们拥有更多获胜的希望。而且集结副本即使输了也不会死，只是会有一些惩罚。他们互相没见过对方队伍，很明显在上次香蕉酒馆的集结副本里，他们是不同阵营。

休息过后，陆星问道："不去拿国王的金币，是因为A先生、B先生太强？"

眼镜男微微一笑。这是他七天来第一次如此安心地露出笑容："是有这个原因。A先生的强大你们也看到了，B先生也非常强。这一点我们前几天和他们有过交手，所以知道。不过更重要的一个原因，就是比起国王的金币这个额外奖励，我们还要赶紧逃走，免得让A先生、B先生发现……怪物已经被偷走了。"

陆星惊道："偷走了？！"

小陈嘿嘿笑道："那是，我们队长早就做好计划，已经分头把那只大怪物偷走了。"

大家已经休息完毕，眼镜男带着陆星、安楚来到小屋的壁炉前。他俯身将地上的木板拉开，露出一个黑漆漆的地洞。眼镜男道："国王的金币固然重要，但我个人比较偏向于保守计划。不算你那位受伤的队友，我们七个人联手，杀死A先生、B先生的概率不足两成。如果那四个偷渡客没死，我们11个人联手，这概率有七成。"

安楚疑惑道："既然这样，你怎么不早点说？我们可以先和那四个偷渡客一起杀了A先生、B先生，拿到国王的金币。这样偷走大怪物也会很容易。"

眼镜男摇头："不。杀死A先生、B先生的可能性有七成，但在那之后，我们七个人都会死。陆先生，安小姐，我们七个人绝对不是那四个偷渡客的对手。比起先得到金币再被人杀死，和不得到金币能活命，我选择后者。这也是我选择和B先生合作的原因。"

陆星："你居然和B先生合作？！"

安楚："人家这才叫智商流。"

众人一直往前走，走到地洞的尽头时，看到了两个中年男人。王英桂和老鸟见到眼镜男等人回来，赶忙跑过来，激动道："我偷到了！和你说的一样，A先生、B先生在混战的时候根本注意不到我这里，我和老鸟成功把那只怪物偷了出来。"

眼镜男道："辛苦你们了。"说着，他走上前，想揭开盖在笼子上的黑布。

王英桂缩了缩脖子："我和老鸟被这只怪物折腾了三天三夜，都不想再看见它了。"

陆星好奇道："你们也是玩家？你们是怎么被这只怪物折腾了三天三夜的？"

王英桂吞了口口水，简单地说了一下自己和队友在第一天就被A先生抓住、被B先生扔进关怪物的笼子，接着被这只怪物当球踢，踢了三天三夜的事。想起来他还心有余悸："幸好大家救了我们，要不然我和老鸟真的要被折磨死了。"

掀开黑布，众人看着这只巨大的怪物。

王英桂郁闷道："就是这只可恶的大怪物！"他狠狠踢了一下笼子，笼子里的怪物惊恐地睁大眼，发出"叽叽"的叫声。

等了许久，大家没听到动静，眼镜男思索道："现在还没到怪奇马戏团的惊喜之夜。惊喜之夜的活动是晚上6点开始，或许要等到那个时候，我们才能被判定为成功偷走怪物。"

众人齐齐点头。

时间一分一秒地过去，在晚上6点到来的那一刻，清脆的童声在众人耳边响起。

大家松了口气，接着他们便听到——

叮咚！玩家陆星、安楚、林艺、骆泽……王英桂通关失败，没有偷出可怜的怪物，可怜的怪物即将被解剖。集结副本"怪奇马戏团的惊喜之夜"划掉，集结副本"怪奇马戏团的惊悚之夜"正式开启。

通关失败惩罚：晚上7点前，十位玩家潜入怪奇马戏团，破坏惊喜之夜。

叮咚！玩家陆星、安楚、林艺……

黑塔的声音里藏着一丝幸灾乐祸的味道，十分欢快地播报了三遍。

骆泽惊骇地睁大了眼睛。这时候他已经没心思去在意自己和队友的名字被黑塔直接报了出来，之前的掩藏毫无作用。他嘴唇翕动，似乎想说些什么，很快，童声又在他们的耳边响起——

叮咚！玩家傅闻夺、唐陌顺利通关"怪奇马戏团的惊喜之夜"，获得奖励"可自由定制的道具升级礼包"一只。

狭窄漆黑的地洞里是死一般的寂静。

黑塔满是恶意的声音在十个玩家的耳边来回播报了三遍，仿佛在嘲弄这些玩家愚蠢而又沾沾自喜的模样。眼镜男的队伍里，他的四名队友一下子就垮了脸，连眼镜男自己也不敢相信这样的答案。他张着嘴，表情有点滑稽。这是他在地球上线后参与的所有游戏里，第一次出现这样的表情。

林艺看到自己的队长露出了这样的表情，心中涌起了一丝不甘和愤怒。"怎么可能？怪物就在这里，我们顺利偷出来了。那两个新玩家是哪儿来的？他们什么时候偷了怪物？怪物不就在我们眼皮子底下吗？"

不仅她，其他几个玩家也说："黑塔搞什么鬼？我们成功偷怪物了，它就在这里。这不就是那只怪物吗？你们两个不是被这只怪物折磨了三天三夜，精神差点崩溃吗？"

王英桂完全摸不着头脑，百思不得其解："就是它啊。"说着，他一把扯过自己的队友，两人走到巨大的笼子前。王英桂指着笼子里这只黑色的巨型长尾巴老鼠。这只老鼠有一人高，看上去十分奇葩，此刻正眨着眼睛，盯着王英桂。

"老鸟，你说是不是它？就是它，一直不停地把我们的笼子当球踢，我这辈子都忘不掉。你说是不是！"

老鸟也道："是的，没错，就是它啊。"他们极力向其他八个玩家解释。

笼子里，黑色大老鼠歪着头："叽叽？"

它这一道"叽叽"声过后，刚才还吵吵嚷嚷的地道渐渐安静下来。

哪怕再怎么不肯承认，现在他们的任务就是失败了。这只老鼠不是怪物，他们偷错了对象。

陆星的拳头微微缩紧，尽量冷静下来，分析当前情况："所以现在有两种可能——第一，怪物在中途被人调包了，你们偷出来的是一只很像怪物的老鼠。你们之前说过，这只怪物怕光，A先生、B先生在把你们和它关在一起时，白天从来都拉着黑布。或许你们根本没看清楚它的模样，认错了。"

王英桂道："不可能，它的样子我一百年都忘不掉！还有这个叫声。"

"叽叽。"老鼠配合地叫了一声。

陆星叹了口气，还没开口，一旁的眼镜男便冷冷道："那只有第二种可能，从头到尾，这只老鼠就不是怪奇马戏团今晚要展示的怪物。"王英桂和老鸟一脸蒙地看向眼镜男。眼镜男早已恢复了平静，可是脸色有点白，不是很好看。但现在任务失败，他只能强迫自己镇定，用理智去思考："A先生、B先生肯定知道马戏团的怪物到底是什么，而我们只是在码头上看过那只怪物，而且是被黑布蒙着、关在马车里。"

林艺一下子明白过来："队长，你的意思是，A先生、B先生从一开始就想误导玩家，把真正的大怪物藏起来。他们将这两个人关在假的怪物笼子里，让他们以为老鼠才是大怪物。实际上老鼠根本不是大怪物？"

林艺说得有点绕，但她一点明，在场的其他八个玩家都恍然大悟。

王英桂过了一会儿也反应过来，恨恨地踢了一下笼子："A先生、B先生也太阴险了吧？他们是在第一天抓到我和老鸟的。那才几个小时，他们就想到把我们关在假的怪物笼子里，鱼目混珠。"顿了顿，他想，"不对啊，A先生、B先生可以骗人，黑塔不可以。黑塔给了我们怪物的坐标位置，这个位置总不可能有错吧？"

昊哥也道："队长，第四天我挖出A先生的时候他肩膀上背着一个麻袋，里面的东西也发出'叽叽'的叫声，看体型和这只老鼠差不多。"

昊哥的意思眼镜男懂，他闭上眼睛，把过去这七天发生过的每一件事在心里反复琢磨了个遍。最后他长长地舒了口气，露出一个苦涩的笑容。他缓缓说来："地底人王国最伟大的两个名侦探，来自'名侦探的鄙视'……我总算明白了。其实A先生和B先生给我们布下的这个局，是这样的。首先，是绑走两个玩家，误导他们搞错真正的大怪物……"

地底人王国都城，怪奇马戏团。

下午6点整，当唐陌和傅闻夺背着装大蚯蚓的麻袋，双脚踏入马戏团时，耳边就响起了和其他十个玩家一模一样的通知。当听到黑塔说还剩下十个玩家、并开启"怪奇马戏团的惊悚之夜"时，唐陌脸色一变，意识到黑塔很有可能把他和傅闻夺完成任务的信息也告诉了其他人。

果不其然，黑塔在坑玩家这一点上绝对不会让人失望，紧接着就是通报唐陌和傅闻夺完成游戏的消息。黑塔还很好心地把他们的名字彻底扒了出来，两个人藏了七天的玩家身份就这么直接曝光了。

在唐陌哭笑不得之际，傅闻夺淡定的声音响起："至少脸没被看到。只知道名字，不知道脸。"

唐陌转头看他一眼，笑了："傅少校，你是虱子多了不怕咬，你的名字全A国每个玩家都知道，还如雷贯耳。"唐陌说得非常客气，言下之意是在说傅闻夺站着说话不腰疼，他自个儿"恶名昭彰"，唐陌可不是，唐陌一点儿都不想出名。

傅闻夺背着大蚯蚓，意味深长地望了唐陌一眼："或许他们猜不出来我们哪个是A先生、哪个是B先生。"

唐陌："或许吧……或许那个戴眼镜的队长会猜出来？算了，走吧，把这只蚯蚓交上去。"

两人抬步继续走。

麻袋里，大蚯蚓蠢蠢地用它的大脑袋拱着麻袋，麻袋被它拱得一上一下。力道一卸，麻袋就自己弹回来，它觉得好玩极了，乐不可支地拱了半天，连喊妈妈都忘了，完全没注意这两个正背着自己的玩家要把自己背到哪里。

其实从头到尾，唐陌的计划就非常简单。

游戏第一天，他和傅闻夺在码头布了个局，成功抓住了比较蠢的王英桂和老鸟。在抓住这两个人的同时，唐陌发现了一个问题，那就是在游戏的第一天，其余21个玩家并没有联手。至少可以说，他们目前都各为营，没有结伙的意思。

这对唐陌和傅闻夺来说是最好的消息。

这场游戏最怕的就是玩家一上来就结盟。21个玩家的游戏任务是毫不冲突的，他们最大的冲突是两枚国王的金币。这两枚国王的金币好像匹诺曹游戏里的国王牌一样，诱惑着玩家淘汰其他人，独自享受这份奖励。

如果是唐陌，在进入游戏的第一时间，就会寻找合适的玩家结盟。因为两枚国王的金币的诱惑，既是奖励，也是炸弹。这意味着游戏难度很高。这种游戏最坏的情况就是大怪物还没偷到，玩家自己就先打了起来。唐陌不会让匹诺曹游戏重演一遍，他会在一开始就放弃国王的金币，不主动去争取，把完成游戏放在第一位。

值得庆幸的是，21个玩家里没有人这么选择，甚至有四个偷渡客决定屠杀其他玩家。

情势一下子对唐陌大好。第一天把王英桂和老鸟放到假怪物笼子里是一种考量，也是一个巧合，按理说情势这么好，唐陌在不知道第二天黑塔会给出"来自名侦探的鄙视"的情况下，不会谋算到后面的事情，是傅闻夺说："有备无患。万一他们逃走了，他们就是仅剩的看到怪物的玩家。误导一下，未尝不可。"

傅闻夺在王国都城的下水道里，抓住了一只巨型老鼠。他把这只老鼠塞进笼子里，把王英桂和老鸟关了进去。

之后就是触发"来自名侦探的鄙视"效果，在黑塔公布这个效果的同一时刻，傅闻夺和唐陌互看一眼，立刻想到了一个计划：故意将王英桂、老鸟送给其他玩家。

这是他们送给眼镜男的一个大礼包。

傅闻夺说当这两个玩家被救走后，他们的胜率就从六成上升到了七成。不是因为王英桂和老鸟非常愚蠢，猪队友会拖后腿，而是他们俩会误导眼镜男，让眼镜男认错大怪物。

在黑暗的地道里，眼镜男道："'来自名侦探的鄙视'，黑塔将大怪物的坐标位置公布给了我们，但是我们没有一个人在位置公布的那一瞬间就看到大怪物。在我们赶去坐标位置的时候，A先生、B先生完全可以把大怪物运走。更何况，他们根本没必要运走。"

眼镜男在地上画了一幅粗略的王国都城地图："黑塔给我们的地图是平面的，也就是XY坐标轴，没有高度坐标。A先生、B先生完全可以挖一个洞，把真正的怪物藏在地下，把假怪物藏在真怪物的上方。这样，我们就永远不会发现自己找错了怪物。"

小陈看着这幅地图："被骗了！"

眼镜男很冷静："被骗的不只是这个。他们用两个看过'怪物'的玩家来误导我们，故意合作、露出破绽。第四天，还让A先生当着我们的面演戏，误导我们。两者加成，我们绝对会以为这只'叽叽'叫的老鼠是大怪物，不会怀疑。"

老李感慨道："这输得他妈一点都不冤。"

眼镜男推了推眼镜："还有一件事，假设A先生、B先生再心狠一点，谋划得再深一点，或许……老李，第三天我们在石头路上看到的三具玩家尸体可能不是那四个偷渡客杀的，是A先生、B先生杀的。"

老李惊道："A先生、B先生杀了三个玩家，还剖开他们的身体，挂在街上示众？"顿了一下，他问道，"这是为了离间我们？"

眼镜男："我不知道。这件事和A先生、B先生有没有关系，我无法判断，因为那个少年偷渡客死的时候被虫子反噬的尸体和那三个死去的玩家很像。我只能说，无论是不是他们做的，这都是一步好棋。因为那三具尸体残忍的死法，让我下定决心不和那些偷渡客合作，所以现在我们输了游戏。"

陆星在旁边道："不是有两个玩家完成游戏了吗？傅闻夺，这个名字我知道，就是他，A国第一个通关黑塔一层、二层的偷渡客。他也是个偷渡客。不过那个唐陌是谁？我没听过这个名字。"

安楚摸了摸下巴："我也没听过。"

因为自己误导了所有人，王英桂有点自责。他讪讪地插嘴："对啊，那两个人是怎么完成任务的？难道说我和老鸟把这只怪物偷走后，他们比我们去得晚了一步，正好没在屋子里找到怪物，就挖了挖土，找到埋在地下的真正的怪物？"

这话说出来，连王英桂自己都干笑了一声，觉得太不可思议了。

两个从没出现过的玩家，一出现就被黑塔通报完成了任务。这种感觉像极了他们十个人在前面冲锋陷阵，打了个半死不活，双方快要同归于尽，这时突然冒出来两个人。于是他们一群武林高手受了重伤没法动弹，眼睁睁看着两个无名小辈不费吹灰之力，拿走了属于他们的奖励。

陆星道："虽然不知道唐陌是谁，但傅闻夺如果真是那个傅闻夺，他应该不至于那么蠢、那么没用，只会躲在我们后面捡便宜。"

林艺也觉得哪里不大对劲："这七天里，我真的没见到那两个玩家。清算一下人数的话，我们队伍有五个人，陆先生你们的队伍有四个人。第三天死去了三个玩家，那个偷渡客小队一共四人。再加上这两位玩家，还有那天我跟踪到郊外的队伍，他们有三个人。一共是21个人，正好就差那个傅闻夺和唐陌。可是第四天我在废弃小楼附近搜寻了很久，没看到他们的踪影。难道说，他们的侦察能力比我更强，隐藏了踪迹，我没找到，还是说他们根本没去找大怪物？"

大家面面相觑，提出了各种可能。

突然，眼镜男瞪大双眼："我们的游戏任务失败了，是因为我们没救出真正的怪物。"众人齐齐转头，看向他。眼镜男目光聚焦，大脑飞速运转，抽丝剥茧地回忆七天游戏里的每个细节："任务失败，我们收到任务失败的惩罚，'怪奇马戏团的惊悚之夜'开启：晚上10点前，十位玩家潜入怪奇马戏团，破坏惊喜之夜。"

众人不解地看着他。

林艺："队长，这有什么问题吗？"

眼镜男已经彻底想明白了，眼中带着一丝狂热，压制住自己激动又愤怒的心情。他因为自己发现了真相而激动，又因为这个真相而愤怒。

"为什么要我们破坏惊喜之夜？如果真正的怪物真的被玩家偷走了，惊喜之夜已经被破坏了，不需要我们再去破坏。所以，惊喜之夜顺利开始，大怪物根本没有被偷走。"

所有人错愕地看着眼镜男，只见他咬紧牙齿，一个字一个字地愤恨地从牙缝里蹦了出来："A先生、B先生顺利将大怪物送到了马戏团。他们完成了的任务……他们就是傅闻夺和唐陌！"

这一边，虽然知道自己的身份很可能已经被其他十个玩家发现了，唐陌却并不慌张。首先，那十个玩家哪怕知道了他们是傅闻夺、唐陌，也不知道他们谁是傅闻夺、谁是唐陌。其次，那十个玩家根本没见过自己的脸。

从某种程度上说，唐陌觉得自己的演技还是不错的。他和白若遥身高差不多，遮住头发和嘴巴，只露出一双眼睛，差别应该也不算太大。那十个玩家并没有和自己相处太久，除了林艺，他们都没怎么和自己对视过。说不定以后他们见了白若遥，对着白若遥神经病一样的表现，还会对着他喊上一句"B先生"，冲上去报仇，可能还会以为他是A国的玩家公敌傅闻夺。前提是白若遥还活着。

两人走进马戏团，才走了几分钟，一个又矮又胖的侏儒从远处蹦了过来。一见面，喷嚏精打了个大大的喷嚏，绿色的鼻涕泡在空气中鼓出一个大球。喷嚏精将绿鼻涕吸了回去，揉揉鼻子："怪物呢？A先生、B先生，我可得告诉你们，惊喜之夜已经开始了，现在是杂技表演。7点整，如果你们不能把怪物交出来，不仅得不到尾款，还将免费得到来自我们伟大的马戏团团长的怒火！"

唐陌看了看他的身后："你没准备笼子吗？"

喷嚏精回道："什么笼子？七天前不是给了你们大怪物和笼子，我们还给了一辆马车！"

唐陌笑道："那正好，我们出来说。"

三人走到马戏团外。马戏团外的地上，有一只硕大的铁笼子。傅闻夺将麻袋放在了地上，打开袋口，喷嚏精一看："啊，就是这只该死的怪物！"

大蚯蚓突然发现顶不到麻袋了，抬起头，看了眼唐陌和傅闻夺，又看了看满脸恶相的喷嚏精。下一秒，大蚯蚓号啕大哭起来："呜呜呜呜，妈妈在哪里？我要妈妈，我要妈妈，呜呜呜……"

还是假哭，没眼泪的那种。

喷嚏精怒道："快把它给我关到笼子里去，快！我要把它交给伟大的马戏团团长，让伟大的马戏团团长在1000多位观众的面前，把可恶的它碎尸万段！"

"哇呜呜呜……"

喷嚏精狂躁的吼叫和大蚯蚓的假哭声夹杂在一起，吵得唐陌耳朵生疼。他与傅闻夺对视一眼，傅闻夺拎着麻袋，把大蚯蚓扔进了笼子里。"轰隆"一声，沉甸甸的胖蚯蚓被扔进笼子里，它被砸了个头晕眼花，一时没反应过来。

唐陌和傅闻夺走到笼子后，用力地推动笼子，将笼子推了起来，在地上摩擦。他们推笼子的速度奇慢无比，像蚂蚁在爬。推了一分钟，才推出一米的距离。

喷嚏精一愣："你们在干什么？赶紧把这只怪物送进去啊！"

傅闻夺扫了喷嚏精一眼："太重了。"

喷嚏精："什么？"

唐陌看了一眼四处巡逻的马戏团保镖："要不然你来推？好了，我们的钱呢，难道你又想吞走我们的钱？"

喷嚏精脸色变了变："谁……谁要吞你们的钱！你们赶紧把怪物送进去，我再把钱给你们！"

唐陌和傅闻夺用缓慢的速度，将关着大蚯蚓的笼子推进了马戏团。并没有人注意到，他们推笼子的动作有点古怪，每推一下，都用脚悄悄地踢笼子一下。等到把大蚯蚓推到后台时，两人停止动作。大蚯蚓觉得推笼子游戏非常好玩，将那只恶心的大脑袋凑到傅闻夺和唐陌跟前，隔着笼子顶顶他们："好玩，再推，再推。"

唐陌无奈道："真是不知死活。"

傅闻夺看了他一眼。

时间一分一秒地过去，临近7点，杂技表演快要结束，低沉有磁性的声音从舞台上响起："Ladis and gentlemen，地底人和怪物们，这里是怪奇马戏团，这里是惊喜之夜。我是谁？不错，王小甜的飞吻我已经收到了。我就是你们最伟大的……马戏团团长！"

欢呼声响彻马戏团，似乎要将帐篷掀翻。

唐陌和傅闻夺站在后台，看不到团长的模样，但是在他的声音响起的一刹那，他们心中一紧。两人快速地看了对方一眼，明白了对方的意思：危险！

仅仅是凭声音，恐怖的实力就强压下来，令唐陌和傅闻夺不敢忽视。

马戏团团长绝对是狼外婆、圣诞老人那一级别的黑塔怪物！

明白了这一点后，唐陌的额头上微微出了些冷汗，可他并没有因此动摇。他冷静地看着面前的帷幕，他知道，帷幕之后是上千名观众，还有可怕的马戏团团长。他静静地等着时间流逝，听着舞台上的马戏团团长宣布，要在今晚亲自进行表演，解剖奇葩怪物大蚯蚓。

表演杂技的地底人从舞台上下来，一群马戏团工作人员又开始准备解剖工具。后台里乱作一片，拥挤的人群挤在唐陌和傅闻夺的身边。可以说，现在是马戏团最混乱的时候了，连喷嚏精都没时间去看唐陌和傅闻夺，他有自己的事要做。当然在他离开前，唐陌拉住他拿走了三枚银币。这是他和傅闻夺这次的工钱。

观众的口哨声、咆哮声在帐篷里回荡，恐怖的笑声和作乐声令帷幕后的舞台成了一个荒诞的世界。马戏团团长高声说出"那就让我们请出今晚的VIP嘉宾"时，后台的杂技表演人员还没撤干净，他们一听这话，赶忙跑开。

"就是这个时候！"唐陌和傅闻夺异口同声道。

"轰！"在帷幕落下的前一秒，唐陌和傅闻夺同时出脚踢向了铁笼子。准确来说，是踢在铁笼子底部的那一面上，将笼子的底部踢飞。硕大的笼底飞出帷幕，马戏团团长惊讶地跳起来躲过这个笼子，笼子继续往前跑，即将砸到观众席。

坐在第一排的狼外婆"啪嗒"一下打开自己的小阳伞，笼底砸在她的小阳伞上，"轰隆"一声，落在了地上。狼外婆掩唇轻笑，优雅得宛若一个淑女："哎呀，这是什么东西呀？可吓死我啦。"她用黑毛大手拍了拍自己的心脏，一副被吓到的样子。

而另一边，喷嚏精惊呼："你们想干什么？！"

唐陌和傅闻夺哪里管他。他们踢笼子的动作做得太突然，马戏团成员没一个人反应过来，连大蚯蚓都没反应过来。

唐陌快速道："还不跑？"

大蚯蚓愣了一下，这才扭着屁股，骨碌碌地钻洞。它钻洞的速度很快，没有铁笼子，它一碰到土壤，就钻出一条大洞，消失在深深的地道里。唐陌和傅闻夺立即转身逃跑。

马戏团里乱成一团，有工作人员想抓住唐陌和傅闻夺，可他们自己都忙得不可开交，一个人动了，另外一个人被绊着倒下，人踩人地挤成一团。唐陌和傅闻夺踩着人群跑出马戏团，下一秒，眼镜男等十个玩家就赶到了。

他们抵达马戏团时，马戏团已经是一片人海，乱得找不出路。

马戏团成员们像热锅上的蚂蚁，你踩我一脚，我必须踹你一脚。他们滑稽的表演令台下的观众哈哈大笑，马戏团团长这才反应过来。眼镜男只看到一个花里胡哨的背影，接着这背影就疯狂地踩着人群，追向唐陌和傅闻夺。

眼镜男惊愕地看着这一幕。

陆星目瞪口呆地问道："这是惊喜之夜？我们现在算不算已经破坏了惊喜之夜？"

怪奇马戏团的惊喜之夜在一片鸡飞狗跳里结束了，唐陌和傅闻夺顺利离开游戏。马戏团团长并没有追上他们，毕竟一切来得太突然，马戏团里的成员们也倒作一片，绊住了团长的脚步。

离开游戏时，童声在唐陌和傅闻夺的耳边响起——

叮咚！玩家傅闻夺、唐陌额外通关"怪奇马戏团的惊悚之夜"游戏，救出可怜的大怪物，破坏惊喜之夜。获得奖励——蚯蚓的好感。

唐陌还没来得及思考"蚯蚓的好感"是什么，他和傅闻夺已经被传送出了游戏。两人一睁眼，就回到了东新大桥。没时间多想，他们飞速离开东新大桥，找到一间无人的屋子落脚。

唐陌将门关上，后背贴着门板，坐在地上休息。

虽然到最后没被马戏团团长追到，但是为了逃命，两人也用尽了全身的力气。唐陌靠着门重重地喘气，从背包里取出一朵即将枯萎的月亮花。花苞上，最后一片银色的花瓣落了下来。这朵花完全枯萎，化为灰烬，从唐陌的手中滚落。唐陌的额头，银色的光芒一闪而过。银光减弱了一些，似乎是因为少了一朵月亮花，很快银色消失，唐陌的额头又恢复正常。

道具：红桃王后的月亮花。

拥有者：唐陌。

游戏通关说明：下午6点整将大蚯蚓送至马戏团，即可通关"怪奇马戏团的惊喜之夜"。该集结副本为双重游戏，隐藏游戏"怪奇马戏团的惊悚之夜"，晚上7点整，帮助大蚯蚓逃跑可通关"怪奇马戏团的惊悚之夜"，破坏惊喜之夜。

不错，在进入游戏之后，唐陌就使用了月亮花，获得通关游戏的方法。他使用月亮花是为了确定自己和傅闻夺的通关条件。原本他在思考自己和傅闻夺在七天后如何顺利地把大蚯蚓送到马戏团，他需要获得更多信息。后来触发了"来自名侦探的鄙视"效果，游戏难度大增，使用月亮花更成了理所应当。

只不过月亮花果然是残缺版的游戏攻略，它只告诉唐陌完成游戏的最终方法，没告诉他任何通关秘诀。

两人靠着房门休息了一阵，唐陌看着黑黑的天花板，回忆起自己过去这七天经历的事，笑了一声，傅闻夺转头看他。

唐陌道："虽然知道咱们两个组队游戏难度会增加，但是这个难度……好像增加得太大了吧。"

傅闻夺右腿弯起，右手靠在膝盖上，声音低沉："难度是不小，2V21。"

"嗯，2V21。"

傅闻夺道："感觉怎么样？"

唐陌想了想："痛快！"

就是痛快。玩了这么多游戏，唐陌是第一次在赢得游戏后，觉得这么开心。游戏难度越大，他在游戏中付出的就越多。把21个敌人耍得团团转，最后还抢走了对方的惊悚之夜的奖励，这感觉简直爽翻了。

这才是游戏，玩的时候处处小心，赢得游戏后爽得头皮发麻。

不过，虽然玩游戏玩得超爽，但和傅闻夺组队后，他们两人的游戏难度增加得实在太过分了。这次要不是有那个杀人如麻的四人偷渡客小队帮忙，唐陌和傅闻夺绝对不可能这么容易就完成游戏。当然，他们其实赢得一点也不轻松。

休息了一阵后，唐陌从口袋里翻出一块白色的宝石，傅闻夺也将它拿了出来。

"可自由定制的道具升级礼包。你打算升级国王的金币？"傅闻夺语气肯定。

唐陌转头看了他一眼，没有否认："你打算升级什么？"

"武器。"

这个答案很正常。傅闻夺没有国王的金币这种稀有的道具，升级武器理所当然。唐陌说道："你有想过升级陌……升级火鸡蛋吗？"

傅闻夺："七天一次，每次可存档一个小时。目前来说足够了。这种道具容易让人懈怠。"

唐陌点点头，想了一下，也不打算升级火鸡蛋。

火鸡蛋对现在的他们来说是绝对够的。

傅闻夺定定地看着他："你真想升级国王的金币？"

唐陌："怎么？"

"国王的金币，可弃权任意一场黑塔游戏。升级它，最好的结果就是获得多次弃权游戏的机会，最多三次。黑塔不会让你拥有太多弃权的机会。很有可能，增加的不是弃权游戏的机会。"傅闻夺道，"升级武器，更适合你。"

唐陌需要的是战斗能力。

这次有傅闻夺在，唐陌才能安全完成游戏。在以前的黑塔游戏里，唐陌只是碰到一个武力值比他高的白若遥，就差点被坑死。现在唐陌又碰到了一个光头男。那个能变身棕熊的光头男，唐陌并不是他的对手。如果不是傅闻夺，在这次的集结副本里，唐陌很可能已经变成了一枚国王的金币。

通关黑塔二层的玩家不一定就打得过黑塔一层的玩家。黑塔游戏不仅靠武力，有时候还要靠智慧、判断力、决心……甚至一点运气。

傅闻夺："弃权游戏只能是一次游戏，升级武器，可以应付很多游戏。"

唐陌沉默起来。良久，他低声道："谢谢。"

傅闻夺勾起唇角。

很快，唐陌便升级了大火柴。大火柴和小阳伞是他目前经常用的武器。小阳伞威力强大，可攻可守，但不可以收进文身里，拿着它有点费事，且无法取得出奇制胜的效果，使用前还必须要喊出羞耻度极高的话语。

唐陌毫不犹豫地升级了大火柴。

道具：马赛克的大火柴。

拥有者：唐陌。

品质：精良。

等级：三级。

功能：不可熄灭之火焰。可随意点燃火柴，一旦火柴的火焰点燃某个物体，因果律作用，只有当该物体被焚烧干净，火焰才可熄灭；超乎你想象地坚硬。

限制：多次使用不可熄灭之火焰会降低火柴的使用寿命，最多可使用50次。

备注：虽然我纵火杀人，但我仍旧是个好女孩，马赛克如是说。

DI QIU

SHANG XIAN

第5章
火鸡表妹

天亮后，确定东新大桥附近没有其他玩家埋伏，唐陌和傅闻夺小心翼翼地回到了商场。之前唐陌使用月亮花发现了集结副本的隐藏游戏，还顺便通关游戏拿到了奖励，等于又坑了其他玩家一次。双拳难敌四手，如果那十个玩家真的怒极，决定联起手攻击唐陌，唐陌和傅闻夺还真不是很好脱身。

　　夜晚不好查看附近是否埋藏敌人，白天阳光充足，玩家不好藏身。

　　唐陌用最快的速度回到商场后，与傅闻夺在商场门口道别。两人有各自的小算盘，比如傅闻夺要升级他的武器。唐陌并不知道傅闻夺的武器是什么。之前看傅闻夺战斗，他几乎没掏出过什么道具，都是用自身强大的武力与敌人对抗。

　　每个人都有自己的秘密，正如同唐陌至今没把自己的异能告诉傅闻夺。

　　进入商场后，唐陌在地下停车场找了一个隐蔽的地方，打开手电筒，从空气中拿出异能书。他低着头翻到最后一页，上面慢慢浮现出了一行行黑色小字——

　　异能：代表星星消灭你。

　　拥有者：金静云（偷渡客）。

　　类型：四维型。

　　功能：发射出带有追踪效果的子弹。瞄准目标，喊出"Checkmate"，子弹将飞向瞄准部位，直至击中或子弹动能消失为止。

　　等级：四级。

　　限制：每颗子弹需要发射者以精神能量进行操控，一次性最多发射五颗子弹，五颗以上将会对发射者造成精神性损伤（可修复）。

　　备注：知识与勇气，美貌与智慧。疾风怪盗水冰星，参上。

唐陌版使用说明：每天可使用一次，每次最多发射三颗子弹。使用前必须高喊"代表星星消灭你，checkmate"，且让对方听见。金静云是上天派来的使者，她最大的任务就是帮助唐陌在变身魔法少女后，还可以代表星星惩罚敌人。现在她完成任务了。同志！生得光荣，死得伟大！

经历了"妖精，还我爷爷"和狼外婆的小阳伞后，唐陌对这种羞耻度极高的道具已经有了很高的接纳度。但是这一次，他的目光死死盯在"且让对方听见"六个字上。良久，唐陌"砰"的一声将书合上，暗自决定：打死也不用这个异能！

合上书后想了一会儿，唐陌："不到万不得已，不用这个异能。"

从某种角度来说，这个异能对现在的唐陌来说，确实有点鸡肋。如果它不需要高喊咒语、被敌人听到，唐陌完全可以把它当作一个远程攻击的偷袭异能。他可以拿狙击枪躲在暗处，使用异能放出一枪，绝对是杀人利器。

可惜它必须让敌人听到。这意味着放出子弹的那一刻，唐陌的位置也暴露了。

不过如果用于近战，唐陌和敌人格斗时，他放出子弹干扰敌人的走位，也是个大杀器。沉思片刻，唐陌将异能书扔进空气里，转身走向地下停车场的三楼。他敲开洛风城的门，里面的人正在低头画着一幅图。

听到开门声，洛风城抬头看向唐陌。他笑道："看来你和傅少校已经赢了那个集结副本。"他语气肯定，丝毫不怀疑唐陌和傅闻夺会赢得游戏。

这一点没必要隐瞒，唐陌走到洛风城的桌前坐下："嗯，赢了，是个比较困难的游戏。"他没有说出自己和傅闻夺在游戏里被黑塔强迫2V21的事。顿了顿，唐陌问道："今天是几日？"

洛风城："2月13日。你们是2月1日进的副本，现在过去了13天。"

唐陌道："我们在地底人王国度过的时间是七天。"

洛风城："这很正常，黑塔副本和现实世界的时间流速并不相同。有时候两者的时间流速是一样的。有时候黑塔副本里过去了一天，现实世界过去两天。有时候黑塔副本过去两天，地球上才过去一天。"

唐陌明白洛风城的意思。就拿他参与过的游戏来说，打地鼠游戏的时间流速和现实世界一样，所以唐陌才能从傅闻夺那里得知自己的时间错乱了，从而完成游戏。但红桃王后的宝石城堡则不同，唐陌在里面只待了几个小时，出来后地球时间竟然过去了两天。

两人又聊了一会儿，唐陌简单地将自己和傅闻夺在集结副本里遇到的事情说了一遍。他没有说具体的游戏内容，更没有说两人坑骗21个玩家的过程，主要说了怪奇马戏团的事："我在以前参与的游戏里听说过这个马戏团，也参与过和它相关联的游戏。它是地底人王国非常重要的一个组织。按照我的推测，恐怕还有更多的黑塔游戏和这个马戏团有关。"

洛风城拿着笔在桌子上轻轻敲了两下，抬头看向唐陌："香蕉酒馆，怪奇马戏团。这是我们目前已知的两个地底人王国的大组织。2018年黑塔2.0版本更新以来，两次集结副本都和它们有关。"洛风城目光一顿，忽然拿起笔，在纸上画了起来。他似乎在画一幅地图，可是太过抽象，唐陌没法从这些弯曲的线条里看出具体位置。

洛风城停下笔，定定地看着唐陌："集结副本和其他所有副本都不一样，一般而言，集结副本是没有生命危险的。哪怕任务失败，也只会获得游戏惩罚，得到新的任务。顺利完成惩罚任务，就可以离开副本。那么借助集结副本，唐陌，我们或许可以真正了解黑塔，至少了解地底人王国和怪物世界。"

唐陌也说道："这次我确实把地底人王国的都城逛了个遍。集结副本对玩家没有固定的区域限制，可以任意走动。如果下次集结副本的位置放在怪物世界……"唐陌伸出手，在洛风城画的地图外，圈了一个圈，"那就可以知道更多关于黑塔世界的信息。"

两人对视一眼。

"掌握的信息越多，面对新的游戏，就会有更大的获胜把握。"洛风城笑道，"甚至以后，如果条件允许，玩家还可以借势。所以，集结副本是一定要参与的。不仅是进去提升自己的力量，还可以获取更多的信息。下周，杰克斯、唐巧他们就要一起去攻略黑塔一层了。"

唐陌微微一愣，很快说道："以杰克斯和唐巧现在的实力，不出意外，他们会顺利通关。这次集结副本里我遇到的所有玩家都是通关黑塔一层的，他们中确实有强者，但有的人远不如杰克斯。"

洛风城抓住了关键词，他道："看来你和傅少校是这次游戏里仅有的黑塔二层玩家？"

唐陌愣了一瞬，很快承认："是。"

和聪明人说话有好处，也有坏处。好处是有些事只要点到即止，对方立刻会懂你的意思，说起话来特别方便。但这同样意味着，对方也能从你的只言片语中察觉到一些你没透露的信息。

唐陌仅仅说了一句"遇到的所有玩家都是通关黑塔一层的"，洛风城立刻想到整个集结副本里只有他和傅闻夺是黑塔二层玩家。如果他再想得深一点，说不定还能猜到唐陌和傅闻夺的游戏任务，这就是聪明人的可怕之处。和他们说话，你必须时刻小心，否则很可能随时暴露自己。

不过以后，就再没有这样的机会了。

唐陌静静地看着眼前年轻的洛风城。从他们初遇至今，已经过去了四个月。没有黑塔，唐陌这辈子不可能见到洛风城这种国家高级机密人员。地球上线后，唐陌大部分的时间都是在S市度过的。在这里，他认识了陈姗姗、小胖子，认识了洛风城、杰克斯。

如果他接下来决定留在S市，无疑会轻松很多。他不是阿塔克的成员，可洛风城、杰克斯并没有把他当外人。哪怕他和洛风城互相有些忌惮，没有真正成为推心置腹的朋友，但基础的信任并不成问题。

但是，一边是陈姗姗、洛风城和熟悉的地区，一边是远在首都、可能根本没活下来的好友，最多再加上一个傅闻夺。

唐陌勾起唇角："明天，我和傅少校离开S市。"

洛风城唇边的笑容慢慢顿住，片刻后，他道："我以为你会留下。"

唐陌敏锐地察觉到了一丝不对："什么？"

洛风城："你和傅少校以后是想一起组队，进行黑塔游戏吧？"唐陌没有说，但要猜到这一点对他来说并不是难事，他道，"是姗姗出的主意。唐陌，你不是阿塔克的成员，甚至我并不知道现在的你到底拥有怎样的实力，但是如果你留下来，阿塔克一旦出了什么事，你不会置之不理。要是以后我攻塔失败死了，你很有可能代替我，成为阿塔克的领头者。"

唐陌心中一惊，意识到了什么。他很快冷静下来，大脑飞速运转。从两周前洛风城推荐自己和傅闻夺去攻略这次的集结副本游戏，一直回忆到现在他们赢得游戏出来。

唐陌道："两周前，你是故意告诉我这个集结副本，让我去攻略的。"

"没错。"

唐陌："陈姗姗的主意？"

洛风城："是她的主意，也是我的主意。你要离开，阿塔克的实力会有所下降。这是我的考虑。那个小姑娘想得或许没有我这么复杂，她和小胖子更多的是不想你离开。她告诉我，她有种直觉，你和傅少校如果参与了这次集结副本，将会感受到你们两人组队后飙升的游戏难度。你会犹豫，以后要不要和傅少校同行。这是劝你放弃和傅少校组队的最好机会。"

唐陌的脑海里浮现出小姑娘那张永远冷静的脸，忽然觉得有点好笑，陈姗姗有异能超智思维，没想到居然会用在这种地方。她猜得没错，在知道自己和傅闻夺组队后触发了"全民公敌"效果，游戏难度增加到与21个玩家对抗时，唐陌确实有后悔过。可是最后，他还是决定组队。

天平的一端是飙升的游戏难度，另一端是优秀的队友。

"怪奇马戏团的惊喜之夜"的游戏结局，给了唐陌最好的答案。一个好的队友，比困难的游戏更重要。

唐陌问道："陈姗姗、小胖子他们在医务室吗？"

洛风城摇了摇头："他们和杰克斯、唐巧去攻略一个现实副本了，是最近发现的。恐怕还要过几天才回来。你要等等他们吗？"

唐陌明天就要走，几个小朋友过两天才能回来。

唐陌沉默了一会儿："不等了。"

洛风城早就猜到了这个答案。

两人又简单地聊了一会儿，当唐陌起身准备离开时，洛风城看着唐陌的背影，忽然开口："如果我拥有异能，或者我成功通关黑塔一层并活了下来，获得了异能。唐陌……或许，我和你也会是很好的队友。"

唐陌的脚步停住，转过头。看着洛风城脸上淡定的笑容，唐陌想起了两人第一次见面时的事。那时他怀疑洛风城是偷渡客，又怀疑他的黑塔研究员身份，现在一想，竟然已经过去四个月了。

唐陌想了想，道："你会拥有异能的。你会通关黑塔一层，也会拥有异能，会变得更加强大，至少足以自保。"

洛风城笑了："我也希望如此。"

两人定定地看着对方。一分钟后，唐陌笑了，洛风城也笑了。

"再见。"

"再见。"

大门"咔嗒"一声关上，唐陌离开了洛风城的办公室。

唐陌在停车场里休息了一晚，第二天上午，他到商场一层的服装店。当他走进服装店的时候，忽然心中一凛，伸手挡在了自己脑后。有人从唐陌的脑后对他进行猛烈的攻击。唐陌向前纵身一跃，在地上打了个滚儿，稳住身形后，一脚扫向身后的男人。

男人侧身避开，同时一拳迎上去。

拳脚相加，每一拳都破开空气，发出猎猎风声。他们毫不留情，向着对方的死穴而去。两人以恐怖的速度在服装店的各个角落蹬墙借力、攻击对方。唐陌一脚踹在墙上，整个人凌空翻起，越到男人的后方，右手握拳砸上去。

谁知男人早有防备，脑袋一偏，左手握住唐陌的拳头，右手向后抓住唐陌的胳膊。唐陌惊讶地睁大眼，回过神时已经被傅闻夺按在了地上，擒拿住四肢。

腰后的小阳伞抵在地上，硌得唐陌生疼，他扭了扭自己被扼住的脖子，无奈道："我这算负重培训吗，傅少校？"

傅闻夺收起手："敌人不会管你是不是身上背着包，或者正在睡觉吃饭。"

唐陌从地上爬了起来，拍拍身上的土。他看向傅闻夺："走吗，首都？"

傅闻夺的动作有一瞬间的停顿，他很快转身走向大门，不动声色地勾起唇角："走吧，首都。"

这家位于东新区的商场里住着70多个玩家，两个玩家的离去并没有造成任何轰动，甚至没有人注意到他们的离开。唐陌背着一个小包，里面放着少量的水和食物，再加上一幅从S市前往首都的A国地图。他和傅闻夺就这样上了路。

他们看上去就像地球上线前的普通驴友，轻身便行，走在太阳下，向着北方而去。

当然不可能真的就这么一路走到首都。1000多公里的路程，真走得走一个月。傅闻夺在路上找了一辆废弃的越野车，试着启动了一下，两人便坐了上去。傅闻夺驾车，唐陌坐在副驾驶座上看地图。

车子驶过一家警察局，唐陌快速道："等一下，我想进去看看。"

傅闻夺转头看了他一眼："这里？"

唐陌点点头。

傅闻夺没有多问，把车停下，唐陌一个人走进了警察局。空荡荡的警局里没有一个人，桌椅被人翻乱，一片狼藉。唐陌在这家警局的警员办公室里找了许久，没找到任何枪支。他很快走到三楼，看到走廊尽头的"武器库"标志，立即走过去。

　　精铁做成的大门早已被人敲烂，武器库里空空如也，不要说手枪、狙击枪，连一根电击棍都没有。看来在地球上线后，早就有不少玩家来过这里，拿走手枪等武器。

　　唐陌再仔细找了一圈，仍然一把枪都没找到。他回到车上，傅闻夺看了他一眼："没拿东西？"

　　唐陌："本来想去找找有没有枪，可惜早就被人拿光了。"

　　傅闻夺若有所思地点了点头。地球上线四个月，唐陌到现在才去找枪，这十分奇怪。以他现在的实力，根本不需要拿枪自保，可以威胁到他的敌人也不是一把枪就能解决的。但是傅闻夺没有多问，神色平静地将手伸进自己的口袋，下一秒，一束银色的亮光从唐陌的眼前一晃而过。唐陌定睛一看，随即错愕地抬头看向傅闻夺。

　　金色的阳光透过车窗洒下，映照在傅闻夺身上，泛着一层淡淡的金辉。他低头看着唐陌，掌心是一把漂亮的银色手枪。他定定地看着唐陌，似乎手上是一个再普通不过的小东西，勾起嘴角，声音平静。

　　"你要的枪。"

　　唐陌的心脏剧烈地抽动了一下。许久后，他拿起傅闻夺手里那把漂亮的银色手枪，笑道："你怎么不问我为什么现在突然想要枪？"

　　傅闻夺一脚踩下离合器："你想我问？"

　　唐陌低头看着这把漂亮得宛若艺术品的手枪，没有回答。这把枪一看就不是批量生产的大路货，枪身线条流畅，枪柄处被摩擦得已经看不清螺纹，很显然它的主人经常使用它。在枪柄的底部，刻着一个小小的字母"V"。

　　唐陌隐约猜出来，这把枪可能是傅闻夺的私人物品，还是一件很重要的私人物品。只是地球上线后，枪对玩家来说已经不再重要，尤其对傅闻夺来说，这把枪很可能算不上强大的武器。但无论如何，傅闻夺没有把这把枪丢掉，这说明这把枪对傅闻夺很重要。

　　想到这儿，唐陌忽然想起了一件事，脸色一变。

唐陌瞬间隐藏了自己的情绪，转头看向傅闻夺，对方并没有察觉到他的异常。唐陌不动声色地将这把枪收进口袋。

一辆黑色越野车缓缓驶过东新江。

下午4点，唐陌和傅闻夺正式离开S市。

下午6点，天色擦黑。

唐陌和傅闻夺离开S市市区上了高速，路上的车更多了些。他们开得很慢，两个小时才开出几十公里。傅闻夺拉动手刹、猛踩刹车，越野车在一段空旷的高速路上甩出一个大幅度的漂移，刺耳的刹车声响起，整辆车横着停在路中央。

车子停住，唐陌有些惊讶。到了晚上，他们确实不该再赶路。一来因为天色较暗，高速路上有许多车因为主人突然消失撞在一起，将路上堵得一团糟，晚上他们看不清这些车，容易发生碰撞；二来是晚上很可能碰到其他玩家。

但是傅闻夺把车这么停放的用意让他有些琢磨不透。

仿佛察觉到了唐陌心中的疑惑，傅闻夺道："从首都到S市的路上，我碰到了三伙人，埋伏在高速路的两边。总有人身处异地，想回家确认亲人朋友的安全。因为要长途跋涉，这些人的身上肯定带了水和食物，或许还有称手的武器。打劫他们是很好的选择。"

唐陌没有出过远门（E市和S市非常近），但是早就猜到肯定会有这种玩家存在。很快他就明白了傅闻夺的意思："你把车这样放，想假装这是一辆司机突然消失，失去控制的车？"

"是。"

车子的头部顶着高速路的围栏，古怪地横跨道路，看着确实很像一辆荒废的车。

两人没再多说。傅闻夺把车后座让给了唐陌，让唐陌可以平躺着休息。他自己则放下了驾驶座的座椅，闭目养神。唐陌没有客气，躺下来后看着黑漆漆的车顶，目光平静，心中却思绪万千。

寂静的车厢里，傅闻夺平稳的呼吸声轻轻响起。唐陌知道，哪怕傅闻夺的呼吸声再稳定，现在也没有睡觉。以他们两人现在的实力，三天不眠不休完全不影响正常活动。今天是他们刚离开S市的第一夜，傅闻夺把后座让给唐陌、自己很不舒服地躺在前座，就意味着他不会睡觉，今晚由他来守夜。

他不睡觉，唐陌就不可以做出任何特殊的动作。甚至哪怕傅闻夺睡了，一旦唐陌拿出异能书，他也很可能发现唐陌的异动，立刻醒来。

是的，从拿到那把银色的手枪起，唐陌就在寻找拿出异能书的机会。

他的心里正在天人交战——一方面，他现在和傅闻夺已经成为队友，甚至决定一同上路，前往遥远的首都，他似乎完全可以把自己的异能告诉对方；但另一方面，他还是有些不信。

毕竟他们认识的时间太短了，从见面到现在才两个月，中间还有很长时间没有联系。

再等一段时间吧。

唐陌决定，如果明天拿出异能书，发现自己得到了傅闻夺的异能，那他就不再隐瞒，把自己的异能告诉对方。

一夜过去，傅闻夺似乎发现唐陌没有睡觉，但两个人谁都没有开口。

唐陌闭上眼睛休息，天一亮，两人同时睁眼。第一夜顺利过去，傅闻夺拉开车门，走到车前，将前方三辆撞在一起的车推开。他回到车上时，唐陌已经坐回了副驾驶座，拿着地图说："从这边走，上高速。过十公里我们应该会路过一个服务区，到时候我下去看看有没有食物和水。"

傅闻夺道："十有八九已经被人拿走了。两个月前我从首都过来的时候，沿路服务区的超市早就被洗劫一空。"

唐陌："万一有呢？"

傅闻夺没再多说，两人继续上路。

傅闻夺和唐陌就好像一起旅行的朋友，神色淡定，并没有太过紧张。事实上，以他们两人的实力，现在A国能够打劫他们的玩家不多，要是这都能在高速路上碰到，那就是他们运气太差了。大多数来自玩家的危险他们两个都能应付，除非这个危险不是来自玩家。

唐陌忽然说道："除了现实副本，洛风城把黑塔副本分为两种：一种是S级安全副本，一种是其他副本。我四个月前就是因为参与了一个其他副本，才会被黑塔注意，然后被强制送去攻略攻塔游戏。"顿了顿，又道，"就是我第一次使用火鸡蛋存档的那场游戏，你应该听到的。"

傅闻夺一边开车，一边回忆道："马里奥，什么格子？"

"对，就是那个。有没有可能，我们在路上开车开得好好的，突然就触发了副本？可能是现实副本，可能是S级副本，可能是其他副本？"说完，唐陌自己笑了，"我运气应该不会那么差吧？"但渐渐地，唐陌回想起自己过去这四个月来的经历，沉默了。

他的运气还真就那么差。

这时傅闻夺说："一般而言，我的运气还不错。"

从首都千里迢迢赶到S市，没碰到任何一个副本，这应该算是运气不错了。

唐陌对此不发表意见。

两人很快抵达服务区，傅闻夺将车停在了服务区的停车场里，唐陌径直走进超市，傅闻夺在外面等他。唐陌的手按在小阳伞上，时刻提防可能埋藏在超市里的敌人。过了片刻，确定超市里没有人后，他才开始认真找起来。

高速服务区的超市并不大，半分钟唐陌就看完了。如同傅闻夺所说，这里乱成了一团。货架上所有能吃的东西都被抢光，只剩下一些没用的玩具、书本，被留在原地。唐陌似乎不想空手而归，走到货架深处，拿了两支牙刷和一管牙膏。当身影完全被货架挡住、从超市外看不见时，唐陌动作飞快地伸出手，从空气里拿出了一本异能书。

他以最快的速度翻到最后一页，看向上面的那行字。

异能：代表星星消灭你。

唐陌轻轻叹了口气，心里说不出是什么感觉。算不上遗憾，也算不上失望，甚至有点理所当然的意思。他拿着牙膏和牙刷走出超市。

唐陌走出门的时候，傅闻夺正倚靠着车头，低头看地图。两人对视一眼，傅闻夺看到了唐陌手里的牙膏和牙刷，挑起一眉，勾起唇角，问道："没有？"

唐陌遗憾道："全被拿走了。可能是被之前从高速路走的玩家拿走的。"

傅闻夺道："拿了牙膏和牙刷，怎么不再多拿条毛巾？"

唐陌："……"

没理会他的调侃，唐陌拉开车门坐了上去。傅闻夺跟着上了车，两人继续往前走。确定自己没得到傅闻夺的异能，到这个时候，唐陌才终于将那把银色的手枪拿出来。他坐在副驾驶座上，仔细地观察这把枪。灿烂的阳光透过车窗照射在枪身上，闪烁着冷冽的银光。

他一边观察这把枪，一边大脑飞速运转起来。

"吃干抹净不给钱"异能是唐陌自己的，四个月前他得到了那本异能书，从那以后收集了许多玩家的异能。这些异能大多是削减版的，异能的主人不会察觉到自己的异能被唐陌复制了，唐陌使用时也有各种限制。获得异能的方式有两种，第一种最为简单：杀了玩家，肯定能获得该玩家的异能；第二种唐陌至今都没搞清楚。

唐陌获得的第一个异能"画个圈圈诅咒你"，是正式玩家李彬在不经意间递给他一把手电筒，唐陌莫名其妙地就拥有了李彬的异能。唐陌据此猜测，他想获得别人的异能，必须拿走对方的一样东西，且不给钱，是名副其实的吃干抹净不给钱。

之后他如法炮制，获得了辨别玩家身份的找朋友异能、陈姗姗的超智思维、妖精还我爷爷异能……然而，他从没得到过小胖子的异能。在怪奇马戏团的惊喜之夜，唐陌当着傅闻夺的面还做了一件事。他囚禁王英桂和老鸟时，把两人的衣服扒光了，还在他们身上涂了一层油。

当时他对傅闻夺解释："这样可以蒙骗其他玩家，我们抓住这两个人是想吃了他们，只是还没来得及吃而已。"所以眼镜男等人救走王英桂二人时，才会发现他们没穿衣服，身上还都是油。

这是一步棋，误导玩家，让玩家以为A先生、B先生真的会吃人类，让他们在救走王英桂和老鸟后，误以为少掉的两个玩家是被A先生、B先生吃了。同时，唐陌得到了王英桂和老鸟的衣服，没给钱，可他依旧没得到这两个人的异能。

如今，傅闻夺把一把很珍贵的手枪主动送给了唐陌，唐陌还是没得到对方的异能。

这是第四个他没得到的异能。

唐陌将情绪隐藏在心底。他心中的疑惑越来越大，非常想知道自己获得异能的方式到底是什么，但很可惜，那本贱兮兮的异能书这辈子都不可能主动告诉他，一切只能靠他自己去寻找。

想起自己那本嘴贱的书，唐陌无奈地叹了声气。

"怎么，后悔没拿毛巾了？"

唐陌："……"

这笑话冷得一点都不好笑，唐陌把大衣裹得稍微紧了点。他淡淡道："一路上也推了不少车，什么时候停下来休息一下吧。估计我们明天可以到N市，晚上5点的时候我们就不赶路了，我想试试这把枪。"

傅闻夺："好。"

唐陌问道："这把枪对你很重要？"顿了顿，他补充道，"我看到枪托底部有个字母，是你的名字？"还有可能是别人的名字。

傅闻夺没有隐瞒，回答道："我的代号老V。在特种部队里，我们每个人都不会叫真实姓名，以代号互称，这样可以隐藏身份，也比较方便。我的代号就是老V。"

唐陌本来以为这是"victory"的意思。他听说很多奥运射箭项目的运动员为了好运，会在自己最拿手的长弓上刻上字母"V"，意味着胜利。没想到原来是傅闻夺的代号。

不过既然如此，这把枪就更重要了。唐陌："给我没问题？"

傅闻夺单手开着车，这段路十分宽敞，也没几辆车，他转过头看了唐陌一眼："我的异能不是很需要它，比它强大的道具我也有，它现在对我来说比较鸡肋。"没扔掉纯粹是因为以前用着很习惯，也算有点感情，"而且，你比我更需要它，不是吗？"

唐陌没回答，冷静地转过头，继续观察这把枪。

傅闻夺笑了一声，继续开车。

唐陌不知道这个男人发现了什么，但无论如何，一切都只是他的猜测。只要唐陌不承认，傅闻夺绝对不可能知道真相。哪怕猜到了，唐陌不承认就行。

夕阳垂落，天边飘来一朵黑色的浓云，挡住了大半落日。快要下雨了，这次不想提前停车都不行，傅闻夺将车停在路边。唐陌拿着手枪，独自走下高速公路，来到旁边的农田里，试着举起了手枪。

他在得到"代表星星消灭你"异能后，查询了一些开枪的知识。唐陌打开保险，拉套筒上膛，只听一道清脆的"咔嚓"声。唐陌屏住呼吸，抬起手，将枪口对准十米外的一棵小树，眯起双眼，忽然扣动扳机。

"砰！"巨大的后坐力令唐陌错愕地睁大眼，向后倒跌半步。他万万没想到，这把枪的后坐力竟然大到了如此惊人的地步，以他现在的身体素质，猝不及防地开枪之后，手臂也被震得发麻。他再看向那棵小树，只见树枝摇晃，几片叶子晃悠悠地落在了地上。

树身上没有一个弹孔。刚才唐陌是对准了树干射击的，现在很显然没射中，子弹擦着树叶飞走了。

唐陌咬了咬牙，这次有了准备，双手握着手枪，用力地扣动扳机。轰鸣般的枪响后，银色子弹快速刺破空气，射穿了树干。在唐陌的眼中，他的动态视力勉强捕捉到了一束银色的光线。这束光确实穿破树干，可是距离唐陌瞄准的地方有30多厘米的误差。

"代表星星消灭你"异能虽然只要你瞄准了射击，子弹就会持续跟踪射击对象，但这一切都建立在你真正射准的基础上。在子弹射出去的那一刻瞄准的部位发生了变化，那么即使他用了这个异能，明明想射的是敌人的头颅，可能子弹只会追踪对方的肩膀，射穿了也无大碍。

这还是好的情况，最坏的情况是他一子弹射过去，彻底瞄歪了，根本没瞄到人。

唐陌沉了脸色，二话不说，举起手枪对着树干又是"砰砰"两枪。这两次一次出现了二十几厘米的误差，一次竟然误差达到半米。手枪里还剩下五发子弹，唐陌举起枪准备再次射击，一道低沉的声音从他的头顶传来："你以前没玩过？"

唐陌转头看去："没。"

"这样。"傅闻夺站在高速路上，喝了口水，把空空的塑料瓶放在了越野车的车头，一手撑在围栏上，翻身一跃，跳下了高速公路。傅闻夺走到唐陌身边，唐陌道："我有一点晕动症，晕车的情况还好，但是玩3D的射击游戏一般会有点晕，所以以前很少玩。平常只会玩一些博弈类的游戏。"

傅闻夺惊讶地看了他一眼，道："我说的是到俱乐部里玩枪，不是射击游戏。"

唐陌明白过来："没玩过。"

现代社会确实有很多人会去俱乐部玩射箭、射击，傅闻夺这么问也情有可原。毕竟他看到唐陌突然想要手枪，以为唐陌本来就会一点，没想到唐陌是真的不会。

傅闻夺从唐陌手里拿过枪，抬手对准十米外的那棵树。

他双目一眯，突然飞速地打开保险，拉套上膛，扣动扳机。

"砰！"这一系列动作行云流水，快得唐陌都没反应过来。下一秒，在唐陌的耳边轰然响起枪声，那巨大的后坐力仿佛不存在一般，傅闻夺连手指都没动一下，一颗子弹便从枪口里射出去，直直地射穿了小树正中央的位置，打出一个圆滑的小洞。

唐陌的水平在初学者中算是不错的，毕竟他视力顶尖，身体力量强大，能够集中注意力找准中心。给他几天时间，他应该就能达到普通射击爱好者的水平。但和傅闻夺一比，他刚才打的那几枪真的完全就是业余者和专业者的天壤之别。

傅闻夺几乎没有瞄准，只是看了一眼，便直接射穿了唐陌原本想射的位置。唐陌没有说想射哪个位置，之前的四枪也从没射中过，但傅闻夺站在高速路上，仅仅凭借肉眼就看穿了他想瞄准的地方，并且一枪击中。

唐陌道："你知道我瞄准的是那个少了块树皮的地方？"

"你之前打出去的那几枪，都在那个点的周围。"傅闻夺理所当然地反问，"你不想射那儿？"

唐陌这次是真无话可说了。

这也幸好地球上线了，大家都拥有了异能，所有人的身体素质都有所提升。否则换到之前，十个他都不够傅少校一个人打的。

傅闻夺将枪还给了唐陌，唐陌握着枪，试着回忆傅闻夺刚才的动作，想模仿他来一枪。然而下一刻，一只温暖的手覆在了唐陌的手背上，刺得他浑身一震。他惊愕地转头看去，只见不知何时，傅闻夺已经走到了他的身后。

傅闻夺的动作无比自然，仿佛在训练新兵，熟练地拉着唐陌的手，帮着他握住了这把枪。傅闻夺按着唐陌的手，将他的手放在一个正确的位置。傅闻夺声音低沉："以你的实力，瞄准十米外的对象不难。射不准是因为你在子弹出膛的时候，手歪了。我这把枪用了特殊的枪口制退器，减弱了后坐力。但它本身是特殊制作的，子弹的威力很大，后坐力也就很大。你在射击的时候只要有一点没稳住，再加上后坐力影响，很容易射歪。再来一次，嗯？"

傅闻夺低下头，定定地看着唐陌。

唐陌心中一动，但很快收了心，看向十米外的小树。

傅闻夺握着他的手，他握着枪，然后轻轻扣下扳机。

"砰！"这一次误差在五厘米内，唐陌新射出去的子弹在傅闻夺之前的弹孔旁留下一个小小的圆洞。

傅闻夺："还行，再来几次你应该就能抓到感觉了。"说着，他没有松开唐陌的手，继续握着，打算再射一枪。

唐陌："……"

这感觉真是怪极了。哪怕是个姑娘现在握着他的手，他都没感觉这么怪。傅闻夺看上去似乎是个直男，但被男人这么一直握着手，唐陌浑身别扭。但刚才射出去的那一枪，他确实隐隐抓住了感觉。他暗自决定，再来一枪，下一枪绝对就松手，自己独立射击。

在傅闻夺的带领下，唐陌又射出了一枪，这一次仍然有五厘米误差。

傅闻夺拉着他的手似乎又要射出一枪，唐陌立即道："我自己来吧。"

傅闻夺低头看他。

唐陌神色平静："我大概抓住一点感觉了，让我自己来试一试？"说着，唐陌不动声色地想挣开傅闻夺的手。在他即将挣开的一刹那，傅闻夺目光一变，一下子握紧了唐陌的手。唐陌的脸上露出一瞬间的错愕，然而下一秒，他也脸色微变，与傅闻夺一起转头看向两人的身后。

傅闻夺握着唐陌的手，另一只手拉住唐陌的腰，将他整个人往后转了180°的大弯。在转弯的同时，傅闻夺快速地低声道："射！"

唐陌根本没看清自己瞄准了什么地方，但是傅闻夺这句话一落，他毫不犹豫地扣下扳机。他无比信任地射出了这颗子弹，接着只听一声短促的惊呼，子弹"轰"的一声射进了田边一块大石头里，将石头射出一个小圆孔。

傅闻夺握着唐陌的手，即将喊出第二个"射"字，这时，一道女声从石头后传来："别，别！我们没恶意的，我们真的没恶意。我们就是听到枪声过来看看，真的。"

又是一道男声响起："别误会，别开枪。我……我们就是路过。真的是路过。"

乌云从天边渐渐压了过来，太阳落山，两个人影高举双手，从大石头后走了出来。

走在前头的是一个穿黑衣服的年轻女人。她留着一头短发，穿着一件薄薄的黑色棉袄，似乎是怕唐陌再开枪，她用力地举着双手，表明自己没有恶意。她的身后还跟着一个矮矮瘦瘦的年轻男人。两人个头儿相近，都举着手走出那块藏身的大石头。

在这种农田中，声音没法收拢，很多细微的声音被风声吞没。唐陌和傅闻夺之前一直在专心练枪，加上这两人躲得挺远，才没有第一时间发现这两人。

唐陌冷冷地扫视着这两个人，上下看了一遍后，转头看向傅闻夺。两人点了点头，确定这一男一女没什么威胁。

傅闻夺松开握着唐陌的手的手，唐陌将手枪放进手袋里。他们也没走近，就这么远远地看着那对男女。唐陌和傅闻夺没说话，这两人渐渐有点撑不住了，短发女人先道："那个……你们相信我们没恶意了？"

傅闻夺没回答。唐陌淡淡道："没有。"顿了顿，他补充道，"没相信。"

女人脸色一僵，不知所措地看向身旁的同伴。男人解释道："是这样的，我们就住在不远处的屋子里。这里是W市下面的一个小镇，她是我妹妹，我叫王文浩，她叫王文娟。我们俩是在这个镇子长大的。大学毕业后我们一直在W市市里上班，后来地球上线了，我和她就回到老家，想避避风头。"

唐陌没吭声，男人的脸上露出一丝尴尬。他看着唐陌，再看看傅闻夺，过了片刻，硬着头皮继续说道："我们只是普通的预备役，市里面有些危险，有很多厉害的玩家，我们……我们不大敢待在那里，就想着回老家自己种田吃饭，避开那些什么恐怖的黑塔游戏。"

短发女人赶紧道："是这样的。我们真的没什么恶意。我们已经很久没见过活人了，突然听到有枪声才过来看两眼的。你们别误会，我们这就走。"

这兄妹两人十分窘迫地看着唐陌和傅闻夺，站也不是，走也不是，脸上全是尴尬的神色。两人的气质并不像普通的农民，谈吐也不俗，听上去似乎真的是上过大学、后来在城市里打工的白领。

见唐陌和傅闻夺不搭话，这两人也不再自讨没趣。兄妹二人互相看了眼，转身就想走。

"轰！"天边闪过一束耀眼的白光，下一秒，震耳欲聋的雷声在四人的头顶响起。一道弯曲恐怖的闪电从天空的一端劈向另一端，几乎砸在这片大地上。王家兄妹被这雷声吓得缩紧了脖子，傅闻夺也皱着眉，抬头看着头顶漆黑的天色。

一片厚重的乌云沉甸甸地压下来，气压极低。农田上风声停住，密不透风的感觉预示着一场大雨即将到来。这是春天以来的第一场雨，刚过了新年，今年或许是一个早春。

年轻男女看着天上这片乌云，男人转头看向唐陌："这雨马上就要下了，你们要不要避避雨？我们家就在这附近。啊对了，你们应该是有车的，你们在车里避雨也可以。不过我看这雨可能有点大……"

两个年轻的男女真诚地看着唐陌和傅闻夺，也没有太过勉强，只是随口这么一说。傅闻夺的目光在这两人的双手上一扫而过，他嘴角勾起，刚准备开口，只听唐陌声音平静地问道："有多远？"

傅闻夺惊讶地转头看了唐陌一眼。

王文浩愣了愣，道："也没多远，前面那排农庄，中间那个两层的小楼就是我家了。"

唐陌抬头看了下远处的农庄，确实不算远，只有一两百米。

他道："麻烦了。"

没想到这两个人真的会和自己回家避雨，王家兄妹有点好奇，加快脚步带客人回家。不过他们走得再快也没雨快，走到一半，豆大的雨珠就直愣愣地砸在四人的身上。等进了屋子后，唐陌的头发全被打湿了。傅闻夺抬手将湿发拢到脑后。王家兄妹殷勤地给他们找了两把椅子，两人随意坐下。

城市里物资充足，但事实上，粮食和水远远比不上乡下。

短发女人从厨房里拿出一碗蔬菜汤，又盛了两碗热腾腾的米饭递给唐陌和傅闻夺。两人淡定地接过来放在桌上，并没有吃。唐陌道："刚刚才吃过东西，不算饿。"

王家兄妹干笑了两声，四个人坐在农村人家的大客厅里，面面相觑。

傅闻夺坐着的时候也腰板笔直，他坐在门旁，将椅子拉了放在门口。椅子抵着大门，将两面开的大门拉开一半。不时有雨水透着风吹进屋内，他仿佛没察觉一般，低头看着地面，不知道在想什么。

唐陌看了眼外面的天："至少还要再下半个小时。"

年轻男人好奇道："你还懂得看天气？"

唐陌没否认。外面这场雨来势汹汹，又是淅淅沥沥的春雨，以这片乌云的厚度，不下半个小时肯定不会停。他抬起头，目光扫视着这间屋子。这是一间再普通不过的二层农村小楼，农村人大多不会搞装修，地板都是水泥铺的。一面大镜子占据了半面墙壁，正对面的墙壁边上是一个长柜子，上面放了神龛佛像，还有一张观音像和主席像。

这兄妹二人似乎在这里住了很久，家里每个地方都打扫得干干净净。

唐陌看了一会儿收回视线，看向那面露窘迫的年轻男人："有什么事想说？"

年轻男人一愣，过了片刻，说道："你知道？"

唐陌没回答。

年轻男人咳嗽了一声，有些不大好意思："你们也不是坏人，真要是坏人，恐怕刚才就不会放过我们。我和妹妹在老家待久了，我们这个镇子上只有我们两个活人。我们在这里也碰不到什么黑塔游戏，按理说自己种种田也能活下去，但是……"他的声音苦涩起来，"这位……这位……"

唐陌："我叫维克多，他叫唐吉。"

年轻男人点点头，知道唐陌说的是假名，但没点破。他说道："维克多，你知道的，一个半月前黑塔突然说，要求每个玩家三个月内必须攻塔一次。这样的话我和我妹就必须攻略黑塔了。"

唐陌："你们参与过什么游戏？"

短发女人道："我们根本没参与过什么游戏。我们也不知道咋回事，四个月前那天，身边的同事都消失了，我们俩活了下来。后来我们就一起回老家了，中途没参与过任何游戏。哦，对了，有一次，就是去年11月的那次，我们被那个叫傅闻夺的偷渡客拉进了攻塔游戏，就是全A国玩家都参与的那场游戏。"

坐在门边的傅闻夺淡定地看着门外的雨，唐陌不动声色地看了他一眼。

年轻男人语气无奈地说道："所以我们两个人根本没有任何玩游戏的经验。这次能碰到你们，我们特别高兴，就想着……维克多先生，唐吉先生，你们能不能告诉我们一些黑塔游戏的相关信息。还有就是，外面的世界到底怎么样了？"

唐陌："你们从地球上线后，就回到了这里，没再出去过？"

年轻男人点头道："嗯。11月18日，地球上线，我们身边的人都消失了。20日的早上，我和我妹就回到这里了。之后最多就是被拉去参与了一场奇怪的攻塔游戏，然后就再没见过任何人了。维克多先生，你能和我们说说外面的事吗？不是免费的，我们自个儿种了一些菜，还做了一些馒头。现在外面物资应该也挺紧张的吧，你们要不嫌弃可以拿走……"

"砰！"一阵狂风从屋外吹过，将另一边的门吹开。铁皮包着的大门狠狠砸在墙上，发出"轰隆"的声响。傅闻夺不为所动，仿佛没听见这可怕的动静，一个人坐在门口。短发女人疑惑地看了他一眼，走上前，将门关上，小心翼翼地说道："唐先生，你要不别坐这儿了？这儿有雨。"

傅闻夺抬头看向她。他眼神淡定，漆黑的双眼在这短发女人的身上停住，定定地看着她。王文娟被他看得紧张起来，不由得吞了口口水，却听唐陌冷静的声音响起："他喜欢淋雨。"

有了台阶下，短发女人赶忙走回屋内。

兄妹二人有些踌躇。年轻男人又道："我们这儿也确实没什么好东西，维克多先生，你要是不想说，我们也能理解。我估计外面的世界肯定也不怎么好吧，你们从高速路上走是要去哪儿？你们也想回家吗？"

唐陌："我们打算去N市。"

"N市，那可远了。高速路上现在有好多堵着的车，开车过去得一天一夜吧。"

三人又聊了一会儿。

外面的雨越来越小，渐渐地，雨声停息，只有一些雨丝还在空中飘荡。王家兄妹不死心，还想从唐陌和傅闻夺的口中得知一些外界的消息。

"雨要停了，要不先吃点东西再走吧？"短发女人快速地跑进厨房，又盛了一碗热乎乎的蔬菜汤出来。这一次，唐陌竟然接住了这碗热汤。女人的脸上闪过一丝诧异，她想了想，又道："维克多先生，你们真的不能告诉我们一些外面的情况吗？我们只要一点就够了，我们太久没见过活人了。"

兄妹二人期待地看着唐陌。

唐陌的手摸着汤碗的边缘，低着头，看着碗中这飘着菜叶的热汤。良久，他说道："其实也不是什么大不了的事，大家认识一场也很难得，说一说没什么。"

王家兄妹惊喜地看他。

唐陌抬起头，笑道："不过在此之前我想问一下，你们……听过黎文这个名字吗？"

听到"黎文"这个名字，兄妹二人的脸上都露出一丝疑惑。年轻男人看着唐陌，问道："黎文？我没听过这个名字，怎么了？"他转头看向自己的妹妹："妹，你听过这个名字吗？"

短发女人也疑惑道："没听过。"

这两人脸上的表情不像装的，他们是真的不认识黎文。唐陌的目光慢慢垂下，定定地看着男人手腕上的一只手表。窗外，呼啸的风声越来越轻，淅淅沥沥的雨声也渐渐没了。傅闻夺低沉的声音响起："雨停了。"

男人道："雨停了，你们要走了吗？"

雨虽然停了，但外面天色昏暗，一轮残月挂在天空。唐陌没说话，短发女人道："外面天黑了，我们就不送你们了。"她语气有点急促，没藏住想赶人的意思。但很快她又补充了一句掩饰自己的情绪："如果……如果你们想在我们家住一晚也不是不可以，就是我们没多余的房间了，你们只能睡在客厅。"

唐陌没回答这句话，声音平静地问道："你手上的这只表是从哪儿来的？"

男人动作一顿，过了半晌，抬起手腕看着自己的手表。他把手插进口袋里，笑道："以前买的。维克多先生，如果你们实在不肯告诉我们外面的消息，那也没什么。我能理解的。"

他岔开话题，唐陌却继续问道："在哪儿买的？"

男人一愣："就……商场买的。"

唐陌抬头看着他，嘴唇是笑着的，目光却无比冰冷："多少钱？"

王家兄妹闭着嘴，不吭声，沉默地看着唐陌。三人对视，下一刻，这兄妹二人以极快的速度转身就跑，可唐陌比他们还快。他一脚蹬地，凌空跃起，一把抓住王文浩的衣领。王文娟见状，双目圆睁，从口袋里拿出一把黑色手枪，"砰"的一声直接开枪。

她握枪的姿势并不标准，开枪的速度和准头却比唐陌还要好，显然是私底下开过很多次枪。刺耳的枪声划破天空，唐陌侧头避开这颗子弹，抓着王文浩的手松开。但因为距离太近，子弹还是擦着他的脸颊而过，留下一道浅浅的血痕。

兄妹二人挣开后，双手撑地，往后跳跃了三步，与唐陌隔了两米距离。三人对视一眼，很快，兄妹二人一起动作，他们一左一右，从两个方向齐齐冲向唐陌。哥哥走过桌子旁，直接从下方拔出一把锋利的匕首，妹妹则用手枪在一旁为哥哥护航。

他们压根儿没在意坐在门口的傅闻夺，专心攻击唐陌。因为眨眼间，屋子外的草丛中冲出三个黑影。第四个人从屋顶上突然跳下，手中拿着一把弯刀，怒喝一声，劈向傅闻夺的头。傅闻夺抬起手臂挡住这一刀，刀刃劈在一片金属上，迸溅出金属火花。劈刀的人一惊，暗道一声"不好"。

屋子内，王家兄妹与唐陌缠斗起来；屋外，四个人与傅闻夺打作一团。

短发女人的子弹并没有"代表星星消灭你"异能，不能跟踪对象，但这房子实在太小，唐陌可以躲避的空间有限，她随便射枪便能封锁住唐陌的走位。那王文浩的力气也十分大，他的匕首锋利异常，劈在桌子上，木桌顿时被劈成两半。

唐陌侧身避开匕首，再歪头躲过子弹。他在地上打了个滚，取出一把银色的手枪，对准短发女人。女人见状，心中一惊，赶忙往旁边逃跑。唐陌开枪的速度极快，他眯起双眼，扣动扳机。

"砰！"子弹从女人的身边擦过，嵌入墙内。

唐陌又射了一发子弹，也没有射中。兄妹二人这才明白过来："他射不准！"

两人不再害怕。手枪是唐陌身上唯一的武器，既然唐陌用不好，他们便直接冲上去厮杀。哥哥一记凶猛的拳头打向唐陌的右侧，同时，妹妹弯下腰，扫向唐陌的左腿。两人配合默契，唐陌伸手隔开拳头，倒退一步。

趁唐陌还没站稳，妹妹举起手枪射向唐陌的眉心，哥哥操起匕首刺向唐陌的喉咙。就在此时，唐陌的手以肉眼难以察觉的速度绕过那把匕首，一把擒住了男人的脖子。他侧过头，子弹射入他背后的墙中。

兄妹二人的动作一起停住。他们的额头上都是汗，虽然刚才看似是他们一直在攻击唐陌、唐陌不断避让，可自始至终，唐陌都处理得游刃有余。

看到哥哥被抓住，短发女人犹豫了一瞬，扭头就跑。一把圆形弯刀突然从她的面前射来，刺入墙中，挡住了她逃跑的步伐。

屋子外，地上躺了三具尸体，还有一个浑身是血的中年男人在拼命往外面爬。傅闻夺站在门口，扔出了那把刀。这一切只发生在短短三分钟内，短发女人看到外面的四个同伴，又转头看向自己的哥哥。

她的眼中露出了一丝恐惧，她慢慢跪倒在地，害怕得颤抖起来。

这六个人只是最普通不过的玩家，甚至可能都是预备役。唐陌动手前用找朋友异能查看了王文浩的身份，他真的是个预备役。解决六个预备役对唐陌和傅闻夺来说，轻而易举。而事实上，他们在遇到王家兄妹的那一刻，就察觉到：这兄妹二人不是好人。

首先，王文浩说他们是听到枪声才过来看一看。他们躲在乡下，很久没见过活人了。按照常理，如果真是那样，他们逃到乡下就是为了避开危险，不与其他玩家起冲突，现在突然听到枪声，应该藏起来，不可能出来查看，更不会在一旁偷窥，而且他们的手上并没有任何干农活儿会有的老茧。之后，他们露出了更多破绽。

傅闻夺说过，他从首都到S市的一路上，遇到过三拨埋伏在高速路上打劫的玩家。很明显，王家兄妹就是这种玩家。唐陌没兴趣与这种玩家周旋，也不会大义凛然地为民除害。但是他看到了王文浩戴着的一只表。

地球上线后唐陌的记忆力变得很好，几个月前的一些话、一些事记得清清楚楚。他记得在北静中学时，黎文曾经非常得意地向他炫耀："你问这个？有眼光。这是我爸送给我的生日礼物，劳力士全球限量版手表，全A国一共就三只。"

当时唐陌只是想问时间，随便看了一眼黎文的表，这个"傻白甜"富二代就把自己的事一股脑全说了出来，也不管别人想不想听。

黎文这个名字对于唐陌，也已经非常遥远。

四个月前黎文发现自己的母亲还活着，决定去乡下找母亲，两人在S市分开。

唐陌扼住王文浩的脖子，问道："你们是从S市那边过来的？"

王文浩不知道唐陌的意图，吞了口口水，老实回答："不……不是，我们是从N市过来的。我们真的不认识什么黎文，这只表是两个月前我从一个偷渡客手里抢的。"他眼珠子一转，突然说，"大……大哥，你是不是以为我杀了你的朋友？真没有！这只表也是那个偷渡客不知道从哪儿抢来的，他一看就不是能买得起这种表的人，我只是杀了他，没杀你的朋友。"

"我们没见过什么黎文，真的，更没杀他。"短发女人也在一旁急急地说。

唐陌抬头看了他一眼，又低下头，看向那一脸急切的短发女人。

这两人没有说谎，他们真的没有杀黎文，表是从别人身上抢的，是那个人从黎文手里抢的。

见唐陌不说话，这兄妹二人心里产生一丝侥幸。他们没杀这个人的朋友，大家又没有什么解不开的死仇。其实在见到唐陌和傅闻夺的那一刻，兄妹二人就发现他们似乎很强大，非常不好对付，就没打算偷袭。是唐陌和傅闻夺先发现了他们，然后唐陌又决定到屋子里避雨。

四个人在屋内避雨的半个小时里，没有动手，就是因为察觉到了敌人的强大。

王文浩颤巍巍地说："大哥，维……维克多大哥，我把我们抢到的道具都给你们，都给……求你们别杀我们，别……"

唐陌："你们有很多道具？"

男人眼睛一亮："有！我们有！就在二楼拐角的房间里，我们抢来的东西都在那里。有很多道具，还有很多武器，都给你们，只要你们别杀我们，只要……"声音戛然而止，男人双目瞪大，死死地看向唐陌的身后。

唐陌转身一看。

傅闻夺一手刀劈在了短发女人的头顶，"咔嚓"一声，女人的脑壳崩裂，鲜血从女人的头上汩汩流下。唐陌也没想到傅闻夺会突然动手，惊讶地看了傅闻夺一眼。王文浩看到自己的妹妹被杀，意识到自己肯定也难逃一死，突然发狠，双拳砸向唐陌："我杀了你！！！"

唐陌侧头避开他的拳头，手指用力。

"咔嚓——"王文浩的脖子被唐陌扭断，耷拉在肩膀上。唐陌松开手，走向傅闻夺。他沉思片刻，问道："怎么了？"

傅闻夺看着他，淡淡道："没什么，反正总是要杀的。"

唐陌隐隐察觉到了什么，转头看向门外。

大雨过后，土壤的腥涩味在空气中弥漫。这座二层小楼的前面是一片农田，似乎被人翻过一遍，土壤都被刨开又盖上去。

看了许久，唐陌笑道："也对，反正都要杀的。"

如果没选择来避雨，唐陌和傅闻夺可能就当没看到这件事。地球上线后杀人的事太多，唐陌不知道傅闻夺怎么想，但自己管不来这么多事。只要不像那个杀人夺心的偷渡客组织那样太过猖狂，他绝不会去管。

解决了这六个玩家后，唐陌和傅闻夺在屋子里找了会儿，确定没有其他藏起来的人，开始寻找这六个玩家抢来的道具。

二楼拐角的屋子里确实放了很多道具，大多是武器，从匕首到枪应有尽有，但并没有小阳伞、大火柴好用。唐陌和傅闻夺没有拿走这些武器。唐陌看到了一匹小巧的木马，走上前，拿起木马，轻轻敲了三下，一行小字在这匹木马身上浮现。

道具：特洛伊木马。

拥有者：刘峰划掉，王文浩划掉，唐陌。

品质：精良。

等级：一级。

功能：具有神奇隐身效果的木马。将东西藏在木马的肚子里，木马将开启隐身效果。除了使用者和接受者，其他人不可看见木马。

限制：隐身效果最多持续一个小时，木马的移动速度为每小时五公里。每三天只可使用一次。

备注：把情书藏在特洛伊木马里，绝对不会被人发现。

这匹木马有点意思，唐陌最后带走了，其他一些武器类的道具都没有拿。两人回到车上，天色漆黑。查看了一下四周，确定车里的东西没被人动过，四周也没有敌人后，两人回到车里休息。

唐陌躺在车后座，观察这匹小小的木马。这木马实在太小了，是空心的，但整匹马只有人的巴掌大，最多放一些杂物，或者像备注上说的一样放封情书。这东西看似没用，王文浩等人根本没注意它，如果用在合适的地方，却可能产生扭转局势的作用。

傅闻夺问道："黎文是谁？"

唐陌正在看木马，听了这话微微愣住，道："我认识的一个朋友。地球上线后我从E市去S市，在路上碰到了他。后来也相处了一段时间。他的亲人还活着，他想去找家人，我们就分道扬镳了。"

傅闻夺轻轻地"嗯"了一声，没再多问。

唐陌将木马塞进背包里，看着顶棚，也说不出是什么感觉。

黎文应该是死了。

唐陌和他认识时间不长，说伤心、痛苦倒不至于，但总还是有点感觉。所以在看到黎文的手表后，唐陌决定去王家兄妹的家里避雨。

稍微想了一会儿，唐陌闭上眼睛，把这件事抛到脑后。休息了一夜，第二天一大早，他们继续赶路。大雨过后地上被冲刷得干干净净，两人开车往前行驶了半公里，发现十几辆车堵在路上，将路彻底堵死。

唐陌下车将这些堵在路上的车推开，说："那六个玩家是靠这个方法把其他玩家拦住，然后杀了他们抢劫的？"

傅闻夺："应该是。这两辆车很明显是人为推过来堵在这儿的，不是因为出车祸堵在路上的。"他指着一辆废旧的吉普车和一辆小轿车。

王文浩一伙人都是预备役，虽然其中几人力气很大，速度也很快，身体素质不比一些正式玩家差，但都没有异能。想抢劫，他们必须先拦住人，所以将路堵死，逼其他玩家不得不下车，接着他们再将人一举拿下。

唐陌思考道："他们的实力不够强。把路堵死，让别人被迫下来清理路障，他们就有机会在旁边观察敌人的实力。如果是弱小的玩家，他们就会直接抢劫杀人；如果是强大的玩家，他们就会离开不动手。"就像昨天，王家兄妹远远地看着唐陌和傅闻夺，没敢动手。

傅闻夺突然道："你昨天开了两枪都没中？"

唐陌一下子愣住。他转头看向身旁的男人。

傅闻夺一只手推在一辆面包车的后面，轻轻用力，将这辆车推下高速。发现唐陌在看自己，他转过头，微微勾起唇角，目光深沉地笑道："我好像没看错，是两枪。嗯……都没中？"

唐陌："……"

唐陌面无表情地转过身继续推车，傅闻夺笑了一声，没再说话。

离开S市的第三天晚上，唐陌和傅闻夺开车来到J市和N市的交界处。他们决定先休息一晚，第二天大早再进N市。傅闻夺的手枪里一共有八发子弹，唐陌之前打出了七发，只剩下最后一发。

傅闻夺："我的子弹是特制的，威力比较大，打进人的身体里后会炸开，类似于达姆弹。这种子弹我家里还有很多，如果你需要，到首都后我可以带你去找。不过现在的话，我也没有子弹，你可以暂时用其他子弹试试。"

唐陌点点头。

唐陌从王家兄妹的屋子里搜到了不少枪和子弹，最后拿走了一些子弹，没拿走枪。他将傅闻夺的那颗子弹收好放进背包里，准备在重要的时候用。唐陌将普通子弹装进手枪，屏住呼吸，走到路边，对准一棵老树，双目眯起，扣下扳机。

"砰！"唐陌练习了整整一个小时，打出30多发子弹，一共中了14枪。他每射出一发子弹都会回忆一下自己刚才的不足，下一次做调整。他练习射击的时候傅闻夺就在一旁看着，等到天色彻底暗了，唐陌才回到车上。

和傅闻夺待在同一辆车里，其实是件很奇怪的事。

唐陌从小朋友就不多，大学的时候宿舍里有四个人。其中一个大一就搬出去住了，只剩下他和两个好友。大学里的男生相处都是插科打诨比较多，要么就打打游戏，比如唐陌就是被好友坑了去玩桥牌游戏的。

但是和大学好友能聊的话题，放在傅闻夺身上，怎么想怎么别扭。

唐陌最终还是没开口。或许是因为太累了，他闭上眼睛后很快就睡着了。他睡得很浅，微弱的呼吸声在小小的车厢里响起。傅闻夺听到唐陌睡了，坐在驾驶座上，淡定地抬头看着天上的星空。

没了城市的光芒，现在的夜空中渐渐能看到越来越多的星星。

傅闻夺看了一会儿，动作极轻地拉开车门。在傅闻夺打开车门出去的那一刻，唐陌就醒了。他睁开眼睛看向窗外，只见一个高大强壮的身影慢步走到车头，倚靠着车头站着。傅闻夺从口袋里拿出一根烟，"咔嚓"一声打开打火机，点燃了香烟。

他站在车外，抬头看着星空，静静地抽着烟。

唐陌在车里看着他的背影。

一点红色的火光在黑夜中燃烧，漆黑的夜色下，傅闻夺的身影似乎要融进黑暗。

看了片刻，唐陌转过头，闭上眼睛继续睡觉。

第二天大早，两人开车上路。傅闻夺单手撑着下巴，一只手开车。下了高速就必须找着正确的路，唐陌拿着地图仔细看着，不时为他指路。两人安安稳稳地进入了N市地界。

与此同时，一辆红色甲壳虫轿车离开了S市，驶上高速。

副驾驶座上，一个帅气阳光的青年抱怨道："就不能选个好点儿的车吗？这车多女气啊，娘里娘气的。"

驾驶座上，一头短发的年轻女人冷笑一声："能找到一辆可以开的车就不错。废话这么多，陆大少爷，你来开车啊。"

陆星顿时蔫了，默默地坐在一边不敢说话。过了半晌，他忍不住说："我要会开车，我肯定开。"

安楚嘲笑道："也不知道是谁驾照考试考了四次都没过，连刹车和油门都分不清。是谁来着？在驾校哭爹喊娘，教练也没让他过。欸，你记得是谁吗？"

陆星："……"

陆星不敢再说，他有预感，再多说一句，这个从小跟他一起长大的青梅能把他损到地心。过了一会儿，他问道："欸，对，那个人没说错吧，萧哥在N市真那么厉害？"

"应该是我哥吧，他一直在N市工作。而且他那个名字，同名同姓的很少。我哥那种人就该活着，他是个祸害嘛，祸害遗千年。"嘴上说着嫌弃的话，安楚的表情却有些激动。毕竟是自己的亲哥哥，活着是最好的。她语气肯定地说道："他一定活着，就是他。"

陆星看了她一眼，也道："嗯，肯定是萧哥。"

数百公里外，道路两旁具有地标性意义的梧桐树落入眼帘。唐陌看着地图上的标志，又看看周围的建筑。

唐陌："到了。"

他们正式来到了这个六朝古都。

入春以后，南方下了一场大面积的春雨，天气渐渐温暖起来。唐陌将车窗摇下来，看着道路两旁的标志性建筑物。他的目光在每栋楼的广告牌上停留，借此了解自己目前所在的位置。

"前面那个路口左转。"

傅闻夺向左打方向盘，继续向西行驶。

找到了明确的道路指示牌后，唐陌已经不需要用建筑物寻找自己在地图上的位置。他虽然在E市长大，是地地道道的J省人，但从没来过N市。虽然他不是路痴，在这个陌生的城市却也不敢大意，一直盯着地图和道路指示牌。

傅闻夺将车子开得很慢，因为他也只来过N市一次。

黑色的越野车在宽敞的马路上缓慢行驶，马路上有一些撞在一起、拥堵的车，他们绕过这些车，一步步进入了繁华的城市地段。随着道路两边的建筑越来越密集，路边的人也越来越多。唐陌放下地图，转头看着窗外，看着那些在路边行走的人。

现在是下午1点，进入城市后他们的前进速度比高速上要慢。傅闻夺用余光看到唐陌的动作，道："不对劲。"语气十分肯定。

唐陌收回视线，看向傅闻夺。他思索片刻，道："也不能说是不对劲，只能说这个城市……有点奇特。在S市从来看不到这么多的人。"顿了顿，唐陌又看向左前方，那里正有三个中年男人背着大包，从一栋建筑里出来，他道，"到了晚上，S市的街上从来不可能有人。下午6点后就不是游戏时间，不用害怕突然被拉进游戏，但想杀人抢劫的玩家也可以肆无忌惮地杀人。晚上的危险来自人类本身，所以我晚上也从来不会出门。"

不用说唐陌，傅闻夺在晚上也一般选择养精蓄锐，等到白天再行动。

傅闻夺道："白天的首都也不会有这么多人。"

"是，S市也一样。晚上所有人都躲在建筑里，白天街上有人，却不可能有这么多。N市的玩家……好像都比较大胆，敢于随便出门。他们的表情不像装的，很轻松，至少可以说，他们真的不担心被偷渡客或者其他玩家偷袭。"唐陌指向那三个中年男人。车子一闪而过，掠过了这三人。说完这话，唐陌道："他们是预备役吧。"

傅闻夺抬起眼睛，从后视镜里看了眼那三人的背影。他的目光和唐陌不一样，他打量的是这三人走路的姿势、速度，还有行走时背部肌肉和腰部肌肉的状态。看了片刻，他道："没怎么经历过战斗，身体素质的提升也没有非常高，应该是预备役。"

唐陌道："三种玩家：正式玩家、预备役和偷渡客，人数最多的是预备役。洛风城计算过，正式玩家占幸存者的比例大致为5%，偷渡客也大约为5%，其余90%全部是预备役。"

阿塔克组织所在的商场里一共住了80多个玩家，不包括阿塔克组织的成员。据洛风城说这80多个玩家里只有一个是正式玩家，一个疑似偷渡客，其余都是预备役。

唐陌继续说："四个月前全球一共有4.9亿玩家，今年初，1月1日黑塔更新2.0版本，全球玩家剩下1亿多。两个月过去了，估计现在只剩下不足1亿的玩家。其中死去的大部分应该是预备役，但就算这样，预备役还是占据了多数。他们基数太大。"

车子经过一个路口，傅闻夺突然猛地踩下刹车。唐陌整个人向前倾倒，幸好有随手系安全带的习惯，才没有碰到车子上。唐陌抬头看向前方，只见两个年轻的小姑娘不知从哪儿走了出来。她们显然没想到现在在N市市区里居然还有人会开车，被吓了一跳。

两个高中生模样的女孩警惕地看着车子里的唐陌和傅闻夺，走在前面的马尾辫女孩拉着好友的手，快速跑开。

唐陌目送两个小姑娘跑开，傅闻夺再次启动车子。

傅闻夺的手指在方向盘上敲击着："他们虽然敢在外面随便走，但不是真的没有戒心。"

听了这话，唐陌陷入了沉思。他的脑海里回放着进入这座城市以来自己见到的每个场景。其实他们碰见的玩家并不多，加起来不超过30人。可这个人数放在S市绝对不可能。在S市的街上，哪怕是白天，在最繁华的南方路，走上三个小时都不可能碰到20个人。

思考许久，唐陌做下结论："N市的预备役受到了什么东西的保护。"

这个答案令傅闻夺眉毛一挑，透过后视镜看了唐陌一眼。唐陌表情淡定，似乎只是随口这么一说，可傅闻夺听得出来，他刚才的语气不仅是揣测这么简单。

"这么肯定？"

唐陌笑了，靠在座椅背上："没，只是有这种预感而已。"

唐陌身上有陈姗姗的异能超智思维，每做出一个判断，都有10%的准确率。唐陌没说这件事，毕竟这也只是他的感觉，不敢保证。他解释道："按比例来说，我们刚才看到的人大部分应该是预备役，预备役敢这么轻易地在街上露面，并且不畏惧我们两个开着车、明显是从外地过来的陌生人，他们是有所倚仗的。或许有什么东西、有什么人给了他们这个保障，他们才敢这么放心。"

这么一说，唐陌自己都觉得有点牵强。之前遇到的30多个人是预备役的结论本就是他和傅闻夺猜测的，现在他们才刚刚进入N市，就觉得这里有什么人在保护预备役，证据还是不够多，需要更多的信息来证明。

这时，傅闻夺低沉的声音响起："我也这么认为。"

唐陌微愣，转头看向身旁的男人。

傅闻夺单手开着车，抬头看了眼远处的道路指示牌："正式玩家和偷渡客肯定拥有异能，预备役也可以拥有异能。通关黑塔一层的预备役绝对会拥有异能。如果有个预备役实力非常强大，甚至在N市称霸，那就可以保护其他预备役。即使他没有这么做，其他预备役也会以他为榜样，不再胆小害怕，敢于在城市里出入。"声音突然顿住，傅闻夺伸出手，问唐陌，"地图呢？"

"……"

唐陌把腿往旁边缩了缩，抿抿嘴唇，主动把地图递到傅闻夺手里。他问道："你要地图？"

傅闻夺看着地图本上详细的N市市区地图，看了眼上面的道路名字，在下一个路口直接一个180°大转弯，车子掉头行驶。唐陌皱眉问道："怎么了？"

傅闻夺将地图放到一旁。他转过头，看向唐陌，嘴角微微勾起。他抬起手指向道路旁边一块巨大的公司LOGO。唐陌顺着他手指的方向看去，看清楚那个LOGO的时候惊讶了一瞬。

傅闻夺笑道："到了。"

傅闻夺把车子停在公司门口，和唐陌一起进入了这栋废弃已久的高层写字楼。

这是一栋43层高的高级办公楼。大楼前方是一个干涸的喷水池，没有电力维持，里面的水变得浑浊发绿。公司里空荡荡的，一个人都没有。傅闻夺走到公司前台，打开桌子上一个小本子，翻看里面的公司信息。他看了一会儿，说："在第42层。"

唐陌点点头。下一刻，他忽然下意识道："我们要从楼梯爬上去？"

傅闻夺看向他，没有开口，表情却在说：难道你还想坐电梯上去？

唐陌："……"

幸好地球上线后身体素质有了极大的提升，唐陌爬到第42层的时候只觉得呼吸有点急促，小腿有一点点紧绷。这要换作以前，他绝对爬不了这么高的楼。

傅闻夺："傅闻声……"似乎是觉得这个名字和自己太像了容易听错，他换了个说法，"我堂弟的外公在N市白手起家，只有一个儿子、一个女儿。我不知道他们家住在哪儿，但是他们家的公司我是知道的。我们在他舅舅的办公室里找一下，或许能找到他的家庭地址。"

在来N市的路上傅闻夺就意识到了一个至关重要的问题：他不知道傅闻声外公家的住址。

按照他之前的推测，傅闻声来N市应该是到外公家度假。可能只是周末来玩两天，没想到正好碰到地球上线，于是他留在了这里。既然如此，傅闻声最后出现的地方最有可能就是他的外公家。

黎文的妈妈在离开家之前能想到留字条给自己远在N市的儿子，告诉他自己还活着，要去哪里找自己。傅闻声十分聪明，应该也会想到这一点。再加上自家堂哥的名声早早地传遍全世界，他更应该在家里留下信息，以备傅闻夺哪天去找他。

唐陌道："运气好一点，说不定小朋友还会猜到你不知道他外公家在哪儿，特意跑到公司，在公司里留下信息。"

傅闻夺拉开抽屉，一边翻找资料，一边漫不经心地说："他或许不是很想看到我。"

唐陌一愣："为什么？"

傅闻夺把抽屉关上。听了这话，他抬起头，微笑着看向唐陌："小时候不懂事，经常欺负他。"

唐陌："……"

唐陌完全想象不出来傅闻夺欺负小朋友傅闻声的样子。

和傅闻夺相处越久，唐陌对这个人的评价就越来越……歪。傅闻夺并不像外表看上去那么纯粹地强大、可靠，在有的时候也挺不靠谱的，还很会讲一些特别冷的笑话，无时无刻不在表现他强大的直男气息，很多时候唐陌深感自己简直就像在给男朋友看化妆品的女朋友。

以前网上有很多那样的视频，大学时候唐陌的几个室友也遭受过女友们的测试。什么女友给男友看自己的化妆品，男友的表现差得堪称分手教科书。

唐陌觉得，傅闻夺就很具有这样的气质，非常擅长把一个话题聊死。

想到这，唐陌一边在资料夹里翻找，一边道："女生是怎么和你相处的？"女生是怎么忍得了你的？话刚说完，唐陌自己先反应过来，停住动作，转身道："我不是那个意思，我就随口说说。"

"我为什么要和女生相处？"傅闻夺站在窗边，理直气壮地反问。

唐陌没想到会是这个答案，倏地愣住："啊？"等等，这什么意思？

傅闻夺："我们家这一辈只有我和傅闻声两个人，我的父亲那一辈也没有女性，全是男人。我从小到大都不需要和女生相处，都是男人。进了部队后，也没有女人。"

唐陌这才反应过来。原来是这样，不是他想的那个意思。他还以为傅闻夺

260 -

是想说根本不需要和女生相处。

松了口气，唐陌解释道："我不是那个意思。"

唐陌想结束这个奇怪的话题，于是拿起一本厚厚的文件夹，打开查看里面的资料。唐陌的心情渐渐平复下来，觉得自己今天也有点怪怪的，大概是和傅闻夺相处久了，很容易被他那奇怪的直男气息所感染。

两人继续寻找线索，可惜将整个办公室翻了一遍，还是没找到任何关于地址的信息。

傅闻夺："如果这一层没有，其他楼层很可能也没有。我去外面的副总经理办公室找找。"

唐陌："我去找秘书办公室。"

两人分头行动。

一个小时后，唐陌动作迅速，先把秘书办公室翻找完毕。他等了一会儿，傅闻夺走进门。两人对视一眼，不用说话，已经明白了对方的意思。

沉默了半晌，唐陌问道："找不到怎么办？"

"再找几天，"顿了顿，傅闻夺声音平静，"找不到，回首都。"

唐陌没有再说话。实在找不到傅闻声，他们也无可奈何。N市这么大，哪怕地球上线、人口锐减，他们也不可能在庞大的N市随便找到一个人。更何况谁也不知道，傅闻声现在是否还在N市。

唐陌也不可能把时间都花在这个地方，他要去首都找自己的好友。

嘴上这么说，傅闻夺却不动声色地继续在办公室里翻找起来。他将垃圾桶倒扣下来，仔细搜索里面的线索。然而垃圾桶里只有一堆废纸，没有任何信息。

唐陌看着他，过了一会儿，也帮着继续找起来。两人动手又把整个办公室翻了一遍，一直到天色彻底暗下去，才翻完第二遍。唐陌提议道："N市的富人居住区应该不多，明天我们可以再去那些地方找。"

傅闻夺站在巨大的红木桌子前，低着头，看着桌子上的一张照片。唐陌凑过去看了一眼，是傅闻声一家的全家福。上面的傅闻声小朋友和唐陌看到的有些不一样，似乎只有八九岁，是一个长相可爱的小男孩，正张着嘴，露出一个灿烂的笑容。他的身旁站着一男一女，显然是他的父母。照片的中间是一个满头白发的老人，右侧是一个笑容和煦的中年男人。

唐陌以为傅闻夺是触景生情了。毕竟是他的堂弟，是他唯一活着的亲人，傅闻夺意志再坚定也会动摇，这也不是不能理解。

唐陌问道："这是他的外公，那是……他的舅舅？"

傅闻夺没有吭声。

唐陌不是很会安慰人，没再说话。这时，傅闻夺突然伸出手，拿起这张照片放到唐陌面前，指着照片后面的一座摩天大楼道："这个地方你有没有在哪儿见过？"

唐陌愣住。天色擦黑，他从背包里拿出手电筒，对准照片仔细地看了半天。他惊讶道："真有点眼熟，我好像在哪儿看过。"唐陌从来没来过N市，居然见过照片上的这栋建筑物，那他唯一能看到这栋建筑物的途径就是……

唐陌灵光一闪："地图本？"

他快速从包里拿出地图本，翻到N市地图。他再往后翻了一页："新世界广场！这是N市的标志性建筑物之一，地图上有介绍。"很快，他反应过来，"这张照片是你堂弟在自己家的别墅门口拍的，有拍到别墅，后面还有新世界广场。那他们家就在新世界广场附近，至少是在一个能看到新世界广场的地方。"

没想到竟然能从一张照片上查到线索。唐陌这才明白，傅闻夺刚才看照片根本不是触景生情，他看的从来不是照片上的傅闻声，而是背景。

有了线索，今天的忙碌总算没白费。

外面天色漆黑，两人在公司里找了一整个下午，如今总算可以休息了。

傅闻声舅舅的办公室非常大，唐陌躺在沙发上，看着黑色的天花板，思考今天进入N市后看到的每一个场景。

N市的气氛比S市要好。一个庞大的城市在黑塔上线的恐怖环境下，最弱小的预备役竟然敢堂而皇之地在街上随意走，这说明这个城市是有一定秩序的。不一定有个真正的政府机构或领导组织，但一定有秩序。

唐陌想起来，他在高速上遇到的王家兄妹就是从N市过来的。

王家兄妹是预备役，N市的预备役很独特。

"这两者之间会有什么联系吗……"

"哪两者？"

唐陌停顿片刻，道："没什么，只是想到了一些奇怪的东西。明天我们去找人的时候，最好不要开车了。新世界广场离这里不远，车子目标比较大，非常显眼。"

"嗯，徒步走过去好了。"

傅闻夺躺在旁边的沙发上休息。他和唐陌之间隔了一张小小的茶几，安静的办公室里，两人的呼吸平稳有序，有时几乎融合在一起。其实这间办公室里有张床，不过是单人床，两个人睡不合适。唐陌没兴趣一个人睡在上面，傅闻夺也没提这件事，他们就非常公平地每个人占据一张沙发，躺在上面休息。

好像又回到了在车上的三天，唐陌和傅闻夺休息时往往都相顾无言。他们玩游戏的时候十分默契，哪怕不玩游戏，日常相处也很默契，一个眼神就能明白对方的意思。但他们并不了解对方，也不知道该说什么话题。

唐陌静静地看着天花板，忽然开口："你堂弟今年多大了？"

"十二岁，好像在上六年级。"

这个年龄和唐陌猜得差不多，不过他更好奇另一件事："他比你小那么多？"言外之意是你们年龄差那么大，你是怎么欺负人家的？

傅闻夺察觉到了唐陌话语中的意思，黑暗里，他勾起唇角，淡淡道："他比我小十六岁。我十八岁入伍，有四年，时间足够了。"

"你十八岁就入伍了？"唐陌记得自己十八岁的时候好像正在上高三，准备高考。那时候他爸妈还在，和寻常父母一样，为他的高考操碎了心。

傅闻夺声音低沉，在黑夜里十分好听："挺晚的。我爸去世，我才正式入伍。"

唐陌沉默下来。

傅闻夺也没再说话。

两个都不是喜欢将自己的私事到处说的人，唐陌一直没和傅闻夺说过自己以前的事，同样，傅闻夺的事也是唐陌从洛风城的口中得知的。所以唐陌稍微了解一点，知道他以前的工作，傅闻夺却一点都不了解唐陌。

前几天刚睡了一觉，唐陌睡不着，躺了十分钟后，站起来走到窗边，看向不远处那座悬浮在龙淮河上的黑色巨塔。

这座黑塔和S市、E市上空的一模一样，沉甸甸地压在每个人的头顶。

唐陌听到傅闻夺的呼吸声十分平稳，但他知道这个人并没有睡。唐陌想了想，道："我以前是个图书管理员，E市市图书馆的。我们市图书馆在市中心，旁边就是E市非常出名的一条商业街，和S市的静南路差不多。"

声音停住，过了许久都没有回应。

唐陌也不在意，看着那座漆黑的巨塔。半晌后，他听到身后传来一道男声，语气有点奇怪。

"你是图书管理员？"

唐陌笑道："对，事业编制，也算是铁饭碗了。我考上去的时候不容易，要'211'大学本科毕业。考完以后以为这辈子就这样了，没想到才过了半年，那座黑塔就出现了。黑塔每隔1万平方公里出现一座，全A国一共有1021座黑塔。它出现的位置如果在城市，都是在最繁华的地段。E市的黑塔就在我们图书馆的旁边，隔了大约200米。"

傅闻夺沉默片刻，仿佛在思考什么。

他道："首都的黑塔悬浮在天方广场上空。"

唐陌："S市的黑塔在东新江上。差不多，都在最繁华的地方。那半年里，我每天上下班坐公交都会路过黑塔。黑塔是虚影、没有实体，但是在地球上线前，我看到了一件事。我对洛风城说过这件事，地球上线的前一天晚上，我看到黑塔似乎有一瞬间成了实体。我以为是我看错了。"

傅闻夺："或许你没有看错。"

看不看错都不再有任何意义，地球上线成了现实，全世界也只剩下几千万人类。

唐陌看着远处黑漆漆的巨塔，良久，转过身想回沙发上休息。他刚刚转头，忽然看见傅闻夺不知什么时候突然坐直了身体，腰脊笔直，坐在沙发上，定定地看着唐陌。昏暗的月光和星光从唐陌的身后洒进屋内，稍稍照出一丝光亮。傅闻夺的脸却隐藏在黑暗里看不大清，只有那双漆黑的眼睛紧紧凝视在唐陌的身上。

唐陌顿住脚步，站在落地窗边，与傅闻夺对视。

两人看了一会儿，唐陌笑着问："怎么了？"

傅闻夺摇摇头："没什么。只是没想到你是图书管理员。"

"你瞧不起图书管理员？"

傅闻夺抬头看着唐陌。

唐陌勾起唇角，语气淡定："A国最伟大的图书管理员是谁你知道吗？"

傅闻夺思索许久。就在唐陌准备说出那个答案的时候，傅闻夺挑眉道：

"主席？"

这话一出口，两人都笑了。

唐陌觉得自己的笑话比傅闻夺的有趣太多，而且很有内涵，一点都不冷。经过了这一夜愉快的交谈（唐陌认为是这样的），两人的关系似乎拉近了一些，不再是冷冰冰的队友关系。要成为一个好的队友，不仅要有默契，关系上的亲密也更能促进两人未来的合作。

第二天大早，唐陌和傅闻夺收拾了东西，拿着那张照片离开公司。

从这里到新世界广场大约有三公里的路程。唐陌道："从照片的角度来看，这张照片拍摄的位置是在新世界广场的南边，我们现在在它的北边，可能要找一段时间。"

N市是一个路上有"很多"玩家的城市，傅闻夺和唐陌背着包走在路上，并不显眼。走在茂密的梧桐树下，唐陌和傅闻夺脚步极快，15分钟后便走到了新世界广场的楼下。

唐陌拿着地图，傅闻夺拿着照片。两人绕新世界广场半圈，找到一个最相似的角度。

傅闻夺："新世界广场在这张照片上大约八厘米高，他们背后的这栋二层别墅也有六厘米高。这里距离新世界广场还很远，可能要找很久。"

"找别墅区就行，应该还算容易，只是可能要走挺久。"

事不宜迟，两人找定一个方向后就出发，寻找傅闻声的家。

像唐陌和傅闻夺这样的玩家在N市有许多，走在路上并没有人注意到他们。似乎是下意识的，傅闻夺走在道路的外侧，唐陌走在里侧。梧桐树的落叶洒在地上，铺了一层厚厚的树叶地毯，脚踩在上面发出窸窸窣窣的声音。

他们走到了一座废弃的商场，唐陌的脚步渐渐放缓，傅闻夺也眯起眼睛看向那座空荡荡的商场。这是一座三层商场，占地庞大，只比S市阿塔克组织占据的那座商场小一点。

唐陌仔细观察这座商场，没发现任何异常，他们继续往前走。在商场的旁边是一家苏果超市。这是一家非常大的苏果超市，因为太大，所以没设置在商场内部，与商场分开。

唐陌一步步走到了超市的门口，脚步忽然停住，看向傅闻夺："多久没看到人了？"

傅闻夺："19分钟前，在路口碰到过一男一女。"

唐陌脸色微变："我们绕路走。"

傅闻夺也猜测到了一些异常，转身便走。但他们才走了两步，就听到清脆的"咔嚓"声，唐陌抬起脚，看向自己刚才踩到的地方。在青色的石砖路上，落了许多极小的乳白色碎片。仔细一看他才发现，这好像是一些鸡蛋碎片，已经被人踩碎了，只剩下一些细小的碎片。经过唐陌刚才再一踩，这些鸡蛋壳碎片变得更小，更不容易发现。

唐陌的心里已经感觉到不对，他看向傅闻夺，傅闻夺也看向他。两人还没来得及开口，一阵急促的"咕咕"声从两人身后的超市里响起："咕咕咕咕，我的孩子，我的孩子在哪里？咕！"

唐陌扭头一看，只见一道巨大的白色身影从超市里飞扑出来，直直地扑向他。他不敢大意，直接从背包里取出小阳伞，念出咒语，挡住这只恐怖的白色东西。

白色大火鸡"砰"的一声撞在小阳伞上，发出震耳的声音。唐陌被这股力道震得倒退半步，脸上露出一丝错愕，抬起头看向这只火鸡。真正让他感到震惊的不是这只突然出现的火鸡，而是……

唐陌转头看向傅闻夺，快速道："我用不了异能了，傅闻夺，我的身体素质也有所下降。"

傅闻夺一惊，试了一下："我可以用。"

白色大火鸡被唐陌挡了一下后并没有生气，一边"咕咕"地叫着，一边扑扇着翅膀，走到唐陌刚刚踩到的鸡蛋壳旁。唐陌心里咯噔一下，难道他刚才踩的这些鸡蛋壳，是这只火鸡的孩子？但是在他踩之前这些鸡蛋壳已经碎了，里面并没有任何鸡。而且这不是火鸡蛋，只是普通的鸡蛋。

然而无论怎样，黑塔一旦判定了这是火鸡的蛋，那就是火鸡蛋，还是被唐陌踩碎的。

唐陌："这很可能是一个现实副本，我踩碎了这只火鸡的蛋，踩碎了它的孩子。我现在不能使用异能，但你可以。"

傅闻夺扭动手腕，目光危险地看着眼前低头在地上寻找碎蛋壳的大火鸡。

这只大火鸡将尖锐的嘴凑到蛋壳前轻轻杵了下，又努力地嗅着里面的味道。它仿佛在感受自己已经死去的孩子的气息，好像这样就能把孩子找回来。

看着它的动作，唐陌握紧了小阳伞，随时准备迎接大战。

大火鸡抬起头，黑色的小眼睛瞪向唐陌和傅闻夺。

在它看向自己的时候，傅闻夺神色冰冷，随时准备动手。但它看着傅闻夺居然没什么反应，似乎并不是那只被傅闻夺打得半死的火鸡。

一鸡两人就这么对视着，下一刻，大火鸡突然发起进攻，扑扇着翅膀飞向唐陌。

"咕！我的孩子！"

傅闻夺脚下一蹬，眨眼间右手变成一把漆黑的利器。唐陌收起小阳伞，将伞尖对准大火鸡的胸膛刺了过去。傅闻夺的动作比唐陌更快，他一个闪身到了大火鸡的面前，举手便要劈下。然而他的手距离大火鸡的脖子还有十厘米时，"砰"的一声，空气中出现了一道无形的屏障，将傅闻夺挡在外面，让他触碰不到大火鸡。

傅闻夺一惊，借力向后翻滚一圈。

唐陌见状更加警惕，一个侧身躲过大火鸡的攻击，同时来了记回马枪刺向大火鸡。就在他即将刺到大火鸡的时候，空气屏障再次出现，清脆的童声同时在唐陌的耳边响起——

叮咚！玩家唐陌触发"丧心病狂弑母之徒"效果，获得惩罚——天打五雷轰。

"轰隆隆！"一道银色闪电从天而降，晴天霹雳，狠狠地砸向唐陌。唐陌根本来不及反应，只能下意识地举起小阳伞挡在自己的头顶。这道雷劈在小阳伞上，顺着小阳伞的伞骨落下。剧烈的银色电流从唐陌的身上穿过，唐陌整个人一僵，电流过后，喉咙里一甜。他将这口血硬生生吞了下去。

大火鸡趁机抱了上来，用一双肥美的鸡翅膀把唐陌揽进自己的怀里："哦，我的孩子，你终于从壳里出来了。妈妈可想你了。"

唐陌被雷劈得浑身僵硬，根本没力气从大火鸡的怀抱里挣脱开来，只能面无表情地被它这么死死抱在怀里蹭。大火鸡抱着他，就像提小鸡崽一样，拉着唐陌的领子就要把他带进超市。

"咕咕我可爱的孩子，你的哥哥姐姐们等你好久了。你们兄弟七个人，就你和弟弟最爱偷懒，死活不出来。现在你终于出来了，咕。"

唐陌已经回过神，用手掌撑在地上，一个用力挣开了火鸡的桎梏。

大火鸡扭过身子，歪着头疑惑地看他："咕咕，我的孩子？"

唐陌深深地看着它，过了几秒，终于认命，确定自己已经被拉进了一个奇怪的现实副本。他刚才那一脚并没有踩碎大火鸡的孩子，因为他就是大火鸡的孩子。他踩碎了蛋，便成了破壳而出的小火鸡。无法使用异能，甚至不能对大火鸡动武，否则他就会被天打五雷轰。

唐陌深吸一口气，道："走吧。我自己会走。"

大火鸡"咕咕"叫了一声，扭着屁股，高兴地在前面给唐陌带路。

忽然，清脆的"咔嚓"声在唐陌的身后响起。唐陌身体一僵，飞快地转过头，只见超市门口，高大英俊的男人看着唐陌微微一笑。他将自己的脚从破碎的鸡蛋壳上抬了起来，看向大火鸡："现在我算你的孩子吗？"

大火鸡先是愣了一秒，接着以扑向唐陌的速度和姿势，再次热情地扑向傅闻夺。

"咕咕咕咕，我的孩子！"

叮咚！玩家唐陌、傅闻夺触发支线任务"破壳而出的小火鸡"，正式进入现实副本"金窝银窝不如自己家的鸡窝"。请玩家跟随热情的大火鸡，进入你们的鸡窝，正式开始游戏。

又肥又胖的大火鸡挺着胸脯，高兴地带领自己的两只小鸡崽进入超市。

唐陌和傅闻夺跟在大火鸡的身后，很配合，自己主动往前走。唐陌悄悄地看了眼傅闻夺，忍不住问："为什么？"

傅闻夺双手插在口袋里，听了这话，转头看向唐陌。他知道唐陌的意思，想了会儿才给出答案："它刚才说它一共有七个孩子，你是第六个，还有一个没有破壳。这是一个七人游戏，除了你，已经有五个玩家在超市里等着了。无论如何，你都需要第七个同伴。"

就像两人曾经参与的铁鞋匠游戏，在铁鞋匠的现实副本里，玩家一共分为两组。一组需要参加《开心问答》获得鞋油线索，一组要去寻找鞋油。前者只需要一个玩家就可以进行，最低人数为一。后者因为鞋油是玩家们的血融合而成，所以必须有两个及两个以上玩家参与，游戏才可以进行。

这个大火鸡副本也差不多，必须得有七个玩家，才可以开启游戏。但傅闻夺根本没有触发支线任务，没必要主动进入游戏。

他为什么要进来？

唐陌没把这个问题问出口，他猜到了一个答案，这个答案令他有点感动，又有点自我检讨。换位思考，如果是傅闻夺被拉进大火鸡游戏，唐陌有五成可能性不会跟着傅闻夺进来。他们是队友，但一场未知的黑塔游戏实在太危险，唐陌不会轻易进入。但思考很久后，他可能还是会进来，因为他有国王的金币。

实在不行就弃权，他有这样的保命手段，可傅闻夺没有。

唐陌定定地看向傅闻夺，后者也看着他。片刻后，唐陌笑道："加油。"

没想到唐陌憋了半天说出来的会是这两个字，傅闻夺的脸上露出一丝惊讶。他很快道："嗯。"

进入超市后，大火鸡大摇大摆地穿过一排收银台，进入超市的内部。这家超市实在太大，光是收银柜就有100多个，长长的，一眼看不到尽头。唐陌和傅闻夺小心翼翼地跟在大火鸡的身后。进入游戏后两人都无法再使用异能，但可以使用道具。

唐陌握着小阳伞，警惕地看着前方的大火鸡，防止它做出什么突然的举动。

走在前方的大火鸡高兴地拍动翅膀："我可爱的孩子们，我们终于到家了，咕！"

两人一鸡穿过冷冻食品区，走进超市深处的肉类食品区。唐陌脚步微微一顿，鼻子动了动，忽然转头看向傅闻夺。傅闻夺也与他一样正皱着眉，仔细地闻着空气里的味道。两人几乎是同时闻出了这个奇怪的味道是什么。

两人沉默下来。

他们再往前走了几分钟，满地的碎尸和鲜血就落入眼帘。

唐陌的喉咙里翻涌起一阵酸味，他强行把这股强烈的呕吐欲憋了下去。傅闻夺的情况要比他好许多，大概是以前在战场上就见过很多尸体，他的脸上闪过一丝惊愕，很快就恢复平静。

两人的前方，那只热情的白色大火鸡仿佛什么都没有看见，它走上前，一脚踩在一颗滚圆的眼球上。

地球上线后唐陌见过很多尸体，甚至见过怪物吃人的场景，但从没见过这么血腥的一幕。超市的肉类食品区，铺天盖地的全是血。天花板上、冷冻柜上、地上，鲜红的颜色无比刺目。在血泊中间，还有许许多多零碎的肉块。他们仿佛被什么东西活生生撕烂了一样，被撕成无数小片，大火鸡一脚踩上去，就是"嘎吱嘎吱"的声音。

唐陌和傅闻夺站在肉类食品区前，久久没有往前走。

大火鸡扭过身体，歪着头："咕咕，孩子们？"

唐陌深吸了一口气，迈出脚步，踩在鲜血里，跟上大火鸡的步伐。

唐陌握着小阳伞的手更紧了。他的身前，这只大火鸡路过一个大冰柜，一只残缺的手臂挂在冰柜上。它咕咕一笑，将手臂扯下来，放进嘴里"嘎吱嘎吱"地嚼了起来。

大火鸡一边嚼手臂，一边道："我的孩子们终于都出生了。妈妈给你们准备了好吃的虫子，咕咕，都是特别好吃的虫子。我的孩子，你喜欢吃虫子吗？"它扭头看向唐陌。

唐陌面无表情地说："喜欢。"

大火鸡一口咬下手臂上的手指，嚼吧着道："果然是我的好孩子，你乖乖等一等，等找到你的哥哥姐姐，你就可以吃了，咕。"

没有异能，仅凭借身体素质和道具，唐陌实力大跌。他靠着傅闻夺走，一旦出了意外，两个人好相互照应。大火鸡吃完这只手臂后，把碎骨头丢到一边。它扭头再看向唐陌，似乎很满意这个孩子，它道："我的好宝宝，你喜欢吃什么虫子？妈妈给你……"

"砰！"就在大火鸡走到牛肉区和猪肉区的交界处时，异变突生。唐陌和傅闻夺微微一愣，下一秒两人以极快的速度倒退，眨眼间就逃了十米距离。大火鸡的脚下，一枚炸弹轰然炸开。肥胖的火鸡被可怕的冲击波击飞，整只鸡撞在了天花板上。

它"砰"的一声砸在地上，扭了扭屁股，恼怒地爬起来："咕咕，是谁竟然敢偷袭我！"

话音刚落，大火鸡的翅膀扇到牛肉冰柜的玻璃，玻璃轰然破碎。无数根细小的银针从冰柜下射出，直直地射向大火鸡。大火鸡一惊，举起两只鸡翅膀挡在身前，那些银针"砰砰砰"地砸在它的翅膀上，发出金属碰撞的声音。

大火鸡被这些银针暗器逼得倒退一步，没有任何喘息的时间，一辆小小的玩具卡车就从猪肉冰柜的下方晃晃悠悠开了出来。唐陌站在远处，惊讶地看着这辆玩具小车。这真的只是一辆玩具小车，是学龄前儿童经常玩的那种小卡车。

经过刚才的炸弹和银针，唐陌已经猜到这种攻击手段肯定不是怪物和地底人能做出来的，是玩家的手笔。但他一时间想不出玩具小卡车这样的道具能有什么作用。紧接着，震耳欲聋的声音回答了他的问题。

"哔哔——哔哔——请注意倒车，请注意倒车……"

小卡车的车头灯骤然亮了起来，熟悉的声音在超市里响起。听到这道声音后，站在小卡车后方的大火鸡怒道："这是什么东西……啊！"唐陌看到，大火鸡在说完这句话后，突然以僵硬的姿势，向旁边退让。

它显然是不受自己控制的，一步步、动作奇怪地走到墙壁旁。与此同时，小卡车开始倒车，滚着小车轮撞在了一个红色按钮上。"咔嗒"一声，按钮被按了下去，一把锋利的刀从墙壁上弹了出来，直直地对准大火鸡的胸口。

大火鸡扑扇着翅膀，可它的双脚不受自己控制。在"请注意倒车"的声音中，它慢慢走向墙壁，走向那把对准它的尖刀。

这一切发生得实在太快，唐陌和傅闻夺刚刚进入这个现实副本，就看到大火鸡快要被人杀死了。

安静的超市里，只有唐陌二人和大火鸡站在明处，看到这一切的发生。

然而就在尖刀快要刺入大火鸡的胸口的那一刻，清脆的童声响起——

叮咚！玩家乔治·爱德华触发"丧心病狂弑母之徒"效果，获得惩罚——天打五雷轰。

"浑蛋！"超市的深处传来一道中气十足的咒骂。

一道银色闪电从天而降，穿过超市的天花板，狠狠地砸在冰柜后。"噼里啪啦"，银色电花如同银蛇，在超市里乱舞。这是肉眼都可以见到的疼痛，唐陌深有体会地朝那个方向看了一眼。另一边，尖刀还是戳向了大火鸡的胸口。但是这一刀下去，大火鸡连一根羽毛都没有掉，它坚硬的胸脯宛若钢铁，将小刀折弯。

彻底走出小卡车的后方区域后，大火鸡身体一松，获得自由。它恼怒地双臂叉腰，"砰砰砰"走向那个冰柜后方，像拎小鸡崽一样，从冰柜后面拎出一个金发碧眼的小男孩。

大火鸡瞪着这个满脸怨气的小男孩，生气道："我的孩子，你想做什么？你想杀了你的妈妈吗？"

金发小男孩也同样瞪向大火鸡，用一口非常不流利的A国语言吼道："谁是你的儿子！"

大火鸡举起翅膀，用力将这个男孩拍到了墙上。只有十岁模样的男孩从墙上滑下来，嘴边渗出一丝鲜血。他倔强地将这口血擦掉。他知道不能再多说，赶忙道："我错了，妈妈。"

但大火鸡已经逼了上来，死死掐住他的脖子："你居然想杀了你的妈妈，你太让妈妈失望了！咕咕！"

唐陌双目一眯，傅闻夺的手在口袋里动了动，握住了一把漆黑的小刀。

这时，一道含笑的男声从冰柜后响起："妈妈，小乔没有想杀你。他有想杀你吗？这都是误会。"

众人看向发声处。

只见一个斯文的年轻男人从冰柜后站了起来。他藏身的位置和小男孩一样。他站起来后，又有两个小姑娘和一个年轻的长发女人随之站起。唐陌看到那两个小姑娘，惊讶地挑眉。年轻男人的目光在远处的唐陌和傅闻夺身上扫了一眼，眯起眼睛，看着这两个人。

过了片刻，他收回视线，走向大火鸡，无奈地笑道："妈妈，小乔只是在玩一个玩具。你看，那是他最喜欢的玩具小卡车。我们等不到两个弟弟破壳出来，肚子饿，又无聊，小乔就自己玩了一会儿。妈妈，他们就是我们的弟弟吗？"

男人一边说着，一边摸上了大火鸡的翅膀。大火鸡似乎是被他说服了，嘀咕了一句"我的孩子，你们真的饿了吗"，接着，任由男人从它的手中将被掐着脖子、快要断气的小男孩救了下来。

小男孩被救出后，委屈地站到男人身后，低着头不说话。

"你们都饿了，咕。我的孩子们到齐了，那快点吃饭吧。咕咕咕咕，不要把我的孩子们饿着了。"大火鸡挥舞着翅膀，飞到肉类食品柜的后方，不知道在埋头找什么。

借此机会，年轻男人带着那个外国小孩，还有长发女人走到唐陌和傅闻夺的面前。那两个小姑娘走在最后，哆哆嗦嗦地跟过来，缩在女人的背后。他们看到唐陌和傅闻夺，其中一人惊道："啊，是你们，昨天在街上的那个……"

这两个小姑娘就是傅闻夺昨天开车差点撞到的两个人。

唐陌看了这两人一眼，又看向那个年轻男人，淡淡问道："你是队长？"

男人认真地打量唐陌，看了一会儿，再看向傅闻夺。看到傅闻夺，他的眼中闪过一丝提防。他没回答这个问题，反而问道："从外地来N市的？"

傅闻夺站在唐陌的身边，唐陌道："嗯。"

男人点点头："难怪会来这里，不知道下封锁令的事情。本来以为凑不到七个人的，现在看来还是凑到了。那么接下来我们就必须进入游戏了。只有用游戏手段，才能通关这个副本。"

话音落下，柜子后面传来大火鸡惊喜的叫声："咕咕，找到了，虫子！我的孩子们最喜欢吃它了！"

白色的大火鸡飞扑着离开冰柜，飞到七个玩家面前。它的鸡嘴里正叼着一条古怪的长虫，绿色的虫子在它的口中拼命蠕动，似乎这样就能挣脱逃走。

大火鸡将虫子吐在地上，高兴地抬起头，看着自己的七只小鸡崽。它拍拍手，大声道："那么……咕咕，孩子们，你们开始排队吧！"

叮咚！触发主线任务"听话的鸡崽有虫吃"。

游戏规则——

第一，玩家必须按照正确的顺序排队，不可插队。

第二，一旦顺序出错，将触发"暴怒的大火鸡"效果。大火鸡精神分裂，化身老鹰，开启支线游戏"老鹰抓小鸡"。

第三，排队时间为一个小时，老鹰抓小鸡游戏时间为一个小时。

第四，每次在排队前，玩家可向大火鸡提出两个问题。大火鸡至少回答一个问题，且不可撒谎。

第五，一旦有鸡崽死亡，触发"伤心欲绝的大火鸡"效果，暂时解除精神分裂状态。

第六，除了老鹰状态，大火鸡不会杀害自己的孩子。

可爱的火鸡表妹原本不想来地球孵蛋，谁料它的表姐不知道被谁打成了一盘叫花鸡，火鸡表妹只能硬着头皮来到这里。全怪物世界的怪物都知道，它的脾气可不像它的表姐那样好。

黑塔提示音结束，七个玩家站在一条巨大的绿色虫子前，抬头看着眼前巨大的火鸡。大火鸡似乎也听到了黑塔的声音，不满极了，恼怒地不停踩脚，将地上的鲜血踩得飞溅。

　　"该死的黑塔，咕咕，它居然说我会害自己的孩子。这不可能，这绝对不可能。我的孩子们，你们都是妈妈的心肝宝贝，妈妈怎么可能害你们呢？"大火鸡用那双小小的绿豆眼深情地看着眼前的七个玩家，它的表情不像在撒谎，然而就是在一瞬间，当它发现七个玩家随便地站成一堆时，突然翻脸，双眼中迸出恐怖的凶光。

　　"你们为什么还没有排好队？咕！"

　　愤怒的吼声落下，大火鸡用力一脚踩下去，狠狠地踩碎了一块瓷砖。它瞪着自己的七个孩子："谁都想第一个吃虫子，但你们必须排队。你们为什么这么不听话？妈妈让你们排队，你们都在做什么？咕！"

　　唐陌皱了皱眉头，准备开口，从他身旁响起一道男声："妈妈，我们马上就排队。不过在此之前，你是不是要回答我们一些问题？"这声"妈妈"叫得无比自然，仿佛真的是一只小鸡崽。

　　唐陌转头看去，说话的是那个高瘦的年轻男人，他脸上带着微笑，认真地看着自己的"母亲"。有这么一个乖孩子在，大火鸡的怒火慢慢消散。它的脾气如同天气，说风就是雨，来得快，去得也快。

　　大火鸡道："咕咕，我的孩子，你才刚出生，就这么想了解这个世界吗？"

　　年轻男人面不改色道："是的，妈妈，我有一个问题想问问你。"

　　大火鸡低头看着地上的大绿虫，再抬起头，道："那你可得快点问。妈妈得去帮你们处理这只臭烘烘的大虫子，它这么臭，我可爱的孩子们怎么吃得了。"

　　男人笑道："那我就问了。"顿了顿，年轻男人盯着大火鸡，问道，"通关这个副本的方式是什么？"声音一下子就冷了下去。

　　大火鸡正用鸡翅膀不断地拍打大虫子，使它的肉质更加鲜嫩美味。听了这话，它拍打大虫子的动作微微顿住，很快抬起头，看向年轻男人，露出一个慈祥却又充满恶意的笑容。它是在笑，可是这个笑和刚才截然不同，仿佛在看一个自以为是的聪明人类。它这样说道："我的孩子，所以……你的第二个问题是什么？"

年轻男人眯着眼睛，盯着大火鸡不再说话。大母鸡用讽刺的笑容看着他。

刚刚还和和睦睦的母子俩，突然剑拔弩张。

过了片刻，年轻男人笑道："必须问两个问题？"

大火鸡眨了眨眼睛："咕咕，这就是你的第二个问……"

"正确的排队顺序是什么？"一道声音从年轻男人的身后传来，他转过头，看见唐陌神色平静地补充道，"这是第二个问题。"

大火鸡似乎这时候才注意到了唐陌，它的目光在唐陌和年轻男人的身上转了一圈。它一把将地上的大虫子背了起来，放在背上，回答道："通关这个副本的方式，黑塔不是告诉你们了吗？咕咕，我的孩子，排队吃虫子，别让妈妈为难，这就是你们通关副本的方法呀。至于正确的顺序……"

大火鸡抬头看向唐陌，唐陌淡定地随它看。

大火鸡没能从唐陌的脸上看出任何表情，他既不激动也不着急，这令它有些失望。但身为一个疼爱孩子的母亲，它鼓励道："我的孩子，你真是个聪明的孩子。正确的顺序妈妈早就告诉你们了呀，不是说了，你有哥哥姐姐，还有一个弟弟吗？咕。"

一道女声惊道："你是说，我们进入副本的顺序，就是我们排队的顺序？"

大火鸡转头看向那个说话的女生，是两个小姑娘中的一员，她似乎也察觉到自己刚才太过激动了，赶忙闭上嘴躲在自己的同伴身后。大火鸡用翅膀固定好了背上的大虫子："孩子，你太贪心了，只能问两个问题，咕。不过妈妈这么疼你，当然不会批评你了。你可要好好排队哦。"

大火鸡笑嘻嘻地踩在一团红色的软肉上，小姑娘害怕地连连点头。

在刺鼻的血腥味中，大火鸡环视一圈，看着自己的七个孩子。它慈祥地笑道："妈妈得去处理这只大臭虫了。咕咕，孩子们，一个小时后你们一定已经排好队在这里等着妈妈了吧？"

没有人说话。

大火鸡细小的眼睛里闪过一丝恶劣的光芒，它高兴地转过身，哼起了一支小曲："七只可爱的小鸡崽，一条坏坏的大绿虫。小鸡崽要吃大绿虫，妈妈呢？妈妈……"突然，它转过身，视线死死锁在刚才那个说话的女生身上，奇怪地笑道，"妈妈要吃小鸡崽！"

小姑娘被吓得浑身一抖。

大火鸡朝她古怪地笑了一下，哼着这首奇怪的童谣，大摇大摆地离开了肉类食品区。

大火鸡远远离开后，两个小姑娘害怕地抱在一起，不知所措。唐陌和傅闻夺对视一眼，两人心里渐渐有了些猜测。这时，一道男声在两人面前响起："看来现在已经到了一个小时的排队时间，互相认识一下吧，怎么称呼？"

唐陌转头看向说话的人。

这个年轻男人一直非常淡定，哪怕刚才大火鸡直接和他翻脸，嘲讽他，他也没失态。他走到唐陌和傅闻夺面前，目光在两人身上徘徊。这目光中带着打量，却没有恶意。

唐陌淡淡道："我叫维克多，他是唐吉。"

这名字一听就知道是假的，傅闻夺意味深长地看了唐陌一眼，没反驳这个说法。

年轻男人也不生气，笑道："N市攻略组萧季同，这两个是我的队友，小乔、宁宁。"他指了指那个金发碧眼的外国小孩和长头发的年轻女人。两人一起朝唐陌点点头，最后萧季同说道："这两个小朋友就不知道是什么情况，没看到封锁令，也来了这里。"

他说的是那两个小姑娘。

两个小姑娘的心理素质明显不如萧季同三人，更不如唐陌和傅闻夺。她们被吓得脸色苍白，短头发的女生稍微硬气点，她吞了口口水，压制住心里的害怕，解释道："我……我叫小云，她叫媛媛。我们两周前被拉进了一个副本，昨天才从副本里出来，就不知道封锁令的事。"

萧季同："难怪。"

傅闻夺声音低沉："什么是封锁令？"

萧季同："你们来N市的时候应该察觉到，N市和你们之前待的城市不一样。听口音你是南方人？"他看向唐陌，再看向傅闻夺，"你是首都人？我不知道你们那儿的情况怎么样，但是在N市，有个人拉了一批人，决定在这个城市里建立一定的秩序。"

"那个人是你？"唐陌问道。

萧季同笑了："当然不是我。我不属于那个组织。他们要做的事情太多了，要找全N市所有的副本进入口，要想方设法了解更多的黑塔信息，要找出能让所有人都顺利通关黑塔游戏的攻略，还要庇护一堆非常弱小的预备役……"顿了顿，他看向那两个小姑娘："你们是预备役？别误会，我也是预备役。"

短发女生连忙摇头，语气崇敬地说："萧队，我们没误会，我们懂。"

听到"萧队"这个称呼，唐陌挑了挑眉，傅闻夺也很感兴趣地看向那个年轻男人。

萧季同道："N市这座城市的事情你们以后会有很多时间去了解，我们现在还是回到这场游戏。"

萧季同的两个队友都非常听从他的话，小男孩和长发女人一直站在旁边不开口，全心全意地相信自己的队友，让他去安排一切。那两个小姑娘也非常信任这个萧季同。两个小姑娘很明显事先并不认识萧季同，却用信任的目光看着他。

这个发现令唐陌觉得有点意思。

萧季同道："首先是这场游戏本身。那只大火鸡并不像它外表看起来那么简单，它没有把我们真正当作自己的孩子。这是场黑塔游戏，它所做的一切就是为了吃了我们，让我们变成地上的这些东西。"

满地的碎肉凌乱地掺杂在一起，早已看不出哪块肉属于哪个人。

大火鸡的恶意在萧季同向它提问的时候就彻底暴露了。这个现实副本归根结底就是场游戏，大火鸡是副本BOSS，它如果真的把玩家当成自己的孩子，就不会有现在的满地肉片。

萧季同的想法和唐陌不谋而合，唐陌没开口，听对方继续说："我们有一个小时的排队时间。每次先提问，再去考虑排队。排队有错，就会进入老鹰抓小鸡游戏，游戏时间为一个小时。"

短发女生问道："那萧队，这是不是意味着我们只要能撑过一个小时，就可以打完老鹰抓小鸡游戏？我们每次可以提两个问题，刚才萧队问了大火鸡通关游戏的方法，它显然不是很想回答，所以又让我们提出第二个问题。我猜测……难道它可以从两个问题中选择一个进行回答，所以才会问我们第二个问题是什么？"

她的同伴很快反驳道："不是的，小云，如果真是这样，它刚才回答了两个问题。"

萧季同笑道："她说得没错。游戏规则第四条，大火鸡至少回答一个问题，且不可撒谎。"

胆小的小姑娘问道："但它刚才回答了两个问题啊。"

"黑塔只要求她至少回答一个问题，且不可撒谎。两个问题里它随意说出一个正确答案，就不算违背游戏规则。"

众人齐齐看向唐陌。

唐陌和傅闻夺就像两个打酱油的玩家，很少说话。他们是新来的，和大家才认识不到半个小时，两个小姑娘几乎将他们忽视了。听到他这么说，短发女孩的脸上露出深思的表情。萧季同笑了："是的。所以它刚才说的两个答案里，有可能两个都是真的，有可能只有一个是真的。我们要做最坏的打算，它说谎了，只有一个答案是真的。"

众人陷入沉思，唐陌突然道："之前偷袭大火鸡的那枚炸弹、那辆小卡车，还有那把刀，是你们做的？"

一直没开口的长发女人指了指身旁的金发小孩："小乔做的。"

小男孩骄傲地说："这次队长和我们都是有备而来，带了很多很多道具。就是没想到这个副本居然不能用异能！我好讨厌它，它打我！"小男孩又生气又委屈。

萧季同解释道："我们是今天早上进入游戏的，进来后就发现无法使用异能，只能用道具。所幸我们道具带得比较多，又是三个人，在进入超市前就和那只大火鸡打了一架。结果你们也看到了，我们一旦打它就会被判定成弑母，会被雷劈。所以在大火鸡出去接你们两个的时候，我就和小乔合计，布置了一些陷阱。那些道具是早就在那里的，我们并没有再出手去击杀大火鸡。我想试一试这样能不能避免出现弑母效果，对火鸡造成一些伤害。"

唐陌回忆了一下："它确实受伤了，但是一旦触发要它命的陷阱，依旧会触发弑母效果。"

大火鸡被炸弹炸伤时，黑塔没给出反应。但在那把刀即将刺入它的胸口时，黑塔给小男孩劈了一道雷，惩罚他意图弑母。

这下子问题又回到了一开始。

"所以我们到底该怎么排队？"名叫小云的短发女生说道，"大火鸡给出了两个答案——一个是排队吃虫子我们才能通关副本，一个是排队的顺序是玩家进入副本的顺序。我觉得它不可能这么容易就告诉我们排队顺序的，它不可能回答这个问题，否则我们马上就可以通关了，它第二个问题肯定是在撒谎。"那为什么第二个问题要问这个？

后面的话小姑娘没说出来，她疑惑地看向唐陌，意思却很明显。

唐陌参与黑塔游戏时大多扮演智囊角色，换作从前，不仅第二个问题，第一个问题都很有可能是他提出来的，而不是萧季同开口。领导型的玩家在黑塔游戏里有很多，但大多数都外强中干，根本给不出正确的意见，反而会将队伍带至任务失败的结果。萧季同提出的第一个问题也是唐陌想问的，他就没多说。

唐陌喜欢两种队友。一种是和自己想法重合，一个眼神大家就能明白彼此的意思。比如傅闻夺，比如这个似乎很厉害、很神秘的萧季同。还有一种就是蠢蛋。什么都别想，别人说什么他就做什么，无条件地服从命令，不给队伍添麻烦。

这个女高中生也挺聪明，不过还差了一丝。还好她挺谦虚，没有太张扬，换作是一些故作聪明的玩家，会更让唐陌头疼。他和傅闻夺初见的匹诺曹游戏，唐陌就是被自己的"聪明"队友坑了一把，游戏刚开始就落了下风。

唐陌正准备回答，这时，一道男声却抢在他前面道："提这个问题有两个目的：第一，确保第一个问题的答案是正确的；第二，哪怕是错误答案，目前我们也不知道正确的排队顺序。大火鸡有一半概率会说真话，万一它说了真话，我们按这个顺序去排队，就歪打正着了。"

唐陌回头看向傅闻夺。傅闻夺站在他的身边，见唐陌看他，他勾起唇角轻轻笑了一下。

有了傅闻夺的解释，小姑娘这下子明白了。

第二个问题是什么并不重要，重要的只有一点：通过这个问题他们必须能分辨出哪个答案是正确的。除此以外，提出排队顺序的问题，也能看出大火鸡的一些态度：它并不想让玩家顺利通关。

短发女生提议道："反正我们进入副本的顺序肯定不是正确的，那我们就不按这个顺序排，换个方式。这样也算排除了一种排队方式。"

唐陌摇头道："还是按这个顺序排。"

短发女生错愕道："为什么？"

"你知道七个人的排序方式一共有多少种吗？"一道低哑的女声从众人的后方传来。唐陌抬头看向说话的人，是那个叫作"宁宁"的长发女人。她穿着一身黑色紧身衣，神色冷漠地扫了两个女高中生一眼，声音冰冷："假设正反排序都是一样的，不分头尾，就是7!/2，一共有2520种排序方式。假设大火鸡一定要我们给出头和尾，那就是5040种。"她停住声音，冷冷地看向这两个女孩，"剩下来的5039种排法，你选哪个？"

长发女人说话丝毫不留情面，两个小姑娘听了她的话，全都闭上嘴，乖乖地不再说话。

萧季同笑道："1/5039的概率，我也不想去随便选择。而且大火鸡可能也是一样的思路，认为我们肯定觉得它在说谎，从而逆向思维，让我们排除正确答案。所以我也同意按进入副本的顺序排队。既然已经确定了排队方式，现在也没有多余的信息可供参考，那我们现在可以分开准备自己的道具，迎接下一场'老鹰抓小鸡'游戏了。"

七个人渐渐分开，各自准备武器，养精蓄锐，迎接一场大战。

无论是唐陌还是傅闻夺，都没觉得能在第一轮就赢得游戏。唐陌和傅闻夺走到超市的角落，唐陌拿着狼外婆的小阳伞，试着挥了挥。接着他又拿出两把小刀，一把手枪。傅闻夺特制的子弹只剩下一颗，唐陌不打算使用它。他在枪匣里装满普通子弹。

"你的。"唐陌把手枪递过去。

傅闻夺正站在冷冻食品柜旁观察周围的环境，听了这话，转头看向唐陌。他微微一愣，很快接过银色手枪，问道："给我用？"

唐陌点点头："大火鸡的武力值怎么样暂时不知道。从刚才被那个外国小孩算计的情况来说，它似乎不强大。但是它下一回会变身老鹰。这个变身是否能让它实力提升，不得而知，但我们必须做好万全的准备。"

唐陌仔细地解释着，傅闻夺就看着他，静静地听着。他说完后抬起头，发现傅闻夺定定地看着自己，嘴角微勾。唐陌一愣，傅闻夺问："为什么给我？"

唐陌："……"这本来就是你的枪！

唐陌沉默片刻，老实道："真正打起来的时候，以我现在的水平……我射不准。"

傅闻夺点点头，似乎接受了这个答案。

唐陌："……"

傅闻夺并不知道,禁止使用异能后,枪对唐陌并没有那么重要。他的枪法并不好,如果没有"代表星星消灭你"异能,枪对他而言还不如刀,更比不上小阳伞。

由于无法使用异能,唐陌目前能倚仗的就是小阳伞和……傅闻夺。大火柴被他用异能封在手腕的文身里,大火柴本身可以用,但他的异能不能用,所以他无法取出大火柴。没了异能,身体素质也有所下降,虽然不想承认,但现在唐陌最大的依靠就是傅闻夺。

但是唐陌也有所担心,所以将手枪给了傅闻夺:"你不能用异能的话,没有武器,拿把枪应该会好一点。"傅闻夺的异能和身体变化有关,每次战斗他都是用自己的身体为武器,现在他也没法用了,可能会实力大跌。

傅闻夺却道:"我有武器。"

唐陌愣住:"你有?"

话音刚落,一道漆黑的刀影从唐陌眼前一闪而过。唐陌呼吸一滞,身体反射性地向后躲开,但傅闻夺的动作比他更快,用左手环住唐陌的后腰,阻止他后退。这东西如影随形,好似闪电,擦着唐陌的睫毛而过。冰凉的刀刃贴着睫毛擦过的感觉清晰地映在唐陌的心里,他感觉自己的心脏停了一拍,头皮发麻。等傅闻夺收回匕首,他才回过神,定定地看向对方手里的这把小刀。

小刀不过成年男人手掌的长度,锋利尖锐,通体漆黑,仿制军用匕首的形状。昏暗的光线下,一道深蓝色的光芒从刀身上滑过。这把匕首平淡无奇,放在任何地方唐陌都不会多看一眼,但他深深记得刚才这把刀从自己眼前滑过的感觉,仿佛死神降临,只要再往前一点,这把刀能轻而易举地割断自己最坚硬的头骨。

唐陌问道:"这是你的武器?"他从没见傅闻夺用过。

似乎知道了唐陌的意思,傅闻夺道:"重要的武器要藏好,必要时可以出奇制胜。"

这个答案很好理解。唐陌也一直把大火柴藏在自己的手腕文身里,不到必要时候不拿出来。他曾经好几次突然取出大火柴,打敌人一个措手不及。

没有再多说,唐陌和傅闻夺不像小男孩拥有那么多道具,虽然不多,却个个是精品。唐陌将小阳伞系在腰间,傅闻夺收好手枪,手指一动,黑色匕首便消失在他的手心。两人回到肉类食品区时，长发女人和小男孩正在布置新的陷阱。

见他们回来，萧季同笑道："准备好了？"

唐陌轻轻点头，看向蹲在地上布置陷阱的小男孩，惊道："你们有这么多道具？"

小男孩的身边摆放着一个小山堆，大约半米高，都是各式各样稀奇古怪的道具。刚才暗算大火鸡的小卡车已经报废，被大火鸡一脚踩扁踢到了墙角，可他们竟然还有这么多道具。

这个道具的数量不免令唐陌惊讶。在地球上线后的四个月里他不停参与游戏，也拿到了不少道具奖励，但从没见过这么多道具。傅闻夺也非常有兴趣地看着那个道具小山。

萧季同道："因为要来攻略这个副本，所以特意多带了一些出来。"他微微一笑，言尽于此，没有再多说。

唐陌和傅闻夺走到远处，看着萧季同三人。

这三人真的很有意思。一个八九岁大小的小孩不害怕鲜血碎肉，人小鬼大，主意很多，面对突发情况也很镇定。一个一脸冷漠的长发女人，气场非常冷，浑身散发着生人勿近的气息，拒绝和任何人交流。还有一个看上去最普通、其实最神秘的队长，总是面带笑容，但心里想的是什么，没有人知道。

他们还特别有名，有名到两个从没见过的N市玩家非常轻松地说出了他们的名字，并且对他们充满尊敬。

"N市攻略组。"唐陌在嘴里念着这个名字。

傅闻夺低沉的声音响起："你对他们有兴趣？"

唐陌一愣，看向傅闻夺，摇头道："没，他们这个组织似乎和洛风城的阿塔克小组不一样，感觉有一套自己的规则。他刚才说他们因为要攻略这个副本，所以特意带了很多道具。你和我的道具加起来也没有这么多，我们俩拥有的道具在玩家中应该算是很多的了。攻略组，主动参与黑塔游戏……"

N市的玩家真的非常特别。

唐陌对那个攻略组算不上特别有兴趣，但是他想起一件事："既然他们这么厉害，很多N市玩家都认识他们，或许我们可以通过他们找一找你堂弟？"

傅闻夺没回答这个问题，他道："那三个人中，你觉得谁最强？"

在搏斗方面唐陌还是稍微欠缺一点，仔细地观察了一会儿："那个萧季同？"稍作停顿，唐陌又道，"是那个长头发女人？"

"是那个长头发女人。"

与此同时，金发碧眼的外国小男孩正埋头布置道具。他的动作非常快，就像在搭积木一样，轻而易举地从道具山里找出自己需要的道具，然后将它们放在合适的地方，时不时地还要测量一下各个道具之间的距离，嘴里念念有词。放好一块黑色的石头后，他突然道："宁宁姐，你在干什么？快来帮我算一下。"

长发女人低头看了他一眼，冷冷道："找队长。"

小男孩撇了撇嘴，嘟囔了一句没再说话。

萧季同走过来："怎么了？"

"他们在说我们。"长发女人指了指远处的唐陌和傅闻夺。傅闻夺早就察觉到了她的视线，抬头看了长发女人和萧季同一眼，很快转过头，继续和唐陌说话。自己的窥视被别人发现了，长发女人皱了皱眉，道："他们刚才在讨论我们之中谁最强。"

萧季同："这个不用讨论，他们很快就会发现你最强。"

蹲在地上的小男孩这时抬起头，好奇地问道："那他们之中，谁最强呢？"

长发女人闭上嘴没有说话。萧季同转过头，看向远处的唐陌和傅闻夺。

唐陌也正笑着看着他。

傅闻夺则只看了一眼，便把视线转移到地上的那堆道具上。

萧季同看了一会儿，回答自己的同伴："这两个人都不简单，至少都通关了黑塔一层，甚至黑塔二层。那个稍微好说话一点的，应该很擅长玩游戏，他很会玩黑塔游戏。不过他们之间要说真正打起架来，可能是那个黑衣服男人更强点。他身上有血的味道，他杀过人。"

萧季同笑了，斩钉截铁地给出一个结论："小乔，宁宁，他是个偷渡客。"

DI QIU

SHANG XIAN

第6章
老鹰捉小鸡

沉重的脚步声从远处传来。

昏暗的超市内，没有电，电灯全部熄灭。一束白色的亮光从大门的方向照进超市内部。那脚步声越来越近，"砰砰砰"地砸在地上。一只庞大的火鸡突然出现在亮光处，它的背上趴着一只被扒了皮的大虫子。

大火鸡细小的眼睛在超市里快速地一扫，发现了唐陌等人。它的嘴边露出一个奇怪的笑容，高兴地跑过来："我的孩子们，你们终于排好队了吗？"大火鸡贪婪的目光在每个玩家的脸上滑过，它忍不住吞了口口水，却又要表现出自己对孩子的关爱。

这种又慈爱又贪婪的眼神让大火鸡显得有些搞笑，它说道："咕咕，都饿了吧？妈妈给你们带来了好吃的虫子！"

"砰——"巨大的虫子被它扔在地上，砸在玩家们的面前。这只虫子还没有死，被火鸡生生剥了皮，血肉模糊的虫躯在地上拼命地扭动。大火鸡一脚踩住它的头，尖细的鸡爪嵌进虫子的肉里，虫子发出痛苦的尖叫。

两个小姑娘看到这一幕，完全扛不住了，都背过身干呕起来。金发碧眼的小男孩也脸色苍白，长发女人宁宁伸出手挡在他的面前，不让他再看。

唐陌和傅闻夺从远处走来。

萧季同的目光在这只凄惨的虫子身上扫了一眼，抬起头道："妈妈，我们已经知道该怎么排队了。"

大火鸡惊喜道："那赶紧排好队，让妈妈给你们喂虫子吃。"

超市里没有人再说话。排队的顺序在玩家解散前就已经商量清楚：第一次排队，他们准备按照进入副本的顺序来排。两个小姑娘是第一批进副本的，短发女孩是第一个，她颤抖着走到最前排。接着是萧季同三人，他们一个个走过去站好，排成一排。

短发女站在大火鸡的面前，难受得想呕吐。唐陌是第六个，他走过去，很快，傅闻夺跟在他的身后站了过去。

七个玩家全部排好了队，唐陌抬起头，看向大火鸡。他的目光死死凝视在大火鸡的脸上，想从那尖细的鸡嘴和细小的眼睛里察觉出一丝端倪。每一个玩家走上去时，唐陌都没有错过大火鸡的任何一个表情。同样，傅闻夺也是如此，仔细观察着大火鸡的变化。

半个小时前，唐陌和傅闻夺回到肉类食品区。唐陌找到萧季同，开门见山道："有两种可能，第一，大火鸡也不知道正确的顺序，只有黑塔知道。当我们站对顺序，黑塔会给出提示；第二，大火鸡知道正确的顺序。所以在排队的时候，我们要观察它的表情，或许能从它的表情变化中看出一丝信息。"

萧季同听了这话，脸上露出一丝惊讶，目光幽深地看着唐陌。这时，旁边的短发女高中生道："啊，萧队刚才也是这么说的。大火鸡有可能暴露信息，所以萧队让我们一个个上去排队，不要一起排队。"

唐陌看向萧季同，萧季同对他回以一个笑容，默认了这件事。

排队的事情就这么定下了。

一共七个玩家，也就是七个位置。如果大火鸡没有防备，当某个玩家站到属于他的位置时，它可能会表现出一些特别的情绪。

唐陌的视线没有从大火鸡的身上挪开过，但很可惜，大火鸡从头到尾一直用饥饿的目光盯着玩家，没有太多其他情绪。傅闻夺站在唐陌的身后，凑上前低声道："确实没有变化。"

傅闻夺接受过特殊训练，侦察能力非常强。在七个玩家里，他是最有可能发现大火鸡异常的人。

唐陌声音平静："很有可能我们七个人里，没有一个人站到属于自己的位置上。也可能是它真的不知道真正的顺序。"

傅闻夺："或许它对玩家站到正确的位置上并不在意。"

两人快速交换意见。那边，大火鸡看到傅闻夺站好后，古怪地"咕咕"叫一声，低下了头。大火鸡的正前方是短发女高中生，她害怕地拉住身后同伴的手，盯着面前奇怪的大火鸡。

下一秒，尖锐的笑声响起："我让你们排好队，你们……为什么不排队？"

玩家们瞬间沉了脸色，握住自己的武器。两个站在前面的女高中生害怕地转身就跑，大火鸡却突然抬起头。唐陌见状一惊，大火鸡的两只眼睛突然变成了血红色。它兴奋难耐地看着那两个往后逃跑的女高中生的背影，一脚蹬地，凶猛地蹿了上去。

这时清脆的童声响起——

叮咚！玩家排队错误，大火鸡精神分裂，开启支线游戏"老鹰抓小鸡"。游戏时间为一个小时。"嘀"声响起后，开始倒计时——

嘀！3599、3598、3597……

萧季同大声道："跑！"

他这句话落下，七个玩家早已转身逃跑。萧季同三人跑向了三个不同的方向，那两个小姑娘也按照他之前的叮嘱，分散两头逃跑。大火鸡只有一个，分散着跑能够尽可能地保证玩家的生命安全。但萧季同显然低估了变身后的大火鸡的实力。

两个小姑娘在大火鸡笑出第一声的时候就开始跑了，可才跑出十米远，胆小一点的长发小姑娘就被大火鸡追到了。巨大的鸡爪从后方袭来，狠狠地拍在女生的背后。锋利的爪子眨眼间便将女高中生的衣服撕烂，把后背划出三道深可见骨的血口。

"啊！"这女生被大火鸡一爪子拍到墙上，两块肉被它抠下来落在地上。她大口大口地吐血，大火鸡看着她的伤口更加兴奋，激动地发出一道高亢的"咕咕"声。下一秒，它再次转身，追向下一个人。

唐陌和傅闻奕并没有分头跑，见到这番情景，唐陌意识到一件恐怖的事情，转头看向傅闻奕。

两人对视一眼，齐齐点头，用最快的速度冲向超市二楼的电动楼梯。

大火鸡快要追上第二个女高中生。短发女生惊恐地不断向前跑，她比自己的同伴稍微冷静一点，逃跑的时候不停地往后扔刀子（这是她准备的武器），想借此延缓大火鸡的速度。可大火鸡实在比她快太多，三秒钟便追上了她，一巴掌拍下。

正在此时，欢快的音乐声在超市里响了起来。

"啦啦啦，啦啦啦，我是卖报的小行家……"

大火鸡的动作有一瞬间的停滞，它低下头看向自己的脚下。只见它的脚底赫然踩着一张泛黄的报纸，报纸散发出淡淡的白色光芒。忽然，报纸破碎，大火鸡血红的眼睛立即向头上看去，只见无数份砖头似的厚报纸从天而降，眨眼间便将大火鸡埋在了报纸堆里，报纸海洋一连推倒三个货架。

短发女生赶忙逃跑。

这时，黑塔用愉悦的声音继续报数："3539、3538……"

已经过去一分钟。

唐陌看到无数份报纸将大火鸡埋住，他和傅闻夺迅速地上了超市二楼。两人直接跑向之前找到的一个员工办公室，将门反锁，藏了进去。

一分钟的时间足够七个玩家分头逃跑。唐陌喘了喘气，快速道："刚才那是道具。"

傅闻夺："一次性道具。那些报纸砸下来之前，大火鸡踩到的报纸消失了。"

唐陌点点头："但总算拖延了时间。那个女生是故意往那里走的，她知道小男孩布下陷阱的位置。如果大火鸡没踩到那个道具、掉进陷阱，她也会和她的同伴一样受重伤。"唐陌停住声音，看向傅闻夺，"你觉得它有多厉害？"

傅闻夺沉默了。

唐陌和傅闻夺一起参与了很多场游戏，无论是匹诺曹还是铁鞋匠，傅闻夺都没太大反应。但是这一次有些不同。傅闻夺冷静道："没有变身老鹰的大火鸡非常弱，比它的表姐还要弱很多。如果没有雷击惩罚，我们没有异能也可以随时杀了它。但是它变身老鹰以后……很强。它刚才的速度不比匹诺曹的瞬间移动速度慢，而且力量更大。"

唐陌回忆刚才看到的情况，他道："老鹰状态的它或许不比铁鞋匠弱。最重要的是现在我们被封锁了异能，身体素质也有所下降。我感觉我的速度和力量只有以前的二分之一。你呢？"

"差不多。"

唐陌和傅闻夺联起手来，不一定打不过大火鸡。再加上萧季同、宁宁等人，还有道具，他们的胜算很大。但他们现在没有异能，身体力量也被这个副本限制了。唐陌和傅闻夺合作，最多能保住命，根本不可能击杀大火鸡。

黑塔的倒计时声音还在一下下地响起。

大火鸡被埋在报纸山里已经有两分钟，寂静的超市里没有任何声音，七个玩家全部找到藏身的地方，躲起来。又过了一分钟，沉闷的声音从超市一层传来。唐陌和傅闻夺警惕地走到门旁，两人将耳朵贴在门板上。

仿佛有什么东西在一下下敲击重物，大火鸡在用力将这些砸在自己身上的报纸推开。

忽然，大火鸡的声音传来："咕咕！你们在哪里？我要吃了你们，吃了你们！"

随着一阵"轰隆隆"的巨响，报纸山被大火鸡一把推开。它愤怒至极地吼叫着，疯狂地在超市里寻找起来。这座超市非常大，但大火鸡的速度更快。它身形如闪电，庞大却不笨重，凶狠地在超市一层狂奔。

当它跑到超市面包房时，往前跑出两米，忽然停住。

大火鸡停在货架旁没有动弹。两秒后，它发出一道低沉的"嘿嘿"笑声。它突然扭头，看向漆黑的面包房。一秒后，一道怒吼声响起："混蛋火鸡！"一个小小的身影从面包房里传出，紧接着，金发小男孩奋力跑出面包房，身后跟着那只阴险的大火鸡。

小男孩的身体素质本身就不如成年人，又被限制异能，才跑了两步，就被大火鸡追上，大火鸡一爪子割向他的喉咙。但就在这一瞬间，一束银色的光芒从远处一闪而过，大火鸡脑袋后仰躲过了这一刀，"砰"的一声，飞刀刺入墙壁。

超市一层的学习用品区，一个黑衣女人神色冰冷地站在货架间，冷冷地盯着大火鸡。

一人一鸡就这么互相看着对方。下一秒，两者一起动作，冲向对方。

"砰砰砰"的撞击声不断在超市一层响起，很快这声音就到了二层。宁宁挥舞一把细长的银色唐刀，挡住大火鸡的一爪，但她整个人被大火鸡强大的力道震飞出去，砸在墙上。

大火鸡身上没有任何伤痕，宁宁的身上却全是血。她靠着墙面重重喘气，大火鸡根本不给她休息的机会，用力地一爪蹬地，再次冲了过来。宁宁赶忙往旁边翻滚，躲开这一击。大火鸡"嘿嘿"笑了一声，竟然早有准备，将庞大的翅膀扇向她的脑袋。

宁宁睁大眼睛，闪躲不及，将长刀挡在自己面前打算硬抗。正在这时，大火鸡突然停住动作，倒退一步。声音比子弹要慢，刺耳的枪声在超市里响起，子弹射穿墙面。这子弹射得太准，恰好逼迫大火鸡不得不停手。大火鸡扭过头，红色眼睛凶狠地盯向超市深处的一个小屋。

下一刻，两道身影破开大门，从屋子里飞奔而出。

唐陌和傅闻夺从两个方向夹击，攻向大火鸡。宁宁先是愣了一瞬，很快回过神，也挥舞长刀，加入了攻击大火鸡的队伍。

三人的速度都极快，宁宁的速度竟然是最快的，她身手矫健，如同鱼儿，灵活地攻击大火鸡。傅闻夺是主要的攻击力量，他不断用枪封住大火鸡的走位，大火鸡恼怒地伸出爪子拍向傅闻夺，唐陌念出咒语，一把粉色小阳伞从傅闻夺的身后出现，"啪嗒"打开，挡在了他的面前。

大火鸡的爪子拍在小阳伞上，唐陌被震得向后跌倒，傅闻夺一把抓住他的手，将他抓了回来。

两人默契地看着对方，一个眼神便明白了彼此的意思。

这时宁宁高声道："去一楼，小乔准备好了！"

唐陌"唰"的一声收起小阳伞，用力刺向大火鸡。傅闻夺绕到唐陌的身后，从另一个方向攻击上去，一脚踩在大火鸡的翅膀上，大火鸡一边避开唐陌的小阳伞，一边挥舞翅膀，要将傅闻夺赶下去。

傅闻夺："唐陌！"

唐陌："好！"

傅闻夺手指一动，一把漆黑的匕首出现在他的手中。他反手拿着匕首，将刀刃对准大火鸡的翅膀，全力划了下去。与此同时，唐陌一把撑开小阳伞，大火鸡在傅闻夺的匕首出现时便惊骇地看向他，竭尽全力避开这把匕首。但傅闻夺速度太快，它还是没躲得过。

看似普通的黑色匕首划上大火鸡的翅膀，刚才连唐陌的小阳伞都没能在它的身上造成任何伤痕，这把匕首却轻而易举地划破了大火鸡的翅膀，它发出痛苦、愤怒的吼声。

"咕咕咕咕！！！"

这时，唐陌已经将伞完全打开，抵在大火鸡的面前。他看向傅闻夺，傅闻夺看向他。傅闻夺伸出手，与唐陌一起抓住了小阳伞的伞柄。两人怒喝一声，一起用力，将大火鸡狠狠地推下了超市二层。

"轰隆"一声，大火鸡从二楼的楼梯落下，砸在一层。

唐陌、傅闻夺和宁宁单手撑着楼梯，跳下二楼。

远处的冷冻食品区，一个金发小男孩挥着手："这里，这里！"

唐陌三人互相看了一眼，一起冲上去，攻向那只渐渐回过神的大火鸡。

被傅闻夺的匕首划破翅膀后，大火鸡显得更加谨慎。它不再大意，每时每刻都注意着傅闻夺的匕首，不给他攻击自己的机会。三个人与大火鸡缠斗在一起，一起逼迫大火鸡，将它逼向小男孩的方向。

大火鸡也察觉到不对，意识到再这样下去对它不利，它忽然扭头，看向宁宁。血红色的小眼睛紧紧盯着宁宁，宁宁心中一紧，不再和唐陌、傅闻夺一起攻击大火鸡，转身逃跑。

但大火鸡怎能让她跑了："咕咕！"

大火鸡缠上了宁宁，唐陌和傅闻夺在大火鸡后面追，宁宁在后面跑。

唐陌："往该跑的地方跑！"

"好！"宁宁点点头，转头跑向金发小男孩。以她的速度，在她跑过去前肯定会被大火鸡追上。金发男孩很快发现了这个问题，脸上表情变换，忽然低头从地上拿起一块红色的玉石，高喊："队长，快来救命啊！"

小男孩举着石头跑向宁宁和大火鸡，在大火鸡即将追上宁宁的前一秒，小男孩将红色石头用力扔向它，砸在了它的身上。

石头落在大火鸡身上的那一刻，大火鸡动作一顿，被石头砸到的地方变成了石头。它的胸口有一片巴掌大的地方全部成了石头，但很快，这些石头渐渐恢复原状。

小男孩凄厉地喊道："队长！！！"

"嗖——"唐陌看到一个黑色的人影从地上滑了过来，他的手里捧着一个黑漆漆的东西。仔细一看，这竟然是个风筝盘轮。萧季同连滚带爬地从二楼滚到一楼，在大火鸡胸口的石头完全恢复正常的前一秒，终于跑到了小男孩刚刚站的位置，向前抛出这个风筝盘轮。

"簌簌"的声音下，一根纤细的风筝绳从盘轮上飞出，捆住了大火鸡被傅闻夺划伤的那只翅膀。大火鸡有一瞬间的错愕，不明白这根绳子是想做什么，而下一秒，当被这根绳子捆着往前拖走时，它终于明白了这群玩家的意图。

"咕咕咕咕！！！"大火鸡怒极地吼着，可它已经进入了萧季同三人布下的连环陷阱。

触发了第一个机关后，如同倒下的多米诺牌，一个个机关不停触发。唐陌眼睁睁地看到这只可怜的大火鸡接二连三地被各种道具折磨。一会儿是千刀万剐，它皮糙肉厚，一点伤没有；一会儿是烈火炙烤，如同大鼹鼠说的一样，普通的火根本烧不了火鸡，它毫发无伤。

黑塔还在愉快地倒数计时，唐陌也看着大火鸡被一个个陷阱折腾得"咕咕"直叫。什么道具都无法伤害到这只大火鸡，它仿佛铜墙铁壁。虽然它愤怒地"咕咕"叫着，脸上却没什么害怕的意思。直到它被一只红色的小木偶推到了超市正中央，一滴蓝色的透明水滴从它的头顶缓缓落下。

大火鸡的脸上第一次出现了惊恐的表情。它看着这滴水，不断地"咕咕"叫着。

"咕咕咕咕！！！"

唐陌和傅闻夺惊讶地向前走一步，萧季同和宁宁、小乔也惊喜而充满期待地看着。这滴水滴即将落到大火鸡的身上，只差两厘米、一厘米，清亮的童声响了起来——

叮咚！玩家乔治·爱德华触发"丧心病狂弑母之徒"效果，获得惩罚——天打五雷轰。

水滴在触碰到大火鸡的前一秒轰然蒸发，金发男孩上一秒还是一脸狂喜，下一秒他的脸色如同打翻的调色盘，各种情绪迸发到最后，变成一句恨极了的怒骂："浑蛋！"

"轰！"银色闪电从天而降，劈在了小男孩的脑袋上，他被劈得向后倒去。

大火鸡获得自由，怒吼一声再次冲向所有玩家。它伸出爪子，狠狠地划向站在众人最后方的宁宁。这一次它来势汹汹，速度竟然比之前更快了一倍。大家还没来得及反应，它一爪子实打实地将宁宁拍飞出去。宁宁吐出一口血。大火鸡正要再次出击，充满遗憾的声音响起——

……1，0。

叮咚！支线游戏"老鹰抓小鸡"结束。

声音落下，大火鸡的动作僵在原地。它的眼睛慢慢变回黑色，它僵硬地走到绿虫子身旁，翅膀耷拉下来，趴在地上，竟然睡了过去。

等待了一会儿，确定大火鸡不再动弹，所有玩家齐齐松了口气。唐陌收起小阳伞，用伞尖撑着地面，抹去自己唇边流下的血迹。

一个小时的逃亡和厮杀，宁宁和那个最开始被大火鸡攻击的女生是受伤最重的。唐陌受了点小伤，傅闻夺也没什么大碍。

大火鸡睡了，那两个躲在暗处的女生终于敢出来了。

短发女生背着自己的同伴，哭泣着从黑暗里跑出来。她背上的同伴此时早已昏了过去。她浑身是血，后背上的伤口裂开，露出里面红色的内脏。

"救救她，救救媛媛。我求求你们，救救她吧……"

萧季同走上去，看了一下伤势后，从口袋里拿出一瓶矿泉水浇在女生的伤口上。矿泉水浇上去后，她伤口上的血渐渐止住，萧季同道："她本身身体素质并不够高，现在又被限制了身体能力。她的命暂时保住了，一个小时后伤口应该会愈合，但是再被重伤一次就很难再救了。"

七个人各自检查了一下自己的伤势情况，处理好自己的伤口。

唐陌的手背上有一道裂口，那是大火鸡的爪子割破的。因为身体素质下降，愈合能力变弱，这道伤口并没有完全愈合，肉向两边翻开，露出里面的血管和白色骨头。

蚯蚓的眼泪还剩下两次使用机会，这个道具可以生白骨，但唐陌不打算浪费蚯蚓的眼泪治这点小伤。

一道低沉的男声响起："那是道具？"

萧季同转头看到傅闻夺："你说这个？"他晃了晃手中的农夫山泉矿泉水，瓶子里的水只剩下一半，他道，"嗯，是道具，可以治疗一些小伤。你要吗？"

傅闻夺："谢谢。"

傅闻夺将这瓶矿泉水拿回来，走到唐陌身边："要吗？"

唐陌也没客气，伸出手。

傅闻夺将矿泉水倒在唐陌的手上，再倒了一些在自己手臂的伤口上。矿泉水一浇上去，他们的伤口便以肉眼可见的速度愈合了。这愈合的速度实在太快，比宁宁的速度都要快一些。萧季同看着这一幕，眯起眼睛。

片刻后，他笑道："黑塔二层？"

唐陌抬头看他。知道萧季同的意思，唐陌没有反驳，反问道："你们呢？"

萧季同："黑塔二层，黑塔二层。"他指了指自己和宁宁，最后指向小男孩，"小乔过两天和其他队友去闯二层，现在是一层。我现在很感谢我们参与的是一个现实副本，现实副本的难度随玩家实力的改变不大，否则……不知道我们会遇到什么样的游戏。"

短发女生道："我……我和媛媛还没有通关黑塔。这个排队的顺序会不会和我们通关黑塔的层数有关？"

这个提议给了萧季同一个思路，他正准备开口，哈欠声在他们身后响了起来。

众人警惕地看向后方。绿色的大虫子居然还没死，正努力地蠕动身体往门口的方向逃。大火鸡懒洋洋地睁开眼睛，一翅膀拍在虫子的身体上。它骂了一句："蠢货，还想跑？咕！"它抬起头，看向玩家。

尖叫声响起。

"啊啊啊！是谁！是谁把我可爱的孩子们打成了这样？咕咕！"

没有人理会大火鸡的惺惺作态。它拙劣的演技简直像在嘲讽在场的玩家，它擦了擦眼角根本不存在的眼泪，难过地说："我的孩子，你还好吗？哎呀，你这是死了吗？"它走到昏迷不醒的小姑娘身旁。

短发女生气愤地挡在自己的朋友身前。大火鸡冲她古怪地笑了一下。短发女生不敢说话，只是狠狠地瞪着大火鸡。

大火鸡抬起翅膀，虚情假意地抹了抹眼泪，正准备再说些"充满母爱"的关切话语，一道低沉又充满磁性的男声直接打断它的话："第二轮提问可以开始了。第一个问题，老鹰抓小鸡这场游戏有什么特别含义？"

大火鸡擦眼泪的动作一僵，转过头，看向傅闻夺。

大火鸡细小的眼睛死死盯在傅闻夺身上，就这么静静看了两秒，"咕咕"叫了一声，阴险地笑道："还有第二个问题吗？

大火鸡询问这句话的表情、神态与之前萧季同问它时一模一样，谁都看不出它到底有什么变化。然而无论是唐陌还是傅闻夺都清楚地明白：关于老鹰抓小鸡游戏的问题，对大火鸡来说，和有关通关游戏的正确方式的问题一样重要，甚至可能更为重要。

唐陌看着大火鸡，陷入沉思。

一开始他没察觉出来，但当傅闻夺提出这个问题后，他也发现了一丝不对。

在刚才一个小时的老鹰抓小鸡游戏里，除了藏得非常好的萧季同，其他六个玩家全部与大火鸡有正面交手。大火鸡看似公平地攻击着每一个玩家，手段残忍，但它真正最针对的人一直是冷面长发女宁宁。

这一点在大火鸡最后的一波反击中表现得最为清晰。当时大火鸡陷入小男孩设计的一连串陷阱里，差点要被那滴蓝色水滴杀死。当它脱困后，并没有袭击差点令它死掉的小男孩，也没有攻击用匕首令它浑身受伤的傅闻夺，而是将矛头对准站在五人最后方的宁宁。

无论是从仇恨值还是站的位置来说，它都不该去攻击宁宁。可它偏偏舍近求远，一爪子挖去了宁宁胸口的一块肉。

它在针对宁宁。

这个事实暗示着一条非常重要的线索：老鹰抓小鸡游戏很有问题。

唐陌仔细思考着第二个问题该如何提问，还没想出一个最合适的，只听一道男声从旁边响起："第二个问题，乔治·爱德华排在第几位？"

唐陌双目睁大，错愕地看向开口的男人。不仅是他，傅闻夺也皱起眉头，看着萧季同。就连他的队友宁宁和小乔都惊愕地盯着他看，不明白他怎么会提这个问题。

第一个问题由傅闻夺提出：老鹰抓小鸡游戏是不是有什么深层次的含义？

第二个问题由萧季同提出：他的队友乔治·爱德华排在第几名？

这个问题自私得太过明显，虽然只知道一个人的排名对最后的结果不会有任何影响，哪怕小男孩知道自己排在第几位，只要其他六个人位置不对，他照样会被拉进老鹰抓小鸡游戏。可萧季同提出这个问题确实很突兀，似乎在浪费一个提问机会。

唐陌很快冷静下来，思索萧季同提出这个问题的原因。他相信后者不会这么鲁莽地提出这种问题，或许是经过了某种考量。只可惜他现在知道的信息太少，一时间很难明白对方这么做的原因。

大火鸡听到这个问题后，也有一些惊讶。它很快笑了起来："我可爱的孩子，你居然忘了自己的位置？"它走到小男孩身边，伸出翅膀想摸摸小男孩的脑袋。它的翅膀上还在滴血，那是傅闻夺刚刚割破的。小男孩很想把这恶心的鸡翅膀扇开，但忍住了，一声不吭地站在萧季同身边，有些委屈。

唐陌："所以答案是什么？"

无论如何，问题已经提出，他们现在需要答案。

大火鸡拍拍翅膀："老鹰抓小鸡的游戏哪里有什么深意，不就是一只恶心的老鹰想抓我可爱的孩子们吗？放心吧，我的孩子，妈妈在这里，妈妈不会让那只可恶的老鹰抓走你们的，咕。"顿了顿，大火鸡继续道，"至于你的排队位置……"

大火鸡摸着小男孩的头，笑道："咕咕，你排在第二位啊，我可爱的孩子，这你都忘了？"说完这句话，大火鸡"嘿嘿"笑了一声，站起身看了眼倒在地上的女高中生。它意味深长地看着这个濒死的女孩，下一秒扭过庞大的身子，看着地上已经彻底断了气的大绿虫。

刺耳的尖叫声响起。大火鸡仿佛刚刚才发现这个问题，用拙劣的演技吼道："咕咕咕咕！！！这只虫子怎么死了？死了的虫子怎么能给我的孩子吃？吃了会拉肚子的。该死的虫子，你就不能多活一会儿？怎么就死了！现在妈妈又要给孩子们去寻找食物了。"

大火鸡转过头，惺惺作态地看着所有玩家："我的孩子们，你们是不是很饿了？"

萧季同点点头："妈妈，我们非常饿。"

大火鸡大声道："妈妈这就给你们去找食物，咕！"

它肥硕的身体拥有和外形一点都不相称的灵活，它哼唱着那首"鸡崽吃虫、我吃鸡崽"的古怪童谣，很快消失在超市里。现在所有的玩家都知道，这只大火鸡根本是在演戏。它一会儿扮演一个慈爱的鸡妈妈，一会儿恢复本性变成凶狠残暴的老鹰。它将玩家们耍得团团转，自己在演戏，却更像在看这群玩家的笑话。

走调难听的歌声在超市里回荡，当大火鸡的身影完全消失后，短发女高中生再也忍不住，哭了出来。

这个可怜的女生抱着自己生死未卜的同伴，放声大哭。哭了几分钟后她咬咬牙忍住眼泪，抱着同伴，给同伴喂水，轻轻喊同伴的名字，希望同伴快点醒过来。

这两个玩家实力较弱，如果没有唐陌几个人在，她们最可能的结局就是被大火鸡撕裂，成为地上的这些碎肉。

两个问题问答结束后，确定大火鸡走远了，唐陌看向萧季同，声音平静："它第一个问题在撒谎，那么第二个问题就是正确的。萧先生，我想知道你为什么会提出这个问题。"

唐陌不认识萧季同，但经过短暂接触后他知道对方是个聪明人。一个通关了黑塔二层、在N市非常有名的聪明人。这样的人不该提出没用的问题。

萧季同笑了："我提出这个问题确实是有原因的，因为我掌握的信息比你们要稍微多一些，所以才会提出这个问题。不过在此之前，我更想先问问这位……唐吉先生。"萧季同没拆穿唐陌和傅闻夺的假名，看向傅闻夺，"你觉得这个'老鹰抓小鸡'游戏特殊在什么地方？"

傅闻夺淡淡道："如果只是要一个排队错误的惩罚，可以直接说'排队错误，大火鸡抓捕玩家一个小时'，没必要特意设计一个支线游戏。"除非这场游戏本身就是一个线索。

后面的话傅闻夺没说，唐陌却早已明白。他看着傅闻夺，轻轻笑道："是，我也想过为什么特意要弄出一个支线游戏'老鹰抓小鸡'。只是想杀玩家，随便叫什么游戏都没有问题。"

"而且它有杀气。那股杀气是冲着她去的。"傅闻夺指向宁宁。

宁宁身上的伤已经好了大半，可脸色还是有点苍白。她抿着嘴唇不说话。

小男孩不满道："它为什么只针对宁宁姐？难道说，因为宁宁姐是女人？啊，对，那个姐姐不也被它抓伤了嘛，现在还没醒过来。它真的是最针对女人？"

"当然不是。"唐陌摇摇头，"老鹰抓小鸡游戏非常常见，我相信大多数人小时候都玩过。这个游戏有两个特点，第一是有只保护小鸡的老母鸡；第二是老鹰每次只能抓排在队伍最后面的那只小鸡。我们玩家要按序排队，老鹰抓小鸡游戏本身也有一个顺序——老鹰要抓小鸡，必须从最后一只小鸡抓起。"

小男孩想了一会儿，突然惊道："你的意思是，宁宁姐是排在最后面的一只小鸡？"男孩十分聪明，很快又说道，"等等，刚才宁宁姐是排在第五位的，排在最后面的是他。"他指着傅闻夺，"那只大火鸡抓的是宁宁姐，不是他，难道说它抓人的顺序不是我们玩家的排队顺序，它抓的是真正排在最后一位的小鸡，宁宁姐正确的排队位置是最后一个？"

很多话不用多说，当小男孩这么一解释后，所有人都听懂了他的意思。事实上，唐陌和傅闻夺早就想到了这个答案，否则傅闻夺也不会提出那个问题。很有可能，萧季同也猜到了。

大火鸡明显针对宁宁，再考虑到它在说谎，老鹰抓小鸡游戏是有深意的，很明显，它抓人的顺序和玩家正确的排队顺序有关。

唐陌："十有八九，这位……"唐陌不知道该怎么称呼宁宁，停顿了一下，直接道，"她应该是排在最后一位。根据这个线索，我们基本上可以确定最后一个玩家是谁，这是我们提出第一个问题的原因。那么现在轮到你们了。"唐陌笑道，"萧先生，你为什么要提出那个问题？你说的你所掌握的我们不知道的信息是什么？"

当发现大火鸡针对宁宁后，他第一时间就想到了老鹰抓小鸡这场游戏的特殊规则。而当大火鸡的回答反过来证明这场游戏确实有深意之后，他们便能真正确定宁宁的排队位置。

不敢说一定，但至少有八成可能性，这位女玩家排在最后一位。

那么现在就轮到萧季同了。

傅闻夺站在唐陌的身边，对萧季同等人似乎没什么兴趣，淡定地看着没说话。唐陌很有耐心地等待萧季同给自己一个合适的答案。

"我那样问，肯定是有原因的。"萧季同看了看自己的队友宁宁，接着竟然将目光对准站在唐陌身旁的傅闻夺，他笑了一声，开门见山道，"唐吉先生，你是偷渡客吧？"

傅闻夺神色不变，没有回答。

唐陌冷冷反问："这就是你说的信息吗，萧先生？"

萧季同："我想你们是误会了，我并没有针对偷渡客的意思。从刚才那一个小时的老鹰抓小鸡游戏里我看得出来，你们并没有想杀人的意思。这场游戏有个很明显的漏洞，游戏规则第五条，一旦有鸡崽死亡，触发'伤心欲绝的大火鸡'效果，暂时解除精神分裂状态。其实这是在说，只要有玩家死了，老鹰抓小鸡游戏就会立即结束。如果真的不想被大火鸡追杀，有个很简单的方法。"

唐陌淡淡道："杀人，结束游戏。"

萧季同："对。但你们没有这么做。宁宁被那只大火鸡追杀的时候我在远处，本来想过来帮忙，但没赶上，我看到你们出手了。偷渡客也分很多种，有的偷渡客杀人如麻，地球上线后更加没有约束，参与任何一场游戏都毫不在意地疯狂杀人。我见过那样的偷渡客。"

唐陌也见过那样的偷渡客，怪奇马戏团的游戏里一共死了十个玩家。其中有四个偷渡客是被唐陌等人联手绞杀的，还有六个玩家是被那四个偷渡客杀死的。

唐陌道："这个漏洞更有可能是一个陷阱。如果真的杀人就可以结束惩罚，那么之前死在这里的玩家里，肯定有人做出了这样的选择。到最后，游戏只会剩下一个人。一个人不需要排队，他就是队伍。但他并没有通关这个现实副本。看似可以用杀害同伴来通关游戏，事实上在最后肯定藏着更大的陷阱……萧先生，或许我们是因为这样，才没有选择杀人。"

"我玩任何黑塔游戏，第二才凭借策略，第一凭借的是感觉。我向来相信我的直觉，我通关的每一场游戏也在认可我的直觉。"萧季同微笑道，"偷渡客不一定就是坏人，正式玩家、预备役也不一定就是好人。你能说出刚才的话，维克多先生，这已经证明你们不是坏人。"

唐陌没再说话。

萧季同继续道："我并没有在第一时间注意到宁宁被针对的问题，直到这位唐吉先生提问老鹰抓小鸡游戏，我才意识到这个线索。而这时我想到了另一个问题。"

唐陌："什么问题？"

"首先有一点是我们公认的，那就是我们都相信，有九成可能性，这场游戏的排队顺序不是胡乱来的，是按照某种规律。否则想获胜难度太大，也缺少了一丝策略性。接着之前那个小姑娘说，"萧季同看向坐在地上的短发女高中生，"这场游戏或许是按照我们每个玩家的攻塔层数来排的。那么现在已知这两个女孩没有攻过塔，小乔是黑塔一层玩家。维克多先生你，还有你的同伴唐吉先生，再加上我和宁宁。我们都是黑塔二层玩家。"

唐陌立刻明白："你提问那个小男孩的排位顺序，是在排除'排队顺序与玩家的攻塔层数有关'这个猜测？"

"不错。"萧季同笑道，"不过还有一件事，是你们不知道，而我知道的。我提问这个'小乔的排位顺序'最大的原因，就是这个线索。"

"什么？"

萧季同看向自己的同伴，冷冰冰的长发女宁宁抱着手臂，没有表情地站在一边。

萧季同收回视线，道："在这场游戏里，这两位女孩是预备役。我曾经是预备役，现在是正式玩家，但严格来说，我的身份更倾向于预备役。那么小乔排在第二位。他只要不排在第三位，这场游戏就肯定不是按照玩家攻塔层数的顺序排队的。冒昧地问一句……维克多先生，你是正式玩家？"

唐陌心中一惊。他的大脑快速运转，他已经彻底明白了萧季同的意思。但是这个猜测不对，还有最后一个漏洞。除非……

"她是偷渡客？！"唐陌惊讶地看向宁宁。

萧季同笑着点头："是。我是预备役，小乔是正式玩家……宁宁是一个偷渡客。"

十五天前，N市，苏果超市。

昏暗腥臭的超市内，一只残暴凶狠的巨型火鸡慢慢停住已经举起来的鸡翅膀，用细小的眼睛死死盯着这个站在自己面前的矮小人类。这是一个瘦弱的中年妇女，她的身上全是血，整个人跪在浓稠的血泊里，目光呆滞地看着地面，大口大口地喘气。

在她的身旁，是一个刚刚死了的年轻男人。他死不瞑目，手里拿着一把锋利的长刀，临死时双眼都盯着中年妇女的方向。他的胸口有四五个黑漆漆的枪口，那把杀了他的枪就落在他与中年妇女之间。

仔细一看，这年轻男人和中年妇女长得竟然有几分像。

中年妇女身体颤抖。许久后，她痛苦地捂住脸，绝望地吼道："只剩下我一个人了，只有我一个人了。你就算排队是有头尾顺序，只有我一个人，他们全部死了。不是我杀的他们，他们该死……不，是我杀的。他们死了……都死了！我一个人，我赢了，我排好队了。我是活着的，我现在是活着的……你给我吃虫子！"

妇女已经有些疯狂，说话颠三倒四。她忽然抬起头，双目通红，看向那只巨大的火鸡。

五个小时前，他们七个人被拉进了这场游戏，这只巨大的火鸡要求他们排队。七个人，怎么排队？他们一开始没有注意到母鸡可以只说出一个正确答案的陷阱，浪费了好几次提问机会。他们实力太弱，一个小时的老鹰抓小鸡游戏谁也无法活下去，只能杀人。

只要有人死，这只恐怖的火鸡就会停手，直接开启下一轮的排队。

她不想死，一点都不想死。所以哪怕杀死亲弟弟，她也不想死！

超市里昏暗无光，只有一缕光线从大门的方向射进来，勉强照出一条明亮的直线通道。当中年妇女疯狂地喊出这段话时，大火鸡的双眼已经从鲜红色变为正常的黑色。它定定地看着眼前这个害怕又似乎异常兴奋的人类，慢慢地，笑了起来。

中年妇女身体僵住，傻傻地抬起头看着这只火鸡。

大火鸡阴险地笑着，笑到最后，它讽刺的笑声在超市里回荡。它走到最里侧的一个货架旁，伸出爪子，轻松地提起一个血肉模糊的红色肉块。接着它走到另一边的收银台，将一个被撕开肚子的男人尸体提了出来。然后是一个女初中生，一个年轻漂亮的女人……

最后，它将中年妇女的弟弟拎了起来，如同丢猪肉一样，直接砸在了妇女的面前。

鲜血溅到了妇女的脸上，她痴傻地看着大火鸡，仿佛不明白它现在在做什么。大火鸡"嘿嘿"笑了一声，用慈爱的目光看着妇女："我的孩子，恭喜你，活到了最后。之前几轮妈妈忘了说，你们都是兄弟姐妹，就算你的哥哥们不在了，你也不能忘了他们呀。所以……排队吧。妈妈把哥哥们的身体带过来了，你可以随便地排队了，咕。"

话音落下，大火鸡拎起年轻男人的尸体，重重地扔在中年妇女的身上。弟弟睁大的双眼让中年妇女惊恐地转身往后爬，她抬起头，大火鸡一脚踩在她弟弟的尸体上，温柔地笑道："咕咕，你觉得，他排在第几位呢？他们的身体都随你摆布，你又排在第几位呢……我的孩子？"

恶劣的笑声越笑越响，大火鸡吞了口口水，目光贪婪地看着中年妇女。

大火鸡到底是忘了说，还是故意在只剩下一个人的时候说出真相，早已不得而知。

中年妇女的眼睛里倒映着一只凶狠可怖的大火鸡，它嘲弄地看着眼前的人类，脸上是充满恶意的笑容。妇女傻傻地看着它，过了许久，低下头看向自己的弟弟。又看到那些被大火鸡撕裂、被玩家残杀、当作祭品的人，她张了张嘴。

"啊啊啊啊……"

大火鸡的笑声更加响亮。

15天后，苏果超市。

当萧季同说出长发女的真实身份时，唐陌便彻底明白了他那样提问的意思。

宁宁是偷渡客，排在最后一位，很有可能暗示着排队顺序是按照"正式玩家、预备役和偷渡客"的顺序进行的。但这不能否认顺序可能是"没有通关黑塔的玩家、通关黑塔一层的玩家，以及通关黑塔二层的玩家"。

宁宁是黑塔二层玩家，她的身份无法排除这种可能性。于是萧季同问"小乔是第几位"。

"小乔如果是第三位，那就非常简单地证实了，有九成可能性，排队顺序是每个玩家的攻塔层数。现在小乔是第二位，那同样也证明了，有九成可能性，排队顺序是玩家的身份。"萧季同微笑道，"小乔是个很特殊的角色。全场最多两个正式玩家，他只要排在前两位，就证明'玩家身份为排队顺序'的推论。而且他也是全场唯一一只通关黑塔一层的玩家。"

傅闻夺观察细致，一眼便发现了大火鸡对宁宁的杀气，并且快速地想出老鹰抓小鸡的问题。萧季同也十分聪明，明白傅闻夺的意思后又补充了一手，给了玩家极大的优势。

每场黑塔游戏都有游戏攻略。无论是现实副本还是其他副本，黑塔一定给了玩家胜利的希望。按照黑塔的一贯套路，排队顺序肯定是有一定规则的，不可能是毫无章法的乱排。

正式玩家、预备役、偷渡客。

这是一个非常符合黑塔风格的排队顺序。

黑塔厌恶偷渡客，怪物们也最想吃偷渡客，于是将偷渡客排在最后，让变身老鹰的大火鸡能够顺理成章地吃掉他们。

在短发女生的细心照料下，涂了矿泉水后，昏迷的长发女高中生终于醒了过来。矿泉水道具效果不错，醒来后长发小姑娘的伤势慢慢好转，也渐渐能说话了。

唐陌仔细思考着之前得到的所有线索，再结合傅闻夺和萧季同的推测，得出结论："那么我们正确的排队顺序就是：我、这位小朋友，萧先生和这两个小姑娘,傅……唐吉,还有这位宁宁小姐。"

萧季同点头:"是。小乔肯定排在第二位,宁宁也肯定排在最后一位。中间就是我和这两位小姑娘了。"

唐陌:"正式玩家和偷渡客的顺序没有太大疑义,现在比较重要的就是你们三个人的顺序。你们都是预备役。"

"我曾经是预备役,但现在已经通关了攻塔游戏,变成正式玩家。有八成可能性,我排在第三位。"萧季同道。

唐陌也非常认可这个看法,但是另一个更重要的问题摆在了他们眼前:"那她们应该是什么顺序?"

众人的目光对准坐在旁边的两个女高中生。

长发女生还没有完全恢复,靠在同伴的怀里轻轻喘气。短发女生将唐陌等人刚才的话都听进耳中,如今她也知道,自己和同伴的位置顺序是至关重要的。她绞尽脑汁地回忆了许久,努力将自己知道的信息全部说出来:"我和媛媛是同一所高中的同学,但是不同班。地球上线当天我们在上第一节课,突然所有人都消失了,我们学校只剩下我们俩,从那以后我们就在一起……"

两个小姑娘的游戏经历和大多数预备役相似。她们没有异能,不傻但也不算聪明,每次都小心翼翼地规避副本,避免参与游戏。她们最幸运的是生活在N市,N市的预备役组织尽可能地搜索了全城的副本入口位置,并无私地将这些情报公布出来。两个小姑娘由此安安稳稳地活了四个月,中途有参与过一些游戏,但都有惊无险。

她们这样的玩家占据了幸存玩家的大多数。两个人并没有任何特色,实力等各方面都相似,硬要分出一个前后排名,根本不可能。

萧季同沉思片刻:"我们才排过一次队,这个次数很少。即使下一次错了,也不是大事,只要能够顺利打完老鹰抓小鸡游戏。这一次,你排第四位。"他指着短发女生,再看向长发女生:"你排第五位。"

傅闻夺淡淡道:"什么依据?"

众人转头看向傅闻夺。

萧季同笑道:"直觉。唐吉先生,我之前就说过,我玩任何游戏都相信直觉。就像老警察破案,很多时候并不需要太多线索,看到杀人犯就会有一种感觉——这就是杀人犯。地球上线后我玩过很多游戏了,非常多,我的经验告诉我，直觉有时候比理性思考更重要。而且，"顿了顿，他继续说道，"这才是第二次排队。即使错了这一次，我们还有下一次机会。"

傅闻夺没再开口，事实上，唐陌也是这么认为的。

唐陌，小乔，萧季同，短发女生，长发女生，傅闻夺，宁宁。

这个顺序成了七个玩家默认的正确排序。即使有错误，应该是两个小姑娘的位置颠倒了。至少有八成可能性，他们没有找错排序方式，也没排错顺序。

那么接下来就是等待排队了。

在这一个小时的时间里，长发女生的伤势渐渐恢复。虽然不可能像之前那么健康，但她能站起来、能再逃跑。下一次她将站在第五位，大火鸡不会再拿她当第一个目标，她应该会轻松很多。

短发女生又厚着脸皮向萧季同借了一下矿泉水道具，将剩下来的小半瓶水倒在同伴的伤口上，这样伤口复原的速度就更快了。想来即使排队错误开启老鹰抓小鸡游戏，长发女生也不会没有逃跑之力。

唐陌看着那个脸色苍白的小姑娘，想起了一件事："它不想杀她。"

傅闻夺听到唐陌的话，立即明白了他的意思。他道："老鹰抓小鸡游戏的规则，它要抓的是最后一只小鸡。所以，或许它也只能杀那只小鸡。"

唐陌看了眼远处正在和队友商量事情的萧季同，转头看向傅闻夺："它该杀的对象是宁宁，在此之前，却没有刻意去攻击宁宁。它尽可能地攻击所有玩家，明明只需要再轻轻挥动一下爪子，那个女生就会死。但它没有这么做。这有两个可能：第一，它只能杀宁宁，不能杀宁宁以外的人；第二，它想伤害更多玩家，不致死，却重伤。"

这就是大火鸡的恐怖之处。

一个小时的老鹰抓小鸡游戏，玩家几乎无法对大火鸡做反击，只能一味防备，大火鸡却能轻松地抓弄小鸡，将玩家们逐个打伤。它不会杀死他们，只会将他们打成重伤。这样一来，下一轮游戏时，这些玩家更难逃脱。

甚至有可能撑不到下一轮游戏，直接重伤身亡。

尽管有八成可能性这次的排队顺序没有错，唐陌和傅闻夺还是做好万全的准备。傅闻夺将手枪再次上满子弹。经过上次的教训后，唐陌知道小阳伞并不能在大火鸡的身上造成任何伤口，但他还是选择了这个武器，至少可以当作盾牌。

准备好一切后，七个玩家聚集在一起，等待第二轮的排队。

"N市是个很好的城市，至少在地球上线后，大多数实力一般的玩家可以在这里很好地生存下去。"

唐陌转过头看向萧季同。

萧季同正看着远处晃晃悠悠走来的大火鸡。

萧季同这话并没有错，N市这个城市很安全，但同样极度危险。唐陌沉默片刻准备开口，但他还没说话，低沉的男声在他的身旁响起："三个月内，每个玩家必须攻塔一次。"

萧季同唇边的笑容一滞，很快继续笑道："是。前提是，玩家不用被迫攻塔。"

N市是一个很好的城市，前提是玩家不用被迫攻塔。

过多的保护反而是慢性自杀。

N市强大的玩家庇护普通玩家，告诉他们每个游戏副本的入口，约束偷渡客不敢随便杀人。但这同时给予了其他玩家一个太过温暖的摇篮。在这个摇篮里，没有毅力的玩家不会成长，只会苟且度日。

或许黑塔就是担心这样的情况出现，才会增加规则，要求每个玩家三个月内必须攻塔。

大火鸡越走越近，唐陌的余光扫到地上的血液，他忽然开口："死在这儿的玩家至少有100人了吧？"

萧季同："有记录，大概150人。"

150多人，没有一个人找出正确的排队方式。这个数字让唐陌总觉得有哪里不对，可一时间也想不出任何疑点。这不像马里奥副本，马里奥副本里死了6000多个人，6000多个人说明这场游戏绝对有问题，玩家不可能按照正常流程走到终点。

唐陌还在思考，大火鸡已经走近。

"轰隆隆——"大火鸡抱着一只黑色的甲壳型巨虫走到七个玩家面前，用力一扔，将这巨大的虫子扔在了地上。虫子还想逃跑，大火鸡一脚踩在它的壳上，脚下一个用力，虫子嘶号一声，黑色的外壳被大火鸡踩裂。

谁也不知道大火鸡是从哪儿找到这么一只巨型甲壳虫的，它踩着大虫子，阴冷、贪婪的目光从所有玩家的脸上一扫而过。大火鸡拍拍手，和善地笑道："我的孩子们，你们想好怎么排队了吗？咕！"

短发女生憎恨地瞪着大火鸡，咬牙切齿道："想好了。"

女生肯定决绝的态度令大火鸡多看了她一眼，大火鸡挠了挠头："好吧，咕咕，那就开始排队吧。妈妈已经迫不及待地想给你们喂虫子吃了。你们有没有感觉饿了呢？"

唐陌本想让大家直接排队，现在大火鸡的每一句话都是在嘲笑玩家，并不会给出任何有用的线索。但他还没开口，突然觉得一阵饥饿。唐陌错愕地睁大眼，仔细感受了一下，然后快速看向傅闻夺。

两人的目光在空中交会。

傅闻夺点点头，低声道："是。"

不仅他们，当大火鸡说完这句话后，萧季同和其他玩家都感受到了一阵久违的饥饿。这种感觉实在太奇怪，唐陌昨天才吃过东西，以他现在的身体素质，哪怕三天三夜不吃东西也不会感到饥饿。

唐陌立即说道："我们的身体素质下降了，饥饿感也一样回来了。"

傅闻夺："不是回来了，是更加饥饿。我今天早上吃了一片压缩饼干。"

唐陌心中一惊。

大火鸡听到他们的话，"咕咕"笑了一声，它的脚在黑虫的壳上用力扭动着，故意说道："妈妈就知道你们都饿了。快来排好队吃饭了，我可爱的孩子们。"

饥饿感对唐陌来说十分陌生，他一时间觉得有点奇怪，但适应后就好。这种程度的饥饿感不至于让他们无法行动，就怕这种饥饿感会加倍提升。

唐陌不再废话，大火鸡话还没说完，他就大步上前，站在了最前方。

大火鸡一愣。

唐陌面无表情地看了它一眼，转身道："抓紧时间。"

傅闻夺明白他的意思，萧季同在感受到久违的饥饿感后也猜到了一件可怕的事。他推了推小男孩，金发男孩赶忙跑上去站在唐陌的身后。接着是萧季同、短发女生……

当唐陌站到大火鸡的面前后，大火鸡就眯起眼睛，一边阴险地笑着，一边用目光盯着每一个走过来排队的玩家。它并没有表现出太多异常，但这种毫无异常的表现也是一种异常。这似乎在证实玩家们现在的排队顺序很有可能是正确的。

当长发女生颤颤巍巍地站到第五个位置后，傅闻夺走上去，站在第六位。

最后是宁宁。

七个人全部站定。

唐陌抬起头，看向大火鸡。

大火鸡的视线从宁宁的身上收回，它低着头颅，俯视唐陌。它黑色的影子笼罩在唐陌身上，几乎将他大半个人罩了进来。一人一鸡就这么静静地看着对方，唐陌的手按在小阳伞上，随时准备反击。

寂静的超市里没有一点声响，大火鸡没有像上一次一样直接发怒。

唐陌听到自己的心跳声，"扑通扑通"，心脏在胸膛里快速跳动着。

站得这么近他才发现，这只火鸡真是高得惊人，无比强壮。它仿佛一座大山挡在每个玩家的面前，当它双眼变红、变身老鹰后，恐怖的速度和强大的力量，再加上坚硬异常的身体，无一不是最可怕的利器。

不仅唐陌，在他的身后，小男孩咬着牙齿，生气地看着大火鸡。他的手指在口袋里搅动着，期盼着这一次排队顺序正确，游戏结束。

萧季同表面看上去镇定，眼睛却没有从大火鸡的身上挪开过，他也在紧张地等待答案。

傅闻夺神色淡定，漆黑的双眼静静地凝视着大火鸡，随时准备攻击。

暗淡的光线下，大火鸡就这么定定地盯着唐陌，唐陌也冷静地盯着它。

忽然，大火鸡扬起小小的鸡嘴，古怪地笑了起来。笑容很快咧到嘴角，一双小眼睛在刹那间变成血红色。大火鸡突然一翅膀扇向唐陌，唐陌哪怕早有准备，还是惊住。

错了！唐陌撑开小阳伞挡住大火鸡的一击，同时整个人被这刚猛的力道扇得倒退三步。

清脆的童声响起——

叮咚！玩家排队错误，大火鸡精神分裂，开启支线游戏"老鹰抓小鸡"。游戏时间为一个小时。"嘀"声响起后……

唐陌双目睁大，大声喊道："跑！！！"

下一秒，七个玩家顺着不同方向拼命逃跑。其中跑得最快的是宁宁。

老鹰抓小鸡游戏，老鹰必须抓最后一只小鸡。上一轮游戏宁宁吃足了亏，这次萧季同三人在旁边仔细商量了许久，将许多保命的道具都给了宁宁，让她能够更好地存活下来。

知道大火鸡的目标是自己，宁宁以最快的速度跑上了超市二楼，那里小乔已经用剩下来的道具给大火鸡布下了一系列陷阱。没有了蓝色水滴，他们最厉害的道具不复存在。其他道具无法给大火鸡致命的威胁，但是至少能帮宁宁一把，让她不至于那么艰难地逃生。

虽然大火鸡的最终目标是宁宁，但其他玩家也不敢大意。

长发小姑娘在黑塔提示音出现后便忍不住哭了起来。她的伤口才刚刚愈合，身体虚弱无比。她不敢奢求别人能帮自己一把，只能尽自己最大的力量逃跑，祈求大火鸡不要注意到她。

或许因为排位的问题，这一次大火鸡果真没有再去先攻击长发女生，而是一眼就看到了站在第二位的金发男孩。唐陌身手矫健，挡住大火鸡的攻击后就转身逃跑，小男孩反而成了第一个。大火鸡双眼一亮，一爪子拍向小男孩。

萧季同站在他的身后，从后面搂住金发男孩的腰，一个用力将他扛到自己的背上。大火鸡的一爪子落下来，萧季同护着小男孩，手臂被大火鸡挖去一块肉。萧季同闷哼一声，背着男孩就跑。

等大火鸡想再去追人时，唐陌已经和傅闻夺会合，两人跑到黑暗中消失不见。它想去追萧季同，可是才走了两步，似乎想起之前自己被无数道具折腾的惨状，便停住脚步。

最后，它的目光还是对准了两个最弱的小姑娘。

"咕咕……"大火鸡笑声诡谲，脚下一蹬，冲向那个还没完全藏起来的短发女生。

短发小姑娘原本站在第四位，跑得没那么快。当发现大火鸡居然在追自己时，她吓得脸色惨白，竭尽全力往前跑。眼看即将跑到小男孩布置陷阱的地方，大火鸡已经追了上来。大火鸡如同对付她的同伴一样，挥舞翅膀，轻而易举地将短发女生扇到墙上。

女生的身体重重撞在墙上，痛苦地闷哼一声。

一道清脆的骨头碎裂声传来，短发女生倒在地上，吐了口血，鲜红的血从她的额头上流淌下来。短发女生撑着手臂想站起来再逃跑，但不知为什么，她捂着肚子倒在了地上。她的身体开始颤抖，她无法说话，只能不断抽搐。

短发女生的伤势看上去没有长发女生之前那么惨，她口中的血却不断流淌出来。她挣扎着想跑，大火鸡已经再次攻了上来。

大火鸡阴险地笑了一声，"噔噔噔"跑向短发女生，想再攻击。它跑到一半，短发女生又吐了一口血。大火鸡突然停下来，仿佛察觉到了什么，眼中露出惊骇的神色。"咕咕咕咕！"

唐陌躲在黑暗里看到这一幕，先是愣住，接着立即明白："她要死了！"

很多人的伤看上去不重，皮肤表面没有什么痕迹，但比浑身是伤的人要严重许多。人类撞击到后脑很容易死亡，某个地方的血管破裂也可能致死。短发女生只是被火鸡轻轻地一挥摔在了墙上。她的同伴被火鸡伤成那样都没有致死，谁也没想到只是这么简单的一击，短发女生竟然已经濒死。

傅闻夺冷静地盯着短发女生，观察她浑身抽搐的反应和不断吐血的表现。他下了结论："她快死了。应该是肋骨断裂刺穿内脏，甚至可能刺穿心脏。这个副本里玩家的身体素质下降，这个伤对于你我不致命，能恢复，但她最多再撑五分钟。"

这个结果是所有人都始料未及的，连大火鸡都没有防备。

大火鸡错愕地站在原地，看着那不断抽搐的女生。显然它也发现，这个玩家居然就快死了。

另一边，黑暗中，萧季同拉着小乔藏在一边，也发现了这个情况。他眉头一皱，小乔惊道："不救她她就真的死了……队长，我带了一瓶香蕉酒，要救她吗？"

同样的情况也发生在唐陌和傅闻夺这边。

唐陌的手按在蚯蚓的眼泪上，他没有动作，神色平静地看着不远处奄奄一息的短发女生。

时间一分一秒过去，女生的呼吸越来越轻，她闭着眼睛，已经无法再动。

金发男孩看着这一幕，想起一件事——只要有玩家死亡，立即结束游戏……

萧季同低声道："救她！"

下一刻，两道身影从暗处蹿了出来，直奔大火鸡和短发女生。萧季同和小乔的速度比唐陌、傅闻夺快上几秒，唐陌还没完全下定决心，他们便已经冲了出来。见到他们站出来，唐陌目光一冷，道："上？"

傅闻夺早已拔出手枪："上！"

两人如同黑色的闪电，"嗖"的一下便蹿出货架，奔向大火鸡。大火鸡发现四个玩家居然冲了出来，也是一愣，但它也知道只要这个女生死了，它就无法再攻击玩家。大火鸡的眼中闪过一丝凶光，扭头看向后方。

　　那里是超市的扶手楼梯，宁宁已经藏在二楼随时等待它上去。

　　大火鸡的双脚"砰砰砰"地砸着地面，它怒吼一声，冲向前方。它挥舞起翅膀，拍向那个冲向他的男人。傅闻夺并没想到大火鸡在楼梯口转了个弯，居然没有上楼，而是冲向了他。

　　"砰！"一颗子弹擦着大火鸡的头颅而过，割断了它的几根鸡毛。大火鸡狠狠地一脚蹬地，地板碎裂。唐陌见状惊讶不已，不再跑向短发女生，而是扭头跑向傅闻夺。

　　大火鸡速度极快，几乎用尽了全部的力气跑到傅闻夺的面前，尖利的爪子对准他的脸庞劈下。唐陌刚好跑到，没时间犹豫，大声喊出咒语。他站在傅闻夺的身后，一把撑开小阳伞，挡住了这一击。

　　恐怖的冲击力将唐陌击飞，傅闻夺拉住他的手，两个人竟然一起倒退了七八步才稳住身形。

　　大火鸡这一次的力量远比上一次的强大。仿佛是知道短发女生即将死亡，它没有时间浪费。这一击没成功，它完全不给唐陌和傅闻夺喘气的机会，尖锐地嘶叫一声，再次冲上前。

　　这速度实在太快，傅闻夺拉着唐陌的手，用小阳伞挡住了大火鸡的第二次攻击。这一次用小阳伞挡住攻击时，傅闻夺又快又准地射出一枪。大火鸡被逼得向旁躲避，贴着超市的扶手楼梯，狠狠地盯着眼前的两个玩家。

　　最后，它还是看向傅闻夺。

　　"咕咕！"下一秒，大火鸡又冲了上去。

　　庞大的火鸡身形矫健，巨大却不笨重，仿佛一只巨型炸弹，"嗖"的一声砸向傅闻夺。傅闻夺翻身避开这一击，"轰隆"的巨响过后，两排货架被大火鸡撞翻。在滚滚的烟尘中，大火鸡倏地扭头，再次攻了上来。

　　和傅闻夺互视一眼，两人分别从两个方向，夹击大火鸡。

　　唐陌把小阳伞"啪嗒"一声打开，挡住大火鸡尖锐的爪子。傅闻夺便手持匕首，以肉眼难以企及的速度从小阳伞的下方蹿上来。刀尖向上，割向大火鸡的胸脯。大火鸡早已知道这把匕首的威力，一爪子按住傅闻夺的匕首。

红色的鸡爪与黑色的匕首撞击在一起，迸溅出金属碰撞的火花。

"咕咕咕咕！"大火鸡一阵尖啸，愤怒地挥舞翅膀将小阳伞拍开，唐陌倒退三步。大火鸡甩脱唐陌，再次攻向傅闻夺，傅闻夺见状不妙，立即闪身后退。昏暗的超市里，两人一鸡隔了五米远，站成一个等腰三角形。大火鸡阴毒的目光在唐陌和傅闻夺的身上徘徊。

下一秒，三者同时攻了上去。

"砰砰砰！"当唐陌、傅闻夺与大火鸡搏斗时，萧季同和小男孩快速跑到墙角，将奄奄一息的短发女生背了起来。萧季同道："我去找个安全的地方，你把香蕉酒准备好。"

小男孩用力点头。

有唐陌、傅闻夺在旁边牵制大火鸡，萧季同背着短发女生很快消失在超市里。他们来到超市一层的经理办公室。小乔一进屋，赶紧将门锁上，从口袋里拿出一个黄色盒装饮料，这饮料外观和超市里卖的香蕉牛奶有几分相似，黄色的纸盒上写着三个血红色的大字——

"香蕉酒"。

下面是一行歪歪扭扭的小字：全地底人最爱的美酒，每年销量可绕黑塔100圈！

萧季同接过这盒香蕉酒，撕下吸管，将吸管凑到短发女生的嘴边，喂她喝下去。这时短发女生的同伴也偷偷跑过来了。刚才大火鸡攻击短发女生的时候，她就在远处看着，不敢靠近。现在看到同伴的惨状，长发小姑娘的眼泪哗啦啦地流下来，她抱着同伴低声抽泣。

盒子里的香蕉酒越来越少，短发女生的脸色也渐渐红润起来。

办公室外，打斗声从未停止。大火鸡的速度越来越快，力量比上一轮老鹰抓小鸡还要大。它一爪子砸向唐陌，唐陌侧首避开，墙壁被它轻而易举地划出三道深深的痕迹，露出里面的钢筋。

大火鸡外皮坚硬，小阳伞无法穿透，只有傅闻夺的匕首可以对它造成伤害。但是有了上一次的教训，大火鸡早已提防傅闻夺的匕首，不给他进攻的机会。它敏锐地察觉到唐陌是两人中实力较弱的，不断地攻击唐陌，逼得傅闻夺只能追击。

两人一鸡打遍了超市一层的每个角落。傅闻夺的子弹全部用完，大火鸡抓住一个机会，佯装攻向傅闻夺，锋利的爪子举在他的头顶。傅闻夺在地上打了个滚躲开这一击，谁料大火鸡突然扭头，一脚蹬地飞向唐陌。

唐陌正准备过来救傅闻夺，事情突变，他惊骇地打开小阳伞，大火鸡的速度却比他更快。眼看锋利的爪子即将刺穿唐陌的胸口，"嗖！"一道银色的光芒从唐陌的面前一闪而过。大火鸡立即停止攻击，躲开这一箭，转头看去。

只见自动楼梯的上方，一个冷漠的黑衣女人站在超市二楼，冷冷地盯着它。宁宁的手里拿着一把银色的弩弓，刚才就是她射出那一箭，逼得大火鸡不得不躲避。唐陌借机跑到傅闻夺身边与他会合。

大火鸡的鼻子里发出一阵阵沉闷的呼声，它细小的眼睛在三个玩家的身上来回变换。忽然，它怒吼一声，冲向了独自站在二楼的宁宁。

宁宁拉起弓弩，一束银色的光芒随着她拉弓的动作出现在弩弓上。紧接着她快速射箭，三束银色光芒以极快的速度射向大火鸡，大火鸡左右避开，冲到了超市二楼。

唐陌和傅闻夺立即翻身上了楼梯，追击过去。

时间一分一秒地流逝，黑塔愉悦的倒计时声在超市里响起。超市一层死一般地寂静；超市二层，三个强大的玩家与大火鸡斗成一团。没有了致命的蓝色水滴，小乔布下的陷阱对大火鸡来说只能耽搁它一点时间，没法造成真正的伤害。

唐陌三人联手，大火鸡无法伤害到他们，但他们也无法伤害到大火鸡。

傅闻夺："小心！"

大火鸡又是一爪子袭来，唐陌翻身避开，却还是没来得及，脸颊上出现一道细细的伤口，红色的血慢慢渗了出来。

傅闻夺的脸上露出一丝凝重，唐陌一手撑地，一手抬起擦了擦自己脸颊上的血。他郑重地看向傅闻夺，又看向宁宁。三个人齐齐点头，谁都没有开口，可是已经心领神会。

他们的速度下降了。

那种饥饿感在一开始并不明显，打斗起来的时候唐陌没再注意，饥饿感却不会就此消失。随着他们不断地与大火鸡搏斗，饥饿感渐渐涌上身体四肢，唐陌察觉到自己的速度变慢了，力量也变小了，否则他不可能躲不开大火鸡刚才的攻击。

唐陌快速道："他们已经救走人了，我们撤！"

"好！"

三个人立即分头逃走，大火鸡却在后面不依不饶地追击。

超市里，黑塔的倒计时还在继续——

60，59，58……

只剩下一分钟。唐陌和傅闻夺跑下超市二层后，唐陌向西跑，傅闻夺向东跑。大火鸡看都没看唐陌一眼，直追傅闻夺。唐陌犹豫了一瞬，咬紧牙，扭头又追上去，帮助傅闻夺。一时间，大火鸡追着傅闻夺，唐陌追着大火鸡。两人一鸡在超市里跑了个来回。

当倒计时数到最后十秒时，大火鸡追上了傅闻夺。它"哗啦"一声打翻旁边的货架，堵住傅闻夺的去路。接着它用力蹬地，冲向傅闻夺。正在此时，一把粉色小阳伞出现在它的面前，罩着它的大脸将它拉了回来。

唐陌高声道："傅闻夺！"

傅闻夺立即明白他的意思。唐陌站在大火鸡的身后，用小小的阳伞拉住它的脑袋。傅闻夺不再逃跑，转身攻上来。黑色匕首如同死神，从大火鸡的翅膀下方划上来，好像在切割豆腐，刺啦一声便将这坚硬的翅膀割裂成两半。

大火鸡疼痛愤怒的吼声在超市里回荡，这时，黑塔清脆地报出了最后两个数字——

1，0。

叮咚！支线游戏"老鹰抓小鸡"结束。

大火鸡怒极的"咕咕"声还在唐陌和傅闻夺的耳边回响，当黑塔提示音落下后，这声音也立刻停住。大火鸡的右边翅膀只剩下一层皮还连接在身体上，唐陌收起伞，它瞪着一双血红色的眼睛，死死地盯着眼前的傅闻夺。

慢慢地，它的眼睛变成了黑色。大火鸡身体僵硬地转过头，走到肉类食品区，"轰隆"一声趴在地上，呼噜呼噜地睡了起来。

至此，第二轮老鹰抓小鸡游戏正式结束。

当这轮游戏彻底结束后，唐陌终于松了口气。与大火鸡搏斗的时候他的肾上腺素急剧分泌,感受不到任何疼痛和紧张。可如今一切都结束了,他感觉到手臂上传来一阵钻心的疼痛。唐陌掀开衣袖,看见一道极深的血口从自己的手腕一直延伸到手肘,露出里面森森的白骨。

傅闻夺也受了一些伤,他的大腿被火鸡狠狠地拍了一掌,腿骨有些折裂。刚才逃跑的时候并没有表现出来,现在他一瘸一拐地走到唐陌的身边,低头看向他的手臂。

傅闻夺:"怎么样?"

唐陌将袖子卷到手臂上,不让衣服碰到伤口。他摇摇头:"没事,刚才大火鸡想挣开我的伞,被它乱挥爪子割伤的。你呢?"

"没关系,一个小时后应该能正常行走。"

老鹰抓小鸡游戏结束,大火鸡再次陷入沉睡。躲在二楼的宁宁和躲在办公室里的萧季同等四人再次走了出来。看到这只憨憨入睡的大火鸡,长发女生气得双眼通红,很想上去踹这只火鸡一脚,她的同伴却拉住了她。

短发女生喝下香蕉酒后已经恢复健康,完全看不出刚才濒死的模样,只是脸色还稍微有点苍白。她恨极地看着这只大火鸡。她也很想把这火鸡碎尸万段,可是她知道这样没有用处,踹它一脚也无济于事。

短发女生深深吸了一口气,看向唐陌和傅闻夺:"谢谢你们。"

唐陌挑了挑眉,淡淡道:"救你的是他们。"他用眼神瞟了一眼萧季同和小男孩。

短发女生目光坚毅:"但是你们刚才拖延了时间,让萧队和小乔能来救我。我听萧队说了,谢谢你们。"

对方都这么说了,唐陌也没再反驳,抬头看了萧季同一眼。

大火鸡还没醒,七个玩家的脸色都不是很好。萧季同看到唐陌和傅闻夺受伤,拿出第二瓶矿泉水为宁宁治疗了一下伤口,接着把矿泉水递给傅闻夺。傅闻夺也没客气,拿着矿泉水给自己和唐陌疗伤。

以他们的身体复原速度,一个小时后确实能正常行动,可是伤口并不会完全愈合。用道具促进伤口复原是最好的选择。

处理好众人的伤势,确定大火鸡还没有醒,萧季同的脸色渐渐沉了下来。他看了看在场的所有玩家,语气严肃:"刚才我们的排队顺序错了。"大火鸡可能会骗人,黑塔却绝对不可能骗人,他们刚才的排队顺序确实错了。

短发女生想了想："萧队,是不是我和嫒嫒的顺序颠倒了?下一次排队我和嫒嫒换位置吧。"

唐陌:"或许不只那么简单。"

众人全部看向他。

唐陌的大脑快速运转,他仔细地回忆刚才一个小时里发生的每一件事,最后声音平静地说道:"上一轮老鹰抓小鸡游戏,我们察觉到大火鸡要攻击的对象是这位……宁宁。大火鸡是有固定的攻击目标的,中途可能会伤害其他玩家,但它最后要杀的人是她。但是这一次的老鹰抓小鸡游戏,大火鸡没有再去抓她。"

萧季同接着他的话说:"是,我们之前推测,大火鸡必须遵循'老鹰抓小鸡'的游戏规则,只能杀排在最后一位的玩家,因此我们才认为宁宁排在最后一位。"顿了顿,萧季同看向傅闻夺,"可是这一次老鹰抓小鸡游戏,它抓的是这位唐吉先生。"

长发女生一下子没明白:"这是为什么?它不是该抓排在最后一位的玩家吗?"

唐陌凝神思考着,萧季同也没有说话。

他们之前的推理是在"宁宁排在最后一位,小乔排在第二位"的基础上进行的。如果宁宁不是最后一位,那他们推测的"正式玩家、预备役、偷渡客"的顺序,很有可能就直接被推翻。事情一下子又回到原点。

傅闻夺低沉的声音响起,给出一条推测:"它第一次只能抓排在倒数第一位的玩家,当该玩家成功逃脱后,它就可以顺次向前,抓排在倒数第二位的玩家。"

萧季同:"确实有可能,但这个规则和普通的老鹰抓小鸡游戏不一样。"

唐陌也想过傅闻夺说的这个可能性,他的看法和萧季同一样,应该不是这个问题。可是要解释大火鸡两次抓人对象不同的问题,只有两个答案。

唐陌:"第一种可能,和唐吉说的一样,它第一次只能抓排在倒数第一位的小鸡,之后依次向前,抓倒数第二位、倒数第三位的。但是这种推测有点儿牵强。"唐陌想了想,继续说,"这不符合正常的老鹰抓小鸡游戏规则;还有第二种可能性……"

傅闻夺直接说出了唐陌的猜测:"顺序在变?"

唐陌看了他一眼，点头道："没错，顺序在变。假设大火鸡抓的真的只是排在最后一位的玩家，那第一次排队，宁宁是真的排在最后一位。刚才排队，唐吉排在最后一位。很有可能，这个排队顺序是在变的。不过……"

"可能性不足两成。"萧季同微笑着摇头。

众人都看向他。

在唐陌说出两种推测后，萧季同立刻察觉到了唐陌所顾虑的一点，他说出唐陌一直在怀疑的事："这场游戏对玩家来说，很不公平。一直以来，黑塔的每一场游戏，大多是公平的。这个世界上没有绝对公平，黑塔也做不到，但黑塔会做到尽量公平，至少游戏双方不会出现太大的资源倾斜。除非某一方太过强大，黑塔才会在游戏规则中做出资源让步。但这次的现实副本游戏出现的都是对玩家的限制，不是对大火鸡的限制。"

萧季同看向那只沉睡着的大火鸡："玩家不可以杀害大火鸡。在大火鸡变身老鹰的时候，可以打伤它，但不能杀它。在它没有变身老鹰时，也不允许主动伤害它。大火鸡却只有一条限制——正常形态下，它不可以伤害自己的孩子。对比一下，玩家被限制得太多。但黑塔肯定是公平的。"

傅闻夺开口："它还有一个限制。在老鹰抓小鸡游戏里，它只可以杀某个固定玩家。"

萧季同的声音突然停住，看向傅闻夺。不仅他，宁宁也转头看向傅闻夺。

短发女生和长发女生没听懂傅闻夺的意思，长发女生道："这不是我们之前就知道的吗？它必须杀排在最后的玩家，它要遵循老鹰抓小鸡的游戏规则。"言外之意是为什么要再说一遍。

傅闻夺没有再吭声，唐陌站在他的身边，神色平静地说道："我们继续，不用管这个了。"

两个小姑娘一头雾水，小男孩也疑惑地看着几个大人。忽然，他双目一亮，惊愕地说了两个字"难道"，但是很快就捂住自己的嘴，不再开口。

如果说主线游戏"排队吃虫"是对玩家的限制，那支线游戏"老鹰抓小鸡"实际上完全是对大火鸡的限制。

首先大火鸡在游戏里只能杀害某个固定的玩家，即排在最后一位的玩家。它可以随便打伤其他玩家，但是真要杀人，只能杀排在最后的。这一点是第一轮游戏里大家就发现的事实。而刚才傅闻夺说的是另一件更残忍的事。

在刚才那一轮的老鹰抓小鸡游戏里，大火鸡完全没想到自己随便一挥，短发女生竟然就要死了。这对于大火鸡来说也是始料未及。因为它真的没做出太多的攻击，短发女生要是死了，绝对是个意外，它也不想。当时大火鸡错愕了几秒，接着它的第一反应就是：去找傅闻夺。

它几乎是用尽全力去杀傅闻夺，至少在短发女生死之前，傅闻夺必须死。

第一轮游戏里，它到最后才暴露了自己想杀宁宁的欲望。而这一次，短发女生濒死，游戏才刚开始十分钟，大火鸡就毫无顾忌地追杀傅闻夺，一心一意要置他于死地。

如果说短发女生死了会触发"伤心欲绝的大火鸡"效果，大火鸡立即解除精神分裂状态，老鹰抓小鸡游戏结束，那它根本不需要这么急，只是游戏结束而已。那时大火鸡焦急的行为根本不像出于"既然一个玩家已经要死了，我要赶紧再多杀几个玩家"的心态，它更像是在抓一根救命稻草。

在短发女生死之前，它一定要杀了傅闻夺，一定要杀了他。

老鹰抓小鸡游戏，要求老鹰必须抓排在最后一位的玩家。假设老鹰抓的不是排在最后一位的玩家呢？

老鹰就违反游戏规则了。

游戏规则第五条，看似是对玩家的暗示，暗示玩家可以通过杀害同伴的方法来结束老鹰抓小鸡游戏，实际上也是对大火鸡的约束。它可以随意打伤任意玩家，但能杀的有且只有排在最后的一只小鸡。排在其他位置的小鸡死在玩家的手中和它没有关系，死在它的手中就是它违反游戏规则了。

这就是对大火鸡最大的限制。

唐陌的目光在满地的尸块上滑过，他不由得想，这些靠杀害同伴活到最后的玩家，在最后看到的到底是什么？只剩下一个人的时候，他们到底遇到了什么，才没有排出真正的顺序？

唐陌无奈地想：或许当七个人里只剩下最后一个人的时候，那只大火鸡会将死去的六个人的尸体交给他，告诉他，依旧要排队吧。

一切只是唐陌的猜测。但是毫无疑问，之前的150多个玩家，至少有一大半是自相残杀而死的。只是很可惜，他们没有一个人发现这场游戏对大火鸡真正的限制。假设他们发现，或许就会设计，不亲自动手杀害同伴，而是找一个办法让大火鸡误杀玩家。

这样大火鸡就会违反游戏规则，这场游戏玩家哪怕没有胜利，大火鸡却输了。结局依旧是一样的。

现在的七个玩家里，无论是唐陌还是傅闻夺，都没有兴趣算计自己的同伴，至于用"大火鸡杀错人"作为通关游戏的方法，不到最后那一刻，唐陌觉得他都不会那样做。

除非真的毫无办法。

事情又回到了起点。

萧季同道："我相信排队的顺序是固定的。游戏规则第四条，玩家可以向大火鸡提问，大火鸡不能撒谎。假设顺序一直在变，大火鸡说出来的正确答案也应该是会变化的。比如我提问它小乔排在第几位，它应该告诉我这一轮小乔排在第二位，下一轮是第三位，以此类推。但它没有这样说。"

短发女生道："或许它只要说出这一轮的顺序，就不算撒谎？"

萧季同："这样的话，这场游戏对玩家就更不公平了。"

短发女生思考了一会儿，不再说话，她也赞同萧季同的看法。

"如果排队的顺序是变化的，哪怕是有规律的变化，都会对玩家的提问造成一定影响。提问得到的答案无法保证肯定就是线索，玩家获取信息的权利处于极大的劣势。这样对玩家并不公平。"顿了顿，萧季同继续说，"排队顺序有规律变化，也不是没可能，只是可能性不足两成。我更倾向于顺序是固定的。"

小男孩举起手："我也觉得。"

宁宁："没意见。"

两个小姑娘也点头默认。

萧季同看了唐陌和傅闻夺一眼，唐陌站在一边，没开口。傅闻夺站在唐陌的身边，也没有插话的意思。很明显，所有人的意见达成了统一。萧季同笑道："既然这样，那下一轮排队，我们就按照刚才的顺序，只是你们两位换个位置。"

两个小姑娘："好。"

唐陌："那我们提问什么？"

萧季同转过头刚准备说"这个再商量一下"，却动作顿住，伸懒腰的哈欠声在他们的身后响起。所有人身体一僵，转身看向那只从酣睡中醒来的大火鸡。

经过五分钟的睡眠，大火鸡翅膀上的血已经干涸，伤口也渐渐结疤。它拥有可怕的复原能力，傅闻夺刚才几乎把它的翅膀砍断，可如今嫩肉以肉眼可见的速度长了出来，估计一个小时后它的翅膀就可以长回去，只是不会再有之前那么凶猛的力量。

大火鸡一扭头，看到自己的七只小鸡崽。

大火鸡"咕咕"笑了一声："咕咕，我可爱的孩子啊……"它看上去是在笑，可是声音里掺杂着恨意和怒火。大火鸡受了这么严重的伤，刚才差点误杀短发女生、害自己违规，再也没有心情演一场母子情深的好戏。它愤怒地瞪着七个玩家，嘴上说的却是关切好听的话，像极了一只精分老母鸡。大火鸡咬牙切齿地说道："我的孩子，妈妈又要给你们重新找虫子去了。你们这次想——吃——什——么——啊？"

说到"想吃什么"四个字时，大火鸡加重语气，目光在玩家们的身上停住。似乎只要黑塔允许，它就会毫不犹豫地扑上去，把自己的七个孩子剥皮拆骨，全部吃光。

要提出的问题唐陌早已想好，他走上前："她……"唐陌停住，考虑了一下问法，"从游戏开始到结束，媛媛排在第几位？"

长发女生从来没想过自己的名字会从唐陌的口中说出来，错愕地看着唐陌，觉得哪里怪怪的。

大火鸡眯着眼睛盯着唐陌。它不会忘记，刚才就是这个人类和另一个人类联手，差点把自己的翅膀割断。大火鸡冷笑了一声，抬头看向萧季同："我可爱的孩子，这一次你又要提出什么问题呢？"

萧季同笑了："从游戏开始到结束……这个说法不错。那我也想问一下，妈妈，从游戏开始到结束，小乔排在第几位呢？"

大火鸡阴冷的目光在唐陌和萧季同的身上打转，许久后，阴森森地笑道："这可真是两个好问题啊。那妈妈就告诉你们，他当然排在第二位。"大火鸡指着小乔，接着转向长发女生，"她呀，排在第五位呀。"

萧季同若有所思地点点头，刚想再说两句，大火鸡突然道："妈妈给你们去抓虫子。"说完转身就走，愤怒的双脚似乎能将地板踩裂。很显然它已经怒极，再也不想和这群玩家多说一句废话。它等不及想变成老鹰，把这些玩家撕成碎片。

大火鸡的忽然离开让玩家们惊讶了一瞬，但很快不再在意。

一切都要做好万全的准备。

萧季同："和我猜的一样，小乔还在第二位，它没撒谎。它撒谎的是第五位的玩家。正确的顺序应该是没有变化的，是固定的。之所以两次追杀的人有变化，和排队顺序变化并没有关系。这一次我们按照这样的顺序排列，有八成可能性不会出问题，会结束这场荒诞的游戏。"

众人点点头。

过了一会儿，长发女生忽然问道："等等，萧队，如果……如果顺序还不对，那么它、它又要开始抓玩家？"

萧季同沉默片刻，点点头。

长发女生双眼睁大："第一次抓排在倒数第一位的，第二次是排在倒数第二位的。那下一次岂不是我……"声音戛然而止，长发女生猛地扭头看向自己的同伴，下意识道，"不对，我不是第五位，第五位是……是小云？！"

短发女生脸色煞白，咬着嘴唇不说话，嘴唇很快被她咬出血。

在这场游戏里，没有人可以帮到你。一般情况下，唐陌不会眼睁睁看着短发女生去死，他会救人。但是如果短发女生被大火鸡追杀，又没有生命危险，他也只会在保证自己的安全下帮她。其他人也是如此。

能帮到短发女生的只有她自己，可是她知道，自己不是大火鸡的对手。

短发女生低着头没有吭声。安静的超市里，大家都有自己要忙的事，并没有人主动安慰她。

这时候，谁都没想到，宁宁忽然开口道："这场游戏明显有个陷阱。它想误导玩家自相残杀，获取生存机会。但前面死了150多个人，没有一个人通关。所以杀害同伴肯定不是最后通关的方法，甚至同伴的减少或许对排队有影响。"

短发女生快速地抬头看她。

宁宁脸上没有任何表情，可刚才说的话已经暗示了短发女生：至少大家不会眼睁睁看她去死，因为这场游戏很明显不是靠杀同伴获胜的，同伴的死亡很有可能导致另外一个陷阱。至于她会受什么伤就是她自己的问题了，没人有义务帮她。

两个女生没缠着其他玩家要帮助，自己在超市里搜索起来，并且拿出自己稀少的几个道具，尽量为自己争取保命的机会。

众人各自准备着，快到排队时间，七个人聚集在一起。唐陌拿出一包压缩饼干递过去，宁宁就站在他旁边，他第一个递给的是宁宁。

宁宁抬起头，没有表情地看着唐陌，没有动作。

唐陌："刚刚在超市的角落找到的，没过期。吃点东西，或许会减少一点饥饿感。"

宁宁刚才和唐陌、傅闻夺并肩战斗时也发现，因为这个奇怪的饥饿感，他们的速度、力量都下降了。她没有拒绝，拿了两块饼干快速吃下肚子。接着，萧季同等人也全部吃了饼干。

饥饿的感觉似乎没有减少，但是至少众人心理上会有点安慰。

萧季同："这个饥饿感或许是属于小鸡的饥饿感吧。小鸡早就该吃虫子了，我们一直没有排出正确的顺序，吃不到虫子。这股饥饿感会越来越强，我们的实力也会下降，更难躲过大火鸡。这场游戏没办法拖到最后。以正常玩家的实力，在不杀害同伴的前提下，最多三轮，就不可能再撑下去，只能任大火鸡玩耍，精神崩溃。"

回答他的是唐陌咬断饼干的声音，傅闻夺这时也从唐陌的手中拿走一块饼干，"咔嚓"一声咬断。

萧季同笑着摇头，没再多说。

知道原因并没有任何用处，他们照旧会饿，实力会下降。

一个小时时间到，大火鸡准时回来。这一次它空手而归。唐陌仔细地观察了一会儿，才在它的爪子里发现一条细小的绿虫。大火鸡这次连样子都懒得装了，把小虫子扔到地上，冷笑着问道："排好队了吗，我可爱的孩子们？"

众人也不再浪费时间。唐陌吃完最后一块饼干，站到了第一位。接着是小乔、萧季同。

七个玩家站到自己的位置，每个人都警惕地盯着大火鸡，

当宁宁最后一个站上去后，大火鸡古怪地笑了起来。下一刻，它竟然连一秒钟都没有浪费，疯狂地冲向唐陌。哪怕唐陌早有准备，还是被它打伤，手背上被划出一道深深的血口。清脆的童声宛若死神的号角，在众人的头顶响起——

叮咚！玩家排队错误，大火鸡精神分裂，开启支线游戏……

绝望已经不可避免地降临，短发女生眼眶湿润，头也不回地转身就跑。幸好唐陌站得离大火鸡最近，大火鸡率先攻击他，给了短发女生逃跑的时间。唐陌撑开小阳伞躲开了几次攻击，找到一个机会，趁势逃跑。

硕大的超市里，七个玩家再次躲藏起来，大火鸡站在肉类食品区的中央，一双红色的小眼睛滴溜溜地盯着四周。下一秒，它疯狂地奔跑起来。恐怖的笑声和双脚砸地的奔跑声在超市里回荡，大火鸡一边找玩家，一边疯了似的大笑道："出来，给我出来。杀了你们，我要杀了你们！咕咕！"

一场老鹰抓小鸡游戏，竟然玩成了捉迷藏游戏。

大火鸡在超市一层找了20分钟没有找到人，很快跑去超市二层。

玩家们无法离开超市，但是可以在超市内部的任意一个地方走动。短发女生趴在超市的通风管里，恐惧席卷了她的大脑，害怕得瑟瑟发抖。听到火鸡跑去二层，她松了口气，一滴汗从额头上落下，顺着通风口落到地上。

等待的汗滴落地声没有响起，短发女生身体一僵，缓慢地低下头。

通风口下方，浑身是血的大火鸡站在底下，抬起头，笑嘻嘻地看着她。它的鸡爪向上抬起，接住了那滴汗。它的嘴角慢慢咧开，看着这个小姑娘，轻轻说道："我的小鸡崽……妈妈来了哦。"

"轰！"大火鸡一爪将天花板上的石头刨裂，短发女生痛苦地大叫一声，砸到地上。但是她根本没时间犹豫害怕，爬起来就跑。大火鸡如同在玩弄一个猎物，追在她的身后。女孩用尽全力地逃跑，大火鸡就跟在她身后一米的地方，保持这个距离，不断用爪子攻击她。

明知道对方在戏要自己，随时可以追上自己，短发女生却根本不敢慢下一步。

她就这样被大火鸡追了半个小时，伤痕累累，精神濒临绝境，随时都要崩溃。只剩下几分钟了，大火鸡的眼中闪过一道贪婪的光芒，低声笑道："咕咕，可以吃了你呢……"说着，又是一爪子劈下，这次不是随便攻击，而是劈向了短发女生的头颅。

短发女生惊恐地喊道："救命！！！"

"嗖！"一束银色光芒从后方逼来，擦着大火鸡的爪子而过。大火鸡笑容僵住，转过身，看到宁宁举着弓弩，正冷冷地盯着它。紧接着，唐陌和傅闻夺从左右两侧攻击上来。小阳伞"啪嗒"一声打开，傅闻夺的子弹如影随形。

子弹速度最快，蹭着小阳伞而过，逼得大火鸡倒退一步。大火鸡无处可躲，小阳伞正好砸在它的身上。

唐陌快速跑上去，一手从地上拿起小阳伞，另一手拉着傅闻夺的手，一个用力，将傅闻夺甩到了空中。傅闻夺飞在三米高的空中，贴着天花板。他一掌拍在天花板上，借力从空中落下，黑色匕首从他的袖中一闪而过，再看时，他的匕首已经划破了大火鸡的胸口。

"咕咕咕咕！！！"鲜血从大火鸡的胸口流淌下来。

黑塔语气欢快地倒计时——

198，197，196……

时间紧迫，大火鸡扭头看向短发女生，怒道："杀了她！！！"

唐陌赶紧打开小阳伞，如同上一次一样用伞身从后方拉住大火鸡，不让它再往前。然而这一次他万万没想到，他的伞罩在大火鸡身上，只拉了两秒，突然，察觉到大火鸡不再用力。

唐陌心中顿觉不妙，还没来得及开口提醒，只见大火鸡借着小阳伞上的力道，反向冲向了傅闻夺。

傅闻夺眉头一锁，反应迅速地躲开。但大火鸡的攻击来得突然，他的胸口被大火鸡割破，鲜血汩汩流淌下来，骨头好像也被割断一根。傅闻夺跪在地上，目光冰冷，抬手擦了擦唇边流下来的血。

大火鸡站在货架旁，阴险地笑道："咕咕，杀了他……杀了他！！！"

话音落下，大火鸡再次冲了上来，目标竟然还是傅闻夺。

"嗖"的一声，大火鸡蹿到傅闻夺的面前，巨大的翅膀在空气中挥动，猎猎作响。傅闻夺刚才被它偷袭受伤，现在又再次被袭，他侧首避开大火鸡的尖嘴，却躲不开它的翅膀。这时一只手从傅闻夺的身后伸出来，用力地拉住他的腰。唐陌竭尽全力将傅闻夺拉了回来，躲开大火鸡的攻击，自己的手臂却被大火鸡挖去一块肉。

大火鸡一脚蹬地，根本不给唐陌和傅闻夺反应的机会，再次攻了上来。

"砰砰砰"的撞击声在超市里不断响起。

仅剩下最后两分钟，大火鸡尖啸一般的叫声令所有玩家头皮发麻，它的速度更快了，力量也更加强大。

傅闻夺的胸口已经被鲜血打湿。

萧季同和宁宁见状，立刻从一旁冲上去。四人一鸡顿时战成一团，在逼人的饥饿感之下，每个玩家的实力都有所下降，大火鸡却越来越强。

在场的玩家里本就是傅闻夺最强，宁宁和唐陌次之。现在傅闻夺受伤，大火鸡的攻击更难以防御。每个人冲上去都会被它一翅膀拍开，它一心一意地追着傅闻夺。

最后十秒。大火鸡暴躁地怒吼一声，飞到天空中，舞动起翅膀，竟然飞越过唐陌和宁宁，直接伸出爪子刺向傅闻夺。

时间在这一刻被无限拉长，唐陌惊道："小心！"

在此之前大火鸡从没飞过，众人完全没想过它竟然还会飞。这一击也在傅闻夺的意料外，无法避免。傅闻夺尽可能地侧身避开大火鸡的爪子，同时他目光一凛，既然避无可避，不如拼一下。一把黑色的匕首出现在他的手中，他迎面而上。

当黑塔倒计时数到最后一秒，两者在空中交锋，极快的速度几乎超越了唐陌的动态视力。他没有看清楚到底发生了什么，傅闻夺重重地落地，大火鸡的身体僵硬了一瞬，停在半空中。

这时，清脆的童声响起——

叮咚！支线游戏"老鹰抓小鸡"结束。

话音刚落，傅闻夺咳嗽一声，吐出一口血。他的肋骨断了一根，反着刺入内脏。刚才大火鸡的最后一击，翅膀直接从他的右腹穿了过去，鲜血止不住地从他的口中流出。唐陌快速跑过去，从口袋里拿出蚯蚓的眼泪贴在傅闻夺的胸口。

一束温润的白光在唐陌的手中闪烁着，傅闻夺的脸色恢复正常。他似乎听到了自己骨头生长的声音。随着光芒的消失，傅闻夺身上的伤逐渐痊愈。另一边，大火鸡的翅膀"轰隆"一声，从它的身体上裂开，落在地上。

大火鸡的身体颤抖着，但游戏结束后，它没有发出一点声音，身体僵硬地走向前方，趴在地上陷入沉睡。

刚才大火鸡的攻击实在太过突然，谁都没想到它会攻击傅闻夺，而且几乎用尽一切力量要置傅闻夺于死地。这其实也很好理解，这种游戏不该到现在还没死过人。玩家们提问越多，获得的信息越多，就越容易排出正确的顺序。所以以大火鸡的能力，普通玩家在它手中根本撑不到三轮，最多三轮。再排不出顺序，大家就会失去战斗力，等待的只有死亡这一个结局。

可唐陌等人到现在还没死，甚至可以说生龙活虎。

大火鸡的呼噜声在超市一层回荡，傅闻夺的伤并不是特别严重，如果身体素质没有被限制，不需要蚯蚓的眼泪也能自己复原。当然，这个严重性是相对于傅闻夺来说的，换作其他人，恐怕已经奄奄一息，比如刚才的短发女生。

萧季同拿了矿泉水给众人疗伤，目光在傅闻夺的黑色匕首上停留片刻。傅闻夺走上前，将自己落在地上的匕首拾起来，一眨眼就不知道收到哪里去了。

刚才的战斗只有两分钟，却比之前两次更加惨烈。玩家们的体能、力量下降太多，大火鸡养精蓄锐，故意在最后才突袭，令玩家们在一瞬间便处于下风，只得不断防守。这只火鸡也变得越来越聪明，阴险地设计了所有玩家。无论是唐陌还是傅闻夺，或者萧季同，都没察觉到它真正想攻击的人。

所有人都受了点伤。一连三次排队错误，大家沉默着不说话，静静疗伤。

"咕咕"的声音从后方响起，大火鸡已经醒来。它感受到断了翅膀的疼痛，一睁开眼，便扭过头，死死盯着傅闻夺。它不声不响地盯着傅闻夺，眼神阴冷到了骨子里，仿佛要将这个人类剥皮拆骨。良久，它"咕咕"笑了起来，从地上爬起来，走到玩家面前。

"我可爱的孩子们，有谁知道……妈妈的翅膀怎么不见了呢？"它这样问着，憎恨的目光却一直聚焦在傅闻夺的身上。它看着傅闻夺，咬牙切齿道："孩子，妈妈的翅膀去哪儿了？你能告诉……"

"第一个问题。"冰冷的男声从傅闻夺的身后响起，大火鸡"唰"地抬起头，看向对方，只见唐陌双手插在口袋里，冷冷地看着大火鸡。众人惊讶地看着他，也没想到他这个时候会开口。

唐陌声音平静："第一个问题，他是第几位？"

唐陌指的是傅闻夺。

大火鸡虚伪的笑容僵在脸上。它没有回答，过了一会儿，笑着问道："第二个问题呢，我可爱的孩子？"

问都问了，只能继续。萧季同快速地思考第二个问题要问什么，这时，却听唐陌继续道："第二个问题，他是第一位、第二位、第三位、第四位、第五位、第六位、第七位里的哪一位？"

萧季同错愕地抬起头看向唐陌，傅闻夺也惊讶地看了他一眼，很快明白过来。

大火鸡脸上闪过一丝惊愕，想了一会儿，没从这两个问题里发现什么蹊跷。这两个问题本质上是一样的，都在问傅闻夺排在第几位。除非唐陌傻了，否则根本没必要提出这个问题。大火鸡琢磨了半天也没想出个头绪，笑道："孩子，同样的问题不可以提出两遍，你不知道吗？"

唐陌："黑塔禁止玩家提出同样的问题？"

大火鸡笑容一滞，很快道："妈妈只是担心你提出同样的问题很吃亏。"

唐陌没有开口，萧季同却若有所思地点点头。他看着唐陌的表现，虽然不知道唐陌到底发现了什么，但是他知道，唐陌已经知道正确的排队顺序了。而他还不知道。

萧季同闭上眼睛，仔细地回忆着从进入这个现实副本后，自己所经历的一切事情。从一开始的排队，第一轮老鹰抓小鸡，到六个小时内，玩家们所提出的四个问题。唐陌到底发现了什么？正确的顺序到底是什么……

当把所有的事情在脑子里过了一遍后，萧季同忽然睁开眼，看向唐陌。这时他听到唐陌似乎是在开玩笑，提出了一个让所有人都觉得无比奇怪的问题："当游戏只剩下最后一个人的时候，会怎么样？"

大火鸡的笑容慢慢消失。它定定地看着唐陌，许久，笑道："好问题。我的孩子，你的好奇心真重。咕咕，妈妈觉得第二个问题很有趣，这个答案很简单，哪怕只剩下一个孩子，妈妈也喜欢排队的好孩子。要排队才能吃虫子哦。而第一个问题……"

大火鸡的眼珠子不停转动，似乎在思考些什么。下一秒，它大声道："这个孩子排在第五位呀。"

唐陌的两个问题令大火鸡心生疑虑。前面的四个问题让它大概还能猜出这些玩家在想什么，现在唐陌提出的这两个问题，让它完全摸不着头脑。特别是第二个问题，为什么要问只剩下最后一个玩家的时候会发生什么？难道说这个玩家已经做好杀人的准备，打算杀害队友来获取存活下去的机会？

大火鸡隐约觉得哪里不对，心里涌起一阵强烈的不安感。它再看向其他几个玩家。萧季同微笑着看着它，那个割断它翅膀的人类抱着双臂，站在提出古怪问题的人类身旁，也目光幽深地看着它。

不对。

大火鸡转身就想跑，至少先离开这个地方："妈妈给你们去找虫子了，你们想吃什么……"

"跑什么？"低沉的男声响起。

大火鸡错愕地转头看去，看向傅闻夺。傅闻夺勾起唇角，淡定地看它。

萧季同笑道："这只虫子不是还没有死嘛！"火鸡扭头再看他。只见萧季同走到大火鸡的面前，从地上拿起一只小小的黑虫子。这是刚才大火鸡随便拿出来糊弄玩家的小虫子，生命力顽强，竟然比两只大虫子活得久，至今还没死。

萧季同道："黑塔说，排队时间为一个小时，老鹰抓小鸡游戏也是一个小时。我觉得我们现在不需要一个小时就可以排队了。"顿了顿，他抬起头，"可以现在排队吗？"

大火鸡的脸上表情变换，它刚准备开口，欢快的童声直接回答了萧季同的问题——

叮咚！玩家排队时间上限为一个小时，下限不定。

大火鸡张了张鸡嘴，没来得及说话，萧季同道："那我们就排队吧。"

在场的七个玩家中，两个小姑娘、宁宁和小乔都是一头雾水。小乔拉住萧季同的衣服，小声说："队长，怎么了？我们不用再商量一下怎么排队吗？这到底该怎么排？"

萧季同没回答他，转过头看向宁宁："你和唐吉先生换一下位置。"

宁宁不知道为什么要这么换，但她无条件相信自己的队长："好。"

唐陌的声音响起："你们两个按第二次的位置排。"

两个小姑娘蒙蒙地看着唐陌，什么都没弄懂，只能点头。

大火鸡在旁边听得稀里糊涂。它不知道唐吉是谁，只看到这些玩家压根儿理都不理它，径直安排好了第四次排队的顺序。这到底是怎么回事？难道说他们已经知道正确的排队顺序了？不可能吧？刚才那两个问题没什么特殊的，它还特意仔细思考后才做出回答。

大火鸡："我的孩子，你们这么迫不及待地想排队吃虫子了吗？咕咕！"

唐陌："是的，妈妈。"

大火鸡："……"

萧季同经常面不改色地喊大火鸡"妈妈"，但这是唐陌第一次喊它"妈妈"。大火鸡没觉得有半点温馨，反而心里一阵恐慌。它在怪物世界里算不上多么聪明，也不是特别强大。它就是足够阴险，足够变态，才有资格和强大的铁鞋匠一样，成为一个现实副本的BOSS。

大火鸡转动着小眼睛，还想再说些什么。事实上，它觉得这群玩家不可能之前排错顺序，现在问了两个无关痛痒的问题，就突然都明白了。但它没时间说话，唐陌已经站了出来，头也不回地站到它的面前。

唐陌已经站在它面前两次，可这一次，大火鸡呼吸一顿。

好像有哪里和之前不大一样。

金发小男孩摸了摸脑袋，嘴里嘀咕着"队长和这个人到底想干什么啊"，接着也站了过来，排在第二位。接着是萧季同、短发女生、长发女生。

第六位，宁宁冷着一张脸，哪怕脑子里完全是蒙的，脸上也没什么表情，冷冰冰地站过来。

最后是傅闻夺。他淡定地走上前，站到了宁宁的身后。

在傅闻夺即将站上去的前一刻，大火鸡睁大了眼睛，大声道："等等，我的孩子，其实妈妈刚才骗了你们。他根本不是第五位，他是第……第一位。是的，他是第一位！"

傅闻夺置若罔闻，低低笑了一声，径直站到最后一位。

七个玩家位置排好，大火鸡的小眼睛睁到最大，它剩下的一只翅膀轻轻抖动着。

下一秒，清脆的童声响起——

叮咚！玩家排队正确，完成主线任务"听话的鸡崽有虫吃"。通关现实副本"金窝银窝不如自家鸡窝"，获得奖励"我的鸡窝"。

提示：该奖励在鸡崽吃掉虫子后自动获取。

饥饿感在这一刻全部消失，所有人都清晰地感觉到自己的异能似乎都回来了。

两个小姑娘还沉浸在自己就这么通关游戏的震惊中没有回过神，小男孩惊骇地走出队伍，来回看了三遍都没看出为什么要这么排队。宁宁虽然什么也不懂，但高冷地哼了一声，不屑于去懂。

接着，他们想起黑塔刚才说的话。众人看向地上那只黑色的小虫子，吞了口口水，后背一冷。

大火鸡听到黑塔游戏结束时，心中闪过各种复杂的情绪。它看了眼不远处自己掉落在地上的翅膀，最后看向这七个玩家。它用充满恨意的目光在唐陌、傅闻夺、萧季同等人身上一一扫过，"咕咕"叫了一声，将这七个人的模样都记在心里，接着挥舞翅膀，转身打算离开。

正在此时，一道男声从它的身后响起："这就打算走？"

"咕咕？"大火鸡一愣，转过身看向唐陌。只见这个看上去清秀白净的人类对着它微微一笑，接着手掌一翻，一根巨型火柴突然出现在他的手中。

看着这根熟悉的火柴，大火鸡惊恐地"咕咕"乱叫起来，屁滚尿流地挥舞着翅膀就要跑。然而下一刻，傅闻夺右手一甩，一把黑色利器出现在他的手臂下方。傅闻夺的动作比之前快了不止一点，几乎化作一道黑色的闪电，直接冲了上去。见状，宁宁愣了一秒也冲上去。

唐陌怒喝一声，巨大的火柴头在地上摩擦，燃烧起一束耀眼的火焰。

"咕咕咕咕！！！"五分钟后，两个小姑娘神色复杂地看着围坐在火堆旁的四个玩家。坐在那里的只有唐陌、傅闻夺、萧季同和宁宁，就连小男孩都一脸震惊，不是很敢同流合污地坐过去。

诱人的肉味在超市里弥漫，掺杂着肉油的鲜香。"噼里啪啦"的火焰炙烤声勾动着每个玩家的心脏，一滴油从鲜嫩的火鸡身上落下来，滴在火焰里，溅起一阵美妙的"嗞嗞"声。

小乔和两个小姑娘瞪直了眼，直勾勾地盯着这只烤火鸡，疯狂吞咽口水。

宁宁面无表情地用小刀将一块鲜嫩多汁的火鸡肉割了下来，递给小乔："你不是说想吃火鸡吗？哦，还没熟，再等等。"说着把这块火鸡肉扔进火堆里。

小乔："……"

这五分钟前还是个活生生的、会说人话的大火鸡啊！它会说话的，不是普通的火鸡啊！

小男孩一时间不能接受。大火鸡太像人类了，有思想，会说话，他有点无法下嘴。这时唐陌撕下一块离火最近、已经烤熟的火鸡肉。他嚼了两下，淡淡道："吃了以后感觉异能更强大了，身体素质也强了一个层次。"

小乔："……"

两个小姑娘："……"

一分钟后，七个玩家围坐在烤火鸡旁，等着火鸡烤熟。

在烤火鸡的同时，短发女生憋了半天，终于忍不住看向唐陌。她好奇地问道："维克多先生，我能问一下，为什么是那个排队顺序？如果队伍的顺序不变，第一次老鹰抓小鸡游戏里，大火鸡……"闻着诱人的火鸡香味，短发女生忍不住转头看向肥美而泛着油光的烤火鸡，吞了口口水，忘记了自己要说什么。

半晌后她回过神："喀，我是说，为什么它第一次抓的是这位宁宁小姐。她不是排在倒数第二位吗？"

进入大火鸡的现实副本后，玩家已经排了四次队。最后一次排队正确，通关游戏。

第一次他们对这场游戏毫无头绪，决定按进入游戏的顺序进行排队。在那一次老鹰抓小鸡游戏里，大火鸡拼命追杀宁宁，在游戏结束的最后一秒将宁宁打成重伤，宁宁险些死亡。因为大火鸡对宁宁无法掩藏的杀意，唐陌确定了"老鹰抓小鸡"游戏存在一定的抓捕顺序，并将宁宁认定在最后一位。

短发女生不是特别聪明，但非常努力地回忆道："那个时候我记得维克多先生，还有萧队，都觉得宁宁姐排在最后一位。可现在我们知道排在最后一位的是唐吉先生，那大火鸡当时为什么抓的是宁宁姐，难道……"短发女生双眼一亮，她想到，"大火鸡是在故意误导我们？！"

三次老鹰抓小鸡游戏，第一次的追杀目标为宁宁，后两次全是傅闻夺。大火鸡确实有尽心尽力去抓小鸡，可事实上根本没杀掉一只小鸡。或许它就是在假装抓人，实际上是在误导玩家，让玩家弄错顺序？

短发女生越想越觉得自己的猜测是正确的："它是不是用抓宁宁姐故意误导我们？它最后也没杀了宁宁姐，这种想杀的行为反而让我们误以为宁宁姐排在最后一位。"

萧季同："你这个猜测也不是不可能，大概占两成可能性。"

短发女生一愣。

萧季同："在我们之前有一百多个玩家进入这场游戏，无一生还。其中绝大多数玩家肯定没发现老鹰抓小鸡游戏的游戏规则。毕竟这是N市的现实副本，他们是N市的玩家。"

两个小姑娘一头雾水，唐陌听到这话，抬头瞄了萧季同一眼。

萧季同毫不在意"家丑不外扬"的说法，大方道："地球上线四个多月，我不知道其他城市的玩家具体水平如何，但N市玩家的水平肯定在A国的平均水平以下，因为有攻略组在，有N市组在，N市的玩家不需要努力地活下去。他们活得太安逸，经历了太少游戏。如果那100多个人能多想一点东西出来，我们攻略组也就没有存在的意义了。"

两个女高中生也是萧季同口中的N市玩家，明白萧季同的意思，羞愧地低下头。

其实这种事没什么好愧疚的，但她们就是觉得有点不好意思，尤其是在两个非N市的玩家（唐陌和傅闻夺）面前。当然，很快就到三个月期限，最多一个月，N市所有玩家必须攻塔一次。黑塔强制攻塔，谁都无法救他们。这也是两个女高中生之前参与了一场黑塔游戏的原因：她们也想变强。

萧季同继续道："游戏刚开始，这只大火鸡并不知道我们的实力。而且它很狂妄。第一轮老鹰抓小鸡游戏，它对我们十分轻视，否则不会轻而易举地掉进小乔的陷阱。它之后两次都没再落入陷阱。它的轻视代表了它认为我们不会第一次就能察觉到老鹰抓小鸡游戏的真相，所以有七成可能性，它第一次要抓的确实是宁宁。"

"八成。"一道男声从旁边响起，萧季同转头看去。唐陌在认真烤着火鸡，一边将鲜嫩多汁的鸡肉翻了一个面，一边说道："它轻视的不仅是我们的头脑，觉得我们不可能猜到老鹰抓小鸡游戏的规则，还在轻视我们的实力。它当时确实想杀了宁宁。"

萧季同笑了笑，没再说话，也默认了这个观点。

短发女生困惑道："那它应该抓唐吉先生，不该抓宁宁姐。"

唐陌看向这个一脸认真的女孩。N市玩家有强大玩家的庇护，一直以来好像活在温室里，经历了太少风雨，实力普遍较弱。这两个女孩子已经算是够好的了，没有完全丧失斗志、乞求强者庇护。但她们和S市很多老奸巨猾，甚至可以眼都不眨去杀人的玩家相比，实在不够看。

但这两个女孩没有放弃。短发女生是真的想知道答案，以提升自己的实力，弥补自己的不足。

还没到无可救药的地步。

想到这，唐陌解释道："老鹰抓小鸡游戏至少要有三个角色，才能进行。第一是老鹰，第二是小鸡，最后一个是母鸡。你觉得在刚才的游戏里，谁是母鸡？"

长发女生快速道："排在第一位的是母鸡……你是母鸡？"

唐陌摇头。

短发女生想了想："是唐吉先生吗？大火鸡一直攻击他。"母鸡要保护小鸡，和老鹰进行搏斗。

唐陌道："是大火鸡。"

"啊？"谁也没想到竟然会是这个答案。

"大火鸡变成了老鹰，但是黑塔一直提示，它是我们的妈妈，它是因为精神分裂才变身成老鹰。它本质还是母鸡。作为一只老鹰，它必须从最后一只小鸡开始捉起。所以第一轮排队，我们的顺序是你、她、萧先生、小乔……"

唐陌的声音在空荡荡的超市里回荡。

在场的玩家里，除了唐陌，傅闻夺和萧季同已经明白了这场游戏的真相，但其他四人还一头雾水。两个小姑娘仔细听着，小乔和宁宁也看向唐陌。他们都想知道真正的答案。

其实事情非常简单。一开始唐陌和傅闻夺之所以以为宁宁是排在最后一位的小鸡，是因为大火鸡第一个要杀的目标是她。老鹰抓小鸡游戏，最先被抓的肯定是排在最后一位的小鸡，这逻辑没有任何错漏。他们唯一算错的是，这场游戏里还存在着一只大母鸡。

大火鸡精神分裂变成了老鹰，但本质上还是大母鸡。它要保护自己的孩子，可按照黑塔的游戏规则，它失去了理智只想吃小鸡。那它如何才能保护自己的孩子？

排好队吃虫子，这是母鸡身份的大火鸡一直说的话。是的，只有排好队的小鸡才能得到大火鸡的庇佑。它不会精神分裂去攻击排队正确的孩子，只会攻击排错队的小鸡，因为它"认不出来"那是它的孩子。

这就是老鹰抓小鸡游戏的潜在规则。

从后往前数，第一个排队错误的小鸡，就是老鹰要抓的对象。

第一次排队，傅闻夺排在最后一位，唐陌排在倒数第二位。傅闻夺排队正确，该排在倒数第二位的是宁宁，大火鸡没有认出自己的孩子，便疯狂地追杀宁宁，这是它能够杀的小鸡。而之后的两次排队都是宁宁排在最后一位，傅闻夺排在倒数第二位。这时因为傅闻夺该排在最后一位，从后往前数他是第一个排错位置的小鸡，所以这次被老鹰追杀的玩家成了他。

唐陌："其实我们早该想到，第二次排队出错，大火鸡追杀唐吉，就证明了我们推测的老鹰抓小鸡游戏有漏洞。并不是想当然的追杀顺序往前递推一位。"这个理由确实有些牵强。只是当时的唐陌等人只想到了问题的表面，并没有再进行一个逻辑的折叠，思考到第二层逻辑，"它真正抓的是从后往前数，第一个排错位置的小鸡。"

正式玩家、预备役、偷渡客。

黑塔之所以要按这样的顺序排队，为的就是让大火鸡可以最容易击杀偷渡客。在这个顺序里最不容易死亡的就是正式玩家。黑塔厌恶偷渡客，当初确定排队顺序的时候唐陌和萧季同没有说这件事，但是他们心里都默认了这个事实。

正是因为黑塔厌恶偷渡客，承认正式玩家，所以他们才会排出"正式玩家、预备役、偷渡客"的顺序。因为这样最容易死的是偷渡客，最可能活下来的是正式玩家。这种排队方式非常符合黑塔的喜好与规则。

唐陌排在第一位，因为他通关了黑塔二层，比小男孩强，更被黑塔认可，所以是第一位。萧季同是预备役中的第一位，因为他已经通关黑塔二层，转为正式玩家，也被黑塔认可。

他们不敢肯定两个小姑娘的位置，唯一搞错的是宁宁和傅闻夺的位置。

宁宁和傅闻夺都是通关黑塔二层的玩家，都是偷渡客。他们俩的顺序实在太难抉择。宁宁实力很强，又有大火鸡的追杀。虽然唐陌在心里想过"比起宁宁，黑塔估计更想把傅闻夺碎尸万段"，但还是不敢盲目相信这种主观意识上的东西，他的理智让他更相信老鹰抓小鸡的游戏规则，于是才排错两次队。

不过幸好他们最后的顺序是正确的。

经过唐陌和萧季同的解释，两个小姑娘终于明白了这场游戏的真相。小乔恍然大悟，忽然惊道："啊，等一下，那咱们第三次提问的时候，那只大火鸡说我是第二名，这个姐姐是第五名。这两个答案都是对的。"到这个时候小乔才意识到，"它在使诈？！"

在前两轮的提问中，大火鸡的答案一直是一个正确一个错误。第三次提问，玩家们也会想当然地以为大火鸡会撒一次谎，这就中了它的计。事实上它确实成功了。它误导了唐陌和萧季同，他们将短发女生排在了第五位，长发女生排在第四位。

七个人围着火堆烤火鸡，游戏结束，大火鸡死了，气氛十分轻松。

萧季同道："刚才确实解释了所有的原因，不过有件事我还是有些疑问。"顿了顿，萧季同微笑着看向唐陌，"维克多先生，这两个小姑娘的顺序是真的无迹可循，完全无法推理。我想知道……你是怎么确定她们的正确位置的？"

话音落下，众人的目光都看向唐陌。

两个小姑娘也好奇地盯着他看，她们也想知道这个神奇的外地玩家到底是怎么猜中她们两人的位置的。如果说唐陌排在小乔前面，是因为他通关黑塔二层；萧季同排在两个小姑娘前面，是因为他已经转为正式玩家；傅闻夺和宁宁的顺序是三次老鹰抓小鸡游戏揭露的……那她们呢？

为什么短发女生就排在第四位，长发女生就排在第五位？

小乔眼巴巴地盯着唐陌看，宁宁装作若无其事的样子，视线也悄悄地往唐陌身上瞄。

唐陌淡定地站起身，走到一堆毛茸茸的鸡毛（大火鸡烤之前被拔下来的毛）旁，弯腰从地上捡起一只小小的黑色虫子。顽强的小虫子居然到现在还没断气，在唐陌的手中努力挣扎着。唐陌捏着它走回火堆旁，将它放在地上，然后面无表情地……

一掌拍死了它。

萧季同："……"

宁宁："……"

小乔："……"

两个小姑娘："……"

就连傅闻夺也愣了一瞬。很快他勾起唇角，深沉的目光在唐陌脸上扫了一眼。傅闻夺伸出手："我来。"

唐陌点点头，让出位置。

傅闻夺处理虫子的动作比唐陌还要快、准、狠，几下便将小小的黑虫磨成了粉，然后用手指将它们捏起，直接洒在了焦香诱人的烤火鸡上。几声尖叫顿时响了起来，两个小姑娘和小乔都瞪直了眼，惊骇道："你……你干什么？！"

连宁宁都嘴巴一张，目瞪口呆地看着傅闻夺把虫子尸体洒在火鸡上。

唐陌淡淡道："吃了虫子才能得到奖励。你们不想要奖励，还是说想直接吃那只虫子？"

众人这才想起黑塔那坑爹的通关奖励："……"

比较一下，干吃一只虫子和把虫子磨成粉洒在香喷喷的大烤鸡上……所有人齐齐沉默下来，还是吃虫子味的烤鸡好。

大火鸡渐渐烤熟，唐陌用小刀切下一只鸡腿，毫不客气地吃起来，没有让给小朋友的意思。傅闻夺对吃火鸡肉没有太大的兴趣，当初帮着杀火鸡只是因为他发现唐陌想杀火鸡，才帮忙动手。当他发现吃一块鸡肉和吃很多块鸡肉提升的异能效果和身体能力一样后，便收起小刀，不再吃这只鸡。

吃得最多的还是两个小姑娘和小乔。三分钟内，巨大的火鸡被七个玩家瓜分干净。吃掉虫子尸体的下一刻，清脆的童声便在他们的耳边响起——

叮咚！获得副本奖励"我的鸡窝"。

唐陌手掌一翻，一个迷你小鸡窝出现在他的掌心。唐陌不动声色地抬起头看向和自己坐得最近的萧季同。当他看到对方手里的鸡窝后，目光一闪。

唐陌神色平静地把这只鸡窝收进口袋里，没有直接拿出来查看道具效果。

吃掉大火鸡，拿到副本道具，大火鸡的现实副本告一段落。两个小姑娘不停地感谢萧季同三人，如果没有那盒香蕉酒，短发女生早就死在了副本里。她一直表示自己如果活下去，一定会想办法还那盒香蕉酒。

临走时两个女高中生也对唐陌和傅闻夺再次道谢，只是眼睛里带着一丝警惕和怯意。游戏结束，他们便不是队友。甚至可以说，在大火鸡的游戏里，她们和唐陌、傅闻夺也算不上队友，最多算是暂时性的同盟。

唐陌和傅闻夺有实力杀了她们，但没有这么做，还帮着大家一起取得游戏的胜利。两个女生十分感激。然而道谢结束，她们头也不回，转身就跑，天色将暗，她们要找个地方休息。

两个小姑娘离开了，超市里只剩下萧季同三人、唐陌以及傅闻夺。

五个人一起走出超市。

夕阳西下，竟然已经是傍晚，或许是第二天的傍晚。微暖的春风吹在人的脸上，阳光将五人的影子拉得长长的。

唐陌的手一直放在口袋里，他走到傅闻夺身边，两人抬步准备离开。正在这时，带笑的声音响起："维克多先生，唐吉先生，你们似乎还没回答我刚才的问题。为什么那么肯定那两个女生的排队顺序？"

唐陌的脚步顿住。

他转过身，超市门口，一个斯文清秀的男人正笑眯眯地看着他，萧季同的目光里没有恶意，却有着深深的打量。对于不懂的问题，这个人永远抱着怀疑一切的态度。唐陌的任何推测他都能给出合理的答案，唯独这一个。

为什么那两个女生的顺序是那样？

为什么唐陌最后要提出那两个问题？

他到底从那两个问题里发现了什么，得出这样肯定的答案？

温暖的夕阳下，萧季同轻轻笑着，唐陌神色淡漠地看着他。

两人对视了许久，唐陌的手指在口袋里轻轻敲击着。他仿佛在敲什么东西，宁宁除了会唇语，其实听力也十分惊人。她凝神听了一会儿，认为唐陌可能是在敲刚才的那只鸡窝。

唐陌笑道："萧队长，我和你一样，也相信直觉。"

萧季同怔住，很快便明白唐陌的意思。在他们第二次排队的时候，萧季同也说了同样的话。傅闻夺问他为什么要让短发女生排在长发女生的前面，他的回答是："我相信自己的直觉。"但事实上，他和唐陌、傅闻夺都知道，之所以要这样排，是因为他们三人都默认，短发女生似乎比长发女生更强一点。

而如今，唐陌用这个理由堵上了他的嘴。

萧季同嘴唇动了动，最后又闭上，苦笑着摇头。唐陌的理由，真的令他无话可说。哪怕他明白对方靠的肯定不是直觉，他也没有任何办法反驳。

而此时此刻，萧季同永远想不到，就在唐陌和傅闻夺的口袋里，一颗闪烁着淡淡光芒的火鸡蛋忽然暗了下去。它已经闪烁了整整一个小时，它的两个主人并没有选择读档，于是这一次的存档时间结束。

无论问大火鸡什么问题，唐陌都清楚，不可能真正确定两个小姑娘的正确顺序。不是主观意识上判定谁强谁弱，就能确定这两人的位置。狡猾阴险的大火鸡不会把这个最重要的信息告诉他们，于是唐陌和傅闻夺在第三轮老鹰抓小鸡游戏结束的下一刻，一致决定开启存档。

他们已经知道了其他五个人的顺序，接下来无非是二分之一的机会。不是短发女生在前，就是长发女生在前。

他们有这个机会重新来一次，绝对不会输。

所以想提出的问题便成了一种非必需品。唐陌提出了三个问题。前两个问题本质上是一个问题，那是因为他想知道：如果有玩家提出了两个一模一样的问题，大火鸡会怎么回答？

答案是：不可以提出两种相同的问题，大火鸡会让你换一个问题。

而第二次，唐陌想知道只剩下一个玩家的时候，到底会发生什么。

150多个人死在了这里，肯定有无数次只剩下最后一个人。那么到底发生了什么，那个人没法活下去？大火鸡给唐陌的答案模棱两可，唐陌却隐隐猜到了最后的真相。

当你用杀害队友的方法活到最后时，大火鸡会用最慈爱又无情的笑容告诉你："孩子，你要排队才能吃虫子。"

从头到尾，你都要排队。无论死几个队友，都要排队。死得只剩下一个人，便让那一个人为七个人排队。这场游戏从来不关心到底有几个人能活下来，通关游戏的方法只有一个：排队，吃虫子。

这也是唐陌提问大火鸡的第一个问题，它没有撒谎，它说的便是最后的真相。

在这个被黑塔支配的世界里，有一个可以信任的队友，真的是最大的幸运。回忆那场血腥暴力的大火鸡游戏，唐陌深深明白，如果这场游戏里没有傅闻夺和宁宁这种强大的高手，他们很难通关。

唐陌和傅闻夺脚步很快，不多时就要消失在街道的拐角。忽然，一道声音从他们的身后响起。

"傅先生。"傅闻夺脚下一顿。

夕阳没入地平线，傅闻夺转过身，看向不远处的萧季同。

唐陌听到这声音，也快速转身，警惕地盯着萧季同和他身边的小乔、宁宁。小男孩一脸蒙，似乎真的不知道发生了什么事。宁宁的手却已经按在了腰间的弩弓上，随时准备攻击。

萧季同一直笑着。

傅闻夺勾起唇角："萧队长，有什么事吗？"

萧季同笑了："我以为应该是你们找我们有事，难道是我搞错了？明知道在刚才的游戏里我一直怀疑'有玩家死亡，游戏则无法通关'，所以不可能要任何人的命，于是故意将名字透露出来，向我们表明身份……"声音停了停，萧季同笑道，"唐吉先生，或者说，A国最强大的偷渡客傅闻夺傅先生，以及这位也十分厉害的唐陌先生。你们两位突然出现在N市，应该不是随便路过的吧？"

听到傅闻夺三个字，小男孩先是呆了一瞬，接着惊恐道："他是傅闻夺？！"

宁宁冷冷道："他一直是。"

小乔："那我为什么不知道？！"

宁宁："因为你蠢。"

小乔："……"

萧季同："你们在N市应该是有事情要做，把名字告诉我们，是想看看我们能不能帮你们完成这件事。你们想借助我们N市攻略组的力量，或者说借助N市组的力量，做一件事。我猜一猜……"萧季同摸着下巴，装模作样地沉吟了一会儿，笑眯眯道，"啊，难道是想找人吗？"

唐陌目光聚焦。

萧季同笑道："真的是找人？"

萧季同话音刚落，宁宁惊讶地"咦"了一声。她眼睛转了转，语气古怪道："那小子不是一直说不认识傅闻夺，说傅闻夺是个乌龟王八蛋，他见到傅闻夺，一定要把傅闻夺砍成100块以泄被拉入攻塔游戏的心头之恨，他肯定和傅闻夺没有任何关系的吗？"

傅闻夺："……"

唐陌："……"

刚从一个副本里出来的傅闻声打了个喷嚏。他摸摸鼻子，看向自己的队友："不是说天气转暖了吗？"

在大火鸡的现实副本里，唐陌和傅闻夺曾经主动暴露自己的名字。其实唐陌的名字并不是很重要，在N市没有一点名气，黑塔也没有在全世界范围公布过他的名字。哪怕在通关黑塔一层困难模式的时候，通报的都是"陌陌"这个名字，还只有全球最强大的玩家才能听到。

但傅闻夺的名字不同。

第一个开启攻塔游戏，拉着全A国玩家下水；第一个通关黑塔一层、黑塔二层，在全世界玩家心中刷足了存在感；他还是个偷渡客。

唐陌扪心自问，如果不是拥有火鸡蛋，提前和傅闻夺熟悉，在第一次见到傅闻夺的时候他也难免会戴有色眼镜去看待对方。所以在约定好暴露两人的名字时，先暴露的是唐陌的名字，接着确定萧季同三人并无问题，才说出傅闻夺的名字。

和萧季同说的一样，大火鸡游戏看似可以靠杀队友活下来，但他们都明白，真正只剩下最后一个人的时候，游戏不会通关，杀队友绝对无法赢得游戏。谁也不知道为什么靠这种方法无法获胜，但以唐陌和萧季同谨慎的性格，注定不会冒险。不到迫不得已，他们不会放弃任何一个队友，更不用说亲手杀了队友。

所以萧季同才会那么果断地使用香蕉酒救了短发女生。这也是原因之一。

当他们知道唐陌的名字后并没有到处声张，而是假装什么都没听见，唐陌和傅闻夺便知道，有五成可能性，这三个所谓N市攻略组的玩家可以信赖，至少不会把他们的名字随便说出去。到后来知道宁宁是偷渡客，这个可能性增加到六成，于是有了之后暴露名字的事情。

由萧季同带路，五个人一起往N市攻略组的基地走去。

萧季同一边走，一边笑道："N市的情况和外面或许有些不同，虽然地球上线后我没有离开过N市，但大致猜得出来，外面的城市并没有建立起太好的秩序。在任何阶段，只有当统治阶级拥有了强大而不可阻挡的力量时，才能建立起有规则的社会秩序。"

唐陌敏锐地从萧季同的话里听出了其他意思："N市有这样的强大力量？"

萧季同点头："是，其实也不一定要太过强大，只要能让一些有异心的人不敢动弹就好。这不是什么保密信息，你们暂时不知道是因为来N市的时间太短，多待几天你们就知道N市的具体情况了。"说出来也不是什么大事，萧季同没有犹豫，直接继续道，"你们之前是不是觉得奇怪过，为什么小乔会有那么多道具？"

唐陌和傅闻夺低头看了金发小男孩一眼，后者得意地扬起下巴。

萧季同认可了唐陌和傅闻夺的身份，小男孩也对他们不再抱有敌意和怀疑。见唐陌和傅闻夺看向自己，他自信地说："我们N市攻略组每个成员的实力可能没你们个人高，但我们的道具，weapon，绝对比你们多，多好多好多。"说着，小男孩伸长双臂，尽量比出了一个最大的圆。

萧季同道："我们确实有很多道具，在基地还有更多道具。其中大部分道具并不是我们通关黑塔游戏得到的。"话音落下，萧季同卖了个关子。

唐陌仔细思索他这句话的意思，隐约捕捉到了一点真相，还没敢肯定，就听一道深沉的声音在自己身旁响起："你们的道具是别人给的？"

萧季同："不错。我们的道具是全N市的玩家给的。"

唐陌惊讶地挑眉。

萧季同解释道："之前和你们说，N市有强大的预备役建立的一个组织，将自己知道的所有副本信息、攻略副本的方法全部告诉玩家，并且还作为威慑，让玩家不敢在N市城内随便杀人。这个组织和我们N市攻略组并没有直接关系，它叫N市组。"

萧季同微笑着向唐陌和傅闻夺解释起N市的局势。

地球上线后不久唐陌就知道，现在的世界上共有三大玩家：正式玩家、预备役和偷渡客。正式玩家和偷渡客必然拥有异能，预备役在通关黑塔一层后就可以获得异能，得到正式玩家的身份。但这并不是说预备役就不可以拥有异能。

陈姗姗就是个预备役，但是拥有连异能书都感叹的强大异能。

N市的这个预备役也是如此。

萧季同道："他的异能非常强大，就武力值方面，宁宁完全不是他的对手。但有利也有弊，N市组的队长只拥有恐怖的武力，在攻略副本的时候一旦碰到限制武力，或者武力强于他的黑塔怪物，他就无能为力。他不是很会玩游戏。"

萧季同简直就是把"这人四肢发达、头脑简单"这句话贴在N市最强大的预备役玩家脑门上了。

听着他的话，小乔偷笑了一声。宁宁神色不变，淡定道："让柴队听到你又跟人说他蠢，他要揍你我可不会拦着。"

萧季同仿佛什么都没听见。他面不改色，继续道："综上，N市组确实强大，但他们需要一个提供更多黑塔信息、为他们出谋划策、告诉他们如何根据黑塔的喜好攻略游戏的组织，也就是我们N市攻略组了。"

唐陌大致猜到了真相："你们这个组织和他们属于雇佣关系，你们攻略危险性极大的游戏，比如大火鸡游戏，减少N市玩家的危险。同时把自己攻略的游戏的信息贩卖给N市组，让他们对黑塔游戏更为了解。"顿了顿，唐陌道，"贩卖的货币是道具？"

"对。"这下子唐陌完全能理解了。

为什么他们一进入大火鸡副本萧季同就知道，这个副本非常危险。正是因为副本过于危险、死了一百多个人，他们才会进入其中。小男孩早早准备了一大堆道具，为的就是通关副本。N市攻略组看似风光，可以从别人手中得到道具，但每一个收益相对应的都是无法避免的危险。

他们是在刀刃上谋生。

接着唐陌从萧季同的口中得知，原来N市组也不是无偿向玩家公布信息。如同纳税，每隔一个月，玩家要向N市组交上一定数量的道具作为"保护费"。主动获取的信息越多，要交的道具也就越多。像普通的副本入口位置这种信息并不需要交道具，可以免费得到，只有一些重要的信息才要交纳保护费。

N市组从成千上万的玩家手中得到道具，N市攻略组从N市组的手中得到道具。

五人越走越远，一步步离开了N市最繁华的市区。巨大的黑塔悬浮在新华街那座铜像的上方，沉甸甸地压着大地。五人背对着它，渐渐走到人烟稀少的地方。远远地，唐陌看到了一家大型食品加工厂，辨认着工厂外的金色大字。

这时，萧季同微微一笑："到了。"

黑塔二层，白雪公主的小森林。

两个矮瘦的中年男人拼尽全力地向前奔跑着。他们将挡在面前的树枝、荆棘全部扒开，锋利细薄的树枝在他们的身上割出一道道细小的口子，可他们仿若未察，瞪大了双眼，不断地向前逃跑。

当跑到一棵巨型雪松树下时，王英桂先停了脚步。他一只手撑在粗壮的雪松树干上，不断地粗喘气："不、不行了……老鸟，我跑不动了。我就是死也跑不动了，你……你跑吧，我不跑了，我绝对不跑了。"

听了这话，老鸟直接一屁股坐下来。他跑得满脸涨红，干涩的嘴唇泛起白皮。他靠着树干也道："我、我也不跑了。老鹰，你去跑，你去……让他杀了我好了，我就是死，死也不跑了。"

两个人一旦破罐子破摔，便不管不顾，直接坐在树下休息。

但他们终究还是害怕的。休息了三分钟，王英桂和老鸟对视一眼，快速找到一个隐蔽的灌木林，一股脑钻了进去。茂密的树叶挡住了两人的身形，他们屏住呼吸，小心翼翼地观察四周。

清凉的风从森林中吹过，吹得树叶"哗啦啦"作响。天边慢慢升起一轮圆圆的太阳，黑夜被阳光驱散，露出清晨的明亮。他们等了半个小时没等到任何动静，王英桂的心里不由得一阵庆幸。他忍不住问自己："他……他难道走了？"

老鸟也颤抖着道："我们就是两个不重要的小人物，他、他是不是去做攻塔游戏了，不再想着追我们了？"

两人互视一眼，越想越觉得可能性极大。

王英桂吞了口口水："再怎么说我们都是队友，都是人类，虽然他是偷渡客，但通关黑塔二层可比杀我们重要。他肯定走了，肯定……"

"嘻嘻，我不是偷渡客哟。"

王英桂点点头："他看上去也确实不像偷渡客，又那么厉害，难道……"声音戛然而止。王英桂感觉自己浑身的血液全部凝结，僵硬地抬起头，看向自己的头顶。老鸟的脸色也在这一刹那煞白，他抬着头，看向上方。

巨大的雪松树干上，一个高高瘦瘦的白面年轻人正坐在枝头，笑眯眯地看着他们。谁也不知道他在那里坐了多久，见王英桂二人看向自己，这个长着一张娃娃脸的青年歪了头，用手撑着自己的脸，"嘻嘻"一笑："我是正式玩家哦。"

下一刻——"啊啊啊啊啊！！！"尖叫声响起，王英桂和老鸟以最快的速度冲出灌木林，继续向前奔跑。

但白若遥的速度比他们更快。一束银色的光芒从空中划过，如同曼妙的蝴蝶飞舞，细长的银色蝴蝶刀从王英桂的左脸颊划过，又划到老鸟的右耳。白若遥看似轻柔地一划，王英桂和老鸟的脸上却出现一道细细的血口。这伤痕有点搞笑，好像有人让王英桂、老鸟并排站在一起，从左到右在他们的脸上画出一道直线。

下一个转身，白若遥一脚蹬在这两个玩家胸口，把两人直接踹了出去，飞扑在地。

王英桂吓得连话都说不出，他作为一个大男人，感觉自己眼泪都快出来了。他扭头一看，好家伙，老鸟早就屁滚尿流地哭道："哥，大哥！我们错了，我们不该暗算你，你饶了我们吧。我们的道具都给你，全都给你，求求你饶了我们一命吧。"

王英桂赶忙学着同伴，跪着求饶："大哥，求你饶我们一命吧。"

白若遥手指一动，漂亮的蝴蝶刀消失在他的指尖。看着这两个黑塔一层玩家瑟瑟发抖的求饶模样，他唇角勾起，一脸委屈："可是，你们是真的伤了我的心啊……"说着，把手放到胸口，做出西子捧心状，"我刚进游戏，人生地不熟，想和自己的队友齐心协力，好好合作。你们、你们一直在算计我，我多伤心。我明明对你们那么好，咱们无冤无仇，你们却要算计我……"

王英桂嘴角一抽："都是我们的错，我们的错，大哥，求你了……"

你对我们好？B先生，你对我们好？咱们无冤无仇？！

王英桂气得头顶冒烟。

当他和同伴组队进入黑塔二层的攻塔游戏时，他们一睁开眼，就看见两个陌生的玩家。其中一人在之前已经死于黑塔怪物之手，另一个玩家就是这个一直怪笑的娃娃脸青年。几乎是第一眼，王英桂就觉得这人有点眼熟，好像在哪里见过。接着，当这个人用那种阴阳怪气的声音说话后，王英桂彻底明白："那个杀千刀的B先生！"

A先生、B先生是玩家不是黑塔怪物的事情，眼镜男早已告诉所有玩家。王英桂恨啊，他一进游戏，就被B先生抓住，还被扔进怪物笼子，被一只大老鼠当球踢了三天三夜！

而且A先生、B先生还抢走了属于他们玩家的所有奖励，也就是说王英桂和老鸟免费被大老鼠踢了三天三夜，出副本的时候一毛钱都没得到。

虽然B先生用面罩遮住了脸，可这种"嘻嘻"怪笑，王英桂这辈子都忘不掉。

就是你，那个变态B先生！

游戏一开始，白若遥笑嘻嘻地看了看这两个玩家。他很好奇这两个人为什么突然对自己产生那么强烈的恨意，但没想着询问解释，而是津津有味地观察着他们，任其发展。最后就发展成他追杀这两个人的结局。

王英桂和老鸟低着头不敢说话，只能乞求B先生别杀了他们。毕竟在马戏团副本里，B先生就没杀他们，只是把他们扔进怪物笼子里当球踢。说不定B先生这次也不会杀他们呢？

"像你们这么天真的玩家，真是少见了呀。嘻嘻嘻，在想着或许我不会杀你们？"

王英桂和老鸟身体一僵。

"是什么让你们抱有这种希望呢……嗯……我从哪儿给了你们这种错觉？从什么时候让你们这么恨我呢？啊，难道是因为我长得太帅？"白若遥十分严肃地说道。

王英桂两人哪儿敢反驳。他们头顶冷汗直冒，忽然，一把冰冷的刀死死抵在了王英桂的喉咙上。王英桂双眼瞪直，害怕地看着B先生，双腿颤抖。这时，他听到B先生声音冰冷地问道："说，把我错认成谁了？"

王英桂一愣。

接下来，王英桂和老鸟竹筒倒豆子，把自己知道的一切全部说了出来。他们意识到这个人居然真的不是B先生，便狠狠地将B先生添油加醋地骂了一顿，希望这样娃娃脸青年会饶他们一命。当听到有人居然模仿他，不仅模仿他的笑容，连他说话的语气、常用的几句口头禅都模仿得一模一样后，白若遥先是愣了一会儿，接着"嘻嘻"地笑了起来。

王英桂给他详细地描述B先生的体形，要不是真的不知道B先生长什么样，恨不得把B先生的脸画下来，捧到白若遥的面前。

当他们全部说完后，白若遥已经笑得前仰后合。他"啪嗒"一声收起蝴蝶刀，王英桂和老鸟以为他饶过自己了，都松了口气。突然，白若遥扭头道："集结副本？那个姓赵的叫什么？是哪儿人？"

"S市！是S市的集结副本！"

白若遥摸了摸嘴唇："嗯……他叫什么？"

王英桂和老鸟彻底犯了难。他们并没有刻意记住A先生、B先生的名字，而且黑塔只播报了那么一遍，他们还分不清谁是A先生、谁是B先生。但他们知道没有一个人姓赵，而且其中一个人："傅闻夺！是傅闻夺！其中一个人是傅闻夺！"

白若遥眯起眼睛："他不像傅闻夺。他叫什么？"

老鸟："他，他好像不姓赵，好像姓唐。叫什么，我们实在记不得了……"

白若遥淡淡笑着扫了这两人一眼，吓得两人又跪倒在地。白若遥定定地看着他们，尖锐如刀子的杀意在两人的脸上徘徊，不知过了多久，他转身离开。"嘻嘻"的笑声仿佛梦魇，缠着王英桂和老鸟的大脑，令他们呼吸困难。

他们好像听到有人在森林里笑着说了一句"原来不是赵赵，是唐唐呀"。

什么都没有听清，王英桂和老鸟瘫坐在地，已是一身的汗。

"总算……活下来了……"

N市，攻略组基地。

这是一家占地极广的食品加工厂。唐陌从厂房的包装区走过，远远看到许多包装盒在地上堆成山。这些包装盒里全是他听过的名字，是名气很大的食品品牌。唐陌淡淡扫了一眼，大致了解了这个工厂的地图，跟着萧季同，和傅闻夺一起走进工厂。

硕大的工厂内，空荡荡的，没有一个人。

当五个人走到最里面一间最大的厂房时，唐陌才听到有人说话。一阵丁零当啷的声音后，一个矮小的年轻小姑娘从工厂的楼梯上滚了下来。她也不管身体疼不疼，一溜烟地蹿上来，拉着小乔便道："受伤了没？快给老师看看。啊，受伤了，好大的伤口！"说着，心疼不已。

小乔虽然嘴上不耐烦地嘀咕着"没受伤"，却很老实地任由这个小姑娘拉着自己看。

看过一阵，小姑娘才发现站在一旁的唐陌和傅闻夺。她好奇地看着两人。

唐陌道："唐陌。"

小姑娘点点头，再看向傅闻夺。

傅闻夺声音平静："傅闻夺。"

小姑娘的眼睛在一瞬间睁到最大："傅、傅、傅……傅闻夺？！！！"话音落下，她震惊地扭头看向自家队长。

萧季同笑着道："嗯，就是你想的那个傅闻夺。"

唐陌第一次意识到自己的这个队友，在A国到底有多大名气。

在路上萧季同介绍过，N市攻略组一共有七个成员。除去他、宁宁和小乔，还有一个负责后勤（就是这个年轻小姑娘），叫小薇。其他三个成员常年在外通关副本游戏，回基地的时间比较少。

傅闻声不是N市攻略组的人，是N市组的成员。

如果说N市组是N市最强大的组织，那N市攻略组就是一把被N市组雇佣的利刃。他们是前锋军队，走在N市组的前方，为他们寻找线索、规避风险。

"攻略组是最危险的。玩家里很少有年纪小、实力又强大的，傅闻声是一个，小乔是一个。他们年龄相仿，傅闻声只比小乔大三岁，关系不错，所以我们也算是认识。"萧季同解释道，"攻略组太危险，像傅闻声那么小的孩子我们一般不接受。当然，他也不会乐意来。"

能到N市组，当然不会到攻略组。虽然攻略组的平均实力远高于N市组，但死亡的风险也比N市组大很多。

唐陌："那小乔呢？"小乔比傅闻声还小。

萧季同笑了："小乔是个意外。他的异能很重要，非常实用。而且他最后的家人在我们攻略组，他想和小薇待在一起。"

说起别人私密的事，唐陌没再多问。

那一边，小乔还不大相信傅闻夺真的是傅闻声的哥哥。小朋友非常聪明，可是在人际交往上还是非常天真。他道："傅闻声一直说不认识傅闻夺，他就是这么和我说的。这个人怎么可能是他哥哥呢？他在骗我吗？"

傅闻声隐瞒自己和傅闻夺的关系，大家一想就明白是怎么回事。小薇耐心地给小乔解释，唐陌和傅闻夺慢慢走开。

萧季同说他们会去联系傅闻声，让他过来一趟。唐陌和傅闻夺走到一间没有人的厂房里，两人从口袋里掏出小小的鸡窝，对视一眼。唐陌开始查看道具效果。

道具：我的鸡窝。

拥有者：唐陌。

品质：精良。

等级：三级。

攻击力：无。

功能：空间储存器，可以存放三件没有生命的物品。

限制：不可存放道具。

备注：春天我在鸡窝里种下一颗鸡蛋，秋天就可以收获一群鸡蛋啦！

番外

同望明月

地底人王国与怪物世界之间，是一条汹涌湍急的长河。

它叫幻想之河。

这条河深不见底，每年都有喝醉的地底人失足落入水中，哪怕再善游泳，只要沾了水就再也无法起来。

想要渡河一共有两种办法。

第一，从正规合法的海关部门走。

幻想之河上用一根木头修建的狭长栈道，一头连接地底人王国，一头连接怪物世界。栈道的中央有一座老旧得似乎下一秒就会被河水冲走的破木屋，那就是地底人王国特设的海关部门。交纳一定的通关费，就可以来往两个世界，还会得到地底人王国的保护。怪物们在地底人王国只要拥有海关通行证，就不会被地底人攻击。

第二，是偷渡。

清晨，一艘晃晃悠悠的小木筏从水面薄雾中缓缓驶来。它旧得好像一个浪打过来就会散架，船头吊着一盏老式提灯。摆渡人将船上的几位乘客送到岸边后，收走几枚铜币，低着头嘿嘿一笑，用沙哑的声音道："欢迎下次光临。"

铁鞋匠没有搭理他，拖着沉重的锁链，大步跨到岸边，很快便走远了。

天刚亮，喜欢睡懒觉的地底人都在睡觉，街道上几乎看不见一个人。然而，这样的时候也正是偷渡者们最喜欢的。不时有小船从怪物世界偷渡到地底人王国，也有地底人乘坐木筏，前往怪物世界。

铁鞋匠哪怕在地底人中，也是脾气很怪的一个。他的眼中只有他的鞋，比起同伴，他更喜欢鞋。

众所周知，铁鞋匠没有朋友，所以他刚从人类世界的现实副本中回来，也不该有人来接他。

但事实都是会有例外。

一驾华丽的金色南瓜马车停靠在码头旁，薄薄的晨雾中，王小甜正站在车旁，打着一把白色蕾丝边小洋伞等他。湛蓝色的长裙优雅曳地，作为地底人王国里最美丽的淑女，王小甜抬起带着白蕾丝手套的手，掩唇轻笑。

"亲爱的铁鞋匠先生，火鸡小姐呢？"

铁鞋匠停下脚步，粗犷的脸上露出奇怪的笑："死了。"

王小甜一愣。

铁鞋匠："被那个人类偷渡客打死了。"

王小甜惊呼一声，很快道："那可真是太遗憾了，这也只能怪火鸡小姐运气不好，刚去没多久，那位偷渡客傅闻夺就通关了。还好我记得火鸡小姐的鸡窝里还有很多新鲜的火鸡蛋，不然她许诺给我的贿赂不就没啦。"

铁鞋匠冷哼一声，抬步就走。

王小甜笑问："铁鞋匠先生，你怎么不把火鸡小姐的身体带回来呀？"

铁鞋匠："为什么要带？"

王小甜俏皮地眨眨眼："明天就是一年一度的香蕉酒节了，所有地底人和怪物都会到香蕉酒馆参加这场盛会。光喝香蕉酒有什么意思啦，如果能有美味的烤火鸡吃，香蕉酒节一定会更加有趣，也肯定能卖很多钱呢。"

铁鞋匠："……"

失策了！

但是孤僻的铁鞋匠怎么会承认自己的失算，他暴躁地骂了一句"要你管"，接着迅速离开。

王小甜倒是不生气，看着铁鞋匠的背影，歪头低笑。

慢慢地，越来越多的偷渡小船来到码头。在阴恻恻的晨雾中，一艘艘幽灵般的小船静悄悄地停靠岸边。龇牙咧嘴、长相恐怖的怪物们迈着沉重的脚步，踏上地底人王国的土地。

王小甜看了他们一眼，走上南瓜马车离开。

就在她离开后不久，一艘吃水极深的木筏摇摇晃晃地上了岸。

清晨微薄的光照耀在她凸起的大嘴上，狼外婆掩唇微笑，"啪嗒"一声打开小洋伞，上了岸。

　　等到中午，地底人从懒觉中醒来，纷纷走上街。

　　地底人和黑塔怪物的关系可不算好，对于持有通行证的怪物，他们不能吃。但如果是偷渡过来的怪物，他们当然不会放过这道美食。所以到中午时，很多偷渡的怪物们已经回到怪物世界，但是地底人王国最大的那条商业街上，穿着小洋裙、打着小洋伞的狼外婆却扭着腰，大摇大摆地走在街上。

　　地底人看见她个个避让三分。

　　她走到圣诞老人的糖果屋，买了份炒糖果，娇笑着扶住自己的大脸："哎呀，下次少放点麦芽糖吧，人家的牙齿都快被虫蛀了呢。"

　　圣诞老人朝她哈哈一笑："你少吃点患糖尿病的地底人，就不会有蛀牙了。"

　　狼外婆不置可否，打着小洋伞继续往前走。办完了事，她打算回去了。

　　到了中午，还留在地底人王国的怪物都是走正规渠道进来的，也都从海关部门的栈道离开。唯有狼外婆，扭捏地来到码头，又坐上了偷渡木筏。

　　小船吱呀吱呀地晃了起来，狼外婆拿起放在船头的广告传单。

　　"怪奇马戏团的惊喜之夜？"

　　"又找到那只可爱的大怪物了？看上去不错哦。"

　　新的一天，怪奇马戏团的豪华大船在地底人王国的码头靠岸。侏儒们跑上跑下地搬运箱子，苦力们也没闲着。当所有货物都被搬运下船后，一位穿着深红礼服、头戴礼帽的金发男人走出船舱。他挂着一根镶满宝石的黄金手杖，抬手掀了掀帽檐。

　　"真是一个好天气。"

　　与此同时，A国，S市。

　　刚从铁鞋匠的现实副本里出来，唐陌和傅闻夺都受了不同程度的伤。

　　此刻的他们并不知道，一场盛大的惊喜之夜已经在地底人王国里悄然筹备起来，而他们也终将参与其中，成为见证并主导这场"惊喜"的一员。

　　半个月后，他们从那场2V21的集结副本里离开。

回忆起这个副本，唐陌依旧心有余悸。不过几日，他便和傅闻夺一起驱车前往N市，寻找傅闻夺的弟弟傅闻声。

不仅S市，全球各地，到处都有攻塔的玩家。

绝大多数玩家都害怕黑塔副本，尽可能地避开每个有机会触发副本的可能，但也有人明白，攻即是守。不能坐以待毙，不能慢性死亡，他们要以攻代守。实力是在一次次死亡边缘提升的，只有主动参与副本游戏，只有获得更多道具、提升自己的异能，他们才能在危机来临时活下去。

这样的人，越来越多。

三个月前地球刚刚上线时的恐慌和绝望，已经不再是主旋律。

人，逆境而生。

快要抵达N市的前一夜，轮到唐陌守夜。

傅闻夺将驾驶座的座椅放倒一些，双手抱臂，闭目养神。他并没有真的睡着，一旦发生异响，就会立刻攻击，绝没有一秒的耽搁。

荒凉空旷的高速路上，唐陌双手插在口袋里，缓缓散步。

他抬起头，望向月亮。

很久没看过月亮了，没有这样的时间，也没有这样的心情。

清风明月，四野寂静。

唐陌仰头望了很久，身后有几不可闻的脚步声，他转过头。

傅闻夺："天气不错。"

唐陌："嗯。"顿了顿，"A国很少能看到这样的夜空，我是说临海这片地方。大城市太多，灯光太亮，到了晚上，就看不见星星了。我很多年没见过了。"

傅闻夺："我见得不少。"

唐陌想了想："出任务？"

傅闻夺笑了："嗯。"

两人互视一眼，没有再说话，并肩仰望星空。

唐陌忽然在想，黑塔将人类世界分割了。人类花了两百年时间建立起来的联系，一刹那被黑塔击得粉碎。电话、电视、网络，曾经的地球村，现在真的又回到了从前。

但是无论如何，这一轮月亮，他们总应该是共同分享的吧。

千里共婵娟。

同望明月。

图书在版编目（ＣＩＰ）数据

地球上线 . 2 / 莫晨欢著 . -- 天津：天津人民出版
社，2020.8（2025.8 重印）
ISBN 978-7-201-16086-3

Ⅰ . ①地… Ⅱ . ①莫… Ⅲ . ①长篇小说—中国—当代
Ⅳ . ① I247.5

中国版本图书馆 CIP 数据核字 (2020) 第 107151 号

地球上线 . 2
DIQIU SHANGXIAN 2

出　　　版　天津人民出版社
出 版 人　刘锦泉
地　　　址　天津市和平区西康路 35 号康岳大厦
邮政编码　300051
邮购电话　（022）23332469
电子邮箱　reader@tjrmcbs.com

责任编辑　伍绍东
特约编辑　蒯　欣
封面设计　蜀　黍

印　　　刷　嘉业印刷（天津）有限公司
经　　　销　新华书店
开　　　本　700 毫米 ×980 毫米　1 /16
印　　　张　22.75
字　　　数　372 千字
版次印次　2020 年 8 月第 1 版　2025 年 8 月第 19 次印刷
定　　　价　49.80 元